# TALARIA



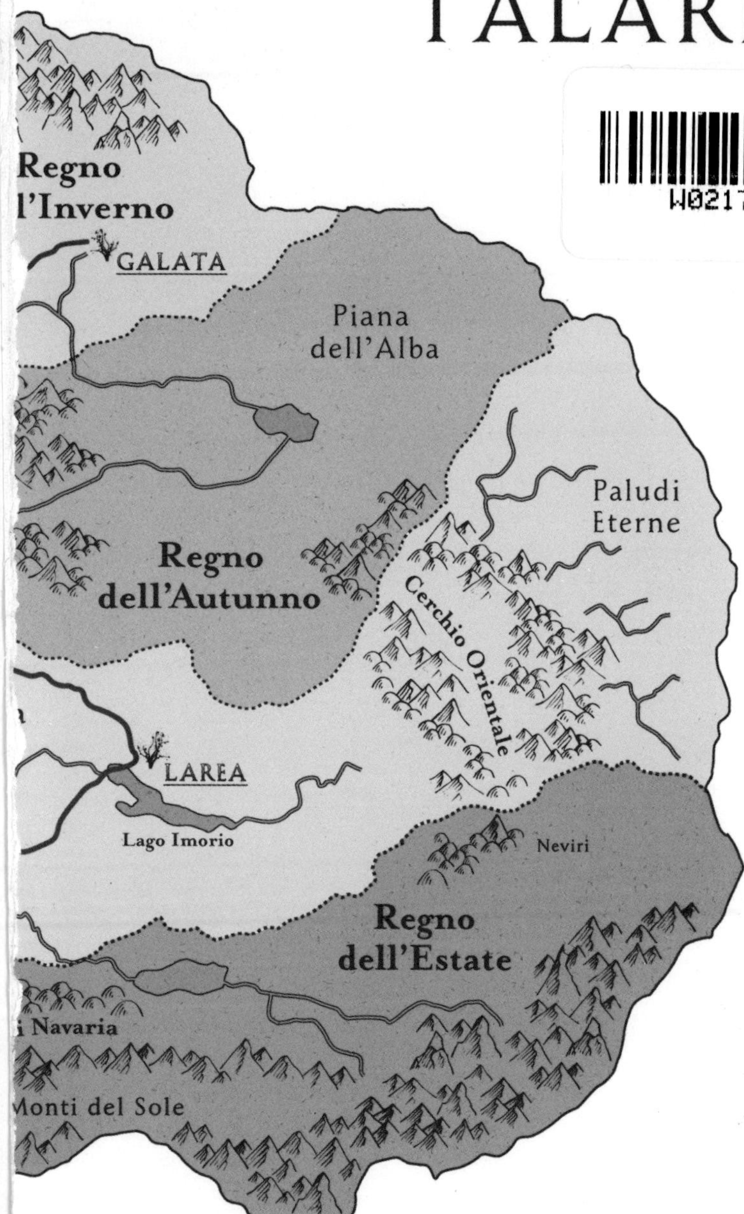
Regno
l'Inverno
GALATA
Piana
dell'Alba
Paludi
Eterne
Regno
dell'Autunno
Cerchio Orientale
LAREA
Lago Imorio
Neviri
Regno
dell'Estate
i Navaria
Monti del Sole

I REGNI DI

# NASHIRA

LICIA TROISI

I • IL SOGNO DI TALITHA

MONDADORI

www.ragazzi.mondadori.it



Prima edizione novembre 2011
Stampato presso Mondadori Printing S.p.A.
Stabilimento N.S.M., Cles (TN)
Printed in Italy
ISBN 978-88-04-61342-8

*A Carlo*
*grazie per tutto quello che mi hai lasciato.*

# Prologo

*Aprì gli occhi piano. Tutto era buio e dolore. Non ricordava cosa fosse accaduto, non aveva idea di dove si trovasse. Tutto era confuso, incerto. Si sentiva la bocca secca, come mai gli era capitato prima. Da dove veniva, c'era acqua in abbondanza. Perché ora invece la pelle bruciava? Perché la sentiva squamarsi sotto le folate di un vento torrido?*

Non avrei mai dovuto venire qui. Non avrei mai dovuto desiderare di vedere.

*Ma cosa fosse quel* qui, *non riusciva a ricordarlo, né ricordava cosa avesse desiderato così ardentemente vedere.*

*Si tirò su piano, ancora cieco. Le mani percorsero le membra. Erano ancora al loro posto, non fosse stato per il dolore tremendo che provava al solo toccarle. Sotto i polpastrelli, sentì la consistenza di sabbia e cenere. Si strofinò gli occhi coi pugni, finalmente iniziò a tornargli la vista.*

*Davanti a lui, si srotolava per leghe e leghe una distesa di cenere. L'orizzonte, desolatamente piatto, inesorabilmente vuoto, si confondeva col cielo, d'un colore giallo malato, gravido di una polvere sottile. Se ne sentiva* la bocca piena. Tossì violentemente, la lingua impastata di un sapore acido.

Si tirò su, e si scoprì nudo. I ricordi tornavano a grappoli, indistinti, scollegati, ma ora sapeva chi era, e soprattutto dove era. Ma nulla in quel panorama gli ricordava il luogo in cui si trovava fino a un istante prima. Già. Perché era bastato un istante.

I piedi affondarono nella cenere, si ferirono con scaglie di un materiale durissimo, frantumato in minuscole schegge. Erano tutt'intorno a lui, per un raggio di decine di braccia. La sua pelle ne era completamente ricoperta, molte si erano conficcate nella carne. Ecco perché il dolore, ecco perché la sensazione di bruciore.

Si mosse cercando di ignorare i messaggi disperati che gli inviava il suo corpo.

«C'è nessuno?» domandò piano. «Lafta?» aggiunse. Poi la ricordò. Klehr. Urlò il suo nome con tutto il fiato, si guardò attorno disperato. Altri nomi gli vennero alla mente, assieme a una miriade di volti. Certo, la gente della città. Doveva esserci una città, lì. Ma era lei, solo lei che cercava.

L'ansia salì martellante, il cuore gli esplose in petto, le tempie pulsarono di paura.

«Klehr!» urlò ancora.

Corse.

L'onda d'urto deve avermi sbalzato lontano, devo essere finito addirittura fuori dalla Capitale, si disse. Perché adesso ricordava. Un lampo accecante, un calore tremendo. Un'esplosione, probabilmente. La Capitale doveva essere stata attaccata. Ma da chi? Da chi, se quelle lande da anni, da secoli, non conoscevano la guerra?

Corse e urlò il suo nome, il suo nome all'infinito. Ma non rispose nessuno. Solo quel vento crudele, il sibilo dei cristalli di olakite che rotolavano al suolo.

*Ricordò il profilo della città, come l'aveva visto solo la sera prima, abbracciato a Klehr dalla terrazza del loro alloggio.*

*Adesso non c'era più nulla. Tutto dilavato, spianato da un vento purificatore.*

*Cadde in ginocchio, si portò le mani alla testa. Stava impazzendo, non c'era altra spiegazione possibile. Dov'era finita la città? E i suoi abitanti?*

*Poi alzò gli occhi al cielo. Un gesto che un tempo non aveva avuto alcun significato per lui e quelli della sua razza, ma che nell'ultimo periodo era diventato consueto. E vide. Oltre la nuvola di caligine, oltre la spessa nebbia dei detriti. Perché la luce era accecante, e riempiva metà del cielo. E finalmente comprese quel che era accaduto.*

*Urlò il suo dolore al cielo, sperò di dissolversi in quel lungo ululato. Fu allora che la corte dei fantasmi venne a trovarlo per la prima volta.*

# Prima Parte

Da *I Doni di Mira*,
Introduzione, di Sorella Denea del Monastero di Galata

*Molti credono che prima del tempo dello Scontro, su Nashira l'aria fosse abbondante e ovunque diffusa. Se questo sia vero o meno, non possiamo dirlo. I Primi, che vissero in quel periodo di beatitudine, non ci hanno lasciato cronache né altre tracce di sé. Quel che possiamo dire, è che, contrariamente a quanto creduto dagli incolti, non è l'aria a difettare su Nashira, ma la sua componente respirabile. È quest'ultima ad essere da millenni rarefatta, impalpabile, diafana. Solo la potenza della Pietra dell'Aria riesce a radunare la poca prodotta dai Talareth sotto le loro immense chiome, in porzione tale da consentire la vita ai Talariti. Per questo notte e giorno non dobbiamo mai cessare di lodare e ringraziare Mira, per averci dato la Pietra e i Talareth, l'uno custode, l'altro padre di Talaria.*

# I

Il rumore delle spade che si incrociavano riempiva lo spazio della piccola arena. Due soli contendenti si misuravano, abbigliati nello stesso modo: un giustacuore marrone su un paio di brache di tela ruvida, rinforzate da bande di cuoio su cosce e stinchi, e infilate in un paio di stivali neri. Le mani erano protette da spessi guanti di pelle e un elmo copriva completamente il volto.

Uno dei due era più basso e minuto, l'altro più prestante, ma meno agile. Il più piccolo sembrava in difficoltà: chiuso a difesa, subiva i colpi dell'avversario, che attaccava con ampi tondi laterali.

Indietreggiò, ancora e ancora. Rimase sulla difensiva finché l'altro non lo strinse quasi spalle al muro. Fu un attimo, l'attaccante alto mosse il capo per proteggere gli occhi da un raggio di sole, e l'avversario si rianimò, approfittando della sua distrazione: con un colpo dal basso verso l'alto, preciso e fulmineo, incise il cuoio del petto, là dove batteva il cuore, e proseguì fino alla celata dell'elmo. Il guerriero più alto perse l'equilibrio e l'altro fu rapido ad approfittarne: completò il movimento, sostenne il piatto della spada con la mano libera e la portò sotto la gola nemica.

«Fine dei giochi» sussurrò.

L'avversario sorrise alzando le mani. Era un Talarita di circa trent'anni, la carnagione di un color mattone piuttosto chiaro per la sua razza e le orecchie leggermente appuntite. I suoi occhi erano del verde torbido delle paludi, e la barba cresceva ispida e incolta sulla mascella squadrata.

«Niente male. L'avete fatto apposta?» disse ravviandosi i capelli prugna scuro, che gli disegnavano piccoli ricci sulla fronte sudata.

Il contendente più minuto si mise in posizione di riposo e si tolse l'elmo. Era una ragazza: sul viso magro da adolescente il naso piccolo e appena all'insù era circondato da una miriade di minuscole efelidi, e gli occhi grandi brillavano di un verde assoluto. L'incarnato mattone scuro creava un intenso contrasto con i capelli rosso fuoco, legati in una crocchia alla quale erano sfuggite un paio di ciocche che le correvano intorno al volto e giù per il collo, lungo e sottile.

«Certo che l'ho fatto apposta» rispose. «L'avevo puntata da un po' quella macchia di luce» continuò indicando a terra «e sapevo che se vi ci avessi attirato, considerando la vostra altezza e la posizione dei soli a quest'ora, vi avrei accecato. E, visto che siete più forte e più abile di me, era la mia migliore occasione per battervi» concluse con un sorriso sfrontato.

L'altro lo ricambiò. «E brava, Talitha. Siete molto migliorata, negli ultimi tempi. Non male per una contessina. Se vi applicaste così anche al resto...»

La ragazza lo interruppe con un gesto di fastidio. Aveva provato più di una volta a spiegare che non le piaceva essere chiamata contessina alla Guardia, e che in fondo anche il voi, che il maestro usava solo con lei e nessun altro, la innervosiva. Ma era fatica sprecata. Suo padre era temuto anche tra quelle mura.

«Gli altri istitutori non sono capaci come voi, e quello che insegnano mi interessa molto meno.»

«Sbagliate» fece l'uomo togliendosi i guanti. «Anche la storia e la musica possono servire a un bravo Guardiano.»

Talitha sbuffò e conficcò la spada a terra. «Non si combatte con i libri e con i flauti. Ma se lo dite voi, maestro...» Stava per sfilarsi i guanti quando il suo sguardo incrociò una figura ai margini dell'arena. Era un ragazzo allampanato, vestito come i servi femtiti: portava la casacca con lo stemma di famiglia del conte, nero su fondo blu, stretta in vita da una cintura di cuoio, e un paio di brache nere. Le braccia erano scoperte, e i polsi stretti da bracciali di cuoio. Aveva mani grandi, che sembrava non saper esattamente dove mettere e lasciava così ciondolare lungo i fianchi. Sul volto un'ombra di barba; i capelli verde chiaro, lunghi e lisci, erano trattenuti in una coda lasca e scendevano intorno al viso magro e chiarissimo, tipico dei suoi simili, un po' a incorniciarlo, un po' a celarne il contorno. Gli occhi erano allungati, insolitamente grandi per un Femtita; ma soprattutto erano di un color oro stupefacente, come era raro vederne a Talaria.

«Saiph!» esclamò la ragazza correndogli incontro.

«Avete finito l'allenamento, padrona?» chiese lui.

«Cosa sono tutte queste formalità?» Talitha si gettò un'occhiata alle spalle, verso l'uomo fermo al centro dell'arena. «Non credo che da qui possa sentirti.»

«Meglio non rischiare» ribatté il giovane a voce bassissima. Frugò nel tascapane e ne tirò fuori un ampio mantello di stoffa nera. «Mettetevi questo, o prenderete freddo. Siete tutta sudata.»

Talitha sbuffò platealmente. «Ma si muore di caldo! Che vuoi che ci faccia con un mantello?»

Saiph tentò di farglielo indossare, e Talitha si sottrasse con una smorfia. «Provaci, se ci riesci.» Una scintilla di sfida le brillava negli occhi.

Lo schiavo si guardò intorno intimorito. «Lo sapete che qui non possiamo scherzare» disse con una punta di rammarico.

Talitha gli strappò di mano il mantello e se lo mise sulle spalle. «Contento?» disse con una risata. «Sei insopportabile quando fai il servo rispettoso delle regole» aggiunse sorpassandolo e avviandosi verso l'uscita dell'arena.

Sulla città di Messe, fuori dal Palazzo della Guardia, scendeva la sera. Fiotti di luce rossa trafiggevano la cupola quasi perfetta del Talareth, un centinaio di braccia sopra le loro teste. Era in momenti come quello che l'immenso albero sembrava una creatura intelligente, che con la sua immensa chioma proteggeva benevolo l'intera città. Dall'imponente portone dell'arena si intravedeva il tronco in lontananza, tremolante per l'afa, oltre il bianco profilo della Cittadella.

L'albero misurava seicento braccia di circonferenza e si innalzava per mille verso il cielo. Sembrava fatto di gigantesche colonne di legno racchiuse in un unico abbraccio, che si scioglieva a metà altezza per aprirsi in una grande cupola lussureggiante. Una lieve brezza ne agitava le foglie, così che Miraval e Cetus, i due soli celati dalle sue fronde, proiettavano sui tetti ombre dai contorni fantastici e disegnavano un mosaico cangiante di macchie chiare e scure.

A Talaria ogni città viveva all'ombra dei Talareth; non solo gli alberi producevano l'aria, ma la trattenevano in virtù della Grande Pietra custodita nei monasteri, eretti tra i rami più alti.

Gli abitanti di Messe si muovevano piano per le strade, avviandosi alle incombenze della sera. Finalmente il caldo opprimente della giornata si dissipava al soffio di una brezza leggera. Il bianco degli edifici nella zona più ricca e sontuosa della città non era più accecante come nel pomeriggio, e stingeva in un rosa pallido che riposava lo sguardo.

«Allora, mi hai visto nell'arena?» chiese Talitha.

«Sì, non mi sei sembrata male.» Saiph camminava due passi dietro di lei, il volto chino a terra in segno di deferenza. Era quel che ci si aspettava da un buon Femtita che scortava il proprio padrone.

«Non male? Scherzi? Sono stata semplicemente strepitosa!»

Saiph ridacchiò piano, attento a non farsi sentire. Precauzione inutile, dal momento che Talitha parlava ad alta voce, incurante degli sguardi della gente.

«Non c'è niente da ridere» disse seria. «Non è da tutti i cadetti del terzo anno battere il proprio maestro!»

Saiph la guardò perplesso. «Sai cosa penso? Che più della tua spada ha potuto la fama di tuo padre.»

«Non funziona così nella Guardia» rispose Talitha, piccata. «Lì nessuno è condiscendente con me perché sono la figlia del conte Megassa. Per tutti sono solo un cadetto come gli altri.»

Saiph alzò le mani. «Come ti scaldi... Mi ricorderò sempre quella volta in cui mi dicesti che sapevi suonare tutti gli strumenti della Sala di Musica!» disse con un sorriso di scherno.

«Saiph, è stato sette anni fa! Sarò un po' cambiata da allora.»

«Non così tanto» scherzò lui.

Gli sguardi intorno a loro virarono dal curioso allo scandalizzato: non era uno spettacolo comune un Talarita e il suo schiavo così affiatati. Saiph tornò subito serio sotto quella selva di occhi. Talitha, per ripicca, lo prese sotto braccio.

«Sei pazza?» disse lui, divincolandosi.

«Saiph, sei divertente come un'accetta arrugginita...»

«Sto solo cercando di non farmi punire.»

Talitha scrollò le spalle. «E di cosa dovresti aver paura, tu?» Gli afferrò un braccio e gli affondò le unghie nella carne, fino a lasciare cinque piccoli segni rossi. «Scommetto che non te ne sei neppure accorto» disse guardandolo di sottecchi.

Saiph controllò i graffi con noncuranza. I Femtiti, che non provavano dolore, erano addestrati fin da piccoli a temere il sangue più di ogni cosa, ma anche a saper distinguere le ferite che potevano essere pericolose da quelle innocue.

«No, infatti» disse fissandola serio. «Ma tu sai perfettamente a cosa mi riferivo.» Talitha abbassò lo sguardo, quasi in imbarazzo.

Ebbero modo di vederlo entrambi coi propri occhi, pochi minuti dopo, quando entrarono nel cortile del palazzo. Una piccola folla di servitori si era riunita di fronte alla grande scalinata, e davanti a tutti si ergeva con le braccia conserte il conte Megassa. Il padre di Talitha aveva i lineamenti duri e spigolosi di un uomo nato per il comando, l'espressione contratta e severa e i capelli anneriti dagli anni, come accadeva ai Talariti quando cominciavano a invecchiare. Gli occhi, dello stesso verde acceso di quelli della figlia, fiammeggiavano inquieti. La sua figura si era appesantita con l'età, ma il corpo era ancora vigoroso, allenato dai quotidiani esercizi con la spada.

Al centro della piccola folla, il famiglio addetto alla disciplina degli schiavi teneva in mano il Bastone. Era nulla più che un ciocco di legno, sulla cui sommità era incastonato un minuscolo frammento di Pietra dell'Aria. Lo si vedeva a malapena brillare di una debole luce azzurrina. La Pietra, fonte di ogni magia, sorgente di vita per tutta Talaria e di dolore per i Femtiti. Lo schiavo ai suoi piedi era poco più di un ragazzino. Piagnucolava disperato, levando il viso alternativamente verso il famiglio e il conte.

«Non ho rubato, ve lo giuro... non lo farei mai... non violerei mai la vostra proprietà!»

Intorno a lui, i suoi compagni tenevano ostinatamente gli occhi abbassati, qualcuno volgeva la testa dall'altra parte. Il famiglio guardò il conte. Megassa non cambiò espressione e si limitò a un breve cenno del capo.

«No, vi prego, no!» urlò il ragazzino.

Il famiglio alzò il Bastone e colpì. Non appena la Pietra toccò la schiena dello schiavo, si accese di un'intensa luce viola. Il volto del Femtita si deformò in un'espressione di terrore puro. Non era semplice paura: era un orrore profondo, che sembrava dilaniarlo da dentro. Il Bastone si alzò di nuovo, ancora e ancora, e a ogni colpo i lineamenti del ragazzino sembravano risucchiati in un vortice di dolore. Le sue grida si fecero altissime, ma Megassa non si scompose. Guardò fino alla fine, assaporò impassibile ogni istante di quell'agonia.

Ci vollero molti colpi prima che le urla dello schiavo si facessero meno intense e il suo corpo smettesse di divincolarsi. Cadde a terra, i muscoli che si contraevano a ogni percossa. Al quarantesimo colpo i suoi lamenti si spensero. Un silenzio gelido calò sulla platea.

Il conte la percorse con lo sguardo.

«Chiunque verrà sorpreso a rubare subirà la stessa sorte» disse senza alcuna emozione. Quindi si rivolse al famiglio: «Fa' portare via il corpo, che lo gettino fuori dalla città, nella fossa comune.»

Fece per andarsene, ma si bloccò non appena intravide Talitha e Saiph in fondo al cortile. Avanzò a passi decisi, mentre gli schiavi rapidamente sciamavano via e il famiglio eseguiva l'ordine.

Talitha era terrea e sembrava fuori di sé dallo sgomento. Saiph cercava con tutto se stesso di non guardare il corpo esanime al centro del cortile.

«Ti avevo detto di portarla qui alla svelta» disse Megassa innervosito. Lo schiavo provò a balbettare una scusa, ma il conte alzò una mano. «Ti ho forse dato facoltà di parlare?»

«Mi sono attardata io nell'arena» intervenne Talitha, sfidando lo sguardo di suo padre.

Lui la squadrò con severità e le si fece vicino. «Quando tuo padre ti manda a chiamare, non puoi permetterti di arrivare in ritardo» sibilò, mentre la collera gli gonfiava le vene del collo. «Fra poco dobbiamo partire, e tu sei ancora in questo stato.»

Talitha si guardò gli abiti da guerriera e i capelli sudati, e si sentì fiera di se stessa. Non si sarebbe mai vergognata del proprio aspetto trasandato, se era l'eccellenza nel combattimento a richiederlo. Ma ugualmente abbassò lo sguardo. Quando suo padre le parlava in quel modo, veniva percorsa da un brivido lungo la schiena. Si odiava per questo, ma i suoi occhi piccoli e cattivi le incutevano terrore.

«Voglio essere nel Regno della Primavera il più in fretta possibile. La sera prima del matrimonio di tua cugina Kalyma ci sarà un importante ricevimento privato cui la nostra famiglia è invitata.»

Talitha si illuminò all'improvviso: finalmente un viaggio, finalmente sarebbe uscita da quelle maledette mura. Gli unici viaggi che aveva fatto nei suoi diciassette anni di vita erano stati brevi e non avevano mai superato i confini del Regno dell'Estate. E poi le tremava il cuore di gioia al pensiero della persona che sicuramente avrebbe rivisto a quel ricevimento.

«Il tempo di prepararmi per il viaggio e sono da voi» disse in tono compassato, mascherando l'entusiasmo.

«Hai mezz'ora» tagliò corto Megassa. «E cerca almeno di somigliare alla figlia di un conte, quando ti ripresenterai.»

Le rivolse un ultimo sguardo di riprovazione e rientrò a palazzo. Talitha rimase immobile al centro del cortile, il sudore che iniziava ad asciugarsi sulla pelle. Ma il suo buonumore si spense subito quando si guardò intorno. Gli schiavi se n'erano tutti andati, e del corpo del Femtita non c'era già più traccia.

«Sprecare tutta quest'acqua... e in tempi di siccità» si lamentò Kolya quando fece portar via la tinozza dalla stanza. Talitha non aveva avuto il tempo di fare il suo bagno profumato come sempre prima dell'ora di cena, nonostante le insistenze della serva. Si era limitata a gettarsi addosso dell'acqua con la brocca.

«Va' a protestare con mio padre» disse, spazzolandosi i capelli bagnati. Si tirò una ciocca con foga, incurante del dolore.

«Fermatevi, vi prego. Finirete per strapparveli. E poi questo è compito mio» intervenne Kolya. Serviva nella casa del conte da quando era bambina. Non doveva avere ancora quarant'anni, ma ne dimostrava molti di più. Le rughe intorno agli occhi e alla bocca, e i capelli ormai quasi del tutto anneriti, la facevano sembrare una donna anziana. Del resto, i Femtiti vivevano meno dei loro padroni, anche se la condizione di chi serviva nei palazzi delle famiglie facoltose era migliore di quella di chi lavorava nei campi o nelle miniere.

Talitha le impedì di prendere la spazzola. «Non abbiamo tempo. Va' a preparare i bagagli, piuttosto.»

«Oggi siete proprio di cattivo umore» protestò Kolya prima di abbandonare la stanza.

Talitha non rispose e si legò i capelli alla bell'e meglio con un nastro. Sebbene fosse entusiasta per il viaggio, non riusciva a togliersi dalla testa la scena cui aveva assistito nel cortile. Ma non c'era da stupirsi, pensò amaramente. Megassa non aveva pietà per nessuno.

Si bloccò davanti alla propria figura nuda riflessa nel grande specchio appoggiato a un angolo della stanza. Studiò il fisico allenato, il tendersi nervoso dei muscoli delle braccia sotto il velo della pelle, il tracciato dei tendini, le forme tornite delle gambe. Si compiacque del suo corpo quasi androgino, e con le mani appiattì il seno. Non fosse stato per i fianchi, forse avrebbe potuto essere scambiata per un ragazzo. Sebbene la Guardia fosse aperta anche alle donne, si sentiva diversa dai suoi commilitoni maschi, e odiava essere più debole di loro.

Si girò di fianco e trattenne il respiro. Con occhio critico si contemplò il ventre e ne fu entusiasta: visto così sembrava perfetto, impeccabilmente piatto. Ma fu subito costretta a prendere fiato, e allora le rotondità della pancia vennero fuori.

*Stupidi muscoli, perché vi fate tanto pregare?* pensò con rabbia. Voleva essere magra e scattante, avere un corpo che parlasse solo di battaglia, non sopportava quelle curve. Non avrebbe saputo dire il perché; era come se, minuta, le sembrasse più facile scivolare attraverso le sbarre della gabbia che suo padre le aveva costruito intorno.

Scosse la testa e guardò il vestito già pronto, steso sul letto. Sebbene fosse un abito da viaggio, privo di tutti gli orpelli che era costretta a indossare nelle occasioni ufficiali, era comunque un vestito elaborato, con un corsetto pieno di lacci, di un arancione delicato che trovava insopportabilmente lezioso.

Chiamò di nuovo Kolya. La Femtita apparve sulla porta, preoccupata di una sua possibile esplosione di collera.

«Aiutami» le disse addolcendo il tono, come cercando la complicità della donna.

«E va bene» disse Kolya con un sorriso condiscendente. L'aiutò a infilare una camiciola di mussola lieve, quasi impalpabile, poi le calze e infine il corsetto, così attillato che Talitha dovette appoggiarsi allo stipite dell'armadio per entrarci.

Kolya strinse con forza. «Trattenete il respiro!» la incitò.

Quando fu infine pronta, al posto del giovane cadetto sudato per l'allenamento c'era una ragazzina compita, elegante e graziosa, l'immagine perfetta di una figlia amorevole e obbediente. Esattamente ciò che suo padre desiderava da lei.

«Siete bellissima» disse Kolya trascinandola davanti allo specchio.

Talitha si contemplò come se quel corpo appartenesse a un'altra. Sì, forse poteva essere definita bella, ma chi era l'estranea che la guardava attraverso i suoi stessi occhi da quel riflesso?

«Hai finito di preparare i bagagli?» chiese a Kolya, rassegnata.

«Sì, mia signora.»

«E allora andiamo.»

## 2

La carrozza aspettava all'ingresso principale del palazzo. Era riccamente decorata da smalti bianchi e blu, e sulla porta recava lo stemma di famiglia, grande e ben visibile: uno scudo con un drago nero che sputava una fiamma, lo stesso simbolo che ogni membro della famiglia aveva tatuato sulla spalla sinistra. Ma soprattutto, a trainarla, c'erano due splendidi draghi di terra.

Erano uno giallo oro e uno rosso fuoco; lunghi tre braccia, compresa la coda sinuosa, avevano il muso piatto e allungato, irto di zanne affilatissime. Dietro la testa si sviluppava una cresta ossea composta da numerosi spuntoni, neri sulla sommità; uno aveva gli occhi di un verde acceso, l'altro dorati. Sulla schiena affioravano minuscole ali membranose troppo piccole per il volo, ormai solo un elemento decorativo che l'evoluzione aveva lasciato quasi per vezzo. Le zampe erano armate di artigli ricurvi, le due anteriori appena più snelle di quelle posteriori.

I due draghi si agitavano, scuotendo le briglie, addentando i morsi e spalancando le bocche al cielo con minacciosi ruggiti, mentre il cocchiere cercava di tenerli a bada.

Un servo aprì ossequiosamente la porta a Talitha e l'aiutò

a sistemarsi sul sedile, rivestito di una stoffa morbida e pregiata. Ad attenderla, all'interno, c'erano già i suoi genitori.

«Sei in ritardo» sentenziò suo padre.

«Perdonatemi» disse lei prendendo posto di fronte alla madre.

Dicevano che la contessa le somigliasse molto, ma a Talitha la cosa non faceva piacere, nonostante fosse una donna di rara bellezza. Aggraziata e flessuosa come lo stelo di un fiore, aveva una carnagione più chiara di quella del marito e della figlia, e occhi di un verde acquamarina, trasparenti e dolci. I capelli erano mossi e rosso fuoco, disposti in un'acconciatura che metteva in risalto il collo lungo e sottile ma che Talitha trovava ridicola: si innalzava sulla testa come una torta nuziale decorata da piccole gemme multicolori, ed era sormontata da un buffo fermaglio a forma di foglia. Guardava fuori dal finestrino della carrozza, un ventaglio chiuso appoggiato alla bocca piccola e a forma di cuore. Era l'immagine stessa della perfezione, il tipo di moglie che Megassa amava esibire, quasi fosse un gioiello. Posò appena lo sguardo sulla figlia e le rivolse un sorriso distratto.

«Sei molto bella stasera, cara» disse.

Talitha non rispose, gli occhi fissi al finestrino. La infastidiva quel suo modo di fare sempre così appropriato, sempre impeccabile. E quel suo accettare passivamente ogni decisione del marito, quel sopportare in silenzio ogni sua esplosione d'ira.

Talitha intravide Saiph, che li avrebbe seguiti sul carro degli schiavi. A volte quasi lo invidiava, tanto la condizione di schiavitù le sembrava preferibile alla propria.

Uno schiocco di redini e i draghi iniziarono a camminare. All'inizio si mossero per le strade ampie e ben tenute della Cittadella. Tutto era viola, intorno a loro, mentre Cetus e Miraval lanciavano gli ultimi raggi e le lune salivano in cielo.

Quando raggiunsero le mura esterne, si fermarono davanti a una grande porta in pietra. Due sentinelle avanzarono verso di loro. Una si sporse dentro la carrozza, e Megassa la fulminò con lo sguardo.

«Sono io, idiota, non ti hanno avvertito?»

La sentinella si raddrizzò in fretta e si portò il pugno destro al petto. «Sì, Eccellenza, perdonate. Ma, sapete, di questi tempi la prudenza non è mai troppa.»

La porta cigolò sui cardini, e lentamente furono fuori, nel ventre pulsante di Messe.

Nonostante il coprifuoco, la città portava ancora tracce della giornata appena trascorsa.

Alcuni Guardiani erano intenti a riparare la porta di una panetteria, presa d'assalto poco prima. Lunghe vampate nere segnavano porte e finestre, e l'insegna di metallo penzolava ammaccata. Poco più avanti giaceva il corpo di uno schiavo femtita, coperto da un saio lacero dal quale sporgeva il costato, magrissimo, divorato dalla fame. Quando passarono davanti a una fabbrica tessile, i lamenti degli schiavi erano così alti che Megassa chiuse i finestrini e tirò le tende.

«Dovrebbero costruire mura più spesse... Come faranno a dormire i vicini?» disse distrattamente la contessa con la sua voce flautata.

«Dovrebbero renderli più disciplinati, piuttosto» replicò Megassa. «Hai mai sentito i nostri lamentarsi?»

«Forse non lo fanno perché hanno troppa paura» si intromise Talitha.

«Certo, e fanno bene» commentò Megassa. «È giusto che gli schiavi stiano al loro posto.»

Talitha sentì la rabbia avvampare, ma si trattenne e si

chiuse in un mutismo assoluto per il resto del viaggio.

Attese qualche minuto, poi, approfittando del buio che si era fatto più fitto nella carrozza e del fatto che i suoi genitori si erano appisolati, appoggiò la testa al finestrino e scostò la tendina. Ormai erano giunti alla periferia della città, e alle costruzioni in pietra si erano sostituite umili baracche di legno. Non c'era nessuno per le strade, a parte pochi Guardiani che si aggiravano con aria sospettosa. I rami del Talareth erano molto bassi in quelle zone, non dovevano distare che poche braccia da terra. Talitha scostò il vetro e respirò l'aria attraverso la fessura. Aveva un odore diverso. Saiph gliel'aveva raccontato: la periferia era più distante dalla Pietra che stava sulla forcella del Talareth, e l'aria era dunque più rarefatta.

Riaccostò piano il finestrino, prima che suo padre potesse svegliarsi.

Poco dopo la carrozza iniziò a inclinarsi, segno che avevano raggiunto i confini ultimi della città. Stavano salendo sull'Arteria, la grande via di comunicazione che collegava da nord a sud tutte le capitali di Talaria, viaggiando dalle lande di ghiaccio del Regno dell'Inverno fino al paese assolato dove Talitha era nata e sempre vissuta, il Regno dell'Estate.

Si sporse di nuovo dal finestrino e guardò indietro, ciò che l'attendeva era uno spettacolo unico. Lo colse appena, nella luce violacea della sera: Messe, coperta dalla mole immensa del Talareth. La città era un tappeto di luci diseguali – più brillanti quelle della Cittadella, che spiccava come un diamante su un panno vellutato, tremolanti quelle del resto del centro abitato – ai piedi di un albero immenso. Se ne riuscivano a intravedere a malapena i confini e, ai bordi, due spicchi di cielo scuro.

Talitha la guardò finché non scomparve, quindi si lasciò cullare dal dondolio della carrozza. A poco a poco si assopì, sentendo una strana eccitazione nel cuore.

Tutto il viaggio si sarebbe svolto lungo l'Arteria, che veniva costantemente pattugliata da Guardiani armati. Le carrozze di passaggio dovevano essere protette dalle insidie provenienti dai camminamenti periferici, infestati da bande di disperati, ladri o gente che si era data al brigantaggio. Spesso erano Femtiti, ma più di recente anche Talariti ridotti alla fame dalla carestia che attanagliava Talaria e dalla siccità che devastava il Regno dell'Estate. L'Arteria era molto frequentata, così si poteva viaggiare con più sicurezza. C'erano diverse locande, molte delle quali di gran pregio, che ospitavano nobili in viaggio, e Megassa vi fu accolto con tutti gli onori.

Come ogni strada che connetteva le città di Talaria, l'Arteria era una galleria sospesa le cui pareti erano costituite da un intrico di rami di vari Talareth più piccoli intrecciati l'uno all'altro. A differenza dei camminamenti periferici, che pure servivano il grande traffico cittadino tra un centro abitato e l'altro, l'Arteria era enorme. La carreggiata principale, a due sensi di marcia e larga una trentina di braccia, si trovava al centro della galleria di rami ed era destinata al transito di carrozze e merci. Ai lati correvano due strade più strette, una per ciascun senso di marcia, riservate al traffico pedonale. A intervalli regolari, ai rami più alti dei Talareth erano appesi cristalli di Pietra dell'Aria grandi come la testa di un bambino, che pendevano dal soffitto della galleria. Brillavano di varie gradazioni di azzurro, a seconda di quanto erano carichi; alcuni sembravano pronti per essere sostituiti e quindi riattivati all'interno dei monasteri, altri splendevano nel pieno del loro fulgore.

L'intreccio di rami e foglie era abbastanza fitto da impedire la visione diretta di Miraval e Cetus, ma permetteva di intravedere il paesaggio all'esterno. Talitha sapeva cosa attendersi: dove non c'erano Talareth e Pietra dell'Aria non poteva esserci aria, e dunque la vita come loro la conoscevano. Le zone esterne alle città e ai camminamenti erano ricoperte da una sorta di manto erboso che aveva un colore nerastro lucido, punteggiato di tanto in tanto da arbusti alti un paio di braccia, con foglie completamente bianche e fusti rossicci. Talitha quel panorama l'aveva sempre solo visto disegnato nei libri; del resto, nessuno si avventurava fuori dai camminamenti e dai passi, il sistema di vie che collegava i centri abitati di Talaria, se non voleva morire soffocato. Adesso, riusciva a malapena a scorgerlo attraverso qualche buco più ampio nell'intrico di rami.

Nonostante la situazione di povertà, nell'Arteria c'era un continuo via vai di merci e persone, e Talitha riuscì persino a scorgere un drago alato. Misurava almeno quattro braccia di lunghezza, il corpo sottile e sinuoso; le ali erano diafane, tese tra artiglio e artiglio. Il capo, allungato e protetto da un'ampia cresta intorno alla nuca, era sottile, e la bocca armata di denti lunghi e affilati. Passò di poco sopra le loro teste. Quando le sue ali battevano, producevano un rumore al tempo stesso soffocato e possente, e l'aria sembrava vibrare tutto intorno. Era di un giallo dorato, che diventava verde sul dorso e lungo l'orlo delle ali. Lo cavalcava un uomo completamente coperto da una spessa armatura, un generale in viaggio con ogni probabilità. Talitha lo seguì a bocca aperta finché non lo vide scomparire oltre la ristretta visuale che le permetteva la carrozza. Per il resto, i pedoni erano per lo più mercanti in viaggio, ma c'erano anche carovane di schiavisti. In testa il padrone, e dietro, a intervalli regolari, i suoi scagnozzi armati di Bastone che spronavano un'unica fila di Femtiti con mani e piedi legati. I loro volti erano scavati dalla fame, alcuni barcollavano in uno stato di semicoscienza.

Un paio di volte incrociarono Manutentori che si occupavano del cadavere di qualche schiavo morto durante il viaggio e lasciato lì a marcire. Tantissimi erano anche i mendicanti. Ce n'erano ovunque, e spesso si avventavano sui viandanti, implorandoli di dar loro qualcosa.

Talitha assisteva incredula a quello spettacolo. Vide bambini Femtiti dai ventri gonfi che giacevano ai lati della strada, abbandonati a se stessi; vide un mendicante bloccato dai Guardiani di suo padre e picchiato a sangue, solo perché si era gettato contro la carrozza per implorare un tozzo di pane.

«Fuori da Messe la vita è molto diversa da come la immagini» le aveva detto Saiph quando Talitha gli aveva chiesto di raccontarle com'era fatto il mondo al di là della Cittadella. Le era già capitato di visitare i quartieri più poveri di Messe, ma in quelle regioni, tra il Regno dell'Estate e quello della Primavera, aveva sentito dire che la situazione era molto più grave.

«I Talariti stanno risentendo della carestia» le aveva detto il ragazzo una sera in cui lei era scesa negli alloggi degli schiavi. Lo faceva spesso, e ormai era diventata molto abile a muoversi furtivamente. Erano anni che nessuno la scopriva mentre passeggiava di notte per il palazzo. Quella sera un Femtita aveva cantato una ballata che parlava di sofferenza, di carestia e infine di libertà. Saiph le aveva spiegato che mentre a palazzo gli schiavi avevano almeno di che mangiare, fuori molti morivano di stenti. «Li costringono perfino a mendicare, per poi sottrargli i guadagni.»

Talitha era rimasta impressionata da quei racconti, ma solo ora si rendeva conto della gravità della situazione. La sua immaginazione, cresciuta all'interno di un ambiente protetto, non era preparata a concepire un simile scenario.

Appoggiò il mento sulle ginocchia rannicchiate al petto. D'improvviso Talaria le appariva come un mondo sconosciuto, un universo di cui lei aveva popolato solo un angolo remoto e privilegiato.

Arrivarono in vista di Larea al sesto giorno di viaggio. A un tratto la galleria di rami che formava l'Arteria si aprì per connettersi a un'ampia strada, sospesa su un unico grosso ramo di Talareth. Ma era un Talareth del tutto diverso da quello cui Talitha era abituata. La corteccia era di un colore più scuro, profondamente incisa da venature che disegnavano rozzi rettangoli. Le foglie avevano i bordi sfrangiati ed erano enormi, tanto che una sola avrebbe potuto coprire il corpo di un uomo. Anche la chioma era diversa: quella del Talareth di Messe era una cupola pressoché perfetta, mentre questa era molto più disordinata, con rami che si innalzavano al cielo in intrecci vertiginosi e altri che scendevano a terra, snodandosi in sinuose volute. Sul tronco cresceva un muschio argenteo, e tra ramo e ramo erano appese lunghe liane rossastre. Ma la cosa più bella era la posizione della città: Larea si sviluppava lungo la riva di un grande specchio d'acqua, il lago Imorio. Il Talareth vi sporgeva la lunga chioma, sfiorando il pelo dell'acqua con i rami più lunghi, e quasi vi tuffava le radici, in bilico su una scarpata rocciosa. Larea era adagiata intorno all'albero, in parte a picco sulla scogliera, in parte dispersa verso l'entroterra. Sembrava quasi infrangersi sul tronco, come un'onda che cercasse di ricongiungersi al lago. La città, poi, era bianchissima, proprio come Talitha aveva sentito dire: tutta di roccia candida, costituita per lo più da edifici bassi e larghi – secondo l'uso nel Regno della Primavera – appariva come una grande cascata lattea.

Rimase senza parole di fronte a quel panorama.

Man mano che si avvicinavano, però, si accorse di qualcosa di strano. Una parte della città sembrava letteralmente immersa nell'acqua.

Sua madre si sporse sventolando eccitata il ventaglio. «Non sapevo che Larea fosse costruita sulle palafitte!»

«Non lo è, infatti» rispose Megassa senza nemmeno guardare. «Parte di Larea è stata allagata tre settimane fa a causa di un'alluvione. Ce ne sono molte, di recente, nei Regni della Primavera e dell'Autunno.»

«Oh, che cosa tremenda...» mormorò la contessa.

«Più di duecento morti, per fortuna quasi tutti Femtiti, e qualche Talarita incolto. Ironico, non trovi? Da noi c'è siccità, e qui invece di acqua ne hanno anche troppa» commentò Megassa con una risata roca, mentre pescava un grosso pasticcino da un involto di stoffa.

Talitha guardò i suoi genitori con un misto di tristezza e disagio: la loro meschinità, il loro ostentato distacco dalla plebe la nauseavano. Cominciò a contare i minuti che la separavano dal momento in cui sarebbe scesa.

Imboccarono per l'ultimo tratto un camminamento sospeso sul lago. Dall'acqua, di un verde purissimo, emergevano ciuffi di alghe vermiglie, le cui infiorescenze boccheggiavano sulla superficie, ed esili insetti dal carapace iridescente vi volteggiavano intorno, succhiandone di tanto in tanto il nettare dorato. Sembrava quasi di volare mentre l'acqua sciabordava lenta sotto di loro, e Talitha si sentì rincuorata, finché non scorse le case allagate e semidistrutte e i detriti sparsi nella zona alluvionata. A quella vista un senso d'inquietudine l'attanagliò; forse avevano ragione i vecchi, quando dicevano che il clima era molto cambiato negli ultimi cinquant'anni.

Il palazzo del futuro marito di Kalyma si trovava a picco sul lago. La facciata era composta da blocchi di pietra bianca e rosa disposti a scacchiera, e il tetto era ornato da guglie e fregi così sottili da sembrare un ricamo. Fu Kalyma in persona ad accoglierli. Talitha neppure se la ricordava, ma suo padre e sua madre furono estremamente cordiali con lei. Aveva capelli lisci giallo paglierino e l'incarnato appena più chiaro di quello della sua famiglia. Il suo aspetto era nel complesso ordinario, non fosse stato per gli intensi occhi nocciola, rari tra i Talariti, e l'abbigliamento da gran signora. Ma a infastidire Talitha erano i modi affettati della cugina. Quando vide Talitha, l'accolse con un sorriso fasullo.

«Come sei cresciuta!» squittì. «Ti ricordavo alta così, sempre con le mani sporche e i capelli arruffati! Un vero maschiaccio, mi dicevo, e guarda invece che bel fiore è sbocciato ora!»

«Grazie» disse Talitha con un mezzo sorriso, ricordando un giorno in cui, avrà avuto sei anni, aveva preso un ronco di palude, un piccolo anfibio a sei zampe, e gliel'aveva infilato nella scollatura, tra i gridolini costernati di sua madre.

Kalyma mostrò loro le stanze dove avrebbero soggiornato. Avevano a disposizione un'intera ala del palazzo.

«Il mio futuro sposo è figlio del secondo ramo cadetto, e aspira al trono. E suo padre è il conte di questa città» spiegò. «Forse tra poco mi dovrete chiamare regina» aggiunse con un sorrisino complice.

In effetti, il futuro del Regno della Primavera si prospettava incerto: regnava la Regina Vergine Kambria, che ormai andava per i sessant'anni. Non si era mai sposata e non aveva figli, e i due rami cadetti si contendevano il trono. Per questo la casta sacerdotale era potentissima da quelle parti: solo il Supremo Sacerdote del Regno poteva incoronare i re, scelti a loro volta dal consesso dei Piccoli Padri e delle Piccole Madri riuniti in concistoro. In genere si seguiva la linea di successione, ma era capitato che si scegliessero anche sovrani che non appartenevano alla famiglia del vecchio regnante, a seconda degli accordi stretti con le varie fazioni. Nel caso del Regno della Primavera, la Suprema Sacerdotessa avrebbe dovuto decidere a quale ramo affidare il regno.

«La Piccola Madre di Larea è dalla nostra parte» continuò Kalyma. «Il suo monastero è ricchissimo.»

Talitha sbuffò, impaziente di farla finita con quei discorsi noiosi, ma fu l'ultima a essere accompagnata alla propria stanza. Con Saiph al seguito che trascinava il suo bagaglio, percorse un lungo corridoio, in fondo al quale si apriva una piccola porta.

«Ti lascio qui» disse Kalyma. «Buona permanenza, mia cara» e se ne andò con un sorriso di circostanza.

«Un tipo simpatico, mia cugina...» osservò Talitha con sarcasmo quando rimase sola con Saiph.

«Ti prego, apri la porta, non ce la faccio più a tirarmi dietro la tua roba.»

Talitha fece ruotare il pomello dorato e spalancò la porta di slancio. Ma le parole scherzose che voleva rivolgere a Saiph le morirono in gola.

Ferma davanti al letto, al centro della stanza, c'era una ragazza.

Aveva capelli rosso fuoco, disposti in una morbida crocchia, e occhi d'un verde acceso, segnati da evidenti occhiaie. Portava una lunga tunica rossa, stretta in vita da una cintura color oro. Nonostante l'aria provata, aveva una bellezza composta e un sorriso dolcissimo.

Talitha dimenticò tutto: il viaggio, la noia dei discorsi di corte, la rabbia per i suoi genitori, e le corse incontro. «Lebitha!» gridò abbracciandola.

Lebitha carezzò Talitha, passandole le dita tra i capelli. «Ciao, sorellina. Come stai?»

# 3

Saiph ebbe l'accortezza di ritirarsi subito, lasciando le due sorelle in compagnia di un'anziana sacerdotessa dal volto severo che camminava sempre un paio di passi dietro Lebitha. Era una regola del monastero: le Oranti non potevano andare in giro da sole. All'inizio era stato difficile accettarla, ma alla fine Lebitha si era abituata, come a tutti gli altri doveri che il suo ruolo di sacerdotessa addetta alla Pietra dell'Aria le imponeva.

Lebitha somigliava molto alla sorella minore. Aveva gli stessi occhi, la stessa forma del viso, e qualcosa di simile nei gesti e nel sorriso, pur se gli anni di monastero avevano forgiato i suoi movimenti rendendoli lenti e aggraziati. Diventare sacerdotessa non era stata una sua scelta, ma un dovere dovuto al rango. Come figlia maggiore del conte Megassa, la sua strada era stata segnata sin da bambina, e il fatto che possedesse una forte Risonanza, ovvero la capacità di entrare in sintonia con la Pietra, aveva solo agevolato il processo. Tra i momenti più dolorosi della sua infanzia, Talitha avrebbe sempre ricordato il mattino in cui Lebitha era stata ordinata e aveva lasciato per sempre la vita a palazzo.

Le due sorelle fecero una passeggiata in giardino per godersi l'aria fresca del Regno della Primavera, un piacevole diversivo per chi viveva costantemente nell'afa del Regno dell'Estate.

I giardini del palazzo erano vasti e molto curati. Le siepi erano quasi tutte sagomate in estrose forme animali, alcune basse e tondeggianti, altre che svettavano sinuose verso l'alto, mentre gli alberi erano squadrati e innaturalmente ordinati. Ma soprattutto c'era acqua ovunque. Il prato era percorso da numerosi canali, alcuni dei quali imitavano alla perfezione corsi d'acqua naturali, con tanto di piccole cascate e rocce coperte di muschio, e ovunque zampillavano fontane.

«E io che credevo fosse nostro padre quello ossessionato dall'ostentazione della ricchezza... Guarda qui come sprecano l'acqua» osservò Talitha.

Sua sorella sorrise stancamente. «Qui non c'è siccità come da noi» spiegò. «Di acqua ne hanno anche troppa. Mi hanno detto che questa è la prima giornata di bel tempo da dieci giorni a questa parte. Nelle cronache non c'è memoria di piogge lunghe e intense come in questi ultimi anni. Avrai visto la zona allagata.»

Talitha annuì con gravità. «Sì, e non solo. Fuori da Messe ho visto gente trascinarsi per strada in preda alla fame, non immaginavo ci fosse tanta miseria nelle periferie. E nostro padre non fa nulla per aiutare quei poveretti, anzi.»

Lebitha si rabbuiò. «Lo so. Prima di salire al monastero anch'io ignoravo che la situazione fosse così grave e...»

La frase fu interrotta da un colpo di tosse.

Talitha le si fece vicino, accarezzandole una spalla con fare protettivo. Lebitha le sembrava molto più stanca di quando l'aveva vista l'ultima volta, quasi tre mesi prima. Sebbene non distasse molto da lei – appena ottocento braccia d'altezza, nei pressi della forcella del Talareth, là dove si trovava il monastero – si vedevano sempre meno di frequente. Fino alla partenza di Lebitha avevano vissuto l'una in funzione dell'altra, nonostante i sei anni di differenza, ed era da lei che Talitha correva di notte quando aveva paura, ed era lei che la abbracciava e la cullava fino a quando l'incubo non era dimenticato.

«Stai bene al monastero?» indagò Talitha.

Lebitha scrollò le spalle. «Sì, faccio la solita vita. La Piccola Madre invecchia, e tutti dicono che io la sostituirò presto.»

«E nostro padre avrà quel che voleva...» disse Talitha tra i denti.

«Sbagli, la strada per il trono del Regno dell'Estate è ancora lunga: deve morire l'attuale regina, prima che nostra madre possa prenderne il posto. E poi il mio voto sarebbe solo uno dei dieci disponibili. Anche le altre Piccole Madri dovrebbero votare per la sua elezione.»

«Vedrai che nostro padre riuscirà a convincerle. È l'unica cosa che gli interessi. Anche la cena di stasera, questo viaggio, persino la tua presenza qui hanno solo quello scopo. Ci esibisce e ci muove come pedine. Spero soltanto che quando sarà finita, e lui salirà al trono con nostra madre, la smetterà di tormentarci.»

Lebitha sembrò farsi ancora più pallida. Talitha notò le sue guance scavate, si accorse che la sua chioma era meno folta di un tempo. Decise di lasciar perdere i discorsi tristi. «Dimmi, hai visto il cielo?»

«Sì,ogni tanto scorgo qualcosa. Lo sai, solo le Piccole Madri possono guardarlo nella sua interezza.»

«Ed è così terribile come dicono?»

Lebitha tacque qualche istante. «Sì, è uno spettacolo tremendo. Miraval è una splendida palla di fuoco, fa così male agli occhi che non puoi guardarlo direttamente, e Cetus, al suo fianco, è accecante. È una luce che non sopporto.»

Talitha l'aveva imparato sin da bambina: Miraval era il simulacro che la dea Mira, madre di tutti gli dei, aveva mandato nei cieli per controllare il potere distruttivo del malvagio Cetus. I due astri incarnavano due entità contrapposte, l'una benigna e l'altra maligna. Cetus minacciava la natura positiva di Miraval, che rispondeva con la propria forza pura e vitale. I due soli, convivendo nello stesso cielo, emanavano due forze uguali e di segno opposto, che si mantenevano in perfetto equilibrio dai tempi in cui aveva avuto origine Nashira.

«Non vorrai dirmi che ti costringono a farlo» disse Talitha preoccupata.

«No... ma, sai, le Pietre più grandi, quelle che trattengono la maggior parte dell'aria che respiriamo, sono in cima al Talareth, e lì i rami e le foglie sono molto radi. Da lassù non puoi fare a meno di vederlo, il cielo. Anche l'aria ha una consistenza diversa, è come se lassù la Pietra ne attirasse troppa.»

«Ed è per questo che sei così provata?»

«Non mi vedi da tre mesi e già mi critichi per il mio aspetto?» scherzò Lebitha. «Guarda che sono io la sorella maggiore.»

«Ti sbagli: tu sei la sorella *vecchia*, che è diverso.»

Risero entrambe di cuore, e Talitha prese la sorella sottobraccio, appoggiandole la guancia alla spalla.

«Mi sei mancata tantissimo...»

Lebitha le accarezzò un braccio. «Anche tu. Da morire.»

Per qualche istante rimasero in silenzio, godendo l'una della presenza dell'altra. Poi Lebitha le chiese come andassero le cose a lei, e Talitha si dilungò a raccontarle nei dettagli i progressi che aveva fatto nell'addestramento.

«E Saiph?»

«È il solito, lo conosci: sembra decisamente più innocuo di quanto non sia. Ormai almeno una volta alla settimana mi fa scendere dagli schiavi, ci divertiamo parecchio.»

«Sono contenta che stia bene.»

Talitha non aveva mai capito chiaramente cosa legasse Saiph e sua sorella; sapeva che la madre di lui, Anyas, morta qualche anno prima, era l'amatissima attendente di Lebitha e che Saiph era comparso il giorno stesso in cui sua sorella era partita per il monastero. Di più non era però riuscita a ricostruire. Eppure le chiedeva sempre di lui.

All'improvviso dalle siepi emerse Kolya, affannata.

«Contessina Talitha! Vi ho cercata dappertutto, dovete prepararvi per la cena!»

«C'è tempo! Lasciaci sole» rispose Talitha bruscamente.

La sorella le strinse il braccio. «Su, vai. Ci vediamo dopo alla cena.»

«Ci sarai anche tu?»

«Certamente. Fa parte dei miei doveri.»

«E allora ci vedremo più tardi.» Talitha le schioccò un sonoro bacio sulla guancia, quindi seguì la schiava.

Il salone in cui venne servita la cena era una stanza talmente ampia che da una parete all'altra ci si poteva smarrire, ed era illuminata da decine e decine di torce. Il grande tavolo era coperto da una candida tovaglia di lino, su cui erano disposti una trentina di piatti riccamente decorati. In fondo, i servi erano già schierati e, come da protocollo, c'erano anche gli attendenti personali degli invitati. Tra loro, Saiph. Talitha l'avrebbe volentieri preso per un braccio e trascinato via, ma era una di quelle volte in cui non poteva sfuggire alla tirannia del cerimoniale. E poi c'era sua sorella: forse sarebbe uscita viva da quella cena, dopotutto.

«Talitha! Questo vestito ti sta un incanto» disse sua madre venendole incontro. Agitava il consueto ventaglio, ed era perfetta come sempre. Talitha fece un breve inchino, sentendo il fiato che le si mozzava. Per l'occasione, suo padre aveva imposto a Kolya di farle indossare un abito particolarmente elaborato: di lucida stoffa chiara, consisteva di ben tre sottogonne e un corpetto intessuto di trine e pietre preziose. A darle il tormento era però il corsetto, che Kolya le aveva stretto troppo. «Dev'essere così, contessina, altrimenti il vestito non vi entra» aveva replicato la serva alle sue rimostranze.

«Grazie, madre, anche voi siete più bella del solito» disse quando ebbe recuperato il fiato.

Gli ospiti entrarono alla spicciolata. Maggiorenti della città; i conti di Arbea e di Laja, due città più a sud; il capo della Guardia cittadina. La sala iniziò a riempirsi di voci. Talitha si tenne in disparte. Si inchinava, quando sua madre la presentava, e dispensava qua e là qualche sorriso, ma non aveva intenzione di partecipare alla conversazione. Quegli eventi la annoiavano a morte, non sopportava quelle riunioni di stupidi vecchi ammuffiti che non facevano altro che blandire suo padre.

Quando entrò Lebitha le si avvicinò, ma subito scorse l'anziana sacerdotessa che camminava al suo fianco come se la stesse scortando. I suoi occhi guardinghi sembravano pronti a cogliere ogni dettaglio.

«Ti sei riposata?» chiese a sua sorella senza staccare gli occhi da quella specie di guardia del corpo.

«Un po', ora sto meglio.»

Talitha non ebbe il coraggio di chiederle altro. Lo sguardo indagatore dell'anziana sacerdotessa la metteva a disagio. Scrutava tutto quello che accadeva intorno a Lebitha come se fosse una minaccia.

Megassa arrivò quasi per ultimo. Era abbigliato in modo apparentemente semplice; al tempo stesso, la fattura e il taglio delle vesti, nonché la qualità delle stoffe, denunciavano il suo potere e la sua ricchezza. Tutti tacquero non appena lo videro, e lui assaporò quel silenzio. Avanzò solenne, il volto severo, lo sguardo fiero.

I convitati lo salutarono con inchini e frasi di circostanza. Anche Talitha chinò il capo davanti a lui, e Megassa la guardò con soddisfazione.

Una figura vestita di verde avanzò poi con passo grave; era la Suprema Sacerdotessa, rappresentante in terra di Kerya, la divinità protettrice del Regno della Primavera, e massima autorità religiosa di quel Regno. Era seguita da due consorelle in vesti azzurre e, due passi indietro, muta come un'ombra, da una donna vestita di marrone, il volto coperto da una strana maschera arborea appena sbozzata, dalla quale spuntavano un paio di foglie. Era una Combattente, una sacerdotessa guerriera. Tutti si inginocchiarono in segno di rispetto, toccando con tre dita della mano destra il pavimento: il saluto agli dei, che dimoravano sottoterra.

Da ultimi entrarono i genitori dei futuri sposi, mentre i due giovani non si presentarono. Tradizione voleva che non si vedessero il giorno precedente le nozze. Tutti si inchinarono, e i genitori dello sposo salutarono gli invitati che, dopo aver porto in ginocchio i loro omaggi, si alzavano uno dopo l'altro.

«È sempre un piacere godere dell'onore della vostra ospitalità» disse Megassa restando in ginocchio qualche secondo più degli altri.

«È sempre un piacere ospitare un uomo giusto e retto quale voi siete» ribatté il padrone di casa in tono cerimonioso.

Il resto della conversazione per Talitha si perse nel brusio di sottofondo. Il ricevimento fu esattamente come se l'era immaginato: noioso e interminabile. Ormai conosceva il copione: i convitati che elogiavano le pietanze e la disciplina degli schiavi, suo padre che blandiva i presenti in misura proporzionale al potere di cui erano detentori, per poi passare a lodare la casta sacerdotale e infine esaltare le virtù di Lebitha.

La cena fu opulenta, un lusso straordinario per quei tempi magri. Piluccando con parsimonia una porzione di carne alla brace, Talitha si domandò quanti schiavi avrebbero digiunato, quella sera, per permettere a loro di gustare tante prelibatezze. Certo, non avrebbero comunque potuto gradire le portate più pregiate, a base di arrosti e selvaggina: i Femtiti non mangiavano carne, e la loro alimentazione consisteva principalmente in frutta, pane e ortaggi. Nutrirli non era particolarmente dispendioso per i padroni, ma quando il cibo scarseggiava gli schiavi erano i primi a risentirne.

«Avrebbero voluto ordinarla sacerdotessa prima del tempo, non è così, sorella Lantania?»

«Sì, è sempre stata una novizia straordinariamente dotata» rispose l'anziana sacerdotessa che accompagnava Lebitha.

«E voi, contessina?» disse uno dei convitati rivolto a Talitha. «Di vostra sorella già sappiamo, ma voi come impiegate il vostro tempo?»

Talitha stava per rispondere, ma suo padre la prevenne. «Talitha è ancora giovane: cura la sua istruzione, e sta ricevendo anche l'addestramento alle armi presso la Guardia» e gettò uno sguardo di complicità al capo della Guardia di Larea.

L'uomo, un Talarita corpulento dal naso pronunciato, stava bevendo succo fermentato da un calice. «Fortunata la Guardia di Messe ad avere tra le propria fila una ragazza così bella» commentò.

«E non si tratta dell'addestramento che la maggior parte dei rampolli degli altri casati seguono, così, per gioco. Talitha apprende sul serio le arti del combattimento.»

Per un istante Talitha ebbe l'impressione che suo padre fosse davvero fiero di lei.

«Bene, molto bene» commentò il Conte di Laja. «Sicché volete fare il Guardiano?»

*Non c'è cosa che desideri di più al mondo*, stava per dire Talitha. Ma avvertì su di sé lo sguardo gelido del padre, per cui rispose con un sorriso timido: «Sono ancora giovane e non ci ho pensato. Quando sarà il momento, farò ciò che risulterà più utile alla mia famiglia.»

Un generale mormorio di approvazione percorse l'uditorio.

«Una fanciulla assai saggia» commentò il padre dello sposo rivolgendo a Megassa un sorriso compiacente.

Il conte chinò il capo. «Ho sempre avuto particolarmente a cuore l'educazione delle mie figliole.»

Talitha fissò gli occhi nel piatto. Suo padre non sapeva niente di lei: fin da bambina l'aveva abbandonata in mano agli istitutori. Avrebbe voluto alzarsi in piedi e chiedergli di dire quale strumento suonava meglio, o come si chiamava il suo maestro alla Guardia. Sarebbe stato bello vederlo balbettare un nome a caso e fare la figura dello stupido davanti a tutta quella gente. Ma Talitha non poteva permetterselo: era impensabile sfidare la sua autorità. Si morse le labbra e rimase al proprio posto.

Le portate si susseguirono, e così le vacue chiacchiere dei commensali. Talitha si concentrò sul cibo, così da avere una scusa per non guardare in faccia quella gente che disprezzava, ma tutto le sembrava avere lo stesso sapore, e alla fine mangiò poco e con scarso appetito. Notò che anche sua sorella quasi non toccava le pietanze, e i suoi piatti venivano portati via quasi pieni.

Infine, quando anche il dolce – una crema di latte al profumo di agrumi – finì nelle pance degli ospiti, il padrone di casa si alzò e invitò tutti a trasferirsi nel Salotto Azzurro per discutere di affari davanti a un buon distillato di bacche acerbe.

Sorella Lantania lamentò l'età avanzata e si ritirò, non prima di aver suggerito a Lebitha di tornare presto nei suoi alloggi. Talitha si sentì sollevata. Finalmente era libera di parlare con sua sorella.

«Ma chi è quella? Ti stava attaccata come un fungo all'albero» le disse. Solo allora notò che Lebitha aveva gli occhi lucidi e le guance cineree. «Ti senti bene?» le chiese.

«Io... non...» balbettò Lebitha. La tosse le tagliò la frase in gola. Tossì, sputando sangue. Si portò una mano alla bocca, ma ugualmente alcuni schizzi rossi macchiarono le pietre pregiate del pavimento.

Poi, piano, scivolò a terra.

Il tempo sembrò arrestarsi. I convitati erano immobili, tutti girati verso di lei. Lebitha non era nulla più di un fagotto rosso sul pavimento. Per un istante a Talitha parve tutto irreale, poi si gettò accanto alla sorella e gridò il suo nome.

# 4

«Potrebbe essere stanchezza, o qualcosa di più grave» disse sorella Lantania chiudendosi la porta alle spalle. Talitha riuscì a intravedere Lebitha solo un istante, attraverso la fessura della porta. Era abbandonata tra le coperte, un braccio pallido che penzolava dal lenzuolo.

«Domani sarà in grado di presenziare al matrimonio?» chiese Megassa.

«Lo escludo» rispose la sacerdotessa. «Ha assolutamente bisogno di cure. Dovrà tornare al monastero domattina stessa ed essere affidata a una nostra consorella.»

«Non se ne parla nemmeno» replicò Megassa, perentorio. «Tornerà a palazzo, dove sarà seguita dalla mia Curatrice di fiducia, che voi ben conoscete.» E senza aggiungere altro, girò i tacchi e se ne andò.

Talitha lo guardò allontanarsi incredula. Anche di fronte a una situazione così drammatica, rimaneva freddo e distante come sempre.

Aprì piano la porta e si infilò nella stanza.

Si sedette vicino al letto, a terra, le ginocchia incrociate. Guardò la sorella alla luce della candela che teneva accesa sul comodino. Per un istante le sembrò un'estranea, e una morsa di paura le strinse il ventre. Frugò sotto il corsetto e tirò fuori un sottile laccio di cuoio. Appeso c'era un sasso dalla forma irregolare, con un bordo tagliato di netto. L'avevano trovato anni prima nei giardini del palazzo, un curioso sasso che sembrava composto da due parti del tutto identiche, congiunte solo per un margine.

«Noi siamo così» aveva detto sua sorella tenendolo nel palmo e mostrandoglielo. «Due parti della stessa cosa.»

Era stata lei a dividerlo in due con un seghetto e a praticare due buchi nelle parti di cui era composto.

«Uno lo terrò io e uno tu. Ogni volta che ci sentiremo sole lo guarderemo, e ci ricorderemo che ci siamo sempre l'una per l'altra.»

Talitha intravide il laccio di cuoio intorno al collo della sorella. Sorrise. Strinse la pietra, la portò alla fronte e chiuse forte gli occhi.

Il giorno seguente, Talitha fu costretta a partecipare al matrimonio. Aveva provato a protestare, ma suo padre era stato irremovibile.

Era stata un'autentica tortura. Assistere alla gioia della gente intorno a lei, vedersi sfilare sotto gli occhi quantità spropositate di cibo, e non poter fuggire via era insopportabile. Saiph, approfittando della confusione, faceva la spola tra la stanza di Lebitha e la sala del banchetto per portare notizie a Talitha. Ma non bastava. Lei *doveva* essere al fianco di sua sorella, perché così era giusto.

Finalmente venne il tramonto e i suoi genitori si apprestarono alla partenza: viste le condizioni di Lebitha, il padre dello sposo offrì loro un drago alato che li riportasse a casa in breve tempo.

In circostanze diverse, Talitha avrebbe goduto ogni minuto di quel viaggio in volo. Ma ora tutto si riduceva a sua sorella che giaceva ancora incosciente. Nient'altro aveva importanza.

Quello di Talitha fu il primo volto che Lebitha vide appena sveglia. Aprì gli occhi piano, infastidita persino dalla debole luce che filtrava attraverso le tende della sua stanza.

«Come ti senti?» le chiese Talitha.

«Dove siamo?»

«A casa. Non ricordi niente?»

Lebitha fece uno sforzo, e la fronte le si imperlò di sudore. «Ricordo la cena, ma poi...»

«Sei svenuta durante la cena e sei rimasta incosciente per tre giorni. Ti abbiamo riportato qui a dorso di drago.»

Lebitha si girò. «A dorso di drago? Ti sarà piaciuto un sacco» disse con voce flebile.

«Bitha...» Talitha le strinse con forza una mano.

Lebitha provò a tirarsi su, ma le braccia cedettero nello sforzo.

«Ci penso io» disse Talitha sollecita. Le sprimacciò il cuscino, quindi la sollevò sulla schiena. La sentì abbandonarsi tra le sue braccia, debolissima.

«Vi ho fatto preoccupare tanto?»

«Un po'» minimizzò Talitha.

«È da tempo che sono sempre stanca... E mi gira spesso la testa. Dev'essere perché studio molto.»

«Il tuo capo ha detto che stamattina avrebbe mandato sorella Liana.»

«Il mio capo?»

«Sì, la Piccola Madre. L'hanno avvisata che stai male.»

Lebitha rise piano. «Il mio capo... Bel modo impertinente di definirla!»

Talitha sorrise. Quanto meno sua sorella era di buonumore, doveva essere un buon segno.

«Tu e la religione continuate a non amarvi troppo, vero?» commentò Lebitha.

Talitha scosse le spalle. «Sono un Guardiano, io. Non mi interessano le cose dello spirito.»

La porta si aprì di scatto, e Megassa apparve sulla soglia. Talitha balzò in piedi, mentre suo padre entrava nella stanza. Accanto a lui c'era una donna vestita di rosso, i capelli sciolti sulle spalle. Aveva un'aria seria ma non severa, e lineamenti autorevoli. Sorella Liana, la Curatrice: lei e Lebitha si scambiarono un sorriso.

Il conte avanzò e si fermò accanto al letto. «Come ti senti stamattina?»

«Un po' meglio, padre.»

Megassa sembrò finalmente accorgersi della figlia minore. «Che ci fai qui? Ti avevo detto di lasciare in pace tua sorella. Avanti, esci» ordinò.

Talitha guardò fugacemente Lebitha, eppure non ebbe il coraggio di disobbedire. Ancora una volta si maledisse per questo, ma era più forte di lei. Fece un rapido inchino e uscì, chiudendosi la porta alle spalle. Si appoggiò al legno con la schiena, e la stanchezza delle notti insonni le piombò addosso. Ora tutto era in mano alla Curatrice, al di là di quella porta.

Saiph uscì dall'ombra del corridoio. «Come sta?»

«Non lo so» rispose Talitha. «La Curatrice è dentro con lei.»

Saiph osservò la padrona, pensando a come dovesse sentirsi. Sua madre era morta cinque anni prima. Un incidente durante il lavoro: aveva urtato un pentolone e l'acqua bollente l'aveva investita. Per tre giorni aveva combattuto contro la morte. Lebitha, avvisata dell'accaduto, era riuscita a farla vedere da una Curatrice, ma non c'era stato nulla da fare. Alla mattina del quarto giorno, sua madre era morta. Saiph ricordava fin troppo bene il senso di impotenza e la rabbia cieca, devastante, che l'aveva quasi inghiottito.

«Magari ha solo bisogno di riposo» disse.

«Ha sputato sangue» replicò secca Talitha. «Non lo so... è come se quel maledetto posto le succhiasse via l'anima. Ogni volta che torna dal monastero è sempre un po' più spenta. È colpa loro, lo sento.»

Saiph le mise una mano su una spalla e strinse con forza.

«Vuoi che prepari la tua stanza? Ti farebbe bene riposare un po', anche tu non hai una bella cera.»

Talitha scosse la testa. «No, il mio posto è qui.»

Saiph lasciò la presa, quindi si sedette a terra, accanto a lei. «Ti spiace se resto anch'io, allora?»

Talitha lo guardò sorridendo. «No, stupido schiavo.»

Rimasero lì immobili, l'uno accanto all'altra, senza dire una parola. Oltre la porta, un silenzio assoluto.

Alla prima Curatrice seguì una seconda, inviata dalla Piccola Madre di Messe in persona, pochi giorni dopo, e infine una terza, una donna anziana e dall'aspetto grave venuta apposta dal Regno della Primavera. Si diceva che fosse tra le più brave di tutta Talaria.

Ormai Lebitha non si alzava dal letto da una settimana e le visite consentite a Talitha erano sempre più rade.

«Dicono che sia solo stanchezza» cercava di rassicurarla Lebitha in quelle rare occasioni. «Mi consigliano di starmene un po' a riposo.»

Talitha non era convinta di quelle spiegazioni, ma sua sorella continuava a sorriderle serena e tranquilla.

«Non sei contenta?» le disse una sera stringendole una

mano. «Ti lamentavi sempre che ci vedevamo poco, e io ho trovato il modo di passare un bel po' di tempo con te.»

Ma niente riusciva a calmare i dubbi che dilaniavano Talitha. Lebitha era sempre più pallida, e giù ai piani inferiori – Saiph glielo aveva confidato – gli schiavi continuavano a lavare fazzoletti intrisi di sangue.

«Non può essere solo stanchezza!» protestò Talitha con Saiph il decimo giorno di malattia di sua sorella.

Era andata a trovarlo in cucina e ora gli sedeva accanto, sul pavimento, mentre mangiava con avidità i resti della cena che lei gli aveva conservato. Gli schiavi a palazzo le sembravano sempre più emaciati, e anche Saiph non appariva molto in forma. Le aveva riferito che erano state di nuovo ridotte le razioni, e che spesso sentiva i morsi della fame.

Quando ebbe finito, si girò a guardarla. Talitha teneva il mento appoggiato alle ginocchia, il volto serio e preoccupato.

«Sputa sangue, mi hai detto che continua a farlo. E poi c'è sempre qualche sacerdotessa che le sta alle calcagna, non riesco mai a passare un minuto da sola con lei!»

Saiph sapeva perfettamente a cosa pensava Talitha. La peste bianca. Un flagello che colpiva per lo più persone giovani, e stranamente i sacerdoti più spesso di altri. Si diceva avesse a che fare col contatto prolungato con la Pietra, o che fosse colpa dell'aria dei monasteri, troppo densa. Ma sebbene non se ne conoscesse la causa, si sapeva fin troppo bene qual era l'esito. Nessuno era mai guarito.

Saiph si sforzò di sorridere. «Ti stai preoccupando per niente. Qua sotto gli schiavi tossiscono sangue di continuo, e quasi tutti tirano avanti lo stesso, molti addirittura guariscono. Ci sono tante malattie che presentano questi sintomi, e tua sorella si sta facendo curare bene.»

Ma ugualmente Talitha non aveva altro in mente. Forse era convinta che a furia di immaginare il peggio, sarebbe riuscita a proteggere Lebitha.

*Se ci pensi, non succede. La vita non va mai come ci aspettiamo.*

Sapeva perfettamente che era un ragionamento stupido, eppure una parte di lei era davvero convinta di poterla in quel modo salvare, che valesse la pena soffrire, preoccuparsi e stare male se così poteva togliere un po' di dolore dalle spalle di sua sorella.

Col passare dei giorni, però, la situazione non migliorò affatto. Lebitha restava confinata nella sua stanza, sempre più pallida e consunta. Dormiva molto, come se fosse sempre sfinita, e anche l'appetito le era passato quasi del tutto. Talitha aveva ottenuto il permesso di imboccarla lei stessa.

«Davvero, Litha, non ho fame...» protestò debolmente quando la sorella insistette per farle mandar giù qualcosa.

«Sei troppo magra, non mangi niente.»

«Ho come un nodo che mi chiude lo stomaco.»

Talitha si abbandonò sullo schienale della sedia, il cucchiaio affondato nella minestra che si raffreddava nel piatto tra le sue mani.

Lebitha la guardò per qualche istante, poi sorrise. «Una volta ero io a imboccarti quando stavi male» cominciò. «Ti assistevo sempre, e tu mangiavi solo se c'ero io.» Talitha se li ricordava, quei momenti. Persino nel delirio della febbre, l'immagine di sua sorella era sempre chiara. «E adesso invece sei tu quella giudiziosa, quella che deve farmi mangiare...»

«Sei tu che stai male adesso. Non vuol dire niente.»

«Vuol dire che sei cresciuta, Litha. Pensavo spesso al giorno in cui io sarei stata vecchia, e qualcuno avrebbe dovuto accudirmi, proprio come stai facendo tu. Ne ho viste, di consorelle anziane, su al monastero. Si diventa come bambini, sai? E quelli che abbiamo curato, che abbiamo educato, devono prendersi cura di noi. Ma non credevo che per me sarebbe successo così presto.»

Talitha le afferrò una mano. «Non parlare così!»

Lebitha le poggiò una mano sui capelli e l'accarezzò. «Stupidina, di cos'hai paura? Dicevo solo che la malattia è un po' come diventare vecchi. Ma al contrario della vecchiaia, poi passa, e ci saranno occasioni in cui toccherà di nuovo a me consolarti e prendermi cura di te.»

Talitha ricacciò indietro le lacrime e si godette il tocco lieve della mano di sua sorella. Avrebbe voluto rimanere così per sempre, perché in fondo al cuore sapeva, *sentiva* che se il tempo non si fosse fermato in quel momento, qualcosa di irreparabile sarebbe successo.

Ben presto Lebitha cominciò a rimanere sveglia solo poche ore al giorno. Per il resto, stava sdraiata a letto in preda a un sonno leggero e inquieto.

«Vi pago profumatamente, nonostante la carestia il vostro monastero non è mai stato prospero come ora, eppure mia figlia continua a giacere in quel dannato letto, consumata dalla malattia! Dov'è la vostra abilità, dove sono le vostre conoscenze?» urlò Megassa una mattina, dopo aver fatto visita alla figlia.

Talitha lo sentì fin nella sua stanza, che distava più di quindici braccia dallo studio del padre. Non riuscì a cogliere con quali parole la Curatrice si giustificasse, ma poco dopo udì ancora la voce tonante del padre: «Siete un'inetta. Se voi non ne siete in grado, lo sarà la Grande Madre. E ora andatevene.»

Talitha sentì qualcosa smuoversi nel petto. Gli occhi presero a bruciarle, e allora li serrò più stretti che poté e chinò la testa sui pugni chiusi.

*Guariscila, Mira, ti scongiuro, guariscila!*

Lo ripeté all'infinito, fino a che le parole non persero di senso, fino a sentirsi esausta.

Quella sera stessa, la Curatrice abbandonò in silenzio la casa. Fu Saiph a portare il cibo a Lebitha. Entrò nella sua stanza piano, vedendola assopita. Pensò di lasciare il piatto sul tavolino accanto al letto, ma non appena l'ebbe posato Lebitha gli afferrò un polso e aprì gli occhi. Il suo volto, scavato fino all'osso, era irriconoscibile, le pupille iniettate di sangue, il respiro lento e faticoso. Per un istante Saiph ne ebbe paura, e d'istinto si ritrasse. Ma non poteva dimenticare che quella era la donna che sua madre aveva tanto amato, l'unica che avesse cercato di salvarla quando era rimasta vittima dell'incidente.

«Scusami... io... non volevo farti paura» mormorò a fatica Lebitha.

Saiph arrossì. «Perdonatemi voi, pensavo dormiste.»

«Lo so che sono brutta» replicò Lebitha con un sorriso tirato «so che ormai sono l'ombra di me stessa.»

«Non dite così, siete solo malata.»

La sacerdotessa di guardia si era addormentata e Lebitha la fissò a lungo prima di tornare a parlare a bassa voce. «Fammi una promessa, Saiph.»

«Qualsiasi cosa, mia signora.»

«Lo vedi questo?» Le sue dita si strinsero piano intorno al laccio di cuoio con il sasso appeso che portava al collo.

Saiph sapeva esattamente di cosa si trattava, perché

Talitha gli aveva mostrato il suo e gli aveva spiegato cos'era. Annuì.

«Se dovesse accadermi qualcosa glielo darai. Dille che è tutto nelle sue mani.»

«Mia signora...»

«Promettimelo e basta, come mi promettesti che le saresti stato accanto. Ti ricordi?»

Saiph non poteva dimenticarlo. Era iniziato tutto allora; da quel momento la sua vita non era più stata la stessa. Era il giorno in cui Lebitha aveva lasciato il palazzo dov'era nata per salire al monastero. L'aveva fatto chiamare e gli aveva parlato da sola. Era stata la prima volta che un Talarita gli si era rivolto da pari a pari, senza ordini da impartire né punizioni da comminare, bensì con una richiesta accorata: diventare qualcosa di più che l'attendente personale di Talitha. Prendersi cura di lei come avrebbe fatto una persona cara, un amico.

«Certo che me lo ricordo. E ve lo prometto, lo farò.»

Lebitha annuì debolmente. «Ora più che mai stalle vicino, perché lei non capirà. Le resti solo tu. Abbi ancora cura di lei, ti prego.»

«Mia signora, sapete che lo farò, che l'avrei comunque fatto.»

Lebitha gli accarezzò una guancia. «Incontrarti quel giorno, sceglierti, è stata forse l'unica cosa buona che io abbia mai fatto.»

Saiph si portò la mano di Lebitha alla fronte e chiuse gli occhi.

In quel momento, la sacerdotessa di guardia si svegliò. Mentre lo schiavo si allontanava da Lebitha, la donna si ricompose in fretta, fingendo di non essersi mai appisolata, e li scrutò severa, con lo zelo di chi sa di aver appena mancato a un dovere.

Lebitha si affrettò a cambiare discorso: «Aiutami, non ce la faccio ad alzare il cucchiaio.»

Saiph tirò su col naso, lottando contro le lacrime. Immerse il cucchiaio nella minestra, poi piano glielo infilò tra le labbra. Continuò così, come aveva fatto cinque anni prima con sua madre, senza smettere un istante di chiedersi perché. Ma il cielo di Messe era muto, fuori dalla finestra, e persino le foglie del Talareth tacevano, immobili.

La Grande Madre arrivò in una mattina particolarmente afosa, l'aria che gravava umida come un pesante mantello. Era accompagnata dai Supremi Sacerdoti dei quattro Regni: la Madre dell'Estate, un'anziana donna dall'aria severa vestita di arancione, la Madre della Primavera, la donna vestita di verde incontrata al ricevimento per le nozze della cugina Kalyma, e i Padri dell'Autunno e dell'Inverno, in marrone e in bianco. Era la prima volta che Talitha si trovava di fronte dei sacerdoti. Si stupì nello scoprire che erano uomini qualsiasi; uno dei due, dai capelli del tutto anneriti dalla vecchiaia, aveva un ventre tondo e prominente che tendeva la pesante tunica, e zoppicava leggermente.

La Grande Madre camminava al centro del piccolo cerchio costituito dai Supremi Sacerdoti e dalle Combattenti, guerriere che la proteggevano ovunque andasse. Erano vestiti esattamente come quella strana sacerdotessa che Talitha aveva notato la sera in cui sua sorella si era sentita male. Strettamente avvolti in aderenti vesti marrone, avevano scoperte solo le mani. I corpi erano snelli, alti e segnati da una muscolatura forte e ben delineata. Impossibile dire se fossero uomini o donne, e ce n'erano di entrambi i sessi. Anche i loro volti erano coperti da quelle misteriose maschere arboree in legno e foglie di Talareth che lasciavano intravedere sbucavano solo gli occhi, duri e minacciosi.

La Grande Madre era vestita completamente di nero. Nera la lunga tunica, di una stoffa pesante che si muoveva indolente ai suoi passi decisi; nero il velo che le ricopriva la testa e che formava dietro di lei un piccolo strascico, e così il copriviso che occultava del tutto i suoi lineamenti. Sembrava uno spirito, un morto che cammina. Al suo passaggio tutti si inginocchiavano toccando terra con il gesto rituale, a capo chino. Si diceva che nessuno fosse degno di vederla, proprio come nessuno poteva guardare direttamente Miraval, sempre occultato dai rami di un Talareth. Anche Megassa si prostrò. Talitha non l'aveva mai visto così servile. Fiutava l'odore di un potere superiore al suo, al quale doveva sottomettersi.

La Grande Madre andò verso di lui. «Alzatevi pure» disse.

Il conte obbedì. «Mi fate uno straordinario onore, a visitare la mia casa.»

Era vero. In quel periodo, la Grande Madre risiedeva a Galata, la capitale del Regno dell'Inverno. Si tratteneva per tre mesi all'anno in ognuna delle capitali dei quattro Regni. Da lì raramente si spostava, e quasi mai lo faceva per rispondere all'appello di chi richiedeva le sue virtù di Curatrice. Solo un giorno a trimestre curava i fedeli malati; dovevano però essere loro a recarsi da lei, ai piedi del Talareth della città dove risiedeva. Solo in rarissimi casi si spostava per visitare personalmente lei un malato. Si diceva l'avesse fatto, anni prima, per la figlia di un re, e prima ancora per una regina morente. Che ora si degnasse di visitare il casato di Megassa era un segno evidente che riconosceva nel conte quanto meno un valido candidato al trono dell'Estate.

«Sono lieta di poter aiutare un fedele che ha dato tante prove di lealtà e obbedienza» rispose la Grande Madre. Aveva una voce vagamente gracchiante, ma forte e solenne.

Megassa le fece strada verso la camera di Lebitha. Talitha li seguì.

«Lei riuscirà a guarirla, vedrai. È la Curatrice più potente di tutta Talaria» le aveva detto il giorno prima Saiph.

Talitha si sentiva completamente in balia degli eventi, e la preghiera era tutto quel che le era rimasto. Ovunque, a palazzo, si mormorava di "peste bianca", e lei reagiva gridando che non era così, che *non poteva* essere così. E intanto la notte continuava a pregare, sempre più forte, sempre più disperatamente.

Il piccolo corteo si arrestò davanti alla porta della stanza di Lebitha.

«Entrerò da sola» disse la Grande Madre.

Megassa chinò il capo e invitò i Supremi Sacerdoti a seguirlo nel grande salone dell'ala nord, mentre Talitha fu costretta a ritirarsi in camera sua. Attese che il rumore lieve dei passi si fosse spento nel silenzio del corridoio. Poi aprì piano la porta e ripercorse in punta di piedi il tragitto fino alla stanza di sua sorella.

Si accostò all'uscio. Appoggiò l'orecchio alla porta, ma non riuscì a udire nulla, neppure l'angosciante respiro rotto di Lebitha, un rumore che da tre settimane riempiva le sue notti.

Scivolò guardinga lungo il battente, il cuore in gola, finché non arrivò all'altezza della serratura. Sapeva che c'era qualcosa di sacrilego in quello che stava per fare, ma in quel momento non aveva alcuna importanza. Non voleva lasciare sua sorella da sola, non ora.

Guardò attraverso il buco della serratura. Per un istante, le apparve soltanto l'immagine della stanza vuota: la finestra, chiusa, e la luce che filtrava dalle imposte riflettendosi sul pavimento. Infine una parte del letto, sul quale riusciva a scorgere, sotto le lenzuola, i piedi di Lebitha.

Poi, un fruscio di stoffe, ed ecco la Grande Madre. Si era tolta il velo, e adesso Talitha poteva coglierne il volto di profilo. Il volto che nessuno, se non le sue più strette consorelle, aveva il diritto di vedere, era quello di una vecchia: il naso adunco, le labbra sottili, piegate all'ingiù in un'espressione dura, le profonde rughe ai lati della bocca, guardava Lebitha come fosse un oggetto. Dai piedi del letto, sembrava studiarla.

Una donna. Una donna qualsiasi.

*Cosa ti aspettavi? Non è il suo aspetto che fa di lei quel che è, ma le sue capacità.*

Sarebbe stata in grado di compiere il miracolo? Perché era proprio in un miracolo che Talitha sperava.

Si sedette a terra, appoggiandosi con la schiena alla porta. Posò la testa alle ginocchia strette al petto, e attese che il prodigio si compisse.

Il giorno dopo Lebitha morì.

# 5

«Esci.»

«Contessina...»

«Ti ho detto di uscire.»

Kolya alzò il capo, fece per andare verso di lei. Talitha afferrò un vaso posato sul comò e lo tirò contro il muro, sfiorando la testa della serva.

«Vattene!» urlò a pieni polmoni.

Kolya scoppiò in singhiozzi e si avviò alla porta. Talitha rimase in piedi al centro della stanza. A terra i cocci del vaso, i fiori sparsi, e l'acqua, che piano si allargava sul pavimento. Sentì la rabbia ribollirle dentro, mentre il respiro si faceva sempre più affannato. Afferrò le lenzuola e le lacerò cercando di strapparle dal letto. I cuscini esplosero tra le sue mani in una pioggia di piume. Sbatté la sedia a terra, ruppe tutto quanto poteva essere rotto, tirò fuori i vestiti dall'armadio e li fece a brandelli. Continuò a urlare e a fracassare mobili e suppellettili, perché sapeva che se si fosse fermata sarebbe finita. Quel che aveva dentro, qualsiasi cosa fosse, l'avrebbe inghiottita per sempre. Ma per quanto si agitasse, per quanto cercasse di sfogare la rabbia, nulla riusciva a riempire il vuoto che dal cuore si estendeva al corpo, paralizzandolo in una morsa gelida. Nella sua mente si affacciarono i ricordi di Lebitha: il suo sorriso la mattina, quando andava a svegliarla, l'odore della sua veste da sacerdotessa, il profumo dei suoi capelli, quando li lavava e li faceva asciugare all'aria, e poi quella volta che le aveva tolto una spina dal palmo, e quell'altra in cui avevano litigato. Una vita intera, ed erano solo diciassette anni, di cui nove trascorsi inutilmente lontane, giorni e giorni sprecati.

Si sentiva completamente svuotata. Si gettò sul letto e affondò la faccia nel materasso. Venne il dolore, improvviso e lacerante, ma non una lacrima scese dai suoi occhi.

Saiph, fuori dalla porta, appoggiò la fronte al legno e si abbandonò a un pianto sommesso.

Ai funerali partecipò tutta Messe. C'erano Guardiani ovunque, come sempre in quegli ultimi tempi quando molta gente si riuniva in un posto, ma l'assemblea era silenziosa e composta. Lebitha era sempre stata amata dal popolo. Aveva modi gentili, anche se fermi e decisi, e nelle occasioni ufficiali non aveva mai mancato di mostrare interesse e sollecitudine nei confronti della popolazione, persino per i Femtiti. Ce n'erano molti, quel giorno, assiepati alle radici del Talareth, gli occhi rossi di pianto e in mano drappi bianchi, il colore del loro lutto.

Megassa li guardò con disprezzo. «Sembra il funerale di una schiava» disse a mezza voce rivolto a sua moglie.

La contessa nascose il viso dietro il ventaglio e non disse nulla. Il suo volto, come al solito, era indecifrabile. Lo attraversava l'ombra di una sofferenza trattenuta mentre piangeva piano, piccole lacrime che scendevano lungo il profilo delle gote. Anche in quell'occasione non aveva rinunciato all'eleganza. Il suo abito grigio era di taglio squisito, di una stoffa lucida e finemente ricamata. Se ne stava immobile, in piedi al fianco del marito.

Talitha era accanto a loro, anche lei in grigio.

«Verrai soltanto perché se mancassi la gente mormorerebbe, ma sappi che questo non cambia il tuo castigo» le aveva detto suo padre prima di uscire. Dopo la scenata che aveva fatto nella sua stanza, aveva ordinato a uno schiavo di infliggerle venti vergate, assistendo personalmente alla punizione.

Non contento, l'aveva confinata nella sua camera per due settimane. Solo Saiph era stato autorizzato a portarle da mangiare, ma lei di rado gli rivolgeva la parola. Nulla di quanto stava fuori dalla sua stanza le interessava, e la gente la infastidiva. Il loro chiacchiericcio le dava ai nervi. La vita scorreva come al solito, oltre quella porta, come se niente fosse successo. E questo non poteva tollerarlo.

Per quanto le sembrasse di aver toccato il fondo, ogni giorno finiva per scivolare un po' più in basso, lontano dalla portata di chiunque le tendesse una mano. Comunque, al funerale di sua sorella non poteva mancare. Per rendersi conto che era vero, che lei se n'era andata per sempre. Perché dal suo limbo tutto le sembrava confuso. Il giorno e la notte che si susseguivano, i soli che si ostinavano a brillare e a forzare il blocco delle imposte chiuse. Tutto era distante, la vita era altrove.

Il corpo di Lebitha era stato composto sulla pira, avvolto nella sua tunica rossa, i capelli sparsi sul legno, più belli e lucenti che mai.

A Talitha parve un'ingiustizia che quelli dovessero essere i suoi ultimi abiti. Era convinta che sua sorella non si fosse mai riconosciuta nel monastero, in quel ruolo che il padre le aveva cucito addosso, e che solo per obbedienza avesse deciso di prendere i voti.

La Piccola Madre era lì davanti, assistita da quattro sacerdotesse. Con una fronda del Talareth aspergeva la salma di un olio profumato ottenuto dalla resina dell'albero stesso. Il suo odore penetrante e acidulo riempiva l'aria. Prese poi un pugno di terra e lo gettò sul corpo.

«Che tu possa trovare la via per le viscere della terra, là dove gli dei ti attendono per la ricompensa eterna.»

Quindi due sacerdotesse si avvicinarono ciascuna con una fiaccola in mano, si disposero alle estremità della pira e le diedero fuoco. Le fiamme avvamparono all'istante e avvolsero la salma.

Talitha restò con gli occhi fissi al fuoco, cercando di scorgere tra le lingue guizzanti il contorno del corpo. Immaginò la carne disfarsi piano nel lucore della fiamma, finché non riuscì più a distinguere dove finisse il legno e iniziassero i resti di Lebitha.

Il fuoco divampò a lungo, mentre intorno aveva luogo un banchetto in onore della defunta. Talitha rimase seduta a qualche decina di braccia dalla pira, il forte calore che le lambiva la fronte. Intorno a lei, i convenuti mangiavano e bevevano, chiacchierando fra loro.

Quando la pira ebbe finito di ardere, ormai al tramonto, sua sorella era un cumulo di ceneri. Le sacerdotesse le raccolsero in un'urna, quindi passarono davanti ai familiari. Megassa ne prese un pugno e le sparse a terra. Lo stesso fece sua moglie. Quando giunsero davanti a Talitha, lei le sfiorò appena e ne sparse al vento un velo sottile. Le rimase tra le dita la sensazione quasi oleosa della cenere. Si guardò i polpastrelli, segnati da due ombre grigie.

*Questo è tutto quel che rimane di mia sorella*, si disse.

L'urna venne infine chiusa e seppellita vicino alle radici del Talareth. Da lì, lo spirito di Lebitha sarebbe sceso sottoterra, là dove gli dei avevano la loro casa.

Talitha fu lieta di tornare nella sua stanza. Quelle quattro mura le sembravano l'unico posto accogliente di tutta Talaria, il solo dove potesse stare. Si accoccolò sul letto. Il palazzo era immerso nel sonno quando udì bussare alla porta. Due colpi lievi e un ultimo più forte, il segnale che lei e Saiph avevano concordato fin da bambini.

Dovette farsi forza per alzarsi e andare ad aprire. Saiph entrò in punta di piedi e posò sul tavolino accanto al letto un piatto fumante.

«Non hai toccato cibo oggi. Devi mangiare qualcosa.»

«Non ho fame» tagliò corto Talitha, guardando con disgusto il piatto di legumi condito con un sugo di carne.

Aprì piano la finestra e si sedette sul parapetto del piccolo balcone. In alto, tra le fronde lontane del Talareth, distingueva il fantasma di luce delle due lune, una rossa e l'altra bianca. Guardò il tronco del Talareth. Non riusciva a vedere il luogo in cui sua sorella era stata sepolta. Una radice più grossa delle altre ne occludeva la vista.

Saiph le si avvicinò da dietro, senza parlare, e lei voltò appena la testa per guardarlo, distogliendo subito gli occhi. «L'ultima volta che io e Lebitha abbiamo dormito insieme in questo letto io avevo otto anni» mormorò. «Quelle lenzuola non esistono neppure più, e io non sono più la stessa di allora. Niente ha più la sua impronta, in questo palazzo. Nostro padre, nostra madre... non hanno mai saputo chi fosse davvero. Quando li osservo, non vedo il ventre che ha portato Lebitha, o le braccia che l'hanno sollevata davanti alla folla il giorno in cui è nata. Vedo due estranei.» Tornò a guardare Saiph. «Hai notato mia madre, oggi? Ho visto la tua gente piangere più di lei.»

«Ognuno mostra il dolore a modo suo, non puoi aspettarti che soffra come vorresti tu.»

Talitha fece un sorriso sarcastico. «Si portava continuamente alla faccia il ventaglio perché non riusciva a spremersi neppure una lacrima.»

«Sei ingiusta.»

«Sono onesta. Non puoi piangere per qualcuno che non conosci.» Talitha chiuse un istante gli occhi, poi fissò di nuovo il giardino. «No, non c'è niente qui che mi parli davvero di lei.»

«Io capisco come ti senti» le disse Saiph con dolcezza.

Talitha si morse il labbro. Una collera sorda le riempì il petto. «Ero certa che mi avresti detto una cosa del genere. Ma io non ho bisogno di una spalla su cui piangere» disse. «Io rivoglio lei, voglio averla di nuovo qui, e voglio una risposta, è l'unica cosa che in questo momento potrebbe farmi stare meglio. Lo sai tu perché è morta? Me lo sai dire?»

Alle sue urla, un uccello notturno scappò spaventato dal giardino. Poi il fruscio delle fronde si richiuse in un silenzio perfetto.

All'improvviso, Talitha scoppiò in singhiozzi. Strinse gli occhi cercando di calmarsi, ma non ci riuscì. Le sembrava di soffocare, di scivolare via assieme alle lacrime, in mille rivoli, e di non poter fermare quell'emorragia che avrebbe lavato via ogni cosa, si sarebbe portata via tutto di lei.

Saiph l'abbracciò stretta, e con delicatezza la costrinse a scendere dal parapetto, sul pavimento umido di rugiada del piccolo balcone. Lei gli appoggiò la testa sulla spalla, premendo gli occhi contro la sua pelle morbida. Il petto di Saiph era saldo, la sua presa sicura, e Talitha a un tratto sentì di non essere più sola in balia del dolore. Soltanto quando si fu finalmente calmata recuperò le distanze. Si staccò dall'abbraccio e si strappò le lacrime dalle guance, vergognandosi di se stessa e di quel momento di debolezza.

«Stai meglio?» le chiese Saiph.

Lei annuì. Aveva il cuore più leggero, ora, e riusciva a guardarlo senza quell'ira furente che aveva provato nei giorni precedenti.

«Quando è morta mia madre anch'io mi sentivo infinitamente solo, come ti senti tu adesso» disse Saiph. «Poi ho capito che non lo ero davvero. Lei mi aveva lasciato tanto: i libri che mi leggeva, tutto quello che mi aveva insegnato e che ha fatto di me la persona che sono. Il tempo trascorso con chi amiamo non va mai perduto. Resta con noi per sempre.»

Talitha si tirò su e si appoggiò al balcone. Era tardi, e soffiava una brezza piacevole che increspava la stoffa leggera della sua camicia da notte.

Tacquero entrambi. Una lunea di campo, in lontananza, friniva un canto d'amore.

«Non ero venuto qui a dirti banalità, e neppure a cercare di farti mangiare» riprese Saiph. Si frugò nelle tasche, poi allungò la mano verso Talitha, aprì il pugno e sul palmo biancheggiò qualcosa. Legato a un sottile cordino di cuoio, un semplice sasso levigato, con un lato tagliato di netto.

Talitha vacillò un istante.

«Me l'ha dato lei, l'ultima sera di lucidità, prima di perdere conoscenza per sempre. Mi ha detto di consegnartelo, se le fosse successo qualcosa.»

Talitha tirò lentamente fuori il suo laccetto di cuoio, se lo sfilò. Le ci volle coraggio per riuscire a prendere in mano il ciondolo della sorella. Quando le sue dita lo sfiorarono, le sembrò che tutto tornasse a com'era il giorno in cui avevano trovato quello strano sasso. Era da allora che non toccava il ciondolo di Lebitha.

Piano, portò le due metà a combaciare. Nonostante fossero passati tredici anni da allora, si incastravano ancora alla perfezione, e se si spingeva bene, la frattura spariva e il sasso si ricomponeva in unità.

«Questo non cambierà mai, lo capisci?» disse Saiph indicando il sasso. «Tu e tua sorella sarete così per sempre, anche se lei non c'è più.»

Talitha annuì. Prese i due lacci di cuoio, li mise entrambi intorno al collo, poi si sollevò e si appoggiò con braccia e mento al parapetto, verso il giardino silenzioso.

«Farà meno male, poi?» chiese senza voltarsi.

«Ti mancherà sempre, ma col tempo andrà meglio» rispose Saiph.

«Grazie, stupido servo.»

Saiph sorrise. «Sempre ai vostri ordini, padrona.»

Talitha rimase immobile a fissare il buio del giardino.

# 6

Saiph aveva avuto ragione. Il dolore non era passato, ma Talitha era stata in grado di sopportarlo, di continuare a vivere. Mentre gli affari di palazzo tornavano a fervere dopo i pochi giorni rituali di lutto, si era concentrata sulle armi con tutta se stessa. Trasformare in rabbia il dolore le era parso l'unico modo per sopravvivere. La Guardia era diventata tutto, per lei. E due mesi dopo c'erano giorni sereni, anche se non felici, e fu durante uno di questi che il padre la mandò a chiamare.

Talitha indugiò un istante davanti alla porta del Salotto Verde. Era dal funerale che non parlava con suo padre. E, fosse stato per lei, avrebbe rimandato ancora quell'incontro. Ma non poteva.

Fece un grosso respiro, bussò, quindi dischiuse piano la porta. Il Salotto Verde era una stanza di modeste dimensioni, decorata con stucchi dorati e affreschi sulla storia di Messe, ma era lì che suo padre trattava gli affari di maggiore importanza, o semplicemente si ritirava a pensare. La contessa era seduta a un tavolino, ancora vestita a lutto. La luce della finestra, alle sue spalle, circondava la sua figura di un alone quasi mistico.

Il conte era in piedi, le mani dietro la schiena.

«Entra e chiudi la porta» disse.

Talitha obbedì, quindi avanzò di qualche passo. Megassa la squadrò con occhio critico, ma non fece accenno al fatto che indossasse gli abiti da Cadetto. Del resto, aveva dovuto interrompere gli allenamenti per andare da lui, e non aveva avuto modo di cambiarsi.

«Siediti.»

«Preferisco stare in piedi, padre.»

«Siediti» ripeté lui, perentorio. Talitha obbedì ancora. Sua madre adesso era davanti a lei; guardava fuori, sventolandosi piano col ventaglio. Solo una piccola ruga fra le sopracciglia tradiva il suo stato d'animo. Succedeva sempre quando era preoccupata.

Talitha si accorse in quel momento che c'era qualcosa sul tavolino di metallo dove abitualmente giacevano le antiche pergamene che il padre studiava. Adesso era completamente sgombro, a parte un piccolo ciondolo grigio metallico, lucido, legato a una sottile catena d'oro. Lo riconobbe all'istante. Era il frammento di Pietra dell'Aria appartenuto a sua sorella. Si chiese cosa ci facesse lì: in genere veniva seppellito assieme alle ceneri delle sacerdotesse. Distolse lo sguardo. La vista di qualsiasi oggetto le ricordasse Lebitha era ancora troppo dolorosa.

«Vi ascolto, padre» disse.

Lui si prese ancora qualche istante, come soppesando il momento. «La morte di tua sorella è stata una tragedia sotto molti punti di vista» disse poi. «Per la fine di una giovane vita, e per il dolore che ci ha arrecato perdere una figlia e una sorella.»

Le labbra di Talitha si fecero sottili. Sentirlo parlare così di Lebitha, come se gli fosse mai importato qualcosa di lei, le faceva salire il sangue alla testa.

«Ma ci sono anche altre ragioni» continuò Megassa. «Lebitha era una straordinaria sacerdotessa, ed era tra le candidate destinate a succedere all'attuale Piccola Madre, che è molto anziana e malata. Era quindi un ruolo che avrebbe ricoperto a breve, come tu ben sai.»

Talitha represse l'istinto di gridare che lo sapeva, e sapeva anche che la vita di sua sorella era stata sacrificata per questo.

«Sì» disse invece a mezza voce.

«E sei anche consapevole che è uno straordinario onore essere ritenuti degni di una simile carica. È un ruolo che richiede una grande nobiltà d'animo.»

Talitha spostò lo sguardo da suo padre a sua madre, senza capire. «Immagino di sì.»

Megassa fissò un istante il pavimento, quindi si rivolse alla figlia con espressione decisa: «Fra tre giorni entrerai in monastero al posto di tua sorella.»

Talitha rimase a bocca aperta. «Padre... io non posso.»

Il conte la interruppe con un brusco gesto della mano. «Ti verrà impartito un rapido addestramento, in modo che tu sia edotta sui tuoi doveri di sacerdotessa. In capo a pochi anni sarai nominata Piccola Madre.»

«Non è possibile...» disse Talitha.

«Invece lo è. Ed è in gioco il futuro del nostro casato.»

Talitha boccheggiò, in cerca d'aria. Il sudore dell'allenamento le si gelava sulle spalle, ricordandole che neppure un'ora prima era impegnata nell'arena. «Io sono un cadetto, e il mio destino è nella Guardia.»

«Non essere ridicola. La figlia di un conte non potrà mai essere un Guardiano.»

«Tra i miei commilitoni ci sono donne» replicò Talitha con rabbia. Si stupì della propria sicurezza: non era mai riuscita a tenere testa a suo padre in quel modo.

«Tu sei una contessa, nessuno di loro può neppure paragonarsi a te» tuonò Megassa. «Sai bene chi sono le donne della Guardia: sventurate le cui famiglie non hanno figli maschi da addestrare alle armi, e che se ne vanno non appena si sposano, oppure popolane. Quello del Guardiano è un lavoro vile, da gente incolta. E poi nessuna ha mai fatto strada, né nell'esercito né nella Guardia. Le armi non sono un mestiere da donne. È solo un gioco, per voi.»

Talitha prese a torturarsi le labbra, la testa china. Era così fiera, neppure un'ora prima, così forte e sicura, e *libera*, in quell'arena. «Per me non è mai stato un gioco» mormorò.

«Non mi interessa. Ti sto concedendo il privilegio di accedere a una tra le più importanti cariche religiose del regno, e tu la disprezzi? Tua sorella non c'è più, ed è compito tuo sostituirla degnamente.»

«Ma la mia Risonanza è debolissima» obiettò Talitha.

«Questo non ha alcuna importanza. Ne sei comunque dotata, come le nostre antenate. E in ogni caso potrebbe essere cresciuta con il tempo, lo appureremo presto. Ne ho già parlato con la Piccola Madre, e lei non ha alcun problema ad accoglierti in monastero anche se i tuoi poteri non sono eccelsi. Del resto, tu sarai Piccola Madre, il tuo sarà un ruolo eminentemente politico: non avrai mai l'occasione di praticare davvero la magia.»

Talitha sentiva le lacrime offuscarle la vista. Ma le ricacciò indietro e respirò a fondo. Prese fiato, alzò gli occhi e li puntò sul padre. «No.»

Megassa si bloccò, sul volto un'espressione di incredulità. «Come hai detto? Non ti ho chiesto un parere. Ti ho comunicato ciò che avverrà. Andrai in monastero.»

«No, non ci andrò» insistette Talitha.

«Figlia mia...» mormorò sua madre sporgendosi verso di lei. I suoi occhi avevano una luce che non le aveva mai visto, e sembravano tremare di paura.

Megassa appoggiò una mano sul tavolino, fra Talitha e la madre. «Il tuo rifiuto non vale niente.» La sua voce vibrava di collera.

«Non potete mandarmi in monastero contro il mio volere» ribadì Talitha.

«È per il bene della famiglia» intervenne la contessa con una voce simile a un belato.

Talitha sentì qualcosa scattare dentro di sé.

«È per il *suo* bene!» urlò indicando il padre. «Era per il *suo* bene che Lebitha è andata in monastero, e per il *suo* bene avviene tutto, dentro questo palazzo!»

Il colpo arrivò del tutto inatteso. Un ruggito – perché null'altro era quel cupo brontolio, quel suono gutturale che uscì dalla bocca di suo padre – e la mano stretta attorno al collo. La alzò di peso dalla sedia e la sbatté contro il muro. Per un istante tutto esplose in una miriade di scintille di dolore.

«No, ti prego!» supplicò la contessa.

«Taci!» gridò Megassa.

Talitha recuperò piano la vista, pur sentendosi ancora soffocare nella morsa del padre. La testa le doleva da impazzire. Ma più del dolore a stordirla fu la paura, come non ne aveva mai provata in vita sua. Fino a quel momento neppure una volta suo padre aveva osato alzare le mani su di lei o su sua sorella. Tutte le punizioni che le erano state inflitte erano sempre state comminate dai servi, mente lui stava a guardare, immobile e inflessibile.

Non ora. Ora i suoi lineamenti erano distorti dalla rabbia, e i suoi occhi divampavano di furore.

«Ti sembra il modo di rivolgerti a tua madre? Di rivolgerti a *me*?» Talitha faticava a respirare, ma il conte non mollava la presa. «Sì, tutto in questo palazzo avviene per il mio bene, perché io *sono* questa famiglia! Perché tutto quel che c'è qui dentro lo devi a me, compresa la tua stupida vita, che mi appartiene!»

Talitha scosse lievemente la testa, per quanto le permetteva la stretta di suo padre. «No...» mormorò.

Megassa la colpì con un manrovescio e Talitha sbatté la faccia contro il muro.

«Tu farai quel che dico» gridò il conte.

Alzò di nuovo la mano, e Talitha d'istinto si nascose il volto. Attese il colpo, si preparò a una nuova ondata di dolore.

Ma il rumore che riempì la stanza non fu quello di una nuova percossa, bensì di una porta che si apriva di scatto.

«Fermatevi!»

Talitha socchiuse gli occhi. Saiph era entrato nel salotto e stava in piedi davanti a lei, le braccia aperte come per proteggerla da suo padre.

«Come osi!» urlò il conte, e lo colpì in faccia.

Lo schiavo rimase immobile, saldo, e non abbassò lo sguardo. Quell'atteggiamento mandò in bestia Megassa. Si avventò su di lui come un pazzo, con un pugno lo gettò a terra, poi prese a infierire con calci sul suo torace.

«Schiavo schifoso! Non ti è permesso rivolgermi la parola, non ti è permesso neppure guardarmi in volto!»

Il corpo di Saiph si piegava a ogni colpo. I calci diventavano però sempre più forti, facendogli perdere sangue dalla bocca.

In un lampo Talitha capì che suo padre non si sarebbe fermato finché non l'avesse ucciso.

«Basta, basta!» urlò gettandosi sul corpo di Saiph. «Ci andrò» urlò con tutto il fiato che le restava «ci andrò, ma non uccidetelo, vi prego!»

Megassa si fermò, ansimante. Guardò i due corpi a terra, poi prese un lungo respiro e si ricompose.

«Certo che ci andrai» disse tra gli ansiti. «E adesso sparisci dalla mia vista. E portati via il tuo servo.»

Lei si tirò su a fatica e prese Saiph per un braccio. Sua madre era rannicchiata in un angolo, terrorizzata. Talitha le gettò addosso uno sguardo di disprezzo, poi si avviò zoppicando verso la porta

La schiava muoveva le mani sul petto di Saiph con gesti sicuri e precisi. La sua era una sapienza antica di secoli: ogni Femtita sapeva riconoscere al tatto la gravità di tutti i tipi di ferita. Era l'unica salvezza, per chi non aveva il dolore a insegnargli cosa potesse mettere in pericolo la sua vita. Saiph la lasciava fare, immobile.

«Grazie, Raksa. Sei davvero brava» mormorò cercando di non muoversi.

«Non hai niente di rotto» disse lei tirandogli giù la casacca. «Solo brutte contusioni.»

Talitha trasse un sospiro di sollievo. «Sei molto più robusto di quanto sembri» commentò osservando il torace magro del ragazzo. «Va' pure, Raksa. Al resto penso io.»

La schiava le mise davanti un secchio pieno di una mistura di acqua e succo di porporino per disinfettare, assieme ad alcune pezzuole pulite. Fece un lieve inchino, quindi se ne andò.

Si trovavano nella camera di Saiph. Era stato un regalo di Lebitha a lui e a sua madre, un grande privilegio dal momento che tutti gli altri schiavi dovevano accontentarsi di un dormitorio comune.

In ogni caso la stanza era uno sgabuzzino inutilizzato vicino alla dispensa, un luogo misero e angusto, senza finestre. Dentro c'era spazio solo per un rozzo giaciglio di paglia. Un po' ovunque erano disposti libri e pergamene. Un altro lusso che Saiph e sua madre si erano potuti concedere: erano infatti tra i pochi Femtiti che sapessero leggere.

Talitha prese a immergere le pezzuole nella soluzione disinfettante. La faccia di Saiph non era un bello spettacolo. Aveva il labbro e un sopracciglio spaccati, e una grossa tumefazione tutto intorno alla mascella sinistra.

«Ringrazia Mira che non puoi provare dolore.»

«Appunto, non c'è bisogno che ti prodighi così tanto. Hai il labbro spaccato anche tu, e a te suppongo faccia male.»

Saiph allungò le dita per toccarle la ferita, ma lei si scostò con malagrazia. «Piantala. Sto bene.»

Prese a tamponargli le ferite. A tradimento, gli sollevò il labbro e gli guardò in bocca. Imprecò a bassa voce e gettò la pezzuola nel secchio.

«Che c'è?»

«Ti è saltato via un dente.»

Lui scosse le spalle. «Be', ne ho parecchi altri.» Provò a sorridere, ma Talitha rimase impassibile.

«Non avresti dovuto metterti in mezzo.»

Saiph la fissò a lungo e intensamente. «Non hai capito niente, oggi?» Talitha rivide l'immagine di suo padre furibondo, il volto irriconoscibile per l'ira. Un lungo brivido le scese giù per la schiena. «Lui è così, quel che hai visto oggi è il suo vero volto. Non si sarebbe fermato.»

«Io non ho paura del dolore.»

«Forse non sono stato abbastanza chiaro. Quando dico che non si sarebbe fermato, dico che ti avrebbe uccisa.»

Talitha si sforzò di fare una risata ironica, ma non le riuscì. «Sono sua figlia, non dire idiozie. Sono l'unica che gli rimane» aggiunse con tristezza.

«Tu non lo conosci davvero, o almeno non conosci questo suo aspetto.»

Stavolta fu Talitha a guardare lui. «Tu invece sì?»

«Non è la prima volta che se la prende con me.»

«Non mi dirai che ti ha bastonato!»

«Credevi che avesse qualche scrupolo perché sono il tuo attendente, perché sono il figlio della Femtita tanto amata da tua sorella? Mi ha bastonato, sì, o meglio, mi ha fatto bastonare, perché lui non si sporca le mani con gli schiavi. L'hai visto, quel giorno.» Talitha ricordò con un brivido lo schiavo ucciso in mezzo al cortile. «Non si sporca le mani, a meno che non sia folle di rabbia. Come oggi.»

Talitha riprese la pezzuola e iniziò a tamponargli il labbro.

«Hai qualcosa per una ferita del genere?» chiese.

«Sotto il cuscino c'è un vasetto con una pomata. È un rimedio efficace per far cicatrizzare le ferite, prendila.»

Talitha obbedì. Quando ebbe finito di applicare l'unguento, guardò Saiph dritto negli occhi. «Comunque, è per colpa tua che ho dovuto promettergli di andare. Se non ti fossi messo in mezzo, forse sì, mi avrebbe ammazzata, ma non mi avrebbe mai estorto quel maledetto sì.»

Saiph sgranò gli occhi. «Stai parlando seriamente?»

«Come non mai» rispose lei.

«Padrona, che alternative avevi? Puntare i piedi fino a convincerlo?»

«E allora cos'avrei dovuto fare?» sbottò Talitha. «Avrei dovuto permettergli di rovinarmi la vita? Perché di questo si tratta, di andarmi a seppellire là dove nessuno potrà mai raggiungermi, vivere una vita che non mi appartiene, e rinunciare all'unica cosa che mi piace.»

«Non è così.»

«E allora dimmelo tu com'è. Anche tu hai visto mia sorella consumarsi e morire.»

«Padrona, anche nella schiavitù c'è libertà. Io sono nato schiavo, e non sarò mai libero dal dominio di questa famiglia. Il mio corpo appartiene al tuo casato, e questo non posso cambiarlo. Ma se mi chiedi se mi sento libero... be', tra queste sbarre sì, mi sento libero. Perché anche nel mio destino ho saputo trovare una via.»

Talitha scosse la testa. «Io non mi posso, non mi *voglio* accontentare di questo.»

«Non l'hai già fatto? Hai accettato che tua sorella andasse in monastero, hai accettato l'istruzione che tuo padre ti ha imposto. Hai sempre accettato tutto. Eri già prigioniera.»

«Questo però è più di quanto io possa sopportare.»

«Lo dici perché non vedi le cose nella giusta prospettiva. Innanzitutto tuo padre è stato chiaro: avrai un ruolo di comando. Tempo pochi anni, e sarai a capo del monastero, allora farai quel che ti pare. E poi anche lì potrai continuare ad addestrarti: ci sono le Combattenti.»

«Già. E dovrò vivere per sempre lassù, avrò il dominio su una corte di schiave come me. E quanto alle Combattenti... vivere come ombre, sempre col volto coperto, a difendere uno stupido monastero. Non è certo quello cui ambivo.»

«Sono sicuro che dalla cima del Talareth lo spettacolo è meraviglioso.»

Talitha chiuse gli occhi. Sul fondo delle palpebre aveva ancora stampata l'immagine di sua sorella che nove anni prima saliva l'interminabile scala attorno al tronco del Talareth, sempre più in alto, fino a scomparire. Immaginò se stessa percorrere quello stesso cammino, si vide svanire tra i rami.

«Sarò sola» disse piano. «Lassù sarò sola davvero.»

Saiph rimase immobile, lo sguardo fisso su di lei.

«Non sarai sola. Perché io verrò con te.»

# 7

L'ultima sera, a palazzo, Talitha volle andare ancora una volta nei sotterranei, dagli schiavi. Attese che tutti dormissero, poi si infilò i suoi vestiti da cadetto e scese le scale in punta di piedi, col passo felpato che aveva perfezionato in tutti quegli anni di fughe notturne. Col tempo, gli schiavi avevano cominciato ad accettarla e proteggevano come potevano le sue sortite.

Così, la contessina si mescolò tra loro quasi fosse una schiava qualsiasi. Qualcuno tirò fuori un oriale e si mise a pizzicarne le corde, qualcun altro cominciò a cantare. Storie del Bosco del Divieto, storie del regno che aveva preceduto la schiavitù. E storie di Beata, la città perduta nel deserto, sorta all'ombra di un Talareth gigantesco e benigno, l'ultimo luogo su Nashira in cui vivessero Femtiti liberi. A Beata tutti erano uguali, non c'erano schiavi né padroni, sulle piante crescevano frutti grandi quanto la testa di un bambino e non c'era bisogno di coltivare la terra né di lavorare. A Beata i Femtiti ancora provavano dolore, e sapevano usare la magia come prima di diventare schiavi dei Talariti. O almeno così diceva la leggenda, perché quei tempi remoti nessuno li ricordava direttamente. Da quella città mitica un giorno sarebbe venuto l'Ultimo, che li avrebbe liberati e ricondotti al Bosco del Divieto, da dove provenivano.

Talitha ascoltava estasiata. Le storie di Beata erano le sue preferite, e nel canto dei Femtiti sentiva l'eco dei racconti di sua sorella; ne spirava lo stesso senso di libertà, ed era bello credere che esistesse almeno un posto su Nashira in cui la vita non era una strada dritta, costeggiata da argini invalicabili, ma un immenso prato, in cui il cammino non conosceva ostacoli e lo sguardo tremava di fronte alla vertigine di sconfinate possibilità.

Talitha ballò, rise e bevve. Succo di porporino, distillato illegalmente dai Femtiti spremendo le bucce dei frutti che lei e la sua famiglia scartavano.

La musica, il calore, l'aria viziata, tutto sembrava darle alla testa. Si sentì presto inebriata, leggera, come se il suo corpo non avesse più peso. Il mondo intorno a lei vorticava piano, e lei stessa aveva l'impressione che i suoi movimenti fossero innaturalmente fluidi. Pensò che forse il tempo aveva iniziato a rallentare, e che a furia di bere sarebbe riuscita a fermarlo del tutto, così che l'ultimo secondo prima del sorgere dei soli sarebbe durato in eterno. Le sarebbe piaciuta una vita intera come quella notte, passata a ballare dimentica di se stessa, in mezzo a quella gente che le sembrava così allegra e positiva pur nella schiavitù.

Non seppe neppure come, a un certo punto della serata si trovò all'aperto, sorretta da Saiph, in una zona discosta del giardino. Le fronde del Talareth, in alto, stormivano rumorose. Molti in quella serata ventosa avrebbero pregato per un cambiamento del tempo e un po' di pioggia.

«Mi fa male lo stomaco...» mormorò.

«Sta' calma, hai solo bevuto troppo. Mettiti giù e vedrai che ti passa.»

Talitha cadde seduta. Tutto intorno a lei girava, il cielo e la terra si confondevano. Si gettò supina, le mani appoggiate allo stomaco. Sentì l'erba farle il solletico sotto il collo, percepì l'umido della rugiada. Chiuse gli occhi e inspirò a fondo l'aria notturna.

«Questa roba me la faranno bere al monastero, che dici?» chiese ridacchiando.

Saiph annuì. «Sono sicuro che la producono direttamente le sacerdotesse.»

«Lo spero bene, anche se a giudicare dalla faccia della Grande Madre non ci giurerei: quella ha l'aria di una che non si diverte tanto.» Prese a ridere, prima piano, poi più forte, le mani sulla pancia.

«Vuoi smetterla di bestemmiare? E poi che ne sai? Nessuno può vedere in faccia la Grande Madre.»

«Io l'ho vista. Ho guardato dal buco della serratura quando è venuta da mia sorella. Aveva un muso...»

Talitha riprese a ridere rotolandosi a terra. Saiph cercò di trattenersi finché poté, ma il suo riso era contagioso, e in fin dei conti anche lui era un po' brillo.

Talitha finalmente si calmò. Era stesa pancia all'aria, le braccia aperte a croce. Sopra di sé riusciva a intravedere la luce delle due lune che occhieggiava a sprazzi dal manto di foglie. D'improvviso si fece seria.

«Saiph, sei sicuro di voler venire con me?»

Il silenzio fu interrotto dallo stormire delle frasche.

«Scherzi? È pieno di donne, lassù» rispose infine lui con occhi maliziosi.

«Dico sul serio. Vuoi davvero abbandonare questo posto per sempre? È qui che sei nato, ed è qui che tua madre è morta. È vero, ho insistito con mio padre per farti venire con me, ma se non te la senti, capirò.»

Saiph sorrise. «Questa è davvero la prova che sei ubriaca. Da sobria una cosa del genere non la diresti mai.»

Talitha assaporò il fresco dell'erba sulla pelle delle braccia. Avrebbe voluto fondersi con quel prato, diventare terra anche lei.

«E invece dico davvero. Domani salirò quelle scale e dirò addio alla mia libertà. Niente di quello che ho pensato, progettato, sentito fino a oggi avrà più senso: tutto cancellato. E lo stesso succederà a te» disse guardandolo di sottecchi.

Saiph rimase qualche attimo in silenzio, poi si gettò anche lui sull'erba.

«Io sono uno schiavo, e il mio destino è servire. Se rimanessi qui sarei per sempre una proprietà di tuo padre. Almeno al monastero apparterrò a te, quindi, tra qualche anno, alla Piccola Madre in persona. Anche se non è una prospettiva molto allettante, è pur sempre un piccolo salto di qualità.»

Talitha ridacchiò e gli diede un pugno scherzoso sulla spalla. «Chi ti dice che io sarò meglio di mio padre? Il Bastone lo so già usare, e figurati se quelle megere non mi insegneranno qualche altro trucchetto per farmi obbedire da uno stupido schiavo.»

Saiph mise le mani dietro la nuca. «Sarà un problema che mi porrò quando inizierai a diventare un padrone insopportabile.»

«Allora ti confido un segreto» disse Talitha facendosi seria. «Portami su i miei vestiti da cadetto. E il pugnale.»

«Cos'è, hai intenzione di ammazzarle tutte?» replicò Saiph. Ma il riso gli morì in gola di fronte all'espressione determinata di Talitha. «Stai dicendo sul serio?»

«Portami i miei vestiti e il mio pugnale.»

«Padrona, hai la vaga idea di quanto sia pericoloso quel che mi chiedi?»

«Tu fallo e basta» disse lei.

«Ma perché? A cosa ti serviranno lassù?» chiese Saiph sempre più preoccupato.

Talitha sospirò, e parve raccogliersi un istante in se stessa prima di rispondere.

«A fuggire.»

# 8

All'alba si presentarono a palazzo due sacerdotesse, e con loro, proprio come era successo con Lebitha, c'era anche la Piccola Madre.

La cerimonia d'iniziazione avvenne a porte chiuse. Le sacerdotesse la svestirono e le misero indosso la tunica gialla delle novizie. Talitha rimase inerte sotto le loro mani.

La Piccola Madre le sistemò i capelli nella stretta crocchia che sarebbe stata la sua pettinatura fino all'ordinazione.

Le sue dita secche e nodose facevano uno strano effetto infilate nei riccioli rosso fuoco di Talitha. Aveva movimenti decisamente poco delicati e un paio di volte le tirò i capelli fino a farle male.

Finalmente, quando ebbe concluso, Talitha si guardò di sfuggita nello specchio. La tunica le scendeva morbida sui fianchi, facendola sembrare una vergine sacrificale. I capelli erano in ordine come non li aveva mai avuti. D'un tratto sembrava cresciuta di qualche anno, ma l'espressione dura del viso e gli occhi fiammeggianti di un'ira a stento repressa stridevano con quell'aspetto castigato e compito.

«Siamo qui riuniti per verificare la Risonanza della futura novizia» esordì la Piccola Madre. «Questo è il cristallo di Pietra dell'Aria che un tempo sancì le straordinarie capacità della compianta sorella Lebitha.»

Aprì uno scrigno di metallo blu finemente intarsiato e mostrò il contenuto ai presenti: un semplice pezzo di Pietra dell'Aria, adagiato su un panno di seta.

«Prendilo, Talitha di Messe, e stringilo forte in mano.»

Talitha obbedì, sotto lo sguardo trepidante di suo padre. Saggiò con le dita la superficie liscia, levigata, e chiuse gli occhi, serrando la Pietra nel palmo, esattamente come aveva fatto un giorno lontano quando ancora era bambina e non poteva capire la portata di quel gesto. «Stringila forte e concentra tutti i pensieri sulla Pietra» le aveva detto la sacerdotessa. Solo che allora al suo fianco c'era sua sorella, mentre adesso era sola. Ricordò la Pietra sfavillare di una luce accecante nella mano di Lebitha. Lei aveva una Risonanza potentissima, ed era molto versata per la magia. L'avevano scoperto quel giorno, ed era stata proprio la luce dei due frammenti di Pietra a decidere il loro destino.

Ora il risultato non fu diverso da quello di un tempo.

Talitha riaprì la mano e mostrò la Pietra. Brillava di una luce debolissima, che accendeva di vaghi riflessi azzurri la superficie grigia.

Colse sul volto di Megassa l'ombra di una delusione. Durò un attimo appena, poi tornò impassibile e marziale come al solito, ma lo stesso lei ne godette intimamente.

Eppure sapeva che tutto era già scritto. Riconsegnò la Pietra alla Piccola Madre e si preparò a uscire dal palazzo per la seconda parte della funzione d'investitura.

Alla cerimonia della Prima Ascesa assisteva una folla numerosa, com'era stato per sua sorella.

Tra la moltitudine, Talitha scorse i volti conosciuti dei suoi ex commilitoni.

Tra di loro c'era anche Roye, il suo maestro d'armi. Il suo sguardo era indecifrabile, ma in fondo al cuore Talitha avvertì che lui capiva. Sperò che non la dimenticasse, che sentisse per sempre la mancanza della più valida delle sue allieve.

La Piccola Madre avanzò verso il tronco del Talareth assieme alle due sacerdotesse, e Talitha le seguì. Quando appoggiò il piede sul primo gradino, ebbe la strana sensazione di muoversi in un sogno, come se per magia fosse finita nel corpo di sua sorella. Salì una decina di scalini, poi si volse. Riuscì a intravedere suo padre irrigidirsi, il suo volto diventare terreo: nessuna novizia si girava mai durante la Prima Ascesa. Anche quello era un simbolo, significava l'irrevocabile decisione di abbandonare la vita precedente e votarsi agli dei. Ma non era per rompere una tradizione che Talitha si era voltata, bensì per accertarsi che suo padre stesse onorando il patto. E lui infatti era là, fermo sul primo gradino, dieci passi dietro di lei, come prescritto: Saiph. Indossava già la tunica dei servi del tempio, di un rosso scuro, con al centro del petto il simbolo sacro di Alya: un fiore rosso sangue che spuntava dal giallo oro di un campo.

Proseguirono la salita in silenzio, rispettando rigidamente le distanze che il rango imponeva loro di mantenere: la Piccola Madre davanti, le sacerdotesse due gradini indietro e Talitha quattro più in basso.

Le venne presto il fiatone, mentre i piedi di tanto in tanto inciampavano nella tunica.

«Esiste un sistema di montacarichi che arriva fino a giù. La Prima Ascesa, però, va compiuta a piedi» le aveva detto la Piccola Madre quando era arrivata a palazzo e l'aveva istruita sulla cerimonia.

Erano ormai parecchio in alto, un centinaio di braccia

almeno. Da lì, Messe appariva come un mosaico brillante di tetti colorati. Mentre saliva, Talitha guardava l'intrico di vie, l'intarsio dei palazzi accostati l'uno all'altro. C'erano quartieri che non aveva mai visitato, intere porzioni della città che le erano completamente ignote. Ma c'era anche il tetto candido, inconfondibile, della sua casa. Se aguzzava la vista, poteva distinguere il piccolo balcone della sua camera. E, soprattutto, c'era la Guardia. Era un palazzo di dimensioni modeste, ma avrebbe saputo riconoscere ovunque il profilo pentagonale del tetto e i bastioni delle mura. I suoi occhi si appuntarono su quella costruzione che pian piano si faceva sempre più piccola, confusa nel dedalo di strade. Se fosse diventata sacerdotessa, in futuro avrebbe rivisto il palazzo, avrebbe dormito di nuovo nella sua stanza e probabilmente avrebbe avuto modo di visitare qualcuna di quelle zone della città in cui non era mai stata. Ma la Guardia non l'avrebbe vista mai più.

«Accelera il passo» disse secca la Piccola Madre, quando Talitha rimase indietro di un paio di gradini. Una svolta ancora, lungo quell'interminabile scala, e si trovarono sopra i primi rami del Talareth. Un reticolo di foglie e legno frammentò l'immagine di Messe in una miriade di tessere disgiunte. Il tetto della Guardia si perse tra foglia e foglia. Talitha distolse lo sguardo e lo fissò sui gradini. Era davvero la fine, dunque.

O forse, solo l'inizio.

# Seconda Parte

Da *Foglia e radice. Botanica del Talareth*, Capitolo Nono,
di Sorella Ramia del Monastero di Mantela

*Infinite sono le proprietà dei Talareth. Producono l'aria che respiriamo e sono versatili al punto tale che, con appropriati sistemi di coltivazione, possono crescere sino a milleduecento braccia. Il loro legno, se non viene separato dalla pianta, ha la straordinaria capacità di resistere alla folgore e al fuoco. I Talareth si dimostrano così una presenza benigna per le città che ospitano.*

# 9

Talitha avanzava gradino dopo gradino, sollevando la tunica in modo da lasciare scoperti i piedi, ma era esausta. Provò a sostenersi al corrimano.

«Non ti è permesso appoggiarti!» gracchiò la Piccola Madre.

Talitha si domandò come facesse a vederla, se le dava le spalle e saliva rapida e instancabile. Avrebbe voluto chiedere quanto mancava, e ogni tanto sollevava gli occhi per cercare di scorgere il monastero tra i rami. Ma non le era permesso nemmeno parlare.

"La Prima Ascesa è un momento sacro" le aveva spiegato la Piccola Madre. "La fatica che proverai, ogni singolo spasmo dei tuoi muscoli, è un'offerta ad Alya, il primo dei molti sacrifici che dedicherai alla dea. Non ti è permesso profanare il rito con le parole. Dal momento in cui porrai il piede sul primo gradino, non ti fermerai né proferirai verbo finché non saremo arrivate in cima."

A un tratto, qualcosa iniziò a intravedersi tra le foglie. Talitha tirò il fiato e si fermò un istante.

«Non ti è permesso fermarti!» Ancora la voce della Piccola Madre, brusca e perentoria.

Talitha sentiva già di odiarla. Salì gli ultimi gradini con le gambe che imploravano pietà e davanti a lei di colpo si aprì uno spettacolo mozzafiato. A ottocento braccia di altezza, il monastero si sviluppava intorno al Talareth dove il tronco si divideva in decine di enormi rami, che a loro volta si biforcavano in centinaia di rami più piccoli. Ognuno degli edifici che componevano il monastero si trovava a un'altezza diversa rispetto all'altro, ed era collegato a quelli adiacenti tramite un'intricata ragnatela di scale metalliche e montacarichi. Insieme formavano un cerchio che a Talitha ricordava certi funghi che aveva visto svilupparsi nel giardino del palazzo, e ne aveva anche il colore, marrone scuro. Tutte le costruzioni erano infatti in legno di Talareth sbiadito dai soli e dagli anni, con le facciate intagliate a formare guglie, pinnacoli e archi. Decori floreali impreziosivano l'architettura e si avviluppavano attorno a esili colonne, foggiate come steli di fiori raccolti da nastri. Il simbolo del monastero, il fiore rosso fuoco sullo sfondo di un campo coltivato, era rappresentato un po' ovunque. Lungo gli edifici correvano ampi portici, probabilmente destinati alle passeggiate meditative.

L'attenzione di Talitha fu colpita dagli edifici principali, che svettavano per altezza e dimensioni. Uno era una costruzione slanciata, che a differenza delle altre era sorretta da un'intelaiatura metallica, sulla quale si innestavano pannelli riccamente intarsiati. Aveva la forma di un semicerchio, sovrastato da una preziosa cupola di vetro colorato e metallo. In cima era posata la statua slanciata e sottile di una donna dal ventre gravido, con in mano un fascio di fiori. Era chiaramente una rappresentazione della dea Alya, e questo significava che quell'edificio era il tempio.

Ai lati si trovavano due costruzioni basse e rettangolari, sulle cui facciate si susseguivano piccole finestre dalle vetrate colorate. Ce n'era infine un altro, più discosto, che sembrava un cubo sormontato da una serie di cupole di vetro.

La scala che Talitha aveva faticosamente salito terminava su una grande pedana di legno, dalla quale era poi possibile raggiungere l'edificio di forma semicircolare. Sulla pedana sostavano un gruppo di sacerdotesse in rosso e una trentina fra bambine e ragazze dell'età di Talitha, vestite come lei di giallo. Tutte si genuflessero non appena la Piccola Madre pose piede sulla pedana. Lei fece un gesto con entrambe le braccia, e sia le novizie che le sacerdotesse si alzarono in piedi. Poi si voltò verso Talitha, che capì di doversi inginocchiare.

«Benvenuta al monastero di Messe. Da oggi abbandonerai la tua vita laicale per abbracciare le grazie della vita consacrata alla dea Alya.»

Una sacerdotessa si fece avanti. Reggeva tra le braccia un bacile d'ottone pieno d'acqua profumata, dal quale emergevano gambi di fiori rossi. La Piccola Madre li prese e asperse con quei boccioli prima il capo di Talitha, poi l'intera assemblea.

«Io ti consacro, sorella.»

Talitha finalmente si alzò, e la comunità le tributò un breve applauso che non le diede alcuna gioia. Era mortalmente stanca, e non vedeva l'ora di poter stare un po' sola.

La Piccola Madre parlò brevemente con una sacerdotessa che aveva un nastro legato intorno al braccio. Era verde, segno inequivocabile che si trattava di un'Educatrice. Il codice dei nastri colorati era un'altra delle regole della vita al monastero, come le aveva spiegato la Piccola Madre durante la giornata di addestramento: verde per le Educatrici, bianco per le Oranti, marrone per le Vaganti, nero per le Giudicanti e infine rosa per le Curatrici.

Ai margini dell'assemblea Talitha colse alcune Combattenti immobili. Ne contò solo cinque, ma non si illuse: dovevano essercene sicuramente di più. A colpo d'occhio, la popolazione del monastero sembrava composta da almeno un centinaio tra sacerdotesse e novizie, e questo significava che c'erano almeno altrettanti schiavi. Cinque Combattenti non potevano bastare a garantire ordine e sicurezza.

La Piccola Madre si ritirò, e le novizie seguirono un'Educatrice all'interno di uno degli edifici rettangolari che affiancavano il tempio. Un'altra Educatrice si avvicinò a Talitha. Doveva avere una trentina d'anni, a giudicare dalla pelle delle mani e del collo, eppure la sua fronte era solcata da rughe profonde. I capelli erano gialli e stopposi, gli occhi di un marrone scialbo. Le labbra sottili e contratte le davano un'aria grave e severa.

«Vieni» le disse semplicemente.

«E il mio servo?» chiese Talitha, immobile. Aveva visto alcuni schiavi curiosare dalle porte di un edificio rustico, una specie di spoglia baracca che si trovava separata dal resto del complesso monastico, in un ramo laterale.

La sacerdotessa gettò uno sguardo distratto a Saiph. «Arath!» gridò.

Un'anziana Femtita si fece avanti, con il capo chino in segno di deferenza.

«Porta questo schiavo agli stalli e spiegagli tutto.»

La vecchia si chinò ancor più in segno di assenso.

«Lui è il mio attendente. Voglio che stia con me» disse secca Talitha.

L'Educatrice fece un passo verso di lei, sovrastandola. Talitha si sentì schiacciata dalla sua autorità, ma cercò di non farsi intimorire.

«Qui non siamo a palazzo, le cose funzionano in modo diverso. E ti conviene capirlo alla svelta, *contessina*. Ora seguimi.»

L'Educatrice si voltò e avanzò a grandi passi verso il monastero. Talitha non ebbe altra scelta che obbedire.

Nel breve giro del complesso che le fece fare, Talitha scoprì che l'Educatrice si chiamava Dorothea. Talitha non era l'unica di nobili natali, e a quelle come lei si riservava un trattamento particolarmente attento, visto che prima o poi sarebbero salite ai ranghi più alti del monastero. Sorella Dorothea le mostrò la posizione del refettorio e l'ingresso al tempio, poi finalmente la condusse al dormitorio, il fabbricato con le piccole finestre colorate che aveva attirato la sua attenzione all'arrivo; ora che lo vedeva da un'altra angolazione, Talitha capì che il tetto era un'unica, enorme vetrata decorata con l'immagine sinuosa della dea Alya. Durante il tragitto, sorella Dorothea le illustrò i doveri che il monastero le avrebbe imposto. La sveglia era all'alba, e fino a sera il suo tempo sarebbe stato diviso tra preghiere e studio, con brevi pause per i pasti. A Talitha sembrò che un ritmo del genere avrebbe ammazzato anche il più robusto degli schiavi.

Percorsero un corridoio aperto verso il lato del tronco, così che la parete alla loro destra era costituita direttamente dalla corteccia del Talareth; lungo la parete opposta si affacciava una serie di porte bianche. Sorella Dorothea si fermò davanti a una e l'aprì. «In genere le novizie dormono tutte assieme» disse. «Tu invece avrai una tua stanza, un privilegio che condividi con alcune tue compagne di alto lignaggio e con le sacerdotesse.»

La nuova casa di Talitha era una cella rettangolare, lunga quattro braccia e larga tre. C'era un letto di metallo, semplicissimo, coperto da un materasso di foglie secche.

Un inginocchiatoio era posto davanti a un piccolo altare, e ai piedi del letto stava la cassapanca che costituiva tutto il bagaglio che le avevano portato fin lassù da Messe. L'arredamento era completato da un rozzo tavolo sovrastato da una mensola, e da uno sgabello.

«E questa sarebbe la cella di una novizia di rango?» chiese Talitha, sentendosi già soffocare.

«La tua vita come l'hai vissuta finora, è finita» rispose gelida sorella Dorothea. «Qui non c'è spazio per il lusso, qui conduciamo un'esistenza quieta e operosa, che rifugge il superfluo ed è volta all'essenziale, al piacere della preghiera e della contemplazione. Lo sapevi quando hai scelto di prendere i voti.»

Certo, come fosse stata una sua scelta. Talitha si chiese se anche la Piccola Madre si accontentasse di un tavolo grezzo e di un letto scomodo.

«Gradirei inoltre che non parlassi se non direttamente interpellata, e che ti rivolgessi a me con rispetto» aggiunse l'Educatrice aggrottando la fronte.

Talitha la guardò in silenzio, senza abbassare gli occhi. Aveva voglia di prenderla a calci, ma non poteva farlo. Se voleva far sì che il suo periodo al monastero – il suo *breve* periodo – trascorresse in modo tranquillo, doveva evitare di entrare in contrasto con le gerarchie. «Posso farvi rispettosamente una domanda?» disse infine, cercando di non far trasparire l'insofferenza dalla voce.

Sorella Dorothea chinò il capo in segno di assenso.

«Dove sarà alloggiato il mio attendente?»

«Nelle baracche degli schiavi. E dove altrimenti?»

Talitha strinse i pugni. Da quello che aveva potuto vedere fin dal suo arrivo, i Femtiti al monastero venivano trattati come bestie, e la baracca in cui venivano ammassati ne era una dimostrazione. Immaginò Saiph costretto a condividere un giaciglio sporco e maleodorante con chissà quanti altri sventurati, e sentì una fitta al cuore.

«Potrò vederlo, stasera?»

«Sarà lui a servirti durante i pasti e a rassettare la tua stanza, esattamente come faceva a palazzo, se è questo che intendi.»

«Voglio che venga trattato come una mia proprietà, dunque con la cura che è dovuta a tutto ciò che è mio.»

Sorella Dorothea si lasciò sfuggire un sorriso di sufficienza. «Non è più tuo. Tuo padre l'ha venduto al monastero. Sta al nostro buon cuore assegnarlo alla cura della tua persona, ma per il resto è uno schiavo come gli altri.» Fece una pausa, mentre Talitha assorbiva l'informazione. «Ascolta. Tu pensi di essere importante qui perché sei la figlia del conte, ma la tua condizione non è diversa da quella di Jara, che è la figlia del conte di Fantea del Regno dell'Inverno, o Grele, figlia del re del Regno dell'Autunno. Forse un giorno tu diventerai Piccola Madre, ma fra molti anni, e sempre se la situazione nel frattempo non cambierà. Qui non vigono le leggi che valgono giù, a Messe. Noi siamo al di sopra di quelle regole. Il nostro potere deriva direttamente dagli dei ed è superiore a quello di tuo padre, e persino a quello di un re. Prima ti abituerai alla tua nuova situazione, meglio sarà per te.»

Talitha sentì il desiderio di avere tra le mani la sua spada per farle vedere con chi aveva a che fare. Lei era un cadetto, e le avrebbe strappato quel sorriso col suo acciaio. Ma ancora una volta si disse che non poteva. Così chinò il capo e disse: «Sì, sorella Dorothea.»

«Vieni, è quasi ora di cena» disse l'Educatrice con aria soddisfatta.

La luce aranciata del tramonto filtrava attraverso le ampie vetrate del refettorio, disegnando geometrie fantastiche sul pavimento.

Su un palco sopraelevato si trovava una tavolata decorata con il simbolo del monastero. Al centro sedeva la Piccola Madre, e accanto a lei le altre sacerdotesse di rango.

Davanti al palco c'erano due inginocchiatoi, il gradino ricoperto di velluto scarlatto. Sull'alzata erano aperti due libri.

Ai piedi del palco c'erano altre due tavolate: una ospitava le restanti sacerdotesse, l'altra le novizie. Sorella Dorothea accompagnò Talitha al secondo tavolo, poi andò a prendere posto sulla pedana rialzata.

Le novizie iniziarono a sussurrare non appena Talitha si fu seduta. Tutti gli sguardi erano puntati su di lei: alcuni curiosi, altri ostili, la maggior parte indifferenti. Lei scorse la platea con sdegno, a testa alta.

In fondo alla sala, colse l'immagine di Saiph, che le indirizzò un sorriso appena accennato mentre la Piccola Madre si alzava in piedi e un silenzio immediato scendeva sull'uditorio.

«Alla fine della giornata, ringraziamo Alya per la ricchezza dei suoi doni» disse.

A una a una, le sacerdotesse sedute accanto a lei si alzarono.

«Ti ringraziamo per questa giornata di dolce preghiera» disse la Prima Educatrice.

«Pace e prosperità scendano su di noi» risposero tutte in coro.

«Ti ringraziamo per questa giornata di fruttuoso studio» disse la Prima Curatrice.

Così, ognuna espresse la propria preghiera: erano tutte identiche, recitate con la stessa voce stentorea, e a Talitha parvero prive di qualsiasi slancio. Le facevano lo stesso effetto delle cerimonie cui era costretta ad assistere quando ancora viveva a palazzo: lunghe tiritere in cui non vibrava alcuna autentica fede, né una devozione sincera. Erano formule ripetute così tante volte da aver perso ormai ogni significato.

Solo le Combattenti non dissero nulla. Sei di loro erano in sala: quattro agli angoli del refettorio e due dietro la Piccola Madre, come ombre. Le Combattenti facevano voto di silenzio e potevano parlare solo quando venivano interpellate direttamente dalla Piccola Madre.

Infine, la Piccola Madre prese di nuovo la parola: «Ti ringraziamo, Grande Dea, per la nostra nuova consorella.» Tutti gli sguardi tornarono ad appuntarsi su Talitha. «Rendila salda nella fede e aiutala a far fruttare i suoi doni.» Tacque un istante. «Grazie infine per questo cibo: pur in tempi oscuri di morte e carestia non cessi di prenderti cura delle tue serve che anche oggi hai nutrito. Per questo mai smetteremo di renderti lode.»

«Pace e prosperità scendano su di noi» rispose l'assemblea, e finalmente tutte si sedettero.

Gli schiavi si fecero avanti e cominciarono a portare i piatti: contenevano carne immersa in un intingolo dall'odore forte, erbe di campo e granaglie bollite. Tutte vennero servite, tranne Talitha e un'altra decina di ragazze. E mentre si chiedeva se per via del suo rango le spettasse un cibo migliore, Talitha sentì chiamare da sorella Dorothea il suo nome insieme a quello delle altre rimaste senza cibo. Furono fatte alzare e mettere davanti agli inginocchiatoi. Talitha guardò le sue compagne. Avevano l'aria contrita, e una sembrava trattenere a stento le lacrime.

«Anche oggi» iniziò sorella Dorothea a voce alta, in modo che tutto l'uditorio potesse ascoltarla «alcune di voi sono venute meno ai loro compiti di brave novizie. Leré si è presentata tardi alla preghiera mattutina.» La prima ragazza della fila si inginocchiò. «Deneba ha sbagliato a recitare gli inni che doveva imparare a memoria.» La seconda ragazza cadde in ginocchio singhiozzando.

L'Educatrice continuò a proclamare le mancanze di ciascuna. Talitha sentì il cuore accelerare i battiti.

«Infine, la nostra nuova arrivata, Talitha di Messe» disse scandendo bene le parole. «Sebbene tu sia nuova, e dunque non ancora del tutto al corrente delle regole del monastero, devi sapere che qui chi sbaglia viene punito. Il suo errore si riverbera su tutta la comunità, e offende direttamente la dea. E anche tu hai sbagliato: hai indugiato sulla scala al momento di iniziare l'Ascesa, hai cercato di appoggiarti al corrimano quando sapevi che non ti era permesso. Inoltre, benché ti fosse stato fatto notare che si trattava di un atteggiamento irrispettoso nei confronti di una tua superiore, mi hai interrotta e hai parlato senza averne la facoltà.»

«Ma...»

«Taci!» La voce di sorella Dorothea riempì la sala, e il silenzio si fece ancora più gravido. «Questo non è un processo, e non hai diritto a difenderti. Qui si mette solo la comunità al corrente dei falli dei suoi membri meno capaci. E adesso inginocchiati.»

Talitha strinse i pugni e sostenne il suo sguardo per qualche secondo, ritta in piedi.

«Inginocchiati» ripeté la sacerdotessa in un sibilo.

Talitha si morse le labbra. Avrebbe voluto obbedire, ma non ci riusciva. L'ingiustizia di quanto le stava accadendo, l'umiliazione, erano eccessive. Avesse avuto tra le mani la sua spada, avrebbe detto addio al suo piano di fuga e si sarebbe aperta la strada combattendo, anche se sapeva che sarebbe stato un gesto sciocco e inutile. Rimase in piedi, con i pugni stretti, fino a quando una Combattente non si staccò dal fondo e la costrinse in ginocchio afferrandole la nuca.

Sorella Dorothea sorrise. «E adesso leggete gli inni.»

Le ragazze in ginocchio presero a leggere dai libri che avevano davanti. Si trattava di una preghiera tratta dal Libro della Beatitudine. Le loro voci erano fioche e stanche. Talitha, il capo chino, tacque. Guardava fisso sul legno, il viso in fiamme e le ginocchia doloranti. Sentiva in cuore un'ira bruciante, mentre lo stomaco le brontolava per la fame.

La sua vicina le diede di gomito. «Leggi!» le sussurrò. «Leggi o sarà peggio.»

Le indicò rapidamente con un dito il punto cui erano arrivate.

«Più forte» le incitò la Piccola Madre.

Le ragazze alzarono la voce. Talitha si unì a loro.

Mangiarono dopo le preghiere serali, quando ormai il buio era già calato. Sedevano nella sala vuota, distanti l'una dall'altra, in modo che non potessero parlare. Il pasto era freddo e disgustoso: le granaglie erano diventate una colla, la carne stopposa.

Dopo il pasto sorella Dorothea le accompagnò alle rispettive stanze. Talitha si gettò sfinita sul letto, facendo crocchiare le foglie del materasso sotto il peso del suo corpo.

Non era neppure arrivata, e già si era messa in mostra, l'opposto di quello che avrebbe dovuto fare, pensò. Sorella Dorothea, poi, la odiava fin da principio. Ma perché?

Strinse istintivamente le dita attorno alla metà del sasso appeso al cordino di cuoio, quello appartenuto a sua sorella. Aveva portato anche l'altro, ma era nella cassapanca; al collo preferiva portare quello di Lebitha, per avere sempre con sé un ricordo di lei. Passò i polpastrelli sulla superficie liscia della pietra, poi si fermò. Aveva colto un'asperità che non ricordava.

Prese la candela nella bugia, sul tavolo, e l'avvicinò al sasso: la parte superiore era liscia, ma su quella inferiore era inciso qualcosa, qualcosa che non riusciva a leggere. Aguzzò inutilmente la vista, poi trasalì. Qualcuno aveva bussato alla finestra.

Si alzò guardinga e cercò di vedere oltre il vetro, ma fuori era completamente buio, e la finestra era piccola. L'aprì con cautela e riconobbe la sagoma di Saiph ai margini del cono di luce: a malapena riusciva a scorgere metà del suo volto. Lui era stanco ma sorridente. «Hai dato un po' spettacolo a cena, eh?»

«Che ci fai qui?» gli chiese lei, rincuorata. «Come sei riuscito a non farti beccare?»

«Anni di esperienza... Sono passato a salutarti» rispose lui, cercando di controllare il tremito nella voce.

«Vieni alla luce, non ti vedo.»

«Padrona, questo posto è sorvegliato. Sono riuscito a venire fin qui solo aggregandomi ai servi che controllano le uscite di notte. Ci sono le Combattenti, e hanno dei bei Bastoni al fianco.»

Talitha sporse un braccio e lo afferrò rapida per la collottola, tirandolo alla luce. Lui chinò istintivamente il capo, ma non fu abbastanza rapido. Era pallido, il volto gonfio.

«Ti hanno bastonato...»

Saiph le afferrò la mano, e con malagrazia riuscì a liberarsi dalla sua presa. «Sono uno schiavo, e gli schiavi vengono bastonati.»

«Non il *mio* schiavo» replicò lei. Ma subito si ricordò

che Saiph non era più suo, e con ogni probabilità lui ne era al corrente fin dal principio. «Che cosa avevi fatto?»

«Sono stato lento a tornare alla baracca dopo il refettorio. L'ho fatto apposta, per studiare il percorso.» Saiph sorrise. «Ma questo non potevo dirglielo.»

«Che cos'hai scoperto?»

«Poco, finora. Solo che tutto è sorvegliato. E soprattutto sono sorvegliati i nuovi arrivi, dalle Combattenti.»

«Non staremo qui per molto.»

«Lo spero...» Saiph si guardò attorno. «Devo andare adesso. Comunicheremo come abbiamo stabilito, d'accordo?»

Si voltò di scatto senza attendere risposta e sparì nell'ombra. Talitha stava per richiamarlo quando vide nel buio una figura scura, il volto celato: una Combattente. Si affrettò a chiudere la finestra e si raggomitolò sul letto. Sarebbe stata molto più dura del previsto.

Saiph riuscì a rientrare alle baracche senza che nessuno lo scorgesse. In un paio di momenti rischiò di incrociare una pattuglia di Combattenti, ma gli dei dovevano vegliare su di lui, perché se la cavò sempre per un soffio. Il dormitorio non era nient'altro che un largo stanzone rettangolare. Non c'era neppure l'ombra di un letto. Si dormiva sdraiati a terra. Inoltre lo spazio era poco, ed era impossibile stendersi senza avere sotto la testa i piedi di qualcuno o un gomito infilato tra le costole.

Appena si fu sistemato, però, la porta venne spalancata da una Combattente. Per un attimo, pensò che fosse venuta a prenderlo, ma la Combattente era seguita da una sacerdotessa, che ordinò a tutti gli schiavi di uscire sul piazzale nel retro. «Che sta succedendo?» chiese Saiph a uno schiavo anziano, senza più un dente in bocca.

«Una punizione» rispose questi. «Facci l'abitudine. Ne vedrai spesso qui.»

Gli schiavi furono fatti allineare sul piazzale, poi la sacerdotessa disse il nome di quello da punire. Era un ragazzo più o meno dell'età di Saiph, che nel sentirsi chiamare si lasciò cadere a terra, tremante di terrore. Le Combattenti lo trascinarono fuori dalle fila, poi due di esse lo legarono mani e piedi a un ceppo. «Dieci bastonate» proclamò la sacerdotessa.

Lo schiavo cercò di protestare, ma la prima bastonata gli mozzò la parole in bocca. Poi non poté fare altro che gridare, mentre le bastonate si susseguivano. Saiph non aveva mai visto nessuno colpire con tale foga, né con una simile impassibilità. Le punizioni a palazzo, in confronto, erano carezze. Dovette distogliere lo sguardo. Non ce la faceva.

Quando la Combattente ebbe finito, e lo schiavo rimase a terra a gemere, la sacerdotessa si fece avanti. Era giovane, persino bella, ma il suo sguardo non tradiva un'ombra di pietà.

«Così trattiamo gli schiavi che disobbediscono. Così verrà trattato ognuno di voi, se mancherà. E ora, tornate a dormire.»

Rientrarono nella baracca. «Che cos'aveva fatto?» chiese piano Saiph al vecchio che gli si sdraiò accanto.

Quello lo guardò con triste rassegnazione. «Niente. Ogni tanto prendono a caso uno di noi e lo bastonano, giusto per ricordarci come funziona qui.» Poi lo osservò meglio in faccia. «Ma vedo che tu ne hai già ricevute.»

Una Combattente si sistemò davanti all'ingresso.

«Resta lì tutta la notte?» chiese Saiph.

Il vecchio annuì. «Però si danno il cambio» spiegò «e può passare anche mezz'ora senza che ci sia qualcuno.

Imparerai a muoverti meglio, se vorrai parlare con la ragazza nuova.»

«Che ne sai tu?» chiese Saiph, allarmato.

«Tutti sanno che hai un legame speciale con la tua padrona. Si vede. E lo sanno anche *loro*» disse indicando la Combattente. «Stai attento.»

La Combattente batté il Bastone a terra: era il modo con cui chiedeva silenzio. Il vecchio si coprì la testa, e Saiph fece altrettanto: per quel giorno aveva già saputo abbastanza. Cadde quasi immediatamente in un sonno profondo.

## 10

La sveglia arrivò prima ancora che i due soli fossero del tutto sorti. Una luce soffusa e rosata bagnava la stanza, fluendo attraverso il soffitto di vetro. Fu il rumore della maniglia che si abbassava a destare Talitha. La porta si schiuse piano, e apparve il volto di una giovane Femtita; aveva gli occhi grandi, allungati, di un oro spento che sfumava nel marrone. I capelli erano verde chiaro, lisci e tagliati appena sotto le orecchie. Talitha valutò che dovesse essere poco più grande di lei.

«Mia signora? Sono Mantes, mi è stato ordinato di occuparmi di voi. È ora di svegliarvi» disse piano.

Talitha lasciò che la vestisse e la preparasse per la colazione senza dire una parola.

«Saiph mi aspetta in refettorio?» chiese solo quando fu pronta.

«Mia signora, sorella Dorothea mi ha detto che oggi non gli sarà permesso di vedervi a colazione.»

Talitha si girò di scatto. «Cos'è questa storia? Portami immediatamente da lui. Gli è successo qualcosa?»

Mantes arretrò di un passo, spaventata. «Sta bene, mia signora, sta bene, gli ho parlato qualche minuto fa!»

Talitha era fuori di sé. *Certo, sta benissimo. Come potrebbe essere altrimenti, dopo una bastonatura? E se la prenderà anche questa schiava, se le creo troppi problemi...*

La guardò per qualche istante, poi decise di risparmiarle un'ingiusta punizione e senza aggiungere altro si avviò alla porta. Mantes tirò un sospiro di sollievo e la seguì.

Fuori l'aria era fresca, assai più di quanto non fosse a Messe; inoltre aveva un odore particolare che Talitha non aveva mai sentito. Del resto, lassù, così vicino alla Pietra, era più densa. Infatti, fin dalla sera prima aveva un leggero mal di testa. L'aveva attribuito alla stanchezza, ma la pungolava anche adesso.

Mantes la condusse al tempio, dove si stavano radunando le sacerdotesse. Talitha colse ancora l'immagine di due Combattenti.

*Dannazione, non mancano mai...*

Si soffermò a osservare la struttura del tempio: non aveva ancora avuto modo di entrarci, e nonostante l'odio che le ispirava il monastero, era affascinata dalla bellezza degli edifici e dalla loro elegante architettura.

L'ingresso consisteva in una doppia porta di legno che racchiudeva un piccolo locale decorato da bassorilievi con sinuosi motivi floreali. Passata anche la seconda porta, si entrava nel tempio vero e proprio. L'ambiente, semicircolare, era diviso in due navate da un ordine di altissime colonne che rappresentavano fusti di piante, più larghi in basso e in alto e stretti nella zona centrale, dove si riconosceva un nastro. Le colonne sostenevano una volta con vele a sesto acuto, ciascuna delle quali ospitava un motivo a forma di fiore, con uno spazio circolare e buio al centro. Sembrava di osservare un prato fiorito.

Avanzando ancora, si notava che le colonne reggevano

un'ampia balconata, subito sotto la cupola di vetro. Lì, Talitha riconobbe la Piccola Madre e le altre sacerdotesse di rango. Ma si soffermò poco su di loro. Tutta la sua attenzione era catturata dalla cupola. Semisferica, era occupata da una vetrata di straordinaria bellezza, decorata con un motivo di fiori intrecciati che incorniciava l'immagine centrale. Contro un cielo di un azzurro assoluto, solcato da candide nubi, era rappresentata una donna dai fianchi generosi e le braccia nude. Sembrava quasi di riuscire a percepirne la morbidezza. Sulle spalle, di un tenue color ambrato e quasi trasparenti, spiccavano grandi ali membranose. I capelli erano acconciati come quelli delle novizie, raccolti in una crocchia sulla nuca. Tra le braccia, che sostenevano i drappi della veste, portava due mazzi di fiori di vario genere, coloratissimi. Il suo volto era atteggiato a una calma imperscrutabile. Era Alya, la dea cui stava sacrificando tutta se stessa, eppure Talitha ne rimase affascinata. Era così bella, così materna e protettiva: sembrava che da lei non potesse venire alcun male. Si ritrovò a pensare che per una simile creatura si poteva anche rinunciare alla propria vita. E solo per godere un istante di un suo sguardo.

Qualcuno spinse Talitha da dietro. Era una ragazza, più o meno della sua età. «Muoviti, lascia passare anche gli altri» disse acida. Il viso, con il naso lungo e dritto e le labbra ben formate, era decisamente bello, ma aveva qualcosa di arcigno. Superò Talitha e andò a sedersi in una zona delimitata da un basso recinto metallico davanti all'altare. C'erano altre quattro file di panche distribuite a semicerchio tra le colonne, e Talitha si chiese dove dovesse mettersi lei. Ancora non capiva le complesse regole di quel posto, e voleva evitarsi una nuova punizione al refettorio.

«Stai cercando il tuo posto?» le chiese una voce al suo fianco. Era una ragazza prosperosa, che la guardava con un sorriso da bambina.

«Sì» rispose. «Sono nuova, mi chiamo Talitha.»

«Lo so. Lo sappiamo tutte. Io mi chiamo Kora» disse l'altra portando una mano alla fronte. «Vieni, ti accompagno al tuo posto.»

Talitha la seguì fino alla zona recintata accanto all'altare, e vide che in quei pochi minuti le panche erano ormai tutte occupate.

«Io rimarrò dietro» disse Kora. «Non sono figlia di genitori importanti» aggiunse.

«Grazie» mormorò Talitha.

«Di nulla. So come ci si sente appena arrivate.» La salutò con la mano, quindi scomparve verso il fondo del tempio.

Talitha si sedette in un posto libero a poche braccia dall'altare. Questo era un blocco di pietra candida, finemente istoriata, posato davanti a una pala in pietra nera. Non poté indagare oltre, perché la celebrante entrò e iniziarono i riti, fatti per lo più di canti.

Talitha si unì al coro, ma a voce bassa, controvoglia. Cantare non le era mai piaciuto, soprattutto quando altri potevano sentirla. Intanto la luce pian piano aumentava, finché da un foro che doveva essere situato da qualche parte sopra l'ingresso penetrò un singolo, sottilissimo raggio di luce solare. Tagliò in due l'aria densa del tempio e si fermò sull'altare. La pala s'illuminò: linee dorate andarono disegnandosi sulla superficie in ombra, come lava incandescente versata in sottili canali. All'improvviso fu visibile l'immagine magnifica e terribile di un volto di donna; circonfuso di globi luminosi, sembrava guardare le sacerdotesse dall'alto in basso, gli occhi socchiusi e l'espressione severa. Le tempie erano coronate da splendidi boccioli bianchi, e i capelli scendevano vaporosi in ampie volute, sinuose come un labirinto. Era Mira.

Talitha rimase a bocca aperta, mentre la luce andava aumentando e inondava completamente la pala: le linee dorate si sciolsero in un bagliore talmente intenso da risultare intollerabile. In quel momento i canti cessarono. La Celebrante sciolse l'assemblea, e le sacerdotesse iniziarono a defluire verso le rispettive attività quotidiane muovendosi quasi all'unisono. Talitha si alzò per ultima e all'ingresso del recinto incontrò Kora, che evidentemente la stava aspettando.

«Ti ha fatto effetto, eh?» disse, vedendo l'espressione ancora imbambolata di Talitha.

«La pala era bellissima... Ma come...»

«Il fregio è riempito di nitite, una sostanza che brilla quando viene illuminata dai raggi di Miraval» spiegò Kora. «C'è poco di magico, una volta che lo sai. Vieni, tu sei in gruppo con noi» aggiunse prendendola per un braccio.

Talitha fremette. Non le era mai piaciuto essere toccata da estranei, se non durante i combattimenti, ma era chiaro che Kora era animata solo da buone intenzioni e la seguì.

Mentre attraversavano il tempio, notò varie nicchie laterali. Erano occupate da piccoli altari e da mosaici raffiguranti le Essenze, i servitori di Alya. Alcune le conosceva; il loro culto era molto diffuso a Talaria, soprattutto presso la gente incolta. Era uso chiedere loro grazie di ogni genere, e ognuna di esse proteggeva un'attività umana. Aveva sentito dire che ce ne fosse addirittura una che proteggeva i ladri.

In una delle nicchie più riparate scorse un oggetto lungo, dal brillio metallico, che le sembrò un'arma di qualche genere, ma non poté indagare oltre perché erano ormai giunte davanti a sorella Dorothea, che sostava sulla porta.

«Allora, Talitha di Messe, anche stasera ci allieterai con qualche bella lettura?»

Era la ragazza bionda che l'aveva spintonata ad aver parlato. Le si era fatta da presso, accompagnata da un altro paio di ragazzine che ridacchiavano.

«Basta, Grele, sai che è nuova» intervenne Kora.

«Nessuno ha chiesto il tuo parere» replicò l'altra, brusca. Poi fissò di nuovo Talitha. «Credo tu abbia raggiunto un primato: farsi punire dopo nemmeno un giorno.»

Talitha indurì lo sguardo, pronta a replicare, ma Kora la prese per mano e la trascinò avanti. «Lascia stare, non vale la pena mettersi nei guai»

«Chi è quella?» chiese Talitha.

«Si chiama Grele. E non le piace avere concorrenti» rispose Kora enigmatica, chiaramente ansiosa di cambiare argomento.

Finalmente giunsero in un'ampia sala dove la luce dei due soli fluiva a fiotti dalle vetrate. Sorella Dorothea prese posto in uno scranno davanti a un tavolo sul quale era appoggiato un libro, mentre le novizie si sedettero di fronte a lei. Aprì il volume e lo sfogliò per qualche secondo, mentre la tensione serpeggiava tra le ragazze.

Infine sollevò lo sguardo. «Grele. Recita tu l'Inno dell'Estate.»

Grele si alzò in piedi e iniziò a declamare con voce chiara e sicura, mentre un'espressione sempre più soddisfatta si disegnava sul volto di sorella Dorothea. Quando la novizia finì, annuì sorridendo. «Brava, brava come sempre.»

«Per grazia di Alya» rispose la ragazza, quindi si sedette tra gli sguardi ammirati delle compagne. Talitha capì che Grele esercitava una notevole influenza sulle altre e doveva essere abituata a comandare anche prima di arrivare al monastero.

«Talitha, alzati» disse a quel punto sorella Dorothea.

Talitha si alzò lentamente, mentre gli occhi delle compagne si puntavano su di lei.

«Noi tutte ci aspettiamo grandi cose da te» aggiunse l'Educatrice guardandola dritto negli occhi. «Tua sorella era una sacerdotessa straordinaria, dotata di una grande Risonanza. Ci auguriamo che tu possa eguagliarla e superarla.»

«Sì... maestra» si sforzò di dire Talitha.

«Recitami l'inno quattrocentododici.»

Talitha sentì un colpo al cuore. Come potevano aspettarsi che sapesse qualcosa il *primo giorno*?

«Non... non lo conosco, maestra.»

Sorella Dorothea assunse un'espressione stupita. «Eppure è tra gli inni più noti. Il duecentosette, allora.»

Talitha si morse le labbra. Grele la guardava con un sorriso trionfante.

«Non dirmi che non conosci nemmeno questo.»

«No.»

«Mi stupisco. Che educazione ti davano a casa? Allora recitane uno che sai, uno qualsiasi. Ne conoscerai almeno uno.»

Talitha scandagliò la memoria con foga. Alla fine, qualcosa emerse dal vuoto dei suoi ricordi. Recitò con voce stentata: «Lode ad Alya ogni giorno, dal sorgere di Miraval al suo tramonto, lode per ciò che ci dona e lode per ciò che ci toglie.»

Qualcuno ridacchiò, ma sorella Dorothea impose il silenzio. «Tutto qui?» disse. «Una filastrocca per bambini?»

Talitha non rispose, mentre sentiva il sangue che le saliva alle guance. Anche se il suo pensiero principale era fuggire dal monastero, essere umiliata davanti a tutti le bruciava.

«Per domani voglio che tu abbia imparato i primi cento inni. E ora siediti» disse l'Educatrice.

Dopo una lezione sui testi sacri che a Talitha parve interminabile, sorella Dorothea licenziò la classe. Ma prima di lasciar andare Talitha, la prese in disparte. «Hai enormi lacune nella dottrina, spero tu ne sia consapevole.»

Talitha annuì.

«Le tue consorelle sono a un livello di studi molto più avanzato, ed è evidente che tu al momento non sei neppure in grado di capire di cosa stiamo parlando. Per questo ho pensato che la cosa migliore sia farti studiare con me. Inizieremo stasera, dopo cena.»

«Ma mi avete dato da imparare gli inni» protestò Talitha.

«Cosa che farai stanotte.»

Talitha affondò le unghie nel palmo della mano. La volevano ammazzare con lo studio, soffocare di libri.

*Sei un cadetto, non avranno mai ragione di te*, si disse. Il pensiero le portò un po' di calma, mentre raggiungeva le altre per una nuova lezione in una nuova aula.

Era un'ampia sala, adiacente a quella che avevano appena occupato, e come quella decorata su un'intera parete da grandi vetrate. Sul lato opposto, invece, c'erano alti scaffali di legno massiccio, colmi di libri fino al soffitto. Il resto dello spazio era riempito da dieci scrivanie, lunghe almeno sei braccia ognuna, distribuite su due file al centro del locale. In fondo, su una pedana rialzata, sedeva una vecchia sacerdotessa.

«Devi andare da sorella Fonia, lei sa qual è il tuo programma di studi» le spiegò Kora.

Sorella Fonia era una donna corpulenta, i capelli radi e stopposi ormai tutti neri. Il volto era un intrico di rughe. Stringeva gli occhi nonostante gli spessi occhiali, e teneva il capo chino su un grosso volume. Non parve nemmeno accorgersi di lei.

«Maestra Fonia?» disse piano Talitha.

La vecchia alzò lo sguardo. I suoi occhi erano di un colore slavato, come un tessuto liso per il troppo uso. Sembrò non riconoscerla, e si aggiustò gli occhiali sul naso.

«Sono Talitha di Messe.»

L'anziana sacerdotessa continuò a guardarla dubbiosa, poi parve aver finalmente capito e sospirò. «Ah, certo... la nuova. Aspetta qui.»

Si tirò su a fatica, le mani poggiate sulla scrivania, quindi si avviò camminando lenta, come incurvata sotto un enorme peso, e scomparve attraverso una porticina. Talitha rimase in piedi davanti alla scrivania, chiedendosi quanti anni avesse la donna; le sembrava decrepita. Attese una manciata di minuti, poi finalmente sorella Fonia riemerse dalla porticina con in mano quattro grossi volumi che sembravano schiacciarla sotto il loro peso. Li mise sulla scrivania, sollevando una nuvola di polvere. Tossì, poi guardò Talitha al di sopra degli occhiali.

«Tuo padre ci ha informati sullo stato della tua preparazione. Alcune delle materie che studiavi con i precettori a palazzo qui non ti servono. Altre invece è meglio che tu le approfondisca: questi sono un trattato di storia elementare, un libro sulla botanica dei Talareth, uno studio sulle proprietà e le caratteristiche della Pietra dell'Aria e la raccolta degli inni. Gli inni puoi portarli nella tua stanza, sorella Dorothea te ne ha dato facoltà. Gli altri puoi studiarli solo qui dentro.»

Si chinò con difficoltà, cercando qualcosa sotto la scrivania, poi gettò sulla pila di libri alcuni fogli di carta tenuti insieme da un nastro viola. «Questi sono per gli appunti. Fatteli bastare, perché per un mese non ne avrai altri.» Terminato il discorsetto, la vecchia si disinteressò immediatamente a lei e si immerse di nuovo nella lettura.

Sotto il peso dei libri, Talitha avanzò a stento verso un

posto libero allo stesso tavolo cui sedeva Kora. Tutte leggevano in silenzio, notò Talitha, cosa che avrebbe dovuto fare anche lei e nessuna delle materie la ispirava. L'unico libro che poteva essere vagamente interessante era quello di storia, e attaccò con quello.

*Per lo meno non ci sono stupidi istitutori da stare a sentire*, si disse, ma le scappò un gemito quando aprì la prima pagina. Il testo era fittissimo, vergato in una calligrafia minuta, disposto su due colonne. Le ci sarebbe voluta una vita.

Rassegnata, intinse la penna nel calamaio, quindi scrisse sul primo foglio: *Giorno uno, storia*. E iniziò a leggere.

## II

Saiph si terse il sudore dalla fronte con il dorso della mano. Non poteva sentire il dolore alle ginocchia, posate sulle assi del dormitorio da due ore, né alla schiena, forzata in una posizione innaturale, ma percepiva tutta la stanchezza. Dopo la bastonata e il divieto di incontrare Talitha quella mattina, quel compito ingrato era l'ultimo tassello della sua punizione: pulire da solo tutto il dormitorio degli schiavi. Si domandò da quanto tempo qualcuno non ci mettesse mano: era tutto un brulicare di insetti, alcuni morti da così tanto che le carcasse erano diventate involucri trasparenti, le tele dei ragni gli si avviluppavano intorno alle mani quando cercava di spazzarle via, e il legno era incrostato di sporcizia di ogni genere. D'altronde, c'era un solo pitale per i bisogni di tutti.

Quando aveva lasciato Messe, Saiph era consapevole che ci sarebbe stato un peggioramento delle sue condizioni, però non ne aveva immaginato la portata. Sua madre glielo ripeteva spesso, quand'era in vita, che loro erano fortunati grazie al benvolere delle contessine.

Era però anche convinto che non sarebbe stato difficile abituarsi rapidamente alle nuove condizioni di vita: era molto bravo a non farsi notare e a recitare la parte dello schiavo obbediente. Alcuni famigli, a palazzo, ancora non ricordavano il suo nome perché raramente era capitato di doverlo riprendere.

Si tirò su piano, ma dovette sedersi perché le articolazioni non volevano saperne di muoversi. Si arrotolò le brache fino a metà coscia. Le ginocchia erano viola per i lividi.

La giornata era cominciata ancora prima dell'alba. Una sacerdotessa aveva svegliato lui e gli altri schiavi, e poi li aveva smistati nelle attività quotidiane: chi alla cucina, chi alla lavanderia, chi ai montacarichi che portavano fin lassù cibo e bevande. E lui a occuparsi dei compiti più degradanti: portare via i rifiuti, pulire le latrine e adesso sistemare quelle baracche. Si chiedeva se ce l'avessero con lui o se fosse il trattamento riservato agli ultimi arrivati.

Si alzò a fatica e zoppicando si trascinò fuori. Le piattaforme del monastero, a quell'ora, erano piane assolate e deserte. Le novizie erano impegnate negli studi, le sacerdotesse nelle incombenze di culto. Un famiglio lo bloccò quasi subito, il Bastone stretto in pugno.

«Dovevi pulire il dormitorio.»

«L'ho fatto.»

L'altro lo guardò dubbioso. «Questo lo vedremo. Presentati alle cucine a raccogliere i rifiuti.»

Saiph aveva ancora difficoltà a muoversi per via delle ginocchia, così incespicò e cadde carponi. Fece per tirarsi su, rassegnato, quando il famiglio lo colpì col Bastone. Percepì solo l'ondata di terrore, assoluta e paralizzante. Finì faccia a terra, le braccia aperte.

Il famiglio lo sollevò di peso e lo rimise in piedi. «Ne vuoi ancora o hai capito?»

Saiph alzò le mani che ancora tremavano. «Ho capito» mormorò. Faticava ad articolare le parole.

L'altro gli assestò un calcio sugli stinchi. «Muoviti!»

Saiph si affrettò ad allontanarsi, pensando che era meglio se la padrona trovava rapidamente il modo di andarsene: dubitava che sarebbe sopravvissuto abbastanza per aiutarla.

Talitha si riscosse al suono della campanella del pranzo, la testa che le pulsava dolorosamente. Il libro di storia si era rivelato una noia mortale, e le ci era voluta tutta la sua concentrazione per non distrarsi e prendere un po' di appunti sulle nozioni fondamentali. Quanto meno, non si trattava di argomenti di cui fosse del tutto digiuna: l'Antica Guerra l'aveva sempre interessata molto, e anche le vicende del suo casato, piene di congiure e battaglie. Comunque, era stato faticoso.

Nel refettorio cercò immediatamente con lo sguardo Saiph. Gli schiavi erano disposti in fondo, come la sera prima, ma lui non c'era. Talitha si bloccò in mezzo alla sala, mentre le altre novizie sciamavano verso i propri posti.

«Sbrigati, dobbiamo essere tutte sedute all'arrivo della Piccola Madre» mormorò Kora.

Ma Talitha non si mosse. «Il mio attendente non c'è.»

Kora guardò le file degli schiavi. «Manca anche la mia, a volte capita...»

«Non c'era nemmeno stamattina.»

Kora capì che Talitha era davvero preoccupata per lo schiavo. «Sono sicura che stia bene.»

«Ieri sera l'avevano bastonato.»

«A volte capita. Sono molto severi quassù.»

«Lui è il *mio* schiavo, decido io se deve essere bastonato.»

«Talitha, ti prego» disse la ragazza tirandola dolcemente «ci dobbiamo sedere. Il tuo schiavo lo cercherai dopo.»

Talitha la seguì riluttante e le si sedette accanto.

Il cibo fu parco: una zuppa acquosa di bacche e alghe di lago, nella quale galleggiavano sparuti pezzetti di pesce. Le novizie rimasero in assoluto silenzio, e anche lei si attenne a quella regola fino alla conclusione del pasto. Nel primo pomeriggio le novizie avevano un'ora di libertà, che normalmente utilizzavano per riposarsi nelle loro celle. Talitha, seppure avrebbe di gran lunga preferito andare a cercare Saiph, seguì Kora fino a uno dei parapetti. Si appoggiarono, cercando di scorgere Messe tra i rami.

«Sono anch'io di Messe» disse Kora. «Della periferia. I miei sono commercianti.» Poi si voltò verso Talitha e sorrise. «Ti ho vista, sai? Passavi davanti al nostro negozio, quando tornavi dalla Guardia. Eri bellissima, vestita da uomo.»

Talitha sentì una fitta al cuore. Quella vita le sembrava già lontanissima, un sogno finito da un pezzo.

«E poi, certo, ti ho vista alle cerimonie, con tuo padre. Ecco il bello del monastero: a Messe non avrei potuto starti davanti così e parlarti in questo modo. Qui invece sei una mia consorella, anche se un giorno tu sarai Piccola Madre.»

«Mio padre mi ha mandato qui per questo» disse Talitha.

«Ed è per questo che Grele ti odia: era convinta di essere lei la predestinata. Ma non è detto che non riesca ad arrivarci al posto tuo.» Di fronte allo sconcerto di Talitha, Kora proseguì: «Le regole del monastero sono diverse da quelle di Messe. Anche se tuo padre ha preso degli accordi, non è detto che qui non possano cambiare. Soprattutto se tu ti dimostrerai una pessima novizia.»

Talitha scosse la testa. «Finora lo sono stata.»

Kora sorrise ancora. «È così per tutte, il primo giorno. Ma imparerai. Ognuna di noi l'ha fatto, e molto in fretta.»

Talitha stava per ribattere quando dall'altra parte della piattaforma, dove si aprivano le cucine, intravide una magra figura piegata sotto il peso di un enorme sacco di rifiuti sgocciolanti. «Saiph!» gridò Talitha correndogli incontro, incurante degli sguardi scandalizzati delle sacerdotesse. «Dov'eri finito?»

«Padrona...»

«Stai bene? Perché cammini così?»

Saiph fece un passo indietro. «Padrona...» disse di nuovo.

«Che sta succedendo, Saiph?»

«Era la stessa domanda che volevo fare a te.» Sorella Dorothea si era materializzata alle sue spalle, il volto severo.

«Cos'è successo al mio schiavo?» chiese Talitha d'impeto.

Le narici della sacerdotessa fremettero. «Ti ho forse dato la parola?»

Talitha stava per controbattere, ma uno sguardo di Saiph la convinse a desistere. A fatica chinò il capo. «No, maestra.»

L'Educatrice fece una smorfia di sdegno. «Non so quale fosse l'uso a casa tua, ma qui non tolleriamo simili vicinanze tra schiavi e novizie.»

«Volevo soltanto sapere...»

Sorella Dorothea alzò un dito. «Non ti ho dato la parola. Stasera il tuo attendente rimarrà senza cibo, per ricordarti che siamo noi a disporre di lui. Non tu. Ma non credere che sarà solo lui a pagare per questo spiacevole incidente» aggiunse, poi girò sui tacchi e si allontanò.

Dietro di lei, Talitha intravide Grele che ridacchiava insieme alle sue due inseparabili compagne, e Kora distogliere imbarazzata lo sguardo.

«Saiph...» disse.

Lui scosse il capo. «È meglio se vai adesso. Non ti preoccupare per la cena. Troverò qualcosa tra i rifiuti.» Vide l'espressione affranta di Talitha e sorrise. «Padrona, ti ho lasciato qualcosa in stanza che ti ridarà il buon umore» e si allontanò barcollando sotto il peso del sacco.

Talitha aprì la porta della sua cella e si sentì soffocare non appena rivide la stanza. Non riusciva ad abituarsi a muoversi in uno spazio tanto angusto. Non avrebbe mai creduto di poterlo pensare, ma le mancava la sua camera a palazzo. Corse subito alla cassapanca e la aprì. Estrasse quello che conteneva: un po' di biancheria intima e due vesti da novizia. Quando ebbe finito, tastò il fondo, fino a trovare la sottile intercapedine che lo separava dalle pareti di legno. Cercò di sollevare la tavola, fece forza con le unghie e se ne spezzò una, ma alla fine riuscì a toglierla. La mise di lato e guardò quel che nascondeva. Il cuore le lanciò una stilettata di dolore e nostalgia.

Accuratamente piegati, c'erano i suoi vestiti da cadetto: le brache rinforzate col cuoio, l'ampia casacca, il giustacuore, persino gli stivali. Sopra, appoggiato sulla stoffa, c'era un pugnale. La lucentezza dell'acciaio parlava chiaro: era un'arma forgiata di recente. Un'arma *sua*.

*Bravo, Saiph, bravissimo*, pensò con gratitudine. Chissà come, tra i compiti gravosi e la sorveglianza, era riuscito a portarle quello che aveva accuratamente nascosto durante l'ascesa al monastero. Prima di rimettere a posto il doppio fondo, Talitha non resistette: prese in mano il pugnale con delicatezza, contemplò il bagliore del metallo colpito dalla luce ambrata del primo pomeriggio. Per un istante le sembrò che nulla fosse ancora perduto, che quell'arma parlasse del suo indissolubile legame con la Guardia. Il monastero era il presente, certo, ma quel pugnale era la solidità di un destino che nulla poteva cambiare, neppure la permanenza in quella prigione. La luce percorse la lama e il suo riflesso spazzò la stanza, fino a posarsi sul ciondolo col sasso, quello appartenuto a sua sorella. Non appena la luce lo colpì, Talitha vide la superficie del sasso come animarsi. Qualcosa brillava fulgido su di essa, una figura, un'incisione, impossibile dirlo da quella distanza. Ma la luce che proiettava era così brillante da illuminare la parete di fronte. Talitha spostò lo sguardo e rimase a bocca aperta.

L'iscrizione si rifletteva sulla parete come per magia. Sua sorella doveva averla incisa con uno strumento sottile, per poi riempirla di nitite, la sostanza che aveva visto risplendere sopra l'altare del tempio.

La scritta era finalmente chiara: UNISCILE E LE SEPARERAI. B.

Nulla di più, ma non c'era possibilità di equivoco. B come Bitha, il soprannome che solo lei, in tutto il palazzo, in tutta Talaria, usava quando si rivolgeva a Lebitha. Il messaggio era di sua sorella, ed era per lei.

# 12

«Mia signora? Mia signora!»

Talitha si riscosse. Era seduta allo scrittoio, le braccia conserte.

Davanti a lei c'era Mantes, l'aria spaventata. «Siete stata convocata da sorella Pelei» disse a mezza voce.

«Che ora è?»

«L'ottava, mia signora.»

Talitha si stropicciò gli occhi. Non si era neppure accorta di essersi addormentata. Si era lambiccata il cervello per un po' col messaggio di sua sorella: aveva subito unito le due metà del sasso, ma senza venire a capo di nulla. Probabilmente si era appisolata mentre rifletteva sul da farsi.

Sbadigliò, si alzò dalla sedia.

«Ma la lezione non era per l'ora nona?»

«Sì, mia signora, ma sorella Pelei ha chiesto di vedervi prima.»

Talitha alzò gli occhi al cielo. Perfetto. Ecco un'altra che voleva torturarla un po' in privato. Si domandò quale fosse il reale potere di suo padre, se al monastero tutti si prendevano la libertà di trattarla in quel modo.

Mantes la guidò per il monastero. L'edificio ero lo stesso in cui Talitha aveva seguito le lezioni della mattina, la stanza era un'aula di fianco alla sala di lettura: un locale quadrato, occupato da un grosso emiciclo di legno bianco. Al centro, una scrivania massiccia dello stesso colore, dietro la quale si trovava una sedia in velluto verde. Vi sedeva una donna china sui libri. Talitha, dall'alto dell'emiciclo, riusciva a distinguerne solo la capigliatura, di un bel ramato che splendeva di riflessi dorati sotto la calda luce del pomeriggio.

Mantes si ritirò con un inchino e dopo qualche istante sorella Pelei agitò una mano verso Talitha. «Vieni pure» disse. Talitha scese piano e quando arrivò all'ultimo scalino, finalmente la sacerdotessa alzò lo sguardo. Era una donna di mezza età, il volto dai lineamenti marcati e gli occhi grigi e attenti. Sul seno, piuttosto abbondante e scoperto da una scollatura decisamente sconveniente per una sacerdotessa, brillava il cristallo di Pietra dell'Aria: la Risonanza di quella donna era così fulgida, così potente che la Pietra emetteva luce spontaneamente, senza che la dovesse tenere tra le mani.

«Siediti» le disse indicandole uno sgabello. «Sai cosa insegno?»

«No, maestra» rispose Talitha accomodandosi.

Sorella Pelei indicò la sua Pietra. «Magia.»

Talitha ne fu intimorita. La storia, la religione e le altre discipline poteva studiarle, e colmare così le proprie lacune, ma con la magia poteva fare poco. La sua Risonanza era ridicola.

Sorella Pelei le rivolse un sorriso. «Sei un po' frastornata, vero?»

Talitha annuì.

«È normale, tutte lo siamo i primi giorni» continuò la

sacerdotessa. Sospirò e chiuse il libro che stava leggendo. «Non hai mai ricevuto un'istruzione magica, dico bene?»

Talitha annuì di nuovo.

«Ho già provveduto a inserirti nella mia classe di principianti. So che per una ragazza della tua età non è il massimo studiare insieme a bambine di nemmeno dieci anni, ma non possiamo fare altrimenti.»

Talitha incassò la testa tra le spalle. «Ho cominciato in ritardo. Io... non toccava a me venire qui.»

«Lo so. Hai preso il posto di tua sorella. Ma anche mettendoti tra le novizie più giovani, sei sempre un passo indietro a loro nella preparazione. Quindi ho pensato che per i primi tempi converrà che tu venga da me sempre a quest'ora, e io ti insegnerò privatamente i rudimenti della magia. Poi parteciperai alla lezione con le altre bambine, e quando sarai abbastanza brava potrai unirti alle tue coetanee.»

Talitha dubitava che questo sarebbe mai avvenuto, almeno se tutto fosse andato secondo i piani.

«Oggi, in ogni caso, voglio solo saggiare meglio le tue capacità. So che la tua Risonanza è molto debole» proseguì la sacerdotessa.

Talitha si sentì a disagio. «Mia sorella era molto dotata, mentre la mia Risonanza è decisamente scarsa. Mio padre aveva già deciso che sarebbe stata lei a salire in monastero. Io ero stata avviata allo studio delle armi, l'unica cosa che mi interessasse.»

Sorella Pelei non ebbe alcuna reazione a queste parole. «Ti hanno male informata, Talitha» disse semplicemente. «La Risonanza è solo una delle componenti in gioco.»

Lei rimase interdetta, e la sacerdotessa sorrise sorniona. «Non sai proprio niente di magia, vero?»

«Ve l'ho detto, non pensavo sarebbe stato il mio destino.»

«Neppure le armi saranno mai il mio, ma le ho studiate. Anch'io sono figlia di un ricco signore, il conte di Areppe. Sì, anch'io ho studiato l'arte della guerra presso la Guardia.»

Lo sguardo di Talitha si accese, e sorella Pelei fu lesta a sfruttare la sua curiosità.

«Ti dirò di più, ero anche molto brava, la migliore della mia classe.»

Talitha aveva una domanda che le urgeva sulle labbra, ma dopo le esperienze con sorella Dorothea non aveva intenzione di farsi di nuovo punire per nulla.

«Avanti, parla pure» la esortò la sacerdotessa intuendo i suoi pensieri. «Non devi chiedermi il permesso per aprire bocca, non funziona così con me.»

Talitha si fece coraggio: «Perché avete lasciato la Guardia?»

Sorella Pelei appoggiò la schiena alla sedia e sospirò. «Non sempre possiamo fare quel che vogliamo... E quello non era il mio destino. Ma mi piaceva, e molto; l'addestramento alle armi mi è tornato utile quando ero una Vagante; allora la carestia non c'era e, grazie a Mira, ancora sapevamo cos'erano le piogge, qui nel Regno dell'Estate. Le strade però non erano comunque sicure.»

Talitha provò un moto di sincera simpatia per quella donna, ma cercò di reprimerlo. Era pur sempre una sacerdotessa.

Sorella Pelei la scrutò, poi le chiese a bruciapelo: «Sai dirmi cos'è la Risonanza?»

«Be', sì... È la capacità di attivare le proprietà magiche della Pietra dell'Aria. La Risonanza è la condizione fondamentale per riuscire a formulare incantesimi; minore è la Risonanza, minori sono le capacità magiche. Chi non la possiede non può usare la magia.»

«Brava. Peccato che questo sia ciò che dicono i libri,

invece la vita spesso è più complicata di così. Certo, la Risonanza è importante. Ma anche persone con una Risonanza debole possono compiere grandi magie.»

«Davvero?» chiese Talitha.

«Chi ha una Risonanza forte ha bisogno di meno studio: la magia gli riesce semplice, immediata» e schioccò le dita. «Chi ha una Risonanza come la tua deve rimboccarsi le maniche, ma con lo studio può diventare abile come gli altri.»

Talitha rimase impassibile.

«Proprio non ti interessa, vero?»

«Non era mia intenzione mancarvi di rispetto, maestra» disse lei con prudenza.

«Oh, certo che no. Ma la Risonanza, la magia, tutto... ti attira pochissimo. Perché tu sei un cadetto, giusto?»

Quella parola le fece balzare il cuore in petto. «Se davvero volete la verità... sì, sono un cadetto, e lo sarò per sempre.»

Sorella Pelei si alzò. «Seguimi.»

Uscirono dall'edificio che ospitava le aule e percorsero una pedana che conduceva a una costruzione bassa e dall'aria austera. Davanti vi sostava una Combattente. Immobile, le braccia conserte, si irrigidì non appena intravide le loro figure. Quando furono più vicine, però, si rilassò e chinò il capo in segno di saluto. Sorella Pelei ricambiò.

«C'è nessuno, lì dentro?»

La Combattente scosse la testa, quindi si mise da parte facendo loro cenno di entrare. Sorella Pelei aprì la porta.

L'interno era diviso in due ampi locali che si affacciavano su un piccolo corridoio. Uno era una stanza completamente spoglia, illuminata da ampie vetrate, l'altro differiva solo perché in fondo ospitava una rastrelliera dove erano esposte le riproduzioni in legno di alcune armi. La sacerdotessa annodò la veste in modo che le lasciasse libere le gambe fino alle ginocchia e invitò Talitha a fare altrettanto.

«Come saprai, le Combattenti non usano armi, tuttavia sono addestrate a saperlo fare. Questo principalmente per insegnare loro i modi più efficaci per contrastare un nemico armato.» Andò quindi verso la rastrelliera e prese una spada di legno. «Su, scegli quella che preferisci.»

Talitha si avvicinò piano, come se avesse paura che quel momento meraviglioso svanisse. Si trattava solo di riproduzioni in legno, ma lei si sentiva ugualmente estasiata alla loro vista. Prese una spada che nel peso e nella forma le ricordava quella che usava alla Guardia e si mise davanti a sorella Pelei. Nel cuore le si agitava un turbine di emozioni: il piacere di impugnare di nuovo un'arma, sebbene di legno, lo stupore, perché mai avrebbe creduto di poter combattere di nuovo lassù, in monastero, e il sospetto: che aveva in mente quella donna?

Sorella Pelei si mise in guardia. «A te il primo colpo.»

Talitha scattò in avanti con un grido, caricando un colpo dall'alto. Ma quando la sua spada calò, rimase bloccata a mezz'aria, come arrestata da un muro invisibile. L'arma rimbalzò indietro, mentre l'aria crepitava di minuscole scintille azzurre. Sorella Pelei fu fulminea e puntò dritto al fianco, approfittando del suo sbilanciamento.

«Toccata!» disse, e si ritirò. «Uno a zero. Devi fare meglio...»

Talitha digrignò i denti, indispettita. Cos'era successo? Perché non era riuscita a portare a segno quel colpo così semplice? Si slanciò di nuovo in avanti, provando a colpire di lato. Di nuovo sentì la spada bloccata, di nuovo sprizzarono scintille. Ma questa volta era preparata e, tenendo l'arma ben salda, si costrinse a forzare il blocco. Non servì a nulla: mentre cercava di rompere la barriera invisibile, sorella Pelei affondò ancora, colpendola all'altro fianco.

«Due a zero!»

Talitha si ritrasse.

«Be'? Sei già stanca?» disse Pelei.

«Maestra, mi sembra evidente che i miei colpi sono inutili» disse Talitha nervosa.

La sacerdotessa si raddrizzò, abbassando la spada. Talitha fu rapidissima: si accucciò e partì con un affondo rapido. Ma finì ancora bloccata dalla barriera e cadde all'indietro col sedere a terra. Sorella Pelei scoppiò a ridere, poi le porse la mano.

Talitha l'afferrò dopo qualche secondo. «Come avete fatto? L'ultima volta eravate distratta!» chiese, incredula.

La sacerdotessa prese il ciondolo di Pietra tra due dita e glielo mostrò. «Risonanza. Sei ancora convinta che non serva a nulla?»

Talitha rimase immobile, la spada abbandonata lungo il fianco. Poi strinse la presa sull'elsa, e gli occhi le brillarono. «Voglio che me la insegniate» disse.

# 13

«Smetti di combattere contro te stessa, Talitha! Rilassati» la riprese sorella Pelei. Erano tornate all'emiciclo, e Talitha sedeva di fronte all'Educatrice e a un frammento di Pietra posato sul tavolo in mezzo a loro.

«Ma... lo stavo facendo» mentì.

«Non dirmi bugie, ragazzina!» esclamò la sacerdotessa. «Devi svuotare la mente, non riempirla di pensieri inutili.»

Talitha aveva iniziato l'esercizio con sicurezza, convinta di riuscire al primo colpo. Invece si era accorta che liberare davvero la testa non era meno difficile che battere un avversario con la spada.

«Concentrati! Non ho mai visto una Pietra così inerte» la incitò sorella Pelei. «Ti insegnerò qualche trucchetto con la spada solo dopo che avrai imparato ad applicare la Risonanza alla Pietra.»

«Non ce la farò mai, maestra» disse Talitha.

«Certo che sì. Ma dovrai studiare molto. Se ti vedo battere la fiacca, se mi accorgo che fai meno di quanto è nelle tue possibilità, guai a te. Ci siamo capite?»

Talitha annuì, stremata.

Sorella Pelei sorrise. «Per oggi può bastare. Stasera,

prima di addormentarti, farai ancora un po' di esercizio, d'accordo? Voglio che domani tu sia in grado di concentrarti almeno per il tempo di tre respiri profondi. E adesso aspettiamo le altre. Ah... eccole.»

Sotto gli occhi increduli di Talitha, l'emiciclo si riempì di allieve. Erano tutte *bambine*. Per lo più di sei anni, ma ce n'erano un paio che dovevano essere perfino più piccole, e solo quattro o cinque andavano per i dieci. Entrarono vociando allegre e presero velocemente posto nei banchi. Non appena la videro, si misero a osservarla, indicandola col dito e ridacchiando tra loro. In quel momento Talitha desiderò che si aprisse una voragine sotto i suoi piedi e la inghiottisse.

Sorella Pelei batté una mano sulla scrivania. Il silenzio scese immediato.

«Vedo che avete già notato la nostra nuova consorella. Si chiama Talitha, ed è di Messe; ha scoperto la sua Risonanza tardi, per questo è più grande di voi. La prima che la prenderà in giro, o che farà riferimenti poco lusinghieri alla sua età, verrà punita. Sono stata chiara?» Le bambine tacquero e l'Educatrice le passò in rassegna a una a una. «Perfetto, possiamo cominciare.»

Fu una lezione teorica, per la gioia di Talitha. Ebbe l'impressione che la sacerdotessa l'avesse fatto apposta per lei. Rivolgeva domande generali sulla Pietra dell'Aria e sulla magia, e le allieve rispondevano, facendo a gara ad alzare la mano. C'era un'atmosfera insolitamente allegra, e le bambine sembravano quasi divertirsi. A ogni risposta esatta, sorella Pelei segnava un punto su una lavagnetta appesa davanti alla scrivania. Chi faceva più punti, riceveva una nota di merito. Così, senza neppure accorgersene, Talitha apprese qualcosa di più su quel mondo misterioso cui non si era mai avvicinata. Scoprì che la magia non poteva essere infusa direttamente nelle cose, ma tramite un incantesimo che veniva instillato in un frammento di Pietra dell'Aria, e poi trasmesso all'oggetto. Per esempio, una Pietra caricata nel modo giusto poteva sollevare pesi che una sacerdotessa non avrebbe potuto reggere con la forza dei propri muscoli, o permettere di planare dolcemente anche da grandi altezze. Era così che le Vaganti superavano i burroni. Scoprì anche la cosa più importante: che la magia consumava energie, quelle del mago e quelle della Pietra, e che magie particolarmente potenti potevano portare alla morte. Appuntò tutto sui fogli che le erano stati consegnati la mattina, cercando di scrivere il più piccolo possibile per far durare la carta.

La riscosse d'improvviso il suono lieve di un campanello, il segnale che la lezione era finita. Non le era nemmeno sembrato che fosse passata un'ora.

Seguì le sue piccole compagne fuori dall'aula e sulla porta incrociò le ragazze che entravano per il corso più avanzato.

Grele le si piazzò davanti. «Guarda chi c'è...»

Talitha cercò di scostarla, ma l'altra si mosse per sbarrarle la strada, posandole una mano sul petto.

«Dimmi un po', Talitha» la provocò «ma non ti vergogni a studiare con le bambine?»

Talitha le afferrò la mano d'istinto e le strinse le dita.

Grele gemette. «Mi fai male!»

«Non mi piace essere toccata. La prossima volta te la rompo questa mano!»

«Lasciami!»

Da dietro arrivò la voce di sorella Pelei. «Smettetela!»

Talitha mollò la presa, mentre Grele si massaggiò la mano, inviperita. «Non ho idea di cosa le sia preso, la stavo solo salutando e mi ha aggredito.»

«Immagino» commentò ironica l'Educatrice, e Talitha capì che doveva aver intuito che tipo fosse Grele. «Fila dentro.»

Grele entrò senza fiatare, ma lanciando sguardi di odio a Talitha.

«Perdonatemi» disse piano Talitha quando rimase sola con sorella Pelei.

«L'autocontrollo è una dote che non solo una buona sacerdotessa dovrebbe coltivare, ma anche un valido guerriero» le rispose l'Educatrice.

Talitha annuì, poi infilò il corridoio e si diresse verso la sua stanza.

Saiph era sfinito. Al pomeriggio fu assegnato alla lavanderia, e la vista di tanto in tanto gli mancava. Si sentiva la testa leggera e le gambe pesanti.

L'odore forte del sapone e i fumi dell'acqua bollente non miglioravano certo le cose. Quel posto era atroce. Vapore ovunque, che occludeva la gola e mozzava il respiro, i famigli che percorrevano di continuo la fila di schiavi, i Bastoni stretti in pugno che brillavano nella foschia. E il lavoro, sfibrante, massacrante, ripetitivo.

Accanto a lui, una giovane schiava dalla carnagione mortalmente pallida e le braccia divorate dall'acqua bollente si era accorta che stava male, e di nascosto prendeva panni dalla sua vasca per metterli nella propria.

«Non devi...» disse lui piano.

«Fa' finta di lavare e tieni le mani un po' fuori. Rischi di ustionarti, se continui così.»

Saiph obbedì, perché gli mancava persino la forza di obiettare.

«Come ti chiami?» le chiese.

«Beris» rispose lei. «Tu da dove vieni?»

«Dal palazzo del conte di Messe, sono l'attendente di sua figlia, che ora è novizia qui.»

Un lampo di comprensione attraversò il volto della ragazza. «Ah... sei tu...» Sorrise e sbatté energicamente i panni sulla pietra per strizzarli. «Io lavoravo alle miniere della Pietra. Lì si muore sul serio. Non si dura più di cinque anni perché, anche se la Pietra grezza non ci procura sofferenza, ci corrode a poco a poco e ci uccide. Sono ben felice di stare qui, ora.»

«Le Combattenti sono ovunque, ti bastonano per un niente...»

La schiava scrollò le spalle. «Per i ragazzi come te dovrebbe comunque essere più facile.»

Saiph la guardò interrogativo.

Lei gli sorrise maliziosa. «Dicono che a sorella Kaiema piacciano i giovani schiavi...»

Saiph si fece attento. «Davvero? Qualcuno in particolare?»

Beris indicò col mento un giovane dal petto muscoloso che portava pesanti ceste di panni. «In questo periodo lui, ma cambia idea spesso.»

«E non gli hanno mai fatto niente? Le Combattenti, i famigli...»

La schiava lo guardò sconcertata. «Le sacerdotesse qui dettano legge: i loro desideri sono ordini, anche quando infrangono le sacre regole. E Kaiema non è l'unica ad approfittarne.»

Saiph sentì qualcosa mescolarsi nelle viscere. «Quindi alcuni schiavi di notte si muovono nel monastero...»

«Sì, quelli in qualche modo... autorizzati» rispose lei, non senza una nota di rimprovero.

«Ehi, voi due! Meno chiacchiere e più lavoro!» li riprese un famiglio, battendo il Bastone contro il muro.

Saiph afferrò un panno e si mise a lavarlo con forza, riflettendo su quelle nuove informazioni e su come riferirle a Talitha.

La rivide solo alla dodicesima ora, al refettorio.

Saiph era schierato assieme agli altri schiavi. Era sfinito, e aveva le braccia rosse fino ai gomiti. Talitha fece per andargli incontro, ma lui le indirizzò uno sguardo significativo e scosse la testa. Talitha rinunciò ad avvicinarsi e si sedette accanto a Kora, che le aveva tenuto il posto. La luce che filtrava dai finestroni era calda e rossastra.

Le sacerdotesse entrarono e si sedettero sulla pedana rialzata. Poi sorella Dorothea si alzò in piedi e lesse i nomi delle novizie punite quella sera; lo fece con estenuante lentezza, attendendo che ciascuna raggiungesse gli inginocchiatoi.

«Talitha» disse da ultimo.

Talitha non poteva dire di non aspettarselo, e ne fu quasi lieta: almeno non era solo Saiph a dover pagare la sua incapacità di controllarsi.

Si alzò, le mani che le tremavano.

«Mi spiace...» le sussurrò Kora.

Talitha mantenne la testa alta e un'espressione fiera con cui ricambiò le occhiate di riprovazione delle consorelle mentre raggiungeva gli inginocchiatoi.

Sorella Dorothea lesse le motivazioni delle punizioni. A una a una le sue compagne si inginocchiarono.

«Talitha ha mancato di rispetto a una consorella e ha mostrato eccessiva apprensione per le sorti di uno schiavo.»

*Va bene,* pensò Talitha smettendo di ascoltare, *facciamola breve.*

Si inginocchiò piano; le ossa già le dolevano per la punizione della sera prima, e poggiare le rotule sul gradino le inflisse una fitta di dolore. Lesse ad alta voce, cercando di non far trasparire la stanchezza per non dare soddisfazione alle sue torturatrici.

Quando, a cena finita, sorella Dorothea disse loro che potevano alzarsi, Talitha sentì che le gambe non le rispondevano. Dovette far forza sulle braccia per tirarsi su, ma riuscì a non lasciarsi sfuggire neppure un gemito.

Parteciparono poi alle preghiere serali, nel piazzale davanti al tempio. Lì accompagnarono gli ultimi raggi di Miraval con canti e litanie. Talitha si confuse nella folla delle novizie, aspettando che tutto fosse finito per poter andare a mangiare. La giornata l'aveva sfiancata, e aveva una fame tremenda. Ma quando le novizie iniziarono a ritirarsi nelle loro stanze, sorella Dorothea le si avvicinò.

«Stasera niente cena. Devi studiare con me, e quindi non c'è tempo. Vieni.»

Talitha sospirò silenziosamente. Ormai l'aveva capito: sorella Dorothea cercava soltanto un pretesto per punirla. Una parola di troppo, e sarebbe finita sull'inginocchiatoio anche la sera successiva, e al momento il solo pensiero di starsene lì a leggere, mentre tutte le altre mangiavano, le dava la nausea.

«Chiedo licenza di parlare.»

«Ti è concessa.»

«Vorrei conferire con la mia schiava, devo darle disposizioni per la sera.»

Sorella Dorothea la scrutò con sospetto. «Sia» disse infine.

Talitha corse da Mantes. Mise una mano sotto la tunica, quindi le passò un tozzo di pane. «Dallo a Saiph.»

La schiava inorridì. «Mia signora, se mi scoprono sono dieci bastonate, e io non credo di poterle tollerare...»

«Portaglielo e basta» ringhiò lei. «Nel caso ti copro io, dirò che è stata una mia idea, non temere.»

Sorella Dorothea condusse Talitha nella sua cella; si trovava alla fine dello stesso edificio in cui c'erano gli alloggi delle novizie altolocate.

Aprì la porta ed entrò senza dire una parola. Talitha rimase ferma. Sorella Dorothea si voltò, quasi delusa che non fosse entrata senza permesso.

«Vieni dentro» le ordinò. Solo allora Talitha fece il primo passo.

La cella era grande almeno tre volte la sua. L'arredamento era ridotto al minimo, ma la fattura dei mobili era squisita; il letto era in ferro battuto, impreziosito da un decoro floreale, il grosso armadio era di legno pregiato e la scrivania comoda e spaziosa, con una sedia foderata di velluto. Una parete era interamente occupata da un mobile pieno di libri, e l'ampia finestra lasciava entrare un delicato profumo di resina.

Era una stanza *viva*, che parlava della persona che l'abitava: del suo rigore, ma al tempo stesso del rispetto che le era dovuto. Era il contrario della sua: tanto quella era spoglia e impersonale, quanto questa era accogliente e, in modo certo contenuto e adatto a una sacerdotessa, lussuosa.

«Metti lo sgabello qui e siediti» disse sorella Dorothea indicandole la scrivania. Poi si accomodò sulla sedia. Lo sgabello era basso e la sedia di contro imponente, con l'effetto che la donna letteralmente la sovrastava. Talitha ebbe l'impressione di essere di fronte a una Giudicante, imputata in un processo di cui le erano ignoti i capi d'accusa. La donna le passò un libro.

«Leggi il primo capitolo.»

Talitha lo aprì e iniziò. «*In principio fu Mira, solita-*

*ria sugli oceani sconfinati del nulla. V'erano solo acqua e caos, e Nashira ancora non esisteva.*»

Lesse l'intero capitolo. Vi si narrava di come Mira avesse creato dall'oceano primordiale Nashira, e su di esso un angolo di terra abitabile, Talaria. Di come poi l'avesse popolato di esseri benedetti, i Primi, dai quali i Talariti discendevano. Dal suo corpo aveva poi generato gli altri dei: Alya, Kerya, Man e Van. E Cetus, l'ultimo e il più amato. Ma Cetus aveva tradito: geloso dell'amore che Mira riversava sui Primi, aveva cercato di corromperli. Mira l'aveva scoperto, e così la lotta era iniziata. La dea aveva abbandonato la sua dimora nelle viscere della terra, e in cielo si era scontrata con Cetus. Quel conflitto, durato secoli e secoli, era culminato in un'ultima battaglia, durante la quale l'ordine stesso del cosmo era stato sovvertito. L'energia dei colpi che Mira e Cetus si erano scambiati aveva prosciugato gli oceani, disseccato la terra e sterminato i Primi. Nello scontro, le due divinità si erano gravemente ferite. Mira, per essere certa che Cetus non potesse più compiere il male, aveva creato in cielo Miraval, il suo simulacro, capace di avvincere indissolubilmente a sé Cetus e così vincolarne e controllarne il potere.

«*È per questo che Miraval e Cetus appaiono insieme, in cielo*» lesse Talitha.

«Ovviamente, questo vale per chi è degno di guardarli» precisò sorella Dorothea.

Non tutti i Primi, però, erano morti. Un unico essere era riuscito a salvarsi, sebbene ferito e ormai privo di quell'immortalità che era stato il tratto distintivo della sua razza. Da quella povera creatura, Mira aveva generato la stirpe dei Talariti.

Talitha sapeva già tutto questo, per cui le era ancora più

difficile mantenere l'attenzione. Lo stomaco protestava, la stanchezza era soverchiante e sorella Dorothea, quando spiegava un passaggio, parlava con un tono di voce soporifero. Ma quando gli occhi di Talitha si chiudevano, sorella Dorothea le faceva mettere la mano sinistra sul tavolo e la colpiva con un ramoscello. A notte inoltrata, quando l'Educatrice chiuse il libro e la congedò, il palmo della mano le era diventato gonfio e dolorante.

Talitha percorse il corridoio che portava alla sua stanza. C'era un silenzio irreale, rotto solo dal dolce richiamo degli orbi in amore. A Messe i loro canti non erano mai così forti, così vicini. Sembravano invitarla a lasciarsi andare, a stendersi per terra là, in quel corridoio deserto, nella pace mortale di quel luogo isolato dalla vita vera, che pulsava, libera e pura, centinaia di braccia sotto i suoi piedi.

Strinse i pugni e affondò le unghie nella carne. Pensò alle vesti da cadetto che Saiph le aveva portato fin lassù a rischio della vita, al lucore del pugnale, e si disse che non si sarebbe arresa, mai. Stavano facendo del male a Saiph, stavano cercando di togliere a lei ogni senso di ribellione, ogni traccia di individualità. *Doveva* andarsene. Ma prima bisognava decifrare il messaggio che sua sorella le aveva lasciato. Glielo doveva, e l'avrebbe fatto a tutti i costi.

# 14

I giorni seguenti non furono migliori di quelli che li avevano preceduti.

Sebbene passasse le notti sui libri, quando veniva interrogata da sorella Dorothea Talitha sbagliava ancora gli inni e veniva puntualmente punita. Mentre ripeteva le parole a stento, spremendo la memoria fiaccata da tutte quelle ore di veglia, Grele la guardava implacabile e, appena mostrava un'incertezza, alzava la mano per correggerla. Sorella Dorothea le dava la parola e l'ascoltava soddisfatta.

«Maestra, è "glorioso", non "gioioso".»

«Maestra, ha invertito la prima strofa con la seconda.»

Così, la sera, Talitha si trovava spesso china sull'inginocchiatoio.

Una volta si ritrovò sola a leggere. Lo fece in tono sicuro, con orgoglio. Se non mostrava vergogna, le altre non l'avrebbero compatita. La pietà altrui era la cosa che più la infastidiva, soprattutto in quel luogo odioso.

«Che avevi da leggere con tutta quella baldanza?» le chiese Grele quando si incrociarono sul piazzale per le preghiere serali.

«Stavo solo facendo il mio dovere» rispose Talitha, decisa a non farsi trascinare in un nuovo litigio.

«Il dovere di una sacerdotessa è lo studio, è la preghiera, non certo farsi punire sera dopo sera solo perché si è troppo stupide per imparare.»

«Sai perfettamente perché sorella Dorothea mi punisce ogni giorno.»

«Certo. Perché il tuo posto non è questo, ma di sotto, a fare uno stupido lavoro da laico.»

«Per una volta devo darti ragione.»

Kora la trascinò via. «Lascia perdere, è ora di pregare.»

In quei primi tempi Talitha non ebbe neppure l'appoggio di Saiph. Riuscivano ad avere solo incontri fugaci: la mattina lui entrava assieme a Mantes, e per questo non le rivolgeva la parola se non interrogato, le dava del voi e si comportava come qualsiasi altro schiavo. Poi si incrociavano ai pasti, ma anche in questo caso non avevano modo di parlarsi. Lui le sembrava sempre più pallido ed emaciato, e spesso nei suoi occhi passava l'ombra di un terrore senza scampo. Lo bastonavano in continuazione, era evidente, e lei non poteva farci niente.

Talitha riusciva a resistere solo grazie all'amicizia di Kora e alle lezioni di sorella Pelei. Kora era la sua ancora di salvezza. Sapeva trovare il buono in ogni cosa, ed era dotata di un'intelligenza vivace. Eccelleva in qualsiasi materia e possedeva una fulgida Risonanza. Sorella Pelei non mancava di lodarla e indicarla a esempio, e Talitha capì che Grele odiava anche lei. Per questo si divertiva spesso a bersagliarla di battute acide sulle sue umili origini.

«Dovresti risponderle» le disse un giorno Talitha.

«E a che scopo?»

«Come a che scopo? Per difendere l'onore dei tuoi genitori, per dimostrarle che non c'è niente di male a essere figli di commercianti.»

«Lo credi davvero?» Lo sguardo di Kora era così disarmante che Talitha si sentì imbarazzata. «Pensa a come funziona il nostro mondo: tu e Grele siete destinate a grandi cose, entrambe in lizza per il ruolo di Piccola Madre. Chissà, magari un giorno una di voi sarà Madre dell'Estate, o addirittura Grande Madre. E se non foste salite quassù, in ogni caso vi avrebbe atteso un avvenire luminoso. E io? Io non sono niente, né quassù né laggiù» e indicò Messe. «Per cui forse *c'è* qualcosa di male a non essere nobili.»

Talitha si chiese se quella rassegnazione, che ravvisava anche in Saiph, fosse caratteristica dei ceti subalterni, schiavi o popolani che fossero. Era qualcosa che non riusciva a capire, né a condividere. Per questo per due sere di fila finì sull'inginocchiatoio per aver "mancato di rispetto a una sua consorella", come aveva detto Dorothea. Lei a Grele non sapeva opporre il silenzio: rispondeva, sempre, anche se era inutile.

L'altra ancora di salvezza cui Talitha si aggrappava era sorella Pelei. Era l'unica Educatrice che sembrasse davvero interessata a insegnarle qualcosa, e nel farlo ci metteva passione. Certo, i compiti che le assegnava erano noiosi, ma Talitha cominciava a capire che dietro tutti quegli esercizi di respirazione e di concentrazione c'era un piano più vasto e profondo.

«Quando riesco a non pensare a niente, visualizzo una fiammella azzurra» disse un giorno all'Educatrice, dopo che per la prima volta si era concentrata per il tempo di dieci respiri lunghi e rilassati: un ottimo risultato, a sentire sorella Pelei.

La sacerdotessa sorrise. «È proprio il fine ultimo di questi esercizi.»

Talitha tacque un attimo. «Cos'è quella fiammella?»

«Come ti ho già spiegato, la magia consiste nel dosare i poteri della Pietra dell'Aria con le nostre risorse interiori.»

Talitha annuì. «Certo, la Risonanza.»

«No. La Risonanza è la capacità di attingere potere dalla Pietra dell'Aria; le risorse di cui parlo sono quella specie di fluido magico che permette di formulare gli incantesimi e che, certo, è anche alla base della Risonanza. Si chiama Es.»

«E la fiammella...»

«... è proprio l'Es. Non dipende dalla forza della Risonanza; anzi, in genere è più forte proprio in chi ha una Risonanza debole, ma è come bloccato. In questi casi sapersi concentrare, saperlo indirizzare, permette di compiere ugualmente magie.»

«Quindi è quel fluido che devo imparare a usare.»

«Precisamente. Come ti dicevo, ogni incantesimo richiede una certa quantità di poteri della Pietra e una certa quantità di Es. Chi possiede una Risonanza spiccata attinge ai poteri della Pietra, e dunque nel complesso non si stanca molto quando formula incantesimi; per contro, la sua Pietra si esaurisce rapidamente. Invece quelli come te si stancano molto a fare magie, ma le loro Pietre durano più a lungo.»

«Non so cosa sia meglio.»

«Entrambi hanno aspetti positivi e negativi. Comunque, non è qualcosa che scegliamo, è una caratteristica con cui nasciamo.»

Ascoltando l'Educatrice, Talitha scopriva che la magia era un ramo del sapere avvincente e complesso.

«Esistono tre forme di incantesimo: incantesimi di Dissimulazione, incantesimi di Guarigione e incantesimi di Morte. Tutte le formule appartengono a una di queste categorie» le spiegò sorella Pelei. «Gli incantesimi di Dissimulazione modificano l'aspetto delle cose, quelli di Guarigione agiscono sulle ferite e gli incantesimi di Morte sono formule offensive, volte alla distruzione.»

«E se volessi creare qualcosa dal nulla?»

«Non è possibile. La magia trasforma, sempre. Trasforma sia gli oggetti – di cui può mutare l'aspetto, anche la forma e la consistenza, fino a infondervi particolari poteri, ma sempre temporaneamente – sia l'Es, modificandolo in una forza curatrice per gli incantesimi di Guarigione e in una forza distruttrice per quelli di Morte. Proprio perché tutto si trasforma, ci si stanca quando si compiono magie; l'Es trasfuso si esaurisce. Per esempio, sotto certe condizioni è possibile salvare la vita a un moribondo, ma a costo della vita del sacerdote. Per contro, è possibile togliere la vita a qualcuno, assorbendone l'Es. Questo eccesso di Es porta però alla distruzione del corpo, e dunque, ancora, alla morte del sacerdote.»

Talitha ci pensò un po'. «Insomma, non si può né uccidere né sottrarre alla morte.»

«Puoi farlo, ma a prezzo della tua vita.»

«È come non poterlo fare.»

«Dipende da quanto ami o odi la persona sulla quale vuoi formulare l'incantesimo.»

A Talitha tutto ciò appariva misterioso, e dunque affascinante.

E poi sorella Pelei sapeva sempre quali corde toccare per interessarla. «È anche possibile rendere durissima una spada, con la magia. Basta inserirle dentro un frammento di Pietra dell'Aria che faccia da catalizzatore e recitare la formula. Ma dura solo per un certo tempo, che dipende dalle forze del mago e dalle dimensioni del pezzetto di Pietra. Comunque, può sempre tornare utile.»

Quello di cui c'era ancora bisogno era la pratica. Se all'inizio sorella Pelei le chiedeva solo di concentrarsi, dopo alcuni giorni cominciò a esortarla a cercare di indirizzare l'Es verso qualcosa: per esempio facendolo confluire sulla punta delle dita, che dovevano brillare lievemente. Talitha lo trovava molto difficile.

«È normale, soprattutto per chi non solo è scarsamente dotato di Risonanza, ma per diciassette anni della sua vita l'ha trascurata. Avresti dovuto averne cura; se l'avessi esercitata anche solo un po', adesso andrebbe meglio.»

«Voglio rifarmi del tempo perduto.»

La sacerdotessa sorrise. «La volontà è l'unica cosa che non ti manca.»

Non aveva torto, perché l'addestramento cominciò presto a dare i suoi frutti. La Risonanza di Talitha continuava a essere debole, ma le sue capacità di controllo sull'Es miglioravano a vista d'occhio. Dopo tre giorni di duro allenamento le riuscì il primo vero incantesimo: accendere un piccolo globo luminoso. Si trattava semplicemente di trasfondere un po' di Es in una sfera di vetro, tuttavia guardò ammirata il suo lucore; era tenue, ma era qualcosa che aveva fatto lei, con le sue pur scarse capacità.

«Sei molto dotata per questo genere di cose, di solito ci vuole più tempo per imparare questo incantesimo» le disse sorella Pelei soddisfatta. «Anche se il tuo forte restano gli incantesimi sulle spade» aggiunse con aria di finto rimprovero.

«Ma è magia anche quella» replicò Talitha. «Perché non ci alleniamo un po' anche oggi? Mi merito un premio, dopo quello che ho fatto con l'Es!»

«Non dobbiamo esagerare. Se sapessero quante ore abbiamo dedicato alla magia applicata alle armi...»

Sorella Pelei la portava spesso ad allenarsi con le spade nella palestra delle Combattenti; era diventata un'abitudine così radicata che ormai facevano sempre lezione lì dentro, per poi spostarsi nell'aula quando si univano le altre allieve. Il risultato era che quasi sempre, prima di andarsene, si concedevano un paio di tiri con la spada. Talitha capiva ogni giorno di più che anche la sua Educatrice aveva nostalgia dei tempi nella Guardia. Gli occhi le si accendevano quando impugnava un'arma. Era una guerriera appesantita dagli anni, ma ancora molto esperta. Combattere con lei era un piacere, e presto avevano iniziato ad addestrarsi con armi vere, abbandonando quelle di legno.

C'era una stanza, dietro il tempio, nella quale erano ammassati tutti i doni che il monastero riceveva dai fedeli; molti erano ex voto, e le armi non mancavano. Per Talitha fu straordinario impugnare di nuovo una spada. Ma il suo sogno era poter toccare almeno una volta l'arma più bella che avesse mai visto: la Sacra Spada di Verba.

L'aveva notata fin dalla prima volta che era entrata nel tempio, solo che allora non si era resa conto di cosa realmente fosse. L'aveva capito qualche giorno dopo, quando si era potuta attardare più a lungo davanti alla nicchia che la conteneva.

Era custodita come una reliquia, posata su un panno di velluto blu all'interno di una teca di vetro. Talitha non ne aveva mai visto di simili. Aveva un colore molto scuro, quasi nero, e il metallo in cui era stata forgiata mostrava riflessi iridescenti. L'elsa aveva una semplice forma cilindrica, rastremata verso il basso, e terminava in una grossa pietra preziosa rosso fuoco. La guardia era tozza, incurvata verso la lama e decorata da fregi indecifrabili. La lama si allargava in tre punti: poco prima dell'elsa, a metà e verso la punta, formando tre spuntoni affilatissimi. Il piatto era completamente ricoperto dagli stessi decori visibili anche sulla guardia. Il filo era irregolare, come fosse stato sbozzato da una mano inesperta, ma si indovinava tagliente come un rasoio.

Talitha si incantava spesso a guardarla. Si domandava quanto pesasse, che effetto facesse toccarla. Ricordava che alla Guardia aveva una spada che prediligeva: l'impugnatura sembrava adattarsi perfettamente alla sua mano. Chissà se era così anche con quell'arma formidabile.

Fu proprio sorella Pelei a raccontarle la sua storia, quel giorno.

«Si dice che la Spada di Verba sia così dura perché colui che la forgiò vi impose un incantesimo. Era uno dei Primi, il popolo creato in principio da Mira. Fu l'unico a sopravvivere alla distruzione seguita all'epico scontro tra Mira e Cetus. Si racconta che fu l'esposizione alla magia prodotta da quello scontro epocale che rese la spada così dura e tagliente. La leggenda vuole che l'abbia portata qui proprio quel Primo sopravvissuto. La gente dice che il suo nome è Verba, l'Eterno. Dice anche che abbandonò la spada presso un villaggio femtita. Noi crediamo semplicemente che Verba sia stato uno dei suoi primi proprietari, e che vi impose un incantesimo che le donò poteri straordinari, a costo della sua stessa vita.»

«Ma cos'ha di particolare?»

«Il metallo di cui è composta non ha eguali su Nashira. Molti sacerdoti l'hanno analizzata, qualcuno ha addirittura cercato di costruirne una simile, ma hanno fallito tutti. È un materiale straordinariamente duro: non c'è nulla che non riesca a tagliare, e nulla che la possa scalfire. Riesce a spaccare perfino grossi blocchi di Pietra dell'Aria.»

«È mai stata usata in battaglia?»

«Durante l'Antica Guerra. La usò Kel.»

Talitha conosceva quel nome: la discendenza di Kel ora governava il Regno della Primavera.

«Ma Kel morì... o almeno così dicono le cronache.»

Sorella Pelei annuì. «È esatto, fu tradito. La guerra volgeva al termine e si stava stipulando la pace che pose le basi per l'attuale Talaria. Ma un emissario della famiglia Yena volle vendicare il suo padrone, ucciso da Kel. Così lo avvelenò nel sonno. Alla sua morte il fratello, che gli succedette, decise di donare la spada agli dei. Così è arrivata fin qui.»

La spada di Verba. Sarebbe stata un'alleata perfetta per la sua fuga.

«Ma ora basta con le chiacchiere. In guardia!» le disse sorella Pelei prendendo una spada dall'armadio.

«Ma come...» disse Talitha sorpresa, afferrando al volo l'arma che la sacerdotessa le lanciava. «Non dovevamo dedicarci alla Pietra dell'Aria, oggi?»

«Lo faremo domani. Ho deciso che hai ragione: ti sei meritata un po' di addestramento extra» rispose l'Educatrice con un sorriso complice, e affondò il primo colpo.

Anche se le lezioni con sorella Pelei davano a Talitha un motivo per sopravvivere in quella prigione, il pensiero del messaggio che sua sorella le aveva lasciato continuava a tormentarla. Ci pensava di continuo, lo rileggeva, lo rigirava tra le mani senza venirne a capo. Era convinta che avesse un significato importante, altrimenti Lebitha non glielo avrebbe consegnato. Sua sorella la conosceva bene, sapeva che non si sarebbe arresa finché non l'avesse decifrato, e non avrebbe sfidato la sua ostinazione se non fosse stato per un motivo grave.

*Cos'è che non potevi dirmi? Cosa c'è al mondo di così*

*tremendo da richiedere una tale segretezza?* si chiedeva, rigirandosi il sasso fra le dita.

Se non si fosse sbrigata, quel posto l'avrebbe fatta impazzire.

Finalmente una sera, tornando nella sua stanza, trovò che uno dei libri su cui stava studiando, e che aveva lasciato sul tavolo, era stato spostato sulla cassapanca. Il segnale le parve chiarissimo. Aprì la cassapanca, frugò in mezzo ai vestiti. Il foglietto era tra le pieghe di una delle due tuniche di ricambio.

*Stanotte, all'ora quarta prima dell'alba, nello stanzino delle scope, appena fuori dai dormitori comuni.*

Talitha ebbe un tuffo al cuore. Ce l'aveva fatta! Saiph era riuscito nell'impossibile. Strinse il foglietto tra le dita, un sorriso stampato in viso. Provò a dormire, dicendosi che sarebbe stata una lunga nottata, ma l'ansia la tenne sveglia. Contò le ore fino al momento dell'appuntamento.

Quando si trovò Saiph davanti, nella stanzetta di legno, non riuscì a trattenersi e gli saltò al collo.

«Grazie grazie grazie» disse stringendolo con forza.

Lui era sul punto di accarezzarle i capelli, timoroso, ma lei si ritrasse prima che la sua mano potesse sfiorarla.

«Adesso mi devi raccontare tutto.»

Lui si portò un dito alle labbra. «Non qui» disse. Quindi scostò le assi del pavimento e Talitha intravide un buco stretto, malamente sbozzato nel legno. Saiph ci si infilò dentro a stento, e lei lo seguì.

Quando i piedi toccarono terra, dal petto in su sporgeva ancora nello stanzino.

«Ti devi chinare» suggerì Saiph.

Talitha obbedì e si ritrovò in uno spazio ampio, ma dal soffitto molto basso, che li costringeva a muoversi carponi. Saiph si sporse di nuovo attraverso il buco, quindi rimise le assi di legno al loro posto.

«Dove siamo?» chiese Talitha.

«Sotto il pavimento. Le pedane su cui è edificato il tempio hanno un doppio spessore che serve per l'aerazione. Hai sentito che quassù fa molto meno caldo che giù a Messe, no?» Talitha annuì. «È perché qui sotto c'è del ghiaccio che mantiene al fresco l'intero monastero.» Le allungò una specie di coperta, e una se la mise sulle spalle. «Seguimi.»

Strisciarono per un po' lungo la pedana. Tra le assi sconnesse, Talitha riusciva a intravedere il vuoto sotto di sé. Cercò di tenere a freno la paura, ma il cuore le martellava nel petto. Doveva respirare pianissimo, perché a un nulla sopra di loro rimbombavano passi che andavano avanti e indietro: di sicuro erano le Combattenti di guardia che pattugliavano quell'ala dell'edificio.

Infine lo spazio si allargò e li condusse in un ampio stanzone, pieno di enormi ruote dentate e meccanismi metallici.

«Sono i locali che ospitano i meccanismi dei montacarichi» spiegò Saiph. «Non viene mai nessuno qui, solo una volta all'anno un addetto scende a controllare che tutto funzioni.»

«Come hai scoperto questo posto?»

Saiph si sedette a gambe incrociate. «Ringrazia sorella Kaiema, e Gijn, uno dei suoi amanti.»

Talitha si sedette accanto a lui, lo sguardo interrogativo.

«A Kaiema piacciono i giovani Femtiti muscolosi.»

Stavolta Talitha si mostrò disgustata. «È immorale avere rapporti amorosi con gli schiavi, il Libro dei Precetti è molto chiaro a questo proposito.»

Saiph scrollò le spalle. «Evidentemente qui non danno molto peso ai precetti. Non è stato facile convincere Beris che io non sono il tuo amante.»

Talitha ridacchiò, sentendo il sangue salirle alle guance.

«Dico davvero! Qui gli schiavi sono tutti convinti che mi hai portato quassù per questo.»

«È assurdo...»

«Per me e per te, ma non per Gijn. Due volte alla settimana passa sotto la pedana e si incontra con sorella Kaiema nella stanza speculare a questa, dall'altro lato. E ci sono parecchi altri passaggi.»

Talitha si fece immediatamente attenta. «Anche fuori?»

Saiph sospirò. «No, fuori no.»

«Ma questo è il locale dei montacarichi, e conduce sotto» osservò Talitha.

«Con un tunnel verticale di ottocento braccia. Salti tu per prima, padrona?»

«Troveremo un modo, quando sarà il momento» replicò Talitha. «Intanto almeno qui mi potrò ritagliare uno spazio di libertà dagli occhi di quelle megere. Devo dire che non sei affatto male, per essere uno stupido schiavo.»

Saiph ridacchiò.

«Hai scoperto qualcosa sul messaggio di tua sorella?» le chiese, tornando serio.

«Non ancora, purtroppo. Temo che la chiave per decifrarlo si nasconda in qualche anfratto sconosciuto del monastero. E come faccio ad arrivarci, se sono sempre sorvegliata? Non posso muovermi, qui dentro. Ogni angolo di questo maledetto posto è pattugliato da Combattenti.»

«Lo so» disse piano Saiph. «E non solo da loro.»

Talitha lo guardò con apprensione. «Dimmi cosa ti stanno facendo, Saiph.»

Lui le raccontò che il lavoro era estremamente duro,

che il cibo era scarso e che mangiavano una sola volta al giorno. Le disse delle punizioni continue cui aveva assistito, ma non di come fossero prodighi col Bastone anche con lui. Mai più di un colpo per volta, ma bastava: il terrore si diffondeva fulmineo, e lasciava incapaci di reagire. Era tormentato dagli incubi, la notte.

«D'ora in avanti la sera ti porterò sempre qualcosa, così ti rimetterai in carne, sei pelle e ossa» promise Talitha.

«Non dobbiamo abusare di questa fortuna» obiettò lui aggrottando la fronte «altrimenti ci scopriranno e sarà la fine. La cosa migliore è vederci una notte sì e una no. Io in genere approfitto del cambio di guardia delle Combattenti, che a volte è più lungo.»

«D'accordo, purché riusciamo a incontrarci. Non hai idea di cosa significhi per me poter parlare finalmente con una voce amica. Non sono mai stata tanto sola.»

Gli raccontò di tutta la frustrazione di quei giorni, di Grele e delle sue continue provocazioni, di sorella Dorothea e del suo accanimento.

«Ce ne dobbiamo andare» disse infine prendendo fiato. «Qui rischiamo di lasciarci la pelle entrambi. Tu ti stai consumando per la fame, e hai negli occhi un terrore che a Messe non ti avevo mai visto.»

«L'unica via di fuga da questo posto sono i montacarichi e le scale. I primi richiedono la forza degli schiavi che li mettano in moto, e le seconde sono impraticabili, tanto più che di notte la piattaforma che le unisce al monastero viene ritirata. E poi ci sono le Combattenti.»

Talitha fece un sorriso di sufficienza. «Io sono un cadetto armato, loro non hanno altro che le mani.»

Saiph rimase serissimo. «Una schiava ieri ha rovinato in lavanderia una veste della Piccola Madre. Il famiglio ha provato a bastonarla, ma quella si è divincolata e ha

Lebitha aveva alloggiato in una delle celle immediata-
ente di fianco al tempio. Talitha non era mai stata lì, a la visita non le riservò alcuna sorpresa: l'edificio as-migliava in tutto e per tutto a quello che ospitava la a camera. Cambiava solo la decorazione sul soffitto: vi oneggiava un'immagine di Mira, ritratta in tutto il suo lendore, il volto ieratico e le forme matronali.

«Eccoci. Tutto è rimasto esattamente come l'ha lasciato a sorella: nessuno ha reclamato i suoi oggetti persona-, e in questa stanza non ha dormito nessun'altra, dopo sua scomparsa» disse sorella Pelei.

Talitha indugiò un istante davanti alla porta in legno iaro, quindi si girò verso la sacerdotessa. «Posso entra- da sola?»

«Vai pure» rispose lei allontanandosi di qualche passo.

Talitha appoggiò la mano sulla porta e spinse.

La luce del pomeriggio inondava la stanza, grande quasi doppio della sua. Addossati a una parete c'erano un let- di metallo e una cassapanca. Vicino alla finestra c'era scrittoio, e le altre due pareti erano coperte di scaffa- ricolmi di libri. Sua sorella amava leggere anche quan- era a palazzo, lo ricordava bene, ed era una studentes- eccellente.

Quel posto sapeva terribilmente di lei: la disposizione elle coperte sul letto, l'ordine delle pergamene sullo rittoio, l'odore che vi aleggiava. Tutto era così doloro-mente intriso della sua presenza che le girò la testa. Le mbrava di averla lì davanti, bella e sorridente com'era mpre stata.

Accostò la porta dietro di sé, diede un ultimo sguardo 'insieme alla stanza, quindi cominciò a frugare.

Iniziò dal letto. Sollevò le coperte, controllò tra le pieghe elle lenzuola, ispezionò il materasso. Niente. Passò allo



cercato di scappare. Una Combattente è letteralmente apparsa dal nulla e l'ha atterrata. Era dall'altro lato della sala un momento prima, e l'attimo dopo aveva un ginocchio sulla schiena della schiava e le torceva un braccio. Gliel'ha spezzato con un unico movimento, poi l'ha bastonata personalmente. Quando ha finito, le ha dato un colpo alla gola, un semplice colpo. La schiava è morta soffocata in meno di due minuti: le aveva fracassato la trachea.»

Talitha rabbrividì.

«Non è gente normale, padrona, e le loro non sono semplici mani, sono armi.»

«Dobbiamo sbrigarci a decifrare il messaggio di mia sorella» disse Talitha.

«Il messaggio dice: "Uniscile e le separerai". Sembra ovvio che parli delle due metà del sasso.»

«Certo.»

«E se invece si riferisse ad altro?»

«Ma è scritto sulle pietre, che si uniscono perché sono due metà dello stesso sasso. Non vedo a cos'altro potrebbe riferirsi...»

«Quello che intendo dire è che da unire sono le due metà, ma da separare è qualcos'altro» fece Saiph.

«Ossia?»

«Non lo so. Ma unendo le due metà forse si ottiene qualcosa che può servire a separare qualcos'altro.»

Gli occhi di Talitha si accesero. «Una chiave per aprire qualcosa...»

«Forse.»

«Dobbiamo andare nella stanza che è stata di mia sorella: so che non la occupa nessuno, ora.»

«Padrona, non è così facile. I dormitori delle sacerdotesse sono ben custoditi.»

«Sono sicura che se chiedo a sorella Pelei, lei mi ci farà andare.»

Saiph guardò la candela che si era portato dietro. «È quasi la seconda ora prima dell'alba, dobbiamo andare. Ti ricordi la via del ritorno?»

Talitha annuì. «Ci vediamo tra due giorni?»

«Ti farò sapere nel solito modo.»

«E io vedrò di portarti qualcosa da mangiare.»

«Tieni duro, padrona» mormorò Saiph, serio. «Anche sperare è una forma di resistenza, e delle più tenaci.»

Lei lo guardò con sufficienza, quindi prese la via del ritorno. Quando il buio aveva già inghiottito entrambi, si girò. «E comunque mi sei mancato, stupido schiavo» disse.

Saiph, nel buio, sorrise.



# 15

Kora, grazie ai suoi ottimi risultati ne
ne una licenza di alcuni giorni per t
re i genitori, e Talitha si sentì più isolat
mese trascorso al monastero, forse perch
te sempre rivolta alla fuga e lo considerav
avrebbe abbandonato presto, non aveva fat
nessuno. Le altre erano un insieme di vol
sfondo, o di facce odiose, come quelle d
A parte sorella Pelei, che l'aveva davvero
tia. Talitha la raggiunse dopo il pranzo, e
scranno, immersa nella lettura.

Fu più facile del previsto convincerla a
cella di Lebitha. Anche a lei mancava que
la sua allieva più promettente, e capiva il
sorella di vedere il luogo dove aveva trasc
lontano da palazzo. L'unica cosa che Ta
potuto dirle era il reale motivo della sua
vamente era certa che sorella Pelei non
ta, ma non poteva permettersi di rischiar
bocca chiusa sul sasso e sul messaggio c
aveva trasmesso.

scrittoio. La vista della calligrafia ordinata di sua sorella le strinse la gola. Lesse velocemente cercando di capire il contenuto di quei fogli, ma trovò solo appunti di studio, l'abbozzo di un trattato sulle proprietà della Pietra dell'Aria, annotazioni di una sacerdotessa diligente. La cura con cui Lebitha si era uniformata alla volontà di suo padre le mise addosso una rabbia sorda. Perché non si era ribellata? Perché era riuscita in quel che a lei risultava impossibile: chinare la testa e assecondare la volontà di chi la considerava solo uno strumento per ottenere potere?

Esaminò lo scrittoio e i cassetti a uno a uno. Ne controllò anche il fondo, alla ricerca di un eventuale scomparto segreto. Niente.

Scostò i libri e le pergamene sugli scaffali, li depositò a terra e analizzò il legno. Niente ancora. Stava per rinunciare, quando spostando gli ultimi volumi intravide qualcosa. Una sagoma nera tondeggiante, malamente incisa con la punta di un pennino. Il cuore perse un battito. Rapida, Talitha finì di sfilare i libri dalla scansia finché non vide la riproduzione perfetta del sasso ricomposto in unità. Lo sfiorò con le dita, immaginando sua sorella che lo disegnava a notte fonda, poi i polpastrelli colsero una sottile incisione ai bordi del disegno. Talitha trasse i ciondoli dalla tasca sotto la tunica e li unì. La mano le tremava mentre li appoggiava al disegno. L'immagine e il sasso si sovrapponevano alla perfezione.

Fece una leggera pressione, e il legno cedette, tanto che il sasso vi si incassò fino a metà del suo spessore. Ma non successe niente. Talitha spinse ancora, il legno però non cedeva oltre. Provò allora a ruotare il sasso. La pietra girò con un flebile cigolio, e una pila di libri di fianco all'incisione cadde a terra con un tonfo. Talitha sussultò e si staccò dalla libreria. La porta si aprì appena.

«Tutto bene, Talitha?»

«Sì, maestra, stavo prendendo un libro e ho fatto cadere quelli sullo scaffale.»

Si affrettò a controllare la scansia dalla quale i libri erano caduti. La parte in basso era scattata in avanti, spingendo fuori i volumi e rivelando un piccolo cassetto. Per guardarci dentro dovette alzarsi sulle punte, e con un sussulto ne scoprì il contenuto: un piccolo rotolo di pergamena e una chiave dorata incisa con complessi fregi. Il foglietto era stato strappato da un foglio più grande, e sopra c'era solo un disegno, semplicissimo: un'ellisse sulla quale si innestavano due cerchi, uno più grande e uno più piccolo. Non c'era scritto nulla. Talitha girò il foglio e lesse degli appunti:

*Annali celesti, sec. Vent., serie terza.*
*Appunti della sacerdotessa eretica Juno, m. Quarto.*
*Interrogatori, l'uomo del Luogo Innominato.*

Talitha osservò la chiave: niente nella sua forma suggeriva cosa potesse aprire. Si guardò intorno, ma non vide alcuna serratura. I cassetti dello scrittoio erano aperti, la cassapanca si chiudeva con un lucchetto. Forse qualche serratura nascosta dietro i libri? Le sembrava improbabile: che senso aveva nascondere una chiave così vicino al cassetto che apriva? Ma soprattutto, perché sua sorella le aveva lasciato quel disegno e quella chiave?

Li prese entrambi e li nascose fulminea sotto la veste, dove la stoffa si stringeva intorno al seno.

«Talitha, è quasi ora di lezione, sbrigati.»

«Eccomi!»

Rimise frettolosamente a posto i libri, chiuse i cassetti dello scrittoio e rassettò alla bell'e meglio il letto.

cercato di scappare. Una Combattente è letteralmente apparsa dal nulla e l'ha atterrata. Era dall'altro lato della sala un momento prima, e l'attimo dopo aveva un ginocchio sulla schiena della schiava e le torceva un braccio. Gliel'ha spezzato con un unico movimento, poi l'ha bastonata personalmente. Quando ha finito, le ha dato un colpo alla gola, un semplice colpo. La schiava è morta soffocata in meno di due minuti: le aveva fracassato la trachea.»

Talitha rabbrividì.

«Non è gente normale, padrona, e le loro non sono semplici mani, sono armi.»

«Dobbiamo sbrigarci a decifrare il messaggio di mia sorella» disse Talitha.

«Il messaggio dice: "Uniscile e le separerai". Sembra ovvio che parli delle due metà del sasso.»

«Certo.»

«E se invece si riferisse ad altro?»

«Ma è scritto sulle pietre, che si uniscono perché sono due metà dello stesso sasso. Non vedo a cos'altro potrebbe riferirsi...»

«Quello che intendo dire è che da unire sono le due metà, ma da separare è qualcos'altro» fece Saiph.

«Ossia?»

«Non lo so. Ma unendo le due metà forse si ottiene qualcosa che può servire a separare qualcos'altro.»

Gli occhi di Talitha si accesero. «Una chiave per aprire qualcosa...»

«Forse.»

«Dobbiamo andare nella stanza che è stata di mia sorella: so che non la occupa nessuno, ora.»

«Padrona, non è così facile. I dormitori delle sacerdotesse sono ben custoditi.»

«Sono sicura che se chiedo a sorella Pelei, lei mi ci farà andare.»

Saiph guardò la candela che si era portato dietro. «È quasi la seconda ora prima dell'alba, dobbiamo andare. Ti ricordi la via del ritorno?»

Talitha annuì. «Ci vediamo tra due giorni?»

«Ti farò sapere nel solito modo.»

«E io vedrò di portarti qualcosa da mangiare.»

«Tieni duro, padrona» mormorò Saiph, serio. «Anche sperare è una forma di resistenza, e delle più tenaci.»

Lei lo guardò con sufficienza, quindi prese la via del ritorno. Quando il buio aveva già inghiottito entrambi, si girò. «E comunque mi sei mancato, stupido schiavo» disse.

Saiph, nel buio, sorrise.

# 15

Kora, grazie ai suoi ottimi risultati negli studi, ottenne una licenza di alcuni giorni per tornare a visitare i genitori, e Talitha si sentì più isolata che mai. Nel mese trascorso al monastero, forse perché aveva la mente sempre rivolta alla fuga e lo considerava un luogo che avrebbe abbandonato presto, non aveva fatto amicizia con nessuno. Le altre erano un insieme di volti sbiaditi sullo sfondo, o di facce odiose, come quelle delle Educatrici. A parte sorella Pelei, che l'aveva davvero presa in simpatia. Talitha la raggiunse dopo il pranzo, e la trovò sul suo scranno, immersa nella lettura.

Fu più facile del previsto convincerla a farle visitare la cella di Lebitha. Anche a lei mancava quella che era stata la sua allieva più promettente, e capiva il desiderio della sorella di vedere il luogo dove aveva trascorso la sua vita lontano da palazzo. L'unica cosa che Talitha non aveva potuto dirle era il reale motivo della sua visita. Istintivamente era certa che sorella Pelei non l'avrebbe tradita, ma non poteva permettersi di rischiare, così tenne la bocca chiusa sul sasso e sul messaggio che la sorella le aveva trasmesso.

Lebitha aveva alloggiato in una delle celle immediatamente di fianco al tempio. Talitha non era mai stata lì, ma la visita non le riservò alcuna sorpresa: l'edificio assomigliava in tutto e per tutto a quello che ospitava la sua camera. Cambiava solo la decorazione sul soffitto: vi troneggiava un'immagine di Mira, ritratta in tutto il suo splendore, il volto ieratico e le forme matronali.

«Eccoci. Tutto è rimasto esattamente come l'ha lasciato tua sorella: nessuno ha reclamato i suoi oggetti personali, e in questa stanza non ha dormito nessun'altra, dopo la sua scomparsa» disse sorella Pelei.

Talitha indugiò un istante davanti alla porta in legno chiaro, quindi si girò verso la sacerdotessa. «Posso entrare da sola?»

«Vai pure» rispose lei allontanandosi di qualche passo.

Talitha appoggiò la mano sulla porta e spinse.

La luce del pomeriggio inondava la stanza, grande quasi il doppio della sua. Addossati a una parete c'erano un letto di metallo e una cassapanca. Vicino alla finestra c'era lo scrittoio, e le altre due pareti erano coperte di scaffali ricolmi di libri. Sua sorella amava leggere anche quando era a palazzo, lo ricordava bene, ed era una studentessa eccellente.

Quel posto sapeva terribilmente di lei: la disposizione delle coperte sul letto, l'ordine delle pergamene sullo scrittoio, l'odore che vi aleggiava. Tutto era così dolorosamente intriso della sua presenza che le girò la testa. Le sembrava di averla lì davanti, bella e sorridente com'era sempre stata.

Accostò la porta dietro di sé, diede un ultimo sguardo d'insieme alla stanza, quindi cominciò a frugare.

Iniziò dal letto. Sollevò le coperte, controllò tra le pieghe delle lenzuola, ispezionò il materasso. Niente. Passò allo

Uscì cercando di mostrarsi impassibile, mentre il cuore le batteva forte.

«Tutto bene?» le chiese sorella Pelei. «Te la senti di affrontare la lezione?»

«Certo» rispose Talitha. «Sono solo un po' commossa.»

Si avviarono assieme all'aula di magia. Talitha percepiva il freddo della chiave sul seno come un pungolo: aveva decifrato solo una piccola parte del messaggio di sua sorella, e all'improvviso ebbe il presentimento che quanto avrebbe scoperto non le sarebbe piaciuto.

# 16

Saiph era distrutto. Aveva di nuovo dovuto fare un turno in lavanderia, ed era scampato per poco all'ennesima bastonata. Per di più, al pasto avevano servito una zuppa annacquata, e lo stomaco gli brontolava senza sosta, mettendogli addosso una sensazione di infinita stanchezza.

*Finirò col morire se continuo a stare quassù*, si disse, e pensò che forse aveva ragione Talitha: la fuga era ormai inevitabile. Eppure sperava non arrivasse mai il giorno in cui lei gli avrebbe chiesto di scappare. Sapeva perfettamente come sarebbe andata a finire, e se poteva tollerare l'idea di sacrificare la propria vita per obbedirle, gli risultava insopportabile l'immagine di lei punita, se non addirittura morta. No, mille volte meglio saperla lì, in catene, ma viva.

Ripensò alla chiave e al foglio che Talitha gli aveva mostrato durante il loro ultimo incontro, e alla promessa che le aveva fatto: l'avrebbe aiutata a scoprire il significato di quel simbolo e la porta cui quella chiave dava accesso. Glielo doveva, e lo doveva soprattutto a Lebitha.

Purtroppo erano giorni che perlustrava il monastero mentre si dedicava alle sue attività quotidiane, ma non aveva trovato nulla. Di sicuro, se davvero esisteva un posto legato a quegli indizi, doveva essere ben nascosto. Attento a non destare sospetti, aveva chiesto ad alcuni schiavi con cui era più in confidenza se avessero mai saputo di qualche zona in cui nessuno poteva entrare, adducendo come scusa una leggenda di cui aveva sentito raccontare. Ma nessuno ne sapeva niente.

Con questi pensieri si gettò sul giaciglio e il sonno gli intorpidì le membra. Stava per addormentarsi quando Beris, accanto a lui, lo chiamò.

«Saiph» bisbigliò «sei sveglio?»

«Ancora per poco» biascicò lui. «Che c'è?»

«Devi smetterla di andare in giro a fare domande.»

Lui si girò e la guardò interrogativo. Beris si mordicchiava nervosamente il labbro.

«Vuota il sacco» disse lui scherzoso, ma lei non rise.

«Ho saputo che nel monastero c'è una zona proibita.»

Saiph tese le orecchie.

«E dove si trova?» disse con uno sbadiglio, fingendo scarso interesse.

«È una stanza segreta all'interno del Nucleo, la zona in cui si trova la Sala della Pietra. Vi hanno accesso solo le Oranti.»

Saiph rimase pensieroso per qualche istante.

«Chissà quali orrori si consumeranno laggiù...» commentò.

Beris lo guardò cupa. «Saiph, tu scherzi sempre... ma devi stare attento. È pericoloso ficcare il naso in affari che non ti riguardano.»

«Cosa ne sai tu?»

Lei gli strinse un braccio. «Kaleb mi ha raccontato che negli ultimi anni sono morti già sei schiavi che si occupavano del Nucleo... e anche alcune sacerdotesse.»

Saiph fu scosso da un brivido. «Quindi ci sono schiavi che accudiscono quel posto?»

«Sono tutti morti» sussurrò lei. «Tutti tranne uno. Per questo devi smetterla.»

Saiph la guardò nella penombra del dormitorio. Non poteva smettere. Stava obbedendo agli ordini della sola persona per la quale era pronto a dare anche la vita.

Talitha rimase immobile come una statua mentre Saiph, nel locale dei montacarichi, le raccontava del Nucleo. Era stato a lungo incerto se fosse il caso di riferirle tutto, perché sapeva che ne sarebbe stata turbata.

«Quindi sono morte delle sacerdotesse...» disse Talitha sgomenta. «E se c'entrasse anche mia sorella?»

«Non ne abbiamo alcuna prova» ribatté lui.

«Non abbiamo le prove, ma potrebbe essere così. Mia sorella aveva scoperto qualcosa che la Piccola Madre e le altre non vogliono si sappia, e per questo l'hanno uccisa» disse Talitha. «E ha affidato a me il compito di scoprire di cosa si tratta. Lei sapeva che se le fosse successo qualcosa, nostro padre mi avrebbe mandata quassù a prendere il suo posto.»

«Tua sorella ti amava, non ti avrebbe mai lasciato un peso simile.»

«A meno che non fosse davvero importante. Dobbiamo entrare nel Nucleo.»

«Padrona, non hai sentito quello che ti ho detto? Tutti quelli che ci si avvicinano muoiono.»

«E noi staremo attenti.»

Saiph insistette. «Non c'è assolutamente modo. Di giorno quel posto è sorvegliato dalle Oranti, e di notte il passaggio è controllato da una Combattente.»

«Per questo ho studiato alla Guardia: non sarà certo una sacerdotessa travestita da guerriera a fermarmi.»

«Qui si tratta di avere a che fare con avversari infinitamente più esperti di te! Ti ammazzeranno.»

Lei lo guardò con durezza. «Vedremo. Intanto portami lo schiavo che è stato nel Nucleo. Domani stesso, qui sotto.»

«Padrona...»

«Non te lo sto chiedendo, te lo sto ordinando.»

Saiph contrasse la mascella, poi chinò il capo. «Come vuoi.»

Lei annuì soddisfatta.

Solo quando si salutarono, e lo schiavo aveva già preso la via del dormitorio, aggiunse: «Sii prudente.»

Ma lui neppure si voltò.

# 17

Ceryan era un vecchietto dall'aria dimessa. Era lui che si occupava delle pulizie nei pressi del Nucleo. Non osava neppure guardare in faccia Talitha, gli occhi ostinatamente rivolti a terra. Saiph lo teneva per le spalle, cercando di fargli coraggio. Aveva dovuto promettergli una razione extra di pane per convincerlo ad andare nel locale dei montacarichi, quella notte. Gli aveva immediatamente mostrato la ricompensa che Talitha aveva rubato dal refettorio, ma il vecchio accampava un'infinità di scuse: era buio, la Combattente era in agguato, e soprattutto lui non voleva entrare in faccende così pericolose. Saiph aveva dovuto aggiungere al tozzo di pane un po' del cibo che Talitha aveva tenuto da parte per lui.

Talitha tirò fuori il pezzo di pergamena che aveva trovato nella stanza di sua sorella. «So che lavori nel Nucleo, e che hai visto una zona segreta. Ha a che fare qualcosa con questo simbolo?»

Il vecchio alzò la testa quel tanto che bastava per gettare un'occhiata rapida al disegno; annuì.

«Dimmi, dove l'hai visto?» incalzò Talitha.

Ceryan si torse le mani, sospirò e guardò Saiph con una

supplica negli occhi. Lui gli sorrise incoraggiante. «Avanti, rispondi e potrai tornare a dormire.»

«Io non ho accesso diretto al Nucleo» disse Ceryan, esitante. «Uno schiavo come me non ha questi privilegi. Io posso arrivare solo fino all'anticamera. Per pulire, togliere la polvere. C'è sempre una Combattente di guardia, anche mentre faccio il mio lavoro, per controllarmi.»

«E che cosa c'è nell'anticamera?»

«Libri, libri e pergamene fino al soffitto. Mi lasciano lavorare lì perché sanno che non oserei mai avvicinarmi alla Sala della Pietra. Ho preso troppe bastonate... Però una volta ho visto. Sono arrivato in anticipo, e la Combattente aveva lasciato la porta socchiusa.»

«E che cosa hai visto?»

Il vecchio si sforzò di ricordare. «Oltre uno scaffale, ho visto una piccola porta che non avevo mai notato. Era aperta: usciva una debole luce dall'interno, forse di una torcia, e mi sono accorto che c'era qualcuno. La Combattente faceva strada a due figure, ma non erano sacerdotesse. Almeno, non erano vestite come loro. Indossavano una lunga tunica e una di loro portava un grosso tomo con inciso un simbolo simile a quello che mi avete mostrato.»

«Cos'altro hai visto?»

«Solo il buio. Non so perché quel posto è così importante, e quando la Combattente è tornata e ha sbarrato la porta, ho fatto finta di non essermi accorta di niente.»

«Sapresti tracciare una mappa per arrivare in quel posto?»

Ceryan arrossì e iniziò a scuotere con violenza la testa. «No, no, queste sono faccende segrete, ci sono schiavi morti per molto meno.»

«Non lo saprà nessuno, hai la nostra parola» promise Talitha.

«Mia signora, non posso farlo.»

«Ti farò avere cibo per due giorni. Per aiutare la memoria.»

Il vecchio volse gli occhi rugosi e malinconici a Saiph, come se cercasse una conferma definitiva, e lui gli allungò un pezzo di pergamena e un carboncino.

Ceryan li prese con mano tremante e iniziò a disegnare. «E va bene» sospirò. «Tanto non ho niente da perdere da quando è morta Silea. Era mia moglie, l'hanno ammazzata a bastonate perché aveva fatto cadere un orcio.»

«Mi dispiace» disse Talitha.

«È così che viviamo noi Femtiti. Ed è così che moriamo. Ma forse tu sei una padrona diversa.» Sembrò esitare, cancellò una linea e la tracciò di nuovo. «Non potrete entrare per la porta principale. Come vi ho detto, viene sbarrata e controllata da una Combattente, e poi vi noterebbero.»

«Hai parlato di una porta principale. Quindi c'è un altro accesso?» chiese Saiph.

Ceryan annuì. «C'è una grata sul pavimento. Non sono certo che possa andare bene. Ma fossi in voi, ci proverei.»

«Chi sarà la Combattente di guardia all'accesso al Nucleo le prossime sere?» chiese Talitha.

«La Quarta Sorella» rispose il vecchio. «La riconosci perché è la più bassa delle Combattenti. Ma è anche la più forte.»

Talitha annuì. «Grazie. Ti sei meritato il tuo cibo.»

Ceryan se ne andò con un sorriso triste, stringendo tra le mani la sua misera ricompensa.

«Non sarà facile entrare nel Nucleo con quella Combattente di guardia» disse Talitha preoccupata quando rimase sola con Saiph.

Lui studiò con attenzione la mappa. «Credo di aver capito dove si trova la stanza. E forse conosco un modo per arrivare alla grata» replicò pensieroso. Poi prese la mappa, la piegò e la nascose in una tasca interna della casacca. «Qui sarà più al sicuro» disse. «E poi mi darà la certezza che non commetterai qualche pazzia a mia insaputa» concluse, e fece strada verso l'uscita del locale montacarichi.

Talitha mise in atto la prima parte del piano la mattina successiva. Durante la lezione con sorella Pelei si dimostrò meno attenta del solito, e la sacerdotessa non ci mise molto ad accorgersi che qualcosa non andava.

«Quando sei venuta qui, il primo giorno, mi sembrava di essere stata chiara: da te voglio studio e la più completa attenzione, ma non mi sembra che tu ti stia impegnando molto» la riprese.

Talitha si riscosse. «Perdonatemi, maestra... È solo che sono molto stanca.»

«Come mai?»

«Ho difficoltà ad addormentarmi, non so perché... È da quando è morta mia sorella che spesso dormo male.»

Sorella Pelei si fece pensierosa. Poi si alzò e andò verso una piccola teca alle sue spalle. Dentro c'erano boccette di vario genere. Ne prese una che conteneva un liquido verde e la posò sul tavolo, davanti a lei. «Distillato di malerba con essenza di Pietra dell'Aria» disse. «Poche gocce un'ora prima di andare a letto. Poche gocce, mi raccomando. È un sonnifero molto forte. Dovrebbe darti un po' di sollievo.»

Talitha strinse la boccetta tra le mani, sorridendo. Si sentì in colpa un solo istante, consapevole che stava tradendo la sua Educatrice, l'unica che considerasse degna di rispetto. Ma sapeva che era per un bene superiore, e la ringraziò senza aggiungere altro.

Mentre usciva dall'aula incrociò Grele.

Si aspettava una delle sue solite battute velenose, invece lei ostentò indifferenza e continuò a parlare con una delle due ragazze con cui si accompagnava sempre.

«Gira voce che da qualche tempo nel monastero di notte ci sia una certa... attività» disse in tono cospiratorio.

Talitha tese le orecchie.

Grele la guardò di sottecchi, fece un impercettibile sorrisino e continuò: «Sembra che qualcuno dei nuovi schiavi sia piuttosto intraprendente e si conceda libertà che potrebbero costargli la testa. O forse qualcuno lo costringe a prendersele, chissà... Tu che ne pensi, Talitha?»

Talitha strinse le nocche finché non sbiancarono, ma si impose di tacere.

«Lo sai cosa succede agli schiavi che vengono sorpresi dove non dovrebbero essere?»

Talitha non riuscì più a trattenersi. «Dimmelo tu, visto che mandi le tue schiave a curiosare nei fatti altrui» le disse con sguardo di sfida. «Anche loro violano il coprifuoco, se pedinano qualcuno di notte.»

«Stai facendo un gioco molto pericoloso, Talitha» rispose Grele sprezzante «e non lo stai neppure facendo in prima persona. Ti interessa così poco la vita del tuo attendente?»

Talitha scattò in avanti, fermandosi a un nulla dal volto della rivale. Assaporò il lampo di paura che attraversò quegli occhi di un verde gelido. «Tieni fuori gli altri da questa storia» sibilò.

«Ebbene? Che succede qui?» intervenne sorella Xane.

Grele fece per rispondere, ma Talitha la anticipò.

«Perdonatemi. Mi sono attardata senza ragione.» Chinò il capo, e sgusciò rapida verso l'uscita.

A pranzo l'atmosfera era ancora piena di tensione.

Grele si sedette accanto a Talitha e una delle sue più fedeli compagne, Fedira, si mise dall'altro lato. Si scambiarono un sorriso complice, e Talitha capì troppo tardi; la trappola era ormai tesa. Kora non poté far altro che sedersi di fronte a lei, lo sguardo spaesato.

«Allora, amica dei Femtiti, stai ancora pensando al destino dei tuoi schiavi? Non ti preoccupare, io ai miei do sempre cibo a sufficienza» disse Grele.

La sua compagna rise. Talitha ingoiò amaro, ma tacque.

Saiph stava avanzando verso di loro con la scodella destinata alla padrona, e si chinò per mettergliela davanti. Fu allora che l'amica di Grele diede un colpetto a Talitha. Lei si sbilanciò appena di lato, quanto bastava per colpire il braccio di Saiph. Come in un incubo, vide la scodella cadergli di mano e finire dritta in grembo a Grele.

La ragazza scattò in piedi in un lampo, strillando. Doveva averle fatto male sul serio, perché il contenuto della scodella – una minestra di legumi – fumava.

Le Educatrici accorsero allarmate e rapidamente le versarono acqua sulle vesti per prevenire l'ustione. Grele piangeva di dolore.

«Che è successo?» chiese sorella Dorothea cercando di consolarla.

«È stato quello stupido servo, mi ha rovesciato addosso la zuppa!» strillò Grele.

Stavolta fu Talitha a scattare in piedi. «È stato un incidente!»

«Incidente! Ma se l'ho visto io inclinare la scodella di proposito!» si intromise Fedira.

Talitha fissò le due ragazze, incredula, poi guardò Saiph. Le mani intrecciate, se ne stava muto, il capo abbassato.

«Di' che è stata colpa mia, che ti ho urtato!» gli urlò.
«L'hai urtato?» chiese sorella Dorothea.
«Sì, ma perché mi ha spinto Fedira.»
«Sta solo cercando di coprire il suo schiavo» insorse quella. «Io ero immobile.»
Talitha sentì l'impellente bisogno di saltarle al collo e dovette fare uno sforzo sovrumano per controllarsi.
*Manca poco, non rovinare tutto adesso...*
«Sono stata io» disse infine, i pugni serrati. «L'ho colpito di proposito.»
«Padrona, non è vero, e lo sapete» protestò Saiph.
«Basta!» Era la voce della Piccola Madre. Stava seduta al suo posto, ma aveva seguito la scena con attenzione. «Non so cosa sia più riprovevole, se un servo che fa del male a una novizia o la sua padrona che cerca di coprirlo.»
«Ma non è stata colpa sua!»
«Silenzio!» La Piccola Madre guardò la sala, furente. «Che lo schiavo riceva cinque bastonate. Tu, Talitha di Messe, avrai sospese le tue prossime due licenze e stasera sarai all'inginocchiatoio. E adesso fuori, va' nella tua stanza a meditare su quel che hai fatto.»
Poi abbassò gli occhi e riprese e sorbire piano la minestra. Le novizie e le sacerdotesse la imitarono rapidamente, affondando gli sguardi imbarazzati nelle scodelle. Talitha rimase immobile, mentre due schiave afferravano Saiph per le braccia e lo conducevano fuori.
«Hai sentito: vattene!» sibilò sorella Dorothea.
Talitha obbedì. Mentre usciva, i suoi occhi incrociarono quelli di Grele, ancora colmi di lacrime. Ma in quell'espressione di sofferenza scorse un lampo di trionfo.

La punizione fu pubblica. Ebbe luogo poco prima delle preghiere serali, su uno dei parapetti che dava verso il vuoto.

Di norma le bastonature non avvenivano al cospetto di tutto il monastero, a meno che la colpa non fosse grave. E ferire una novizia non era certo cosa da poco.

Talitha si mise in prima fila. Non sopportava di vedere Saiph soffrire per colpa sua, e per di più assistere al trionfo di Grele, ma sapeva che il suo schiavo aveva bisogno di lei. Cercò di mantenersi salda.

Saiph era già al centro del circolo di sacerdotesse e novizie, in ginocchio, le mani legate a un ceppo. Alle sue spalle, una Combattente stringeva nella destra il Bastone. Brillava fulgido, carico di energia.

La Piccola Madre fece il suo ingresso, andandosi ad accomodare su una piattaforma rialzata.

Sorella Dorothea fece un passo avanti. «Saiph del monastero di Messe, per aver versato zuppa bollente su una novizia e averle causato ferite e dolore, ti è stata comminata la pena di cinque bastonate, che qui ti vengono inflitte sotto lo sguardo severo di Alya e alla fulgida presenza di Sua Eminenza la Piccola Madre, affinché mai più tu ripeta un simile errore» scandì ad alta voce.

La Combattente sollevò il Bastone. La Pietra dell'Aria prese a brillare con più intensità, pulsando all'unisono col ciondolo che la sacerdotessa portava al collo.

L'attimo in cui il colpo venne caricato parve a Talitha eterno. Ogni percezione si allargò a dismisura: la sensazione di gelo che l'attanagliava, lo stormire delle fronde sopra di lei, il pulsare violento del Bastone.

Saiph la fissò, e Talitha si sforzò di ricambiarlo con uno sguardo deciso, sicuro. Uno sguardo che voleva infondergli coraggio e promettergli vendetta.

Poi il Bastone calò. Quando la Pietra dell'Aria toccò la schiena di Saiph, il suo volto apparve stravolto dal terrore. Talitha non l'aveva mai visto così. I suoi lineamenti erano deformati in una smorfia oscena, e dalla bocca gli uscì un rantolo. Per un istante non le parve più lui, ma una patetica creatura priva di forza, un essere denudato della propria identità.

Fu tentata di chiudere gli occhi, di scappare, ma si fece violenza e rimase. Il Bastone si alzò, e il volto di Saiph tornò normale. Respirava a fatica, e sulla fronte aveva un velo di sudore, ma era tornato in sé. La guardò di nuovo, e Talitha colse la supplica nei suoi occhi. Annuì appena, cercando di non mostrare lo sgomento che le provocava quella vista. Poi il Bastone scese di nuovo, e fu ancora terrore puro.

La punizione sembrò durare un'infinità, e invece fu meno di un minuto. Alla fine gli slegarono i polsi, e Mantes dovette sorreggerlo mentre andava via.

«Questa è la pena per chiunque osi trasgredire. Questa è l'arma, tremenda e giusta, con la quale i Talariti vi hanno ricacciato nell'abisso dal quale usciste il giorno in cui cercaste di ribellarvi ai figli di Mira. Fate il vostro dovere, e mai dovrete assaggiare tale terrore. Sbagliate, e ci sarà un Bastone per ognuno di voi» proclamò sorella Dorothea.

Persino le novizie rabbrividirono. Assieme alla sacerdotesse, si ritirarono piano verso il tempio.

Ma Talitha rimase ancora qualche istante.

Mai, mai avrebbe dimenticato quel momento.

Talitha attese immobile nella sua camera. Il globo luminoso brillava di una luce morente. Aveva passato un'ora nella stanza di sorella Dorothea, in compagnia della sua bacchetta e dei suoi dannati inni. Aveva faticato a reprimere il disgusto di starle davanti, quella sera.

La notte era alta, almeno la terza ora prima dell'alba. Era tempo di andare.

Aprì piano la cassapanca. Il silenzio era così assoluto che temeva si potesse udire il cigolio dei cardini in tutto il monastero. Prese il pugnale, lo estrasse dalla custodia con cautela. La lama le rifletté sul volto la luce del globo. Guardò rapita l'acciaio e passò il dito lungo il filo, sedotta dalla bellezza di quell'arma. Quindi annodò la gonna della tunica, e fu pronta.

Socchiuse adagio la porta, scivolò nel corridoio, una mano stretta sul pugnale. Si guardò intorno. Nessuno in giro.

Si mosse a piedi nudi, silenziosa. Le sembrava di essere tornata ai tempi della Guardia. Ricordava tutto dell'addestramento, come non fosse passato neppure un giorno.

Sapeva qual era la porta che conduceva alla stanza di Grele, e la raggiunse in un attimo. La maniglia si abbassò con un tenue *clic*. Talitha trattenne il fiato. Non un sospiro, né dal corridoio né dalla stanza. Tutti dormivano profondamente.

Entrò. La stanza era identica alla sua. C'era forse qualche libro in più sugli scaffali, e soprattutto un ampio drappo bianco che portava ricamato il simbolo della famiglia Gal, quella cui Grele apparteneva: un unicorno nero dalla criniera dorata. Lo stesso simbolo che poteva vedere tatuato sulla spalla della ragazza, appoggiata al cuscino.

Dormiva prona, la bocca socchiusa. Sembrava innocua, i riccioli sparsi sul lino, la fronte spianata. Eppure quella ragazzina immersa nel sonno senza l'ombra di un sospetto aveva intenzionalmente fatto bastonare un innocente poche ore prima.

Talitha provò un moto di disgusto, ma subito lo scacciò. Doveva essere lucida più che mai, e rapida.

La girò supina, le mise una mano sulla bocca e le appoggiò la lama al collo. Grele si svegliò di soprassalto, provò a urlare, ma dalla bocca tappata non uscì che un rantolo soffocato. I suoi occhi erano colmi di terrore e Talitha assaporò la sua paura. Assomigliava a quella di Saiph mentre veniva bastonato, solo infinite volte più debole.

«Sssh» sussurrò. «Non vorrai che qualcuno ci disturbi, no?» Grele provò a scalciare, ma lei la bloccava al letto con un ginocchio. Sorrise truce. «Siamo solo tu e io, adesso, no?» e appoggiò con più forza la lama alla gola.

Gli occhi di Grele divennero lucidi.

«Hai davvero esagerato questa volta» le sibilò in faccia Talitha. «Come vedi sono armata, e ti assicuro che so come usare l'acciaio. Prova a metterti ancora sulla mia strada, e giuro che ti ammazzo. Lo sai che ne sono capace.» Tacque, perché Grele potesse imprimersi bene nella mente quella minaccia. «Sei intelligente, conto che tu abbia capito» concluse.

Quindi lentamente allontanò la lama dalla gola, sollevò il ginocchio e per ultimo tolse la mano. Grele rimase senza parole per qualche secondo, quanto bastò a Talitha per scomparire oltre la porta, rapida come era entrata. Solo allora Grele trovò il coraggio di urlare con tutto il fiato.

Quando fecero irruzione nella stanza, Talitha era nel suo letto, assopita.

Sorella Dorothea gettò tutto in aria, guardò in ogni libro, svuotò la cassapanca, rovistò nel letto. Del pugnale, nessuna traccia.

«Avrai avuto un incubo» disse sorella Xane a Grele.

«Era lei, era lei!» urlò la ragazza fuori di sé, con gli occhi ancora rossi di pianto.

«Ti giuro che stavo dormendo, non ho davvero idea di cosa tu stia dicendo...» borbottò Talitha, confusa.

«In ogni caso, non abbiamo nessuna prova che la ragazza fosse fuori dalla sua stanza, ma al contrario molte evidenze ci dicono che non è mai uscita di qui» osservò sorella Xane.

Sorella Dorothea schiumava di rabbia, ma fu costretta ad assentire.

«Vi dico che era lei, perché non mi credete?» strepitò Grele.

«Sei sconvolta, avrai senz'altro avuto un incubo, ma devi esserti sbagliata. E adesso torna nella tua stanza, o sarò costretta a punirti: stai accusando una tua consorella di un crimine molto grave, e senza alcuna prova» disse sorella Xane.

Grele fissò con odio Talitha, ma non le restò che ritirarsi. Le sacerdotesse le andarono dietro senza aggiungere altro.

Quando fu di nuovo sola e la porta si richiuse, Talitha sorrise.

# 18

Per alcuni giorni Talitha evitò di incontrare Saiph. Gli lasciò dei bigliettini in cui gli raccomandava di non uscire dal dormitorio di notte. Era ansiosa di vedere come stava, ma non voleva metterlo ulteriormente in pericolo. Pensava di essere stata abbastanza convincente con Grele, tuttavia non era il caso di correre rischi. Doveva andare nel Nucleo da sola.

Alla fine gli lasciò scritto:

*Agirò questa notte: metti il sonnifero che troverai nel solito nascondiglio dentro il piatto della Quarta Sorella e lasciami la mappa per arrivare al Nucleo.*

La sua risposta fu lapidaria:

*Non se ne parla nemmeno, padrona. Stanotte sarò nel locale dei montacarichi, che tu lo voglia o no. Mi spiace, ma senza di me non andrai da nessuna parte…*

Talitha sapeva bene quanto fosse cocciuto il suo servo: le aveva sempre obbedito, certo, ma mai le aveva permesso di fare qualcosa di rischioso da sola. Lo maledisse mentalmente, ma si preparò all'inevitabile.

A cena mangiò poco, e per tutto il pasto sbirciò di sottecchi Grele. Da quando l'aveva minacciata, sembrava starsene molto sulle sue, per nulla intenzionata a impicciarsi ancora in faccende che non la riguardavano. Talitha non avrebbe mai creduto di ottenere un successo così immediato con quell'idea nata in fretta e sull'onda della rabbia. Per fortuna Grele non si era accorta di quanto la sua assalitrice fosse spaventata: certo, Talitha aveva già usato le armi, ma sempre durante l'addestramento, e non le era mai capitato di minacciare qualcuno. Mentre le teneva il pugnale sotto la gola, la mano le tremava, e il cuore batteva impazzito.

In ogni caso, sembrava che il suo piano avesse funzionato, e tanto bastava.

Cercò invece di stare il più a lungo possibile accanto a Kora, durante la cena. Si stupì nel constatare che quel posto le avesse regalato un'amica tanto cara. Lei e sorella Pelei sarebbero state le uniche a mancarle.

Con ogni probabilità quelli erano gli ultimi momenti che passava con Kora, e voleva viverli fino in fondo. Non sapeva cosa avrebbe trovato nel Nucleo, ma in ogni caso sentiva che nulla sarebbe più stato come prima. Sentiva di provare un affetto sincero nei suoi confronti, eppure una cosa non le era mai stata chiara: non riusciva a capire perché l'altra avesse preso in simpatia proprio lei. Le amiche non le mancavano, ed era perfettamente inserita nel monastero. Nonostante ciò, stava spesso in sua compagnia, sembrava divertirsi a parlarle e la preferiva ad altre ragazze più allegre e meno problematiche. Decise che quella sera era il momento giusto per chiederglielo direttamente.

«Ma tu cosa ci trovi in me?»

Kora si mise a ridere. «È che mi fai tenerezza. Mi dispiace che per te sia così difficile adattarti alla vita quassù, e vorrei aiutarti. Ma non è solo questo: mi piaci come persona, sei diversa da chiunque altro io abbia mai conosciuto.»

Talitha tacque qualche istante. «A palazzo mi odiavano tutti, e se ci penso non avevano tutti i torti: ero intrattabile, lo facevo apposta.»

Kora scosse le spalle. «Appunto. Non sei una persona facile, è questo che mi piace di te. Tutte le altre, e anch'io... be', sappiamo come ispirare simpatia, io in particolare so sempre cosa dire e cosa fare per essere gentile e farmi apprezzare. A te non interessa, tu sei come sei, e soprattutto sai esattamente cosa vuoi.»

«Invece io ho sempre pensato che fossi tu a sapere quello che vuoi. La tua fede è così sincera, sembra che tu abbia davvero una vocazione autentica. Non come la maggior parte delle novizie» le confidò Talitha. «Però non so come tu faccia a resistere qui dentro, conoscendo tutti gli intrighi che vengono orditi tra queste mura... In pratica mi hai confermato che diventa Piccola Madre la sacerdotessa che paga di più.»

«Certo, non è un mistero. Anche l'attuale Piccola Madre ha conquistato il suo ruolo grazie alle pressioni di sua madre, che fu regina prima di Sua Altezza Aruna.»

«Sai tutte queste cose e ti rendi perfettamente conto che la religione c'entra davvero poco. Ma allora perché continui ad avere fede?» replicò Talitha.

Kora scoppiò nella sua risata cristallina. «Io distinguo tra la fede e l'apparato che le sta intorno. Io credo in Mira e Alya, e penso che siano entrambe ben più grandi delle miserie della casta sacerdotale. Le persone possono sbagliare, ma ciò non intacca la grandezza delle divinità, che vegliano su di noi, ci guidano e ci osservano, e agiscono per vie misteriose, accessibili solo a chi ha fede. E questo non c'entra niente con le Piccole Madri e i loro giochi di potere.»

Talitha non riusciva a capire del tutto questo punto di vista, né tantomeno riusciva a condividerlo. Per lei la religione non aveva altra faccia che quella arcigna di sorella Dorothea o quella fasulla di Grele. Quelle espressioni cancellavano ogni altra cosa, e le facevano perdere fidu cia anche in Mira.

«Sarà come dici, ma a dirla tutta di almeno una cosa sono davvero sicura: è anche grazie a te se non sono ancora impazzita qui dentro» disse, e l'abbracciò.

«Ti senti bene?» le chiese Kora. Sapeva che Talitha non amava il contatto fisico.

«Non sono mai stata meglio» le rispose lei lasciandola andare.

«Te lo dico per l'ultima volta, tornatene da dove sei venuto» disse Talitha. Erano già nel locale montacarichi, e Saiph era davanti a lei, pallido ma determinato.

«Non ci penso nemmeno.»

«Il mio è un ordine! Lo dico per te, testone di uno schiavo. Vuoi essere ancora bastonato?»

«Hai bisogno di me, e lo sai. Io mi sono mosso qui sotto molto più di te, so quale via ci conviene fare, ho un udito più fino del tuo e so spostarmi senza farmi notare. È tutta la vita che non faccio altro! A dirla tutta, *tu* dovresti startene a dormire, e *io* dovrei introdurmi nel Nucleo.»

Talitha imprecò, quindi annodò la veste come faceva quando si allenava. «Muoviti, fammi strada» si arrese.

Iniziarono a strisciare sotto le pedane, lungo una strada che Talitha non conosceva. A intervalli regolari, il passo della Combattente di guardia rimbombava sulle loro teste. Allora Saiph si fermava, ed entrambi rimanevano immobili e in silenzio prima di riprendere la marcia.

«Ci siamo» disse a un tratto Saiph quando giunsero a uno stretto corridoio verticale, che pareva una canna fumaria. Salì per primo, puntellandosi mani e piedi contro le pareti.

Talitha fece molta più fatica. Da ragazzina era brava ad arrampicarsi sugli alberi, ma erano anni che non si allenava. I sandali le scivolavano sulle pareti, per cui fu costretta a toglierseli e a salire a piedi nudi. Doveva esercitare tutta la forza che possedeva per rimanere in equilibrio, e i muscoli di gambe e braccia presero a dolerle quasi subito.

Dopo un paio di scivoloni verso il basso e un ginocchio sbucciato, riuscì infine a raggiungere Saiph.

Sopra le loro teste c'era la grata che cercavano.

«Vedi qualcosa?» chiese Talitha ancora col fiatone.

Il ragazzo premette il viso contro la grata per vedere meglio. «La Combattente dorme, è caduta sul pavimento come un sacco.»

«Allora il sonnifero che mi ha dato sorella Pelei era davvero potente.»

«Sì, ma non servirà ad aprire questa griglia» disse Saiph, indicando il pesante lucchetto che la chiudeva.

«Ci penso io.»

«E come farai?»

Talitha si issò fino a portarsi davanti a lui, subito sotto la grata. Lo spazio era scarso, e i loro corpi si sfioravano.

«Non farti venire strane idee» disse, e Saiph arrossì violentemente. «Devi sostenermi, ho bisogno di avere le mani libere per aprire il lucchetto.»

Saiph la strinse sui fianchi, e lei si abbandonò alla sua presa, puntellandosi con i piedi. Poi tirò fuori dalla tunica una forcina e sussurrò: «Preparati, sto per usare la magia.»

Saiph annuì, ma si sorprese distratto da altri pensieri. Il profumo del corpo di lei era così intenso da dargli il capogiro. Era un profumo nuovo, diverso. Un profumo di donna.

Talitha riuscì a infilare due dita oltre la grata, poi si concentrò come le aveva insegnato sorella Pelei: dopo qualche istante la forcina si accese di un flebile bagliore e assunse una forma sinuosa. Pronta, la inserì dentro il lucchetto, si concentrò ancora qualche secondo, e la Pietra sul suo petto splendette. Provò a girare, ma non funzionò. L'operazione non era affatto semplice, perché occorreva modellare l'Es in modo che il metallo si adattasse ai cilindri della serratura: se il meccanismo era troppo complicato, non c'era verso di forzarlo. Per fortuna, dopo un paio di tentativi sentì la serratura scattare. Sfilò il lucchetto, tirò il chiavistello e insieme spostarono la grata.

Si issarono con i gomiti fino a trovarsi in una grande anticamera circolare, le pareti piene di scaffali carichi di libri. Un globo luminoso appoggiato a una mensola faceva luce, mostrando una porta sbarrata. Sull'architrave distinsero a fatica un fregio che ritraeva un gruppo di donne chinate intorno a un frammento di Pietra dell'Aria. Non c'era dubbio: quello era l'accesso all'area del Nucleo che portava alla Sala della Pietra.

Saiph passò la mano sulle pareti e le picchiettò con le nocche. «Non sono mura, ci troviamo in un tunnel. Questo spiega anche la grata: è una presa d'aria.»

Talitha con un calcio mise in posizione supina la Combattente. Sembrava morta, e solo se si tendeva l'orecchio si percepiva il suo respiro lento.

«Quanto sonnifero hai usato?»

«Tutta la boccetta.»

Talitha si girò di scatto. «Ma sei matto? Bastavano poche gocce!»

«È che non sapevo quale fosse il piatto destinato a lei, sapevo solo quale schiavo l'avrebbe servita, così ho versato il contenuto della fiala in tutti e quattro i piatti che stava per consegnare. Stanotte altre tre sacerdotesse si faranno un lungo sonno ristoratore.»

Talitha ridacchiò, poi si chinò sul corpo e lo frugò. Il mazzo di chiavi era appeso alla cintola.

«L'ingresso segreto dovrebbe essere qui, dietro questo scaffale» disse Saiph.

Tastò la parete, e sentì con le dita una sottilissima asperità che indicava un'apertura. «Questa dovrebbe essere la porta che cerchiamo. Passami il mazzo di chiavi» disse, notando un minuscolo foro.

«Tieni, prova con questa» fece Talitha porgendogli la chiave più piccola. La porta si aprì, rivelando una tortuosa scala a chiocciola dai gradini stretti. Era intagliata nel legno; le pareti stillavano resina dal profumo intenso, e da piccoli buchi entravano e uscivano grasse larve.

«Che schifo!» fece Talitha.

«Be', cosa ti aspettavi? Siamo nel ventre del Talareth» disse Saiph iniziando a salire.

A intervalli irregolari, lungo le pareti si aprivano delle porte, ciascuna contrassegnata sull'architrave da diversi tipi di simboli: un'ellisse con sovrapposto un cerchio grande, oppure la stessa ellisse con un cerchio più piccolo. Talitha estrasse la chiave che le aveva lasciato Lebitha e la tenne stretta in pugno mentre saliva. Il luogo era buio, rischiarato solo dal globo luminoso che la ragazza aveva avuto l'accortezza di prendere dalla stanza in cui giaceva la Combattente.

«Non posso crederci» mormorò. «Qui in cima c'è il cristallo di pietra più grande, quello che trattiene l'aria di tutta Messe, il luogo nel quale Lebitha ha speso gli ultimi anni della sua esistenza.» La sua voce vibrava di emozione.

«Ci saranno di certo delle Combattenti, a proteggerlo. Dobbiamo stare attenti» osservò Saiph, la fronte imperlata di sudore.

Talitha avrebbe tanto voluto vedere la grande Pietra. Per capire a cosa aveva sacrificato la vita sua sorella e insieme per violare una delle stupide regole di quelle sacerdotesse: salire fin lassù e guardare ciò che non poteva essere esposto agli occhi di chiunque, non solo il cristallo della Pietra dell'Aria, ma anche il cielo, quella vastità sconfinata nella quale Miraval e Cetus combattevano la loro eterna battaglia.

Saiph la riscosse afferrandola per un braccio. «Padrona» disse piano. «Siamo qui per una ragione precisa, non dimenticarlo.» Quindi le indicò una porta: sull'architrave c'era il simbolo che cercavano.

Era una porta piccola e dimessa. Solo la serratura sembrava complessa, brillante e ben oliata. Talitha ci infilò la chiave piano. All'inizio le parve che non funzionasse. Fece forza ruotando in entrambe le direzioni, ma sembrava non andare. Poi la estrasse appena un po'. La chiave girò con dolcezza, i cilindri ruotarono e la serratura scattò.

Talitha spinse la porta e fu dentro.

Il locale era angusto, senza altre porte né finestre. Le pareti, sebbene scavate nel legno, erano ricoperte da uno strato di mattoni sbozzati che si intravedevano attraverso i pochi spazi lasciati liberi da un gran numero di scaffali. Coprivano completamente il perimetro fino al soffitto, pieni di pergamene e libri.

Talitha estrasse il foglio col disegno, lo girò e lesse ancora le indicazioni che Lebitha aveva vergato sul retro.

*Annali Celesti, sec. Vent., serie terza.*
*Appunti della sacerdotessa eretica Juno, m. Quarto.*
*Interrogatori, l'uomo del Luogo Innominato.*

Si guardò intorno. Pergamene e libri non avevano alcuna indicazione sul dorso: ai suoi occhi sembravano tutti uguali, fatta eccezione per il colore della rilegatura e le dimensioni.

«Come facciamo a trovare questi tre libri?» si chiese scoraggiata.

Saiph prese in mano il globo luminoso e fece qualche passo avanti. Notò che in fondo a ogni scaffale, a terra, c'era un libro grosso e con poche pagine disposto in orizzontale, a differenza di tutti gli altri volumi. Ne prese uno, iniziò a sfogliarlo, poi guardò Talitha: «Così» disse indicandole le pagine.

Era un elenco di volumi, con a fianco la collocazione negli scaffali.

«Tu scorri quello, io mi metto al lavoro su quest'altro.»

Cominciarono a sfogliare i cataloghi rapidamente.

Saiph fu il primo a trovare qualcosa. «Annali Celesti, secolo Ventesimo dall'Antica Guerra, eccolo qua» disse sfilando un grosso tomo. Lo mise a terra, quindi cercò gli altri. Talitha, invece, si avventò sul volume. Era nient'altro che un libro di astronomia; c'erano cataloghi di oggetti chiamati "stelle", con posizione, movimento in cielo e indicazione della luminosità. Talitha ne aveva sentito parlare: erano piccole luci che intessevano il cielo notturno, assieme alle due lune. Qualche volta, aguzzando la vista, ne aveva intravista qualcuna fare capolino tra le fronde del Talareth. A leggere quel volume, dovevano essercene a migliaia, in cielo. Lesse, ma non trovò nulla d'interessante.

*Che voleva dirmi mia sorella, con questo? Cosa c'è di importante nelle stelle?*

Sfogliò oltre. "Serie terza", c'era scritto in cima. Niente più stelle. Stavolta si parlava del cielo di giorno. Talitha ebbe un tuffo al cuore, perché la sezione era aperta da una splendida illustrazione a doppia pagina: incorniciata da un decoro di viticci e foglie di Talareth, c'era un'immensa distesa azzurra, sulla quale si stagliavano due globi: uno più grande, brillante di una splendida luce aranciata, e uno più piccolo, bianchissimo. A congiungerli, un sottile filamento rossastro.

«Saiph» chiamò con voce strozzata.

«Ho trovato anche il secondo» annunciò lui, mostrandole un piccolo libro. Poi si avvicinò a Talitha e vide. D'istinto si ritrasse di un passo e gli venne naturale distogliere lo sguardo. «È quel che credo?»

«Sono Miraval e Cetus, come sono apparsi a mia sorella tutti i giorni in questi ultimi anni, come appaiono ogni giorno sopra le nostre teste, oltre il Talareth.» Si sentirono entrambi schiacciati dalla forza di quella rivelazione, e per un istante tacquero. Talitha girò pagina. Ancora un disegno, identico a quello di prima. Sotto, le indicazioni della data, della posizione in cielo, alba e tramonto, e luminosità di entrambi gli astri.

Continuò a sfogliare le pagine, mentre Saiph si concentrava sul secondo libro. I disegni sembravano tutti identici, eppure lei aveva l'impressione che qualcosa cambiasse impercettibilmente dall'uno all'altro. Non era solo la mano del miniatore, che non era in grado di replicare esattamente lo stesso disegno pagina dopo pagina, né qualcosa nel colore. Talitha lesse le annotazioni in fondo a ciascuna pagina, e a un tratto si sentì il cuore in gola. Tornò alla prima illustrazione. La differenza ora le parve evidente:

pagina dopo pagina, il piccolo astro bianco aumentava di luminosità, mentre il sottile filo che congiungeva Miraval e Cetus si ispessiva. Le annotazioni lo confermavano. Cetus, negli ultimi dieci anni, aveva aumentato costantemente la sua luminosità.

Talitha si sentì mancare. Ricordò quel che le avevano insegnato fin da bambina: Mira, benevola, donatrice di luce e vita, aveva creato Miraval, sua diretta promanazione, perché avvincesse a sé il perfido Cetus, che in cielo era costretto a seguirla in eterno. Così era riuscita a contenerne la malvagità. Miraval appariva luminoso e splendente perché alimentato dal potere stesso di Mira, Cetus più piccolo e meno fulgido, e così era da sempre, fin dal momento in cui l'uno aveva sconfitto l'altro, e così sarebbe stato in eterno, fino alla fine dei tempi, quando Miraval avrebbe definitivamente abbattuto Cetus e l'avrebbe assorbito. Cetus era maligno, *non poteva* diventare più grande e luminoso.

«Saiph, è meglio che tu venga a vedere.»

«No, è meglio che tu legga questo» replicò lui, e le passò il piccolo libro.

Era scritto in una calligrafia ordinata, anche se un po' tremolante. Le varie annotazioni erano precedute da una data. Un diario, dunque. Talitha lesse:

*Secolo Ventesimo, anno Quarto, mese Sesto.*

*Oggi ho discusso di nuovo con la Piccola Madre. Non vuole ascoltarmi. Eppure le ho portato le prove, i frutti sudati dei miei studi... Le ho spiegato con chiarezza che la carestia è frutto dell'aumentata luminosità di Cetus. Le ho detto che ho studiato gli antichi Annali Celesti, li ho incrociati con gli Annali Politici, e senza ombra di dubbio ho trovato una corrisponden-*

*za tra l'aumento della luminosità di Cetus e i picchi di siccità. Le ho mostrato le mie misurazioni. È scattata in piedi urlando, mi ha detto che dovevo smetterla di bestemmiare, e che se non lo avessi fatto mi avrebbe fatta punire, e severamente.*

*Capisco il suo sconcerto, e anche la mia fede ha vacillato. Ma Mira ci ha dato coscienza e intelletto per studiare il mondo, e io non credo di aver bestemmiato contro lei e gli dei. Anzi, io credo che ci abbia dato questi mezzi proprio perché potessimo combattere il rafforzarsi di Cetus. Ho provato a spiegarlo, ma la Piccola Madre mi ha cacciata.*

Talitha alzò gli occhi, incredula.

«È il diario di una sacerdotessa eretica. Vai più avanti, vedrai come finisce la storia» disse Saiph.

Talitha sfogliò freneticamente, finché non lesse:

*La verità non può morire con me, non può. Andrà oltre le mie spoglie mortali, continuerà il suo cammino anche quando il mio spirito si sarà ricongiunto agli dei, sottoterra. Altri scopriranno quel che io ho scoperto, altri lo sosterranno. La brama di potere ha accecato il clero e l'ha allontanato da Mira. Tutto questo ci costerà molto caro.*

Subito sotto c'erano due righe vergate in una calligrafia differente.

*Sentenza eseguita l'anno Quarto, mese Settimo, rogo.*

«L'hanno uccisa...» mormorò Talitha.

«E con lei parecchi altri» aggiunse Saiph. «Gli elenchi sono pieni di diari bollati come "eretici". Scommetto che se andiamo a sfogliarli, dicono tutti la stessa cosa.»

Talitha lo guardò con gli occhi lucidi.

«Lo sapeva» disse, la voce che le tremava. «Mia sorella lo sapeva...»

Saiph, davanti a lei, non seppe controbattere.

«Lei era destinata a essere Piccola Madre, ed era un'Orante. Le era permesso vedere il cielo, me l'ha detto. A lei studiare piaceva, era intelligente e curiosa... Avrà scoperto la verità, e quando l'ha detta a qualcuno, avranno deciso di ucciderla.»

Saiph scosse la testa.

«È così, ti dico! L'hanno uccisa per questo!» Talitha sbatté la mano sul libro. «Perché lei sapeva che i fondamenti della nostra fede sono una menzogna, sapeva che Cetus non sarà riassorbito da Miraval, ma anzi sta accadendo il contrario.»

«Non ci credo» disse secco Saiph.

«Saiph...»

«La mia religione non è come la tua, ma gli astri del cielo... sono sacri anche per noi! Quello che hai letto è una bestemmia!»

«Non è una bestemmia. Sta succedendo davvero!»

«Le sacerdotesse non la pensano così» disse Saiph, piano.

«Certo! Stanno tenendo nascosta la verità, la stanno *negando* solo perché contraddice uno stupido principio di fede! Bruciano la gente per questo!»

Saiph sospirò. «Perché Lebitha ha voluto che tu sapessi?»

«Non lo so. Ma forse...» si morse le labbra. «Dobbiamo trovare il terzo libro.»

Si misero di nuovo alla ricerca.

Talitha sentiva lo stomaco stretto in una morsa di angoscia. Come tutti i Talariti e i Femtiti, aveva sempre guardato al cielo come a un mistero che non andava violato, ma anche come a un luogo benefico, da dove Mira, tramite il suo simulacro, contemplava le sue creature e le proteggeva. Non era così. Quel che aveva letto cambiava tutto. Sopra le loro teste stava succedendo qualcosa di terribile, qualcosa che aveva già iniziato a modificare le loro vite: la siccità, la carestia, le alluvioni nel Regno della Primavera, e le conseguenti rivolte degli schiavi...

Era la fine dei tempi? Perché era l'astro maligno che stava prevalendo?

«Eccolo.»

Talitha si mise accanto a Saiph e insieme iniziarono a sfogliare il volume. Era un grosso libro che conteneva la trascrizione degli interrogatori di una serie di prigionieri che avevano occupato le celle di Alepha, una città nel Regno dell'Autunno. Si trattava per lo più di individui condannati per eresia o crimini connessi alla religione. Il volume era in pessime condizioni, sebbene non sembrasse così vecchio: alcune pagine erano incollate e stinte come se ci fosse caduta sopra dell'acqua, altre erano bruciate. Alcuni fogli, poi, mancavano del tutto. A un tratto si imbatterono in qualcosa di inatteso.

*Nome: il prigioniero rifiuta di dare le proprie generalità.*

*Razza: sconosciuta.*

«Che significa "razza sconosciuta"? O sei Femtita o sei Talarita.»

«Magari era un mezzosangue» disse Saiph.

«Lo avrebbero indicato, con gli altri lo hanno fatto.»

Continuarono a leggere.

*Accusatore: come sopravvivevi nel deserto?*

*Accusato: io posso.*

*Accusatore: non mi hai risposto.*

*Accusato: (si limita a ridere).*

*Accusatore: da quanto tempo ti trovi nel Luogo Innominato?*

*Accusato: da sempre.*

*Accusatore: non prenderti gioco di questo consesso!*

*Accusato: non lo sto facendo. Voi non avete neppure idea di cosa abbia visto io, di quante vite abbia vissuto. Io l'ho vista, la città nel deserto, ho visto i due soli quando ancora erano in equilibrio, e li ho visti poi svanire nella luce.*

*Accusatore: che ne sai tu di Miraval e Cetus?*

*Accusato: è così che li chiamate, ora? Per me sono solo due astri.*

*Accusatore: non bestemmiare!*

*Accusato: siete voi che non capite... Sta accadendo qualcosa di più grande di voi, in cielo, qualcosa che non siete neppure in grado di comprendere o anche solo di immaginare. Ma io c'ero, quando è successo l'ultima volta, e sono sopravvissuto.*

Girarono pagina, ma dopo c'era un nuovo interrogatorio a un nuovo eretico. Talitha tornò indietro, rilesse, poi puntò l'indice sullo scritto.

«Ecco perché mia sorella voleva che sapessi. Quest'uomo dell'interrogatorio... Lui sa quello che sta succedendo. E poi lo sai cos'è la città nel deserto» disse, e guardò intensamente Saiph.

«È solo una leggenda» disse lui.

«La descrizione coincide.»

«È un caso.»

«Saiph, dannazione!»

Saiph capì che non c'era verso di convincerla, e intanto più tempo passavano lì dentro più erano in pericolo.

«La cosa importante è che abbiamo capito cosa voleva indicarci tua sorella. Quand'è stato imprigionato questo... eretico?»

«Tre mesi fa» disse Talitha.

«Un'eternità. Questo tizio ha bestemmiato, sarà già morto.»

Talitha scosse la testa. «Non c'è la data di esecuzione. Forse volevano saperne di più di lui. Non è un prigioniero qualsiasi, è uno di cui non si conosce la razza, ed è venuto dal Luogo Innominato.»

Saiph la guardò intensamente. «Talitha...»

«Devo portarmi via questi libri. Li devo leggere meglio.»

«Non possiamo portare via niente. Dove pensi di nasconderli? Se qualcuno si accorgesse che manca qualcosa, non ci sarebbe alcun posto sicuro per documenti del genere.»

«Ma mia sorella mi ha chiesto di indagare, e se mi ha dato la chiave di questo posto è perché voleva che divulgassi la verità!»

«Non so cosa avesse in testa tua sorella, ma di sicuro non voleva che tu morissi: e se prendi qualcosa qui dentro, è ciò che farai.»

Talitha lo guardò incerta, indugiò un istante, ma alla fine parve convinta. «Dobbiamo andarcene.»

«Sono d'accordo, abbiamo trascorso fin troppo tempo qui dentro.»

«Non mi hai capito, dobbiamo andarcene dal monastero, subito. Dobbiamo cercare l'eretico, il prigioniero senza razza, e dobbiamo chiedergli cosa sta succedendo.»

Saiph la prese per un braccio, cercò di tirarla via da lì. «Ci stanno pensando i sacerdoti.»

«Il clero sta pensando solo a salvare il proprio potere! Cetus potrebbe bruciarci fino alla cenere, purché la gente continui a genuflettersi davanti a loro!»

Gli occhi le brillavano, e Saiph ebbe paura della luce che vi scorse.

*Si farà ammazzare...* pensò con orrore.

La prese per le spalle e la costrinse a guardarlo dritto negli occhi. «È troppo rischioso restare ancora qui.»

«Sì, hai ragione. Possiamo andare ora, ne sappiamo abbastanza.»

Rimisero a posto i volumi in modo che nessuno si accorgesse del loro passaggio, ridiscesero la scala a chiocciola e tornarono nella stanza da cui erano entrati.

Saiph sollevò la grata. «Prima tu, padrona.»

Talitha iniziò a calarsi. Era già dentro fino al petto, quando Saiph percepì un rumore. Era uno scalpiccio che si avvicinava di corsa, dietro la porta. *Ci hanno scoperti,* pensò. Fu un istante, ma gli bastò per decidere. Spinse giù Talitha, chiuse di scatto la grata e mise il lucchetto al suo posto.

«Saiph!» urlò lei. Lui coprì il suo grido con un colpo di tosse.

La porta si spalancò e nella stanza fecero irruzione sorella Dorothea e una Combattente. Dietro di loro, a malapena visibile, una figura cercava di celarsi nel buio.

La Combattente si avventò su di lui e lo bastonò. Il mondo si dissolse in un vortice di terrore.

«Che ci fai qui, sporco Femtita? Come sei entrato?»

Da terra, dove il ginocchio della Combattente premeva tra le sue scapole, Saiph riconobbe il volto pallido e colpevole di Beris.

# 19

«L'ordine è stato ristabilito, il colpevole è stato catturato.» Le parole di sorella Dorothea risuonarono nel refettorio, dove si erano raccolte le novizie e le sacerdotesse. Ascoltavano tutte in silenzio, senza osare muoversi. «Un evento terribile è accaduto questa notte. Domani, al sorgere di Miraval e Cetus, daremo prova di quanto può essere pericoloso trasgredire alle nostre regole. Siamo giusti con chi segue i nostri precetti, ma spietati con chi non li rispetta. Saiph, lo schiavo che ha osato violare un luogo sacro di questo monastero, verrà giustiziato pubblicamente con cento bastonate.»

Talitha rabbrividì. Solo la metà sarebbe bastata ad abbattere il Femtita più forte di Talaria. Avevano dunque intenzione di ricorrere a qualche oscura tecnica per prolungare l'agonia di Saiph, qualcosa di così orribile che non riusciva neppure a immaginarlo.

«Inoltre» proseguì sorella Dorothea «ogni schiavo riceverà due bastonate e salterà i pasti per due giorni. Ci auguriamo che in questo modo l'errore di uno sarà di insegnamento per tutti.» Percorse l'assemblea con sguardo inflessibile. «Lo schiavo è stato a lungo interrogato, e sembra che il suo gesto sacrilego sia stato frutto di una folle iniziativa personale. Me ne compiaccio, perché se la colpevole fosse stata una consorella, la punizione per lei non sarebbe stata certo meno severa.»

Un silenzio sgomento accolse quell'ultima precisazione.

«Se qualcuno vuole confessare, io sono sempre disponibile ad ascoltare un'anima pentita, nella mia stanza. La magnanimità non ci manca, e il pentimento verrà giustamente ricompensato.»

Infine si sedette, e le novizie iniziarono a mangiare senza pronunciare una parola. Talitha guardò gli schiavi raccolti in fondo alla sala. Alcuni tremavano. Avevano paura, una paura cieca, ma nei loro occhi si leggeva anche dolore e frustrazione. Tutti percepivano la crudeltà di quanto sarebbe accaduto l'indomani. Talitha tratteneva a stento le lacrime: Saiph sarebbe stato ucciso nel modo più spietato, e solo per averla seguita e protetta. Il pensiero la faceva impazzire. Chinò la testa e si costrinse a mandare giù la poltiglia insapore che galleggiava nel piatto, ma ogni boccone che le scendeva nella gola le sembrava una pietra.

Quella sera rientrò nella sua cella il prima possibile e attese il calare della notte.

Rifletté un'ultima volta su quello che di lì a poco avrebbe fatto. Sarebbe andata fino in fondo, non aveva scelta. Aspettò finché non fu sicura che il monastero fosse profondamente addormentato.

Poi, con gesti lenti e misurati, si tolse di dosso la tunica e rimase nuda. Accese un globo e si guardò alla fioca luce che illuminava la stanza. Le costole affioravano sotto il seno minuto, e le spalle sporgevano ossute tra le ciocche sfuggite all'acconciatura da novizia. Era davvero magra, e per la prima volta in vita sua se ne preoccupò. Aveva bisogno di tutta la sua forza, ora. Tese i muscoli, accarezzò il profilo delle braccia tornite. La rabbia le avrebbe rese più potenti, ne era certa.

Aprì la cassapanca, raggiunse il doppio fondo, quindi tirò fuori i vestiti da cadetto. Li indossò lentamente, quasi stesse celebrando un rituale sacro. Il cuoio scricchiolò mentre si adattava alle sue forme. Non li indossava da due mesi, ma già sembravano essersi induriti, aver dimenticato la sua pelle.

Sistemò i lacci del corpetto, infilò gli stivali. Prese il pugnale, lo strinse saldamente in una mano. Con l'altra tolse a una a una le forcine che le trattenevano i capelli. Lasciò che le scendessero sulle spalle, quindi li raccolse in una coda. Il taglio fu netto. Sentì i ricci accarezzarle il profilo delle orecchie, una sensazione nuova e inebriante.

Lasciò cadere a terra la chioma, la guardò senza rimpianto. Infilò il pugnale nello stivale destro, poi aprì la porta.

Il corridoio era deserto. Lo attraversò in punta di piedi, rapida e silenziosa, e raggiunse il portone che dava all'esterno. Davanti a lei si stendeva la pedana sulla quale era costruito il monastero: le parve sterminata. Braccia e braccia completamente allo scoperto da percorrere il più rapidamente possibile, prima che qualcuno potesse vederla.

Si acquattò in un angolo, attese. Passò una Combattente. Dopo un minuto, ne passò una seconda. L'aveva previsto. Era sicura che avrebbero inasprito la guardia, dopo quello che era successo la notte prima. Aspettò che la Combattente si allontanasse, poi, quando la vide voltare l'angolo, scattò.

In un lampo raggiunse l'ingresso del tempio e si accostò alla parete, respirando a malapena.

*Ora.*

Si avvicinò alla porta, estrasse la forcina e la strinse

tra i polpastrelli. Si concentrò, ma fu molto più difficile del previsto. La serratura non scattava, non c'era verso di aprirla, per quanto Es vi infondesse.

Il sudore iniziava a scorrerle giù per la schiena: quella magia la stava sfinendo, e aveva paura. Se avesse fallito, non avrebbe avuto una seconda opportunità. La serratura finalmente scattò. Si guardò intorno e si intrufolò dentro.

Non aveva mai visto il tempio completamente vuoto, e così buio, ma la luce che filtrava dalle finestre bastò a indicarle la strada. Andò spedita dove sapeva e, quando arrivò alla nicchia, rimase in contemplazione qualche istante, abbagliata come la prima volta che l'aveva vista. La spada di Verba era splendida. Sentì una stretta alla bocca dello stomaco. Quel che stava per fare avrebbe cambiato ogni cosa. Se avesse steso il braccio, se l'avesse fatto davvero, la sua vita per come la conosceva sarebbe finita lì, davanti a quella teca.

Estrasse il pugnale dallo stivale e con il manico infranse il vetro. Il rumore fu tremendo e si ripercosse più e più volte sulla cupola di vetro. Fu certa che qualcuno l'avesse sentita. Mise lesta la mano sull'elsa e afferrò la spada. Pesava più di quanto pensasse, e il metallo aveva una consistenza insolita, del tutto diversa dalle lame che lei era abituata a maneggiare quando era un cadetto. Rimirò il filo irregolare e tagliente, che brillava appena alla luce che filtrava dall'esterno.

*Muoviti, saranno qui a momenti.*

Sgusciò fuori dal tempio, la preziosa reliquia stretta nella mano. Sul piazzale non c'era nessuno.

Strisciò tra le ombre, finché non raggiunse i dormitori. L'ampio spazio della camerata era riempito da semplici letti in legno, ognuno occupato da una ragazza. Talitha li studiò a uno a uno, cercando di fare il minor rumore possibile. Finalmente la vide. Il volto assopito di Kora appariva più dolce che mai. Talitha si inginocchiò davanti a lei, le mise una mano sulla spalla e la scosse piano. Kora aprì gli occhi, se li stropicciò e con un sussulto la riconobbe. Si tirò su di scatto, ma Talitha le fece cenno di tacere.

«Che ci fai qua?» sussurrò lei, guardandosi intorno.

«Quando sarò uscita dal dormitorio, conta fino a cento, poi sveglia tutte.»

Kora la guardò senza capire. «Perché sei vestita così? E quella... Oh, Mira!» esclamò portandosi le mani alla bocca. «Hai rubato la spada di Verba? Sei impazzita?»

«Ora non posso spiegarti. Ascoltami bene: dovete andare verso le scale, tutte insieme, e dire alle sacerdotesse di abbassarle fino a terra. Poi scendete più in fretta che potete e date l'allarme anche agli schiavi.»

Kora adesso sembrava terrorizzata. «Qualsiasi cosa tu abbia in mente, ti scongiuro, Talitha, non farla.»

«Tu promettimi soltanto che farai come ho detto, e che correrai giù per quelle scale a perdifiato, hai capito? E non voltarti mai indietro.»

«Talitha...»

«Fino a cento, va bene?» ripeté lei. «Grazie per tutto quello che hai fatto, sei stata un'amica» aggiunse con un sorriso. Poi, rapida com'era entrata, scappò via, così silenziosa che i piedi sembravano appena sfiorare il pavimento.

Si diresse immediatamente alle cucine, dove avrebbe messo a punto la parte successiva del piano.

Si acquattò di nuovo nell'ombra, attese il passaggio della Combattente, poi si infilò di corsa in una nuova ombra, ma stavolta la Combattente si era fermata.

*Non ora, dannazione, non così presto...*

La guerriera rimase immobile, poi prese a camminare nella sua direzione. Talitha girò un angolo e sentì i passi lievissimi della Combattente, proprio nella posizione in cui lei si trovava un istante prima. Uno strano senso di eccitazione iniziava a montarle dentro. A un tratto le sembrava che non avesse più alcuna importanza vivere o morire: ormai era al di là, nella terra di chi non ha più nulla da perdere.

Scivolò verso le cucine e si avviò spedita ai grandi focolari. Le braci rimaste dai fuochi accesi per la cena covavano ancora sotto la cenere, emettendo un baluginio irrequieto.

La ragazza si guardò in giro per trovare qualcosa con cui prendere i tizzoni ardenti senza scottarsi. Afferrò infine la grande pala che serviva per cuocere il pane e l'affondò con decisione nel mucchio di braci. Poi prese una pila di strofinacci da uno scaffale, li gettò a terra in quattro mucchi, ognuno a un angolo della stanza, e vi buttò sopra i tizzoni, che lentamente cominciarono ad appiccare il fuoco alla stoffa.

*Così ci vorrà una vita*, realizzò, e si mise a frugare con foga nelle varie nicchie e scansie finché non trovò del succo di porporino, conservato in grossi boccioni di vetro. Ne sollevò uno, stringendo i denti per lo sforzo, e versò il liquido sui mucchi di strofinacci, che avvamparono all'istante. La fiamma guizzò lungo l'intera superficie del liquido sparso a terra, e Talitha dovette fare un balzo all'indietro per non ustionarsi. Osservò con gli occhi lucidi la vampa che cresceva, si innalzava sempre più e si comunicava a ogni cosa, intaccando il legno del pavimento, le travi, il soffitto. Si costrinse a riscuotersi e fece per uscire, ma il cuore perse un battito. Il fuoco si era propagato troppo in fretta, e tra lei e la porta ora si ergeva un muro di fiamme. Si ritrasse terrorizzata: era circondata, e dalla sua spada ancora gocciava il liquido con cui aveva appiccato l'incendio. Una lingua di fuoco si arrampicò lungo la lama, gettando Talitha nel panico. Iniziò ad agitare l'arma intorno a sé, fendendo inutilmente le fiamme, anzi, alimentandole con quei rapidi spostamenti d'aria. Si dibatteva in preda alla paura, quando urtò un grosso orcio. L'acqua inondò il pavimento, e Talitha recuperò lucidità.

Scorse un orcio di lato, lo sollevò con una forza che solo la disperazione poteva darle, e se lo rovesciò addosso. L'acqua la ricoprì completamente, inzuppandole i capelli e i vestiti.

*E adesso, solo un po' di coraggio...*

Inquadrò la porta, ormai quasi invisibile tra le fiamme. Chiuse gli occhi e ci si lanciò contro. Ruzzolò dall'altra parte, andando a sbattere contro il legno. Quando li riaprì, era sotto l'architrave, e il fuoco iniziava a divorarlo.

La quiete della notte era già stata interrotta dalle grida di allarme. Le novizie erano tutte all'esterno, ammassate verso le passerelle che conducevano alle scale. Alcune assistevano alla scena con aria smarrita, altre si spingevano e correvano in tutte le direzioni, in preda al panico. Anche gli schiavi erano usciti dai dormitori, ma si muovevano in modo più calmo e ordinato, dando la precedenza alle sacerdotesse, e alcuni azionavano le grandi cisterne d'acqua installate nel tronco del Talareth per spegnere gli incendi.

Talitha percorse la piana senza che le Combattenti le prestassero attenzione, impegnate com'erano a disciplinare il flusso di religiose che si accalcavano verso le scale e a domare le fiamme che avevano cominciato a intaccare i locali adiacenti alla cucina.

Stava per infilare il passaggio che l'avrebbe condotta alle prigioni degli schiavi, quando si sentì spingere con violenza e cadde a terra.

«È qui, è stata lei, è qui!»

Talitha si voltò. Grele la sovrastava con un'espressione folle, urlando a squarciagola.

Fece per alzarsi, ma quella le si inginocchiò sul petto, come se volesse soffocarla.

Le fiamme cominciavano a divorare il monastero e incombevano tutt'intorno a loro, ma a Grele sembrava non importare. La tratteneva, incurante del fuoco che si avvicinava e cercando di tenere premuta Talitha sul pavimento, che cominciava a scottare. Talitha colpì Grele con l'elsa della spada, facendola cadere. Lei finì con il viso su una fiamma che stava ardendo su una colonna di legno e levò al cielo un urlo straziante, mentre il fuoco cominciava ad attecchire ai capelli. Talitha sentì un lungo brivido ghiacciarle la nuca nel vedere Grele che si dibatteva come una furia cercando di sottrarsi alle fiamme. D'istinto cercò di aiutarla, ma Grele corse via, schiaffeggiandosi i capelli e le guance.

Talitha la guardò per qualche istante ancora, paralizzata dall'orrore. *No, non c'è tempo, Saiph rischia di morire tra le fiamme, devi muoverti.*

Prese rapida le scale e le scese sino alla porta della prigione, completamente sguarnita di sorveglianza. Come aveva sperato, le Combattenti si stavano occupando del fuoco, invece che dei pochi prigionieri. Fece per gettarsi sulla porta, quando una mano l'afferrò per un braccio, mandandola a sbattere contro la parete. La vista le si annebbiò. Non fece in tempo neppure a riprendere fiato che quella forza invisibile la scaraventò a terra e una presa ferrea le serrò la gola. Spalancò la bocca, ma l'aria non voleva saperne di entrare. Sopra di sé vedeva solo una maschera di legno, i lineamenti appena sbozzati tra le foglie che l'adornavano. Attraverso i fori per gli occhi scorse uno sguardo spietato. Non vi traspariva nulla, né odio né furia, solo la gelida determinazione di chi esauriva se stesso e la propria esistenza nel mero combattere. Ricordò le parole di Saiph. Non solo le mani delle Combattenti erano armi, ma tutto il loro corpo.

Con l'ultimo barlume di coscienza, riuscì ad allungare la mano libera verso lo stivale. Con la punta delle dita afferrò il pugnale, quindi colpì l'avversaria all'interno della coscia. Fu un colpo debole e impreciso, ma andò a segno. La presa della guerriera si allentò di poco, mentre un grugnito soffocato filtrava attraverso la maschera. Talitha rotolò di lato e riuscì a liberarsi.

Si lanciò contro la Combattente, la spada in pugno, ma quella si mise a spiccare agilissimi balzi in ogni direzione: era come se fosse in grado di anticipare ogni sua mossa, e schivava i colpi con una facilità innaturale. Si muoveva come Talitha non aveva mai visto muoversi nessuno, con un'eleganza e al tempo stesso una forza da lasciare senza fiato.

Cercò di intercettarla con la spada, ma la Combattente scavalcò la lama con un salto e la colpì alla clavicola. Un colpo netto, secco, tremendo. Talitha urlò, cadde in ginocchio. Un calcio sotto il mento la costrinse di nuovo a terra. La guerriera le si mise a cavalcioni sul petto, stringendole le mani al collo. Di nuovo Talitha si sentì soffocare, ma notò che anche la Combattente sussultava; il fumo iniziava a bruciare gli occhi e la gola, ed evidentemente anche lei faticava a respirare, eppure reprimeva i colpi di tosse e manteneva salda la presa.

In quel momento disperato Talitha intravide uno scintillio sul pavimento. Con uno sforzo estremo riuscì a raggiungere il manico del pugnale caduto a terra. Sentiva le forze venir meno, il bisogno d'aria farsi assoluto, tutto il corpo anelare a un unico respiro. Concentrò il pensiero sulla mano sinistra. Strinse le dita, e con la lama inferse una ferita profonda sulla schiena dell'avversaria. La presa della Combattente si fece appena meno salda, e Talitha ne approfittò per liberarsi. Il caldo ormai era insopportabile, ma con un colpo di reni si tirò su, la bocca spalancata a cercare aria.

La spalla ferita le pulsava dolorosamente, ma riuscì finalmente ad arrivare alla porta delle celle. Prese a tempestarla di calci, e al quarto colpo il legno cedette di schianto.

«Saiph!» urlò. Lo schiavo penzolava davanti al muro, le braccia trattenute da una grossa catena assicurata a un pesante anello sul soffitto. Le ginocchia sfioravano il pavimento, il capo dondolava in avanti.

Talitha chiamò a raccolta tutte le proprie forze e vibrò un colpo potente e preciso con la spada. Le catene tintinnarono a terra, recise in due parti. Saiph cadde faccia in avanti, inerte. Un gelo mortale attraversò le braccia di Talitha.

«Non fare scherzi, stupido servo!» urlò tra un colpo di tosse e l'altro. Lo prese per i fianchi, si mise un braccio attorno al collo e fece per uscire. Ma non appena varcò la porta, si sentì perduta. La Combattente non era morta. Era in piedi, davanti a lei. E i suoi occhi, dietro la maschera, erano accesi di un odio pulsante.

Era finita. Non poteva farcela. Non con la spalla ridotta in quelle condizioni, non con quel po' di forze che le bastavano a stento a tenere su il corpo abbandonato del suo schiavo.

Strinse gli occhi, un devastante senso di ingiustizia nel cuore. Era a un passo dalla libertà, e tutto sarebbe finito prima che potesse sfiorarla.

Il colpo, però, non arrivò; sentì un rumore strano, come

di tessuto strappato, e un urlo soffocato. Quando aprì gli occhi, il corpo della Combattente era inarcato in una posa innaturale, come se stesse per spezzarsi la schiena. Si afflosciò piano, cadde a terra. Dietro, Talitha riconobbe una figura nota.

«Maestra Pelei!»

La Pietra dell'Aria, sul suo petto, brillava fulgida. La sacerdotessa alzò un dito, e improvvisamente il fumo si dissolse. Talitha inspirò avidamente aria pura.

«Muoviti, non durerà» disse secca l'Educatrice. Stringeva in pugno una delle spade che Talitha le aveva visto usare in allenamento, presa dalla stanza degli ex voto; indossava la camicia da notte, annodata a scoprirle le gambe, proprio come quando si allenavano, e aveva i capelli stretti in una lunga coda. Era diversa dal solito, trasmetteva un'aria di forza, di potenza. Talitha capì: non era più una sacerdotessa, era di nuovo una guerriera.

«Maestra, come...»

Sorella Pelei prese Saiph e lo depose a terra. Era bianco come un cadavere, e Talitha sentì una morsa di paura stringerle il petto.

«Appena ho visto le fiamme, ti sono venuta a cercare. Sapevo che ti avrei trovata qui nelle segrete, per liberare il tuo schiavo. Ti conosco molto più di quanto tu non creda...»

Diede un paio di schiaffi a Saiph, poi gli gettò in faccia un liquido dall'odore acre che teneva in una fiaschetta assicurata in vita. Il ragazzo aprì gli occhi, e al vedere l'oro brillante di quelle iridi Talitha si sciolse in un sorriso.

«Do-dove... sono?» balbettò lui.

Sorella Pelei lo sollevò a forza. «Non c'è tempo per le domande, andiamo.»

Fece strada verso il locale montacarichi e si arrampicò

su per le ruote dentate, infilandosi direttamente nel lungo tunnel verticale.

«Dovete risalire e raggiungere le cime più alte del Talareth» disse la sacerdotessa, ansimando. «Là sarete più al sicuro.»

Le prime fiamme lambirono il pavimento. Il volto annerito di sorella Pelei emerse dal fumo. «Vieni a darmi una mano, forza!»

Talitha tirò Saiph verso il tunnel, lo appoggiò con le spalle al muro. Era ancora intontito e la guardava senza capire.

«Se il fumo aumenta, stenditi a terra» gli disse, poi si arrampicò anche lei sopra gli ingranaggi. Non fu facile, lo spazio era angusto e la spada le intralciava i movimenti. Il fumo era ancora sopportabile, perché sfiatava attraverso le feritoie laterali, usate per l'aerazione dei montacarichi, e le fiamme non aggredivano il Talareth. I Talareth erano refrattari al fuoco, una proprietà che il loro legno, una volta staccato dalla pianta, perdeva. La sacerdotessa stava brandendo la spada contro qualcosa sopra la sua testa.

«La lama della Sacra Spada di Verba dovrebbe farcela» disse tirandosi giù e facendole posto.

«A fare cosa?» chiese Talitha disperata, mentre sorella Pelei la spingeva nel cunicolo.

«Il cristallo di Pietra dell'Aria in cima a questo monastero è stato portato tramite un tunnel che si trova qui sopra, e che è stato murato dopo l'uso. Lo abbattono ogni cento anni, quando il cristallo si esaurisce, per questo la muratura non è così resistente. La tua spada dovrebbe riuscire a romperla. Forza, Talitha, forza!»

Talitha afferrò la spada a due mani, mentre la sacerdotessa la sorreggeva, quindi picchiò con foga. Calcinacci cominciarono a piovere dal soffitto, sempre più numerosi, finché Talitha non sentì un refolo d'aria.

«Ce l'ho fatta!»

«Perfetto. Ora prendiamo Saiph e ce ne andiamo.»

Saiph era pancia a terra, il volto premuto contro il legno, la testa a un nulla dal tunnel dei montacarichi, là dove c'era ancora aria. Sorella Pelei lo afferrò per le braccia, ma lui riuscì a tirarsi su con le sue gambe.

Lo issarono nell'angusto spazio sopra le ruote dei montacarichi, quindi si prepararono a seguirlo.

«Prima tu» disse sorella Pelei.

Talitha rimase bloccata. «No, maestra, non ci penso nemmeno.»

«Prima tu, ho detto! Non abbiamo tempo per queste idiozie!»

Talitha si issò, poi si voltò verso la sacerdotessa.

«Maestra... perché state facendo questo?»

Sorella Pelei sorrise con amarezza. «Chissà, forse perché avevi ragione tu» disse fissandola negli occhi.

Stava per seguirla, quando il suo corpo fu scosso da un violento spasmo e un grido lancinante tagliò l'aria.

«Maestra!» urlò Talitha.

Sorella Pelei sbarrò gli occhi e irrigidì il corpo. Dietro di lei, una Combattente ritrasse la mano, tesa in una mossa mortale: con un solo gesto, aveva spezzato il collo della sacerdotessa. Pelei precipitò nel vuoto, e il fuoco avvolse il suo corpo all'istante, riducendolo a un involto dalle vaghe sembianze umane.

Talitha la guardò cadere giù, come una fiaccola inghiottita dall'oscurità.

«No!» gridò con tutto il fiato.

La Combattente fece per lanciarsi contro di lei, ma il pavimento cedette all'improvviso e aprì una voragine sotto i suoi piedi. L'assassina precipitò nelle fiamme senza un gemito e morì in silenzio, così come era venuta.

Talitha si sollevò singhiozzando e afferrò Saiph per i fianchi. Lui era già strisciato nel cunicolo e stava iniziando a risalirlo a fatica. Le porse una mano e la tirò verso l'alto. «Avanti» mormorò.

Si issarono su. Non c'erano più le fiamme, ma il calore era ugualmente insopportabile. Si trovavano in un grosso tunnel scavato nel legno. Attaccate a enormi carrucole, pendevano due spesse corde d'ottone, quelle che con ogni probabilità erano servite a issare il cristallo. In alto, un rettangolo scuro lasciava filtrare aria fresca. Talitha afferrò una delle corde, ma ritrasse immediatamente la mano urlando.

Saiph, dietro di lei, si strappò un lembo della casacca. «Avvolgitelo intorno alle mani.»

Poi strinse la spessa corda senza un lamento, anche se la pelle si arrossò all'istante. Talitha si fasciò le mani, ed entrambi presero a strisciare verso l'alto. Sopra di loro, un pezzetto di cielo lontanissimo, la loro unica speranza.

«Avanti, avanti...» Saiph non riusciva a dire altro, mentre, digrignando i denti, si tirava su con estrema fatica. Talitha era appena più rapida di lui. Presero a tossire entrambi per il fumo, la testa ostinatamente rivolta verso quell'unico angolo di cielo nero che a malapena riuscivano a intravedere tra la mole gigantesca di qualcosa che si indovinava nel buio e le foglie del Talareth. Sembrava allontanarsi sempre più, come un miraggio.

Fu Talitha la prima a sporgere la testa fuori. Si issò a forza di braccia, poi aiutò Saiph. Entrambi caddero a terra, il fiato mozzo, sfiniti. L'aria aveva un odore strano, lassù, quasi metallico, usciva ed entrava dai polmoni spessa, insopportabilmente pura. Talitha aprì gli occhi. Sopra di lei si apriva un'oscurità densa e fitta, punteggiata di miriadi di luci. Il cielo. Le stelle. Il suo cuore tremò. Ebbe paura, una paura mista a eccitazione. Quella era la libertà, quella era ciò che le sacerdotesse non volevano che nessun altro vedesse, il motivo per cui sua sorella era morta.

Si alzarono a fatica, la testa che girava terribilmente. Si sentivano deboli, e non si trattava solo della prigionia o delle fatiche della fuga. Davanti a loro si stagliava un cristallo di Pietra dell'Aria immenso. Brillava di una calda luce azzurra, pulsante, viva. Ogni giorno le Oranti lo caricavano con la loro magia, in modo che fosse in grado di trattenere l'aria della città per ventiquattr'ore. Al mattino successivo, tornavano e ricominciavano da capo. Un lavoro spossante, cui Lebitha aveva dedicato la vita.

Talitha rimase immobile lì davanti, schiacciata dalla mole di quel gigante dal quale dipendevano le vite di tutti là sotto, a Messe.

*Tu lo sai perché mia sorella è morta*, pensò.

Saiph la prese per un braccio. Talitha barcollò, cadde.

«Questa cosa ci fa male» disse lo schiavo in affanno, il fiato corto e le gambe che tremavano. Talitha annuì, si sollevò e lentamente strisciarono lontano dalla luce della Pietra. Erano nella chioma del Talareth, ad almeno novecento braccia da terra. Intorno a loro, solo rami e foglie. Man mano che si allontanavano, si sentivano meglio. Adesso era tutto chiaro. Le Oranti si ammalavano per via del contatto con quell'enorme fonte di potere; Lebitha era morta per quello.

*L'hanno fatta consumare dalla Pietra*, pensò Talitha, il cuore colmo di odio. Riuscì a calmarsi solo pensando alle sacerdotesse alle prese con il fuoco, qualche decina di braccia più in basso. Ma il ricordo si tirò dietro l'immagine di sorella Pelei avvolta dalle fiamme, che precipitava nel vuoto. Faticò a impedirsi di scoppiare in lacrime.

«E adesso?» disse Saiph. Era sfinito. La prigionia l'aveva fiaccato, e quell'estremo sforzo aveva consumato le ultime energie.

Talitha tirò su col naso e strinse forte gli occhi. «E adesso ce ne andiamo da qui.»

# 20

L'odore di bruciato aveva svegliato tutta Messe, e gli abitanti avevano già cominciato a riversarsi sulle strade cercando di capire quel che accadeva lassù: il monastero che bruciava lento, la processione delle sacerdotesse che scendevano lungo il Talareth, la pioggia sottile dell'acqua gettata sull'incendio. Il conte Megassa era stato svegliato dalle grida a notte fonda e subito era stato colto da un presentimento: *È stata lei. È stata quella pazza di mia figlia.* Perciò non si era meravigliato quando la Piccola Madre e il suo seguito si erano presentati a palazzo: sapeva già qual era la ragione.

«Quello che è successo è di una gravità inaudita» disse l'anziana sacerdotessa con solennità, dopo aver spiegato quello che Talitha aveva fatto al monastero.

Megassa, inginocchiato sul pavimento del salone, fremeva di rabbia. Strinse la mandibola, cercando di contenere l'imbarazzo. «Sono sicuro che è stato lo schiavo» disse sollevando la testa.

«Non insultate la nostra intelligenza» replicò la Piccola Madre. «Lo schiavo era incatenato nelle segrete quando è scoppiato l'incendio.»

«Non è mia intenzione mancarvi di rispetto. So che mia figlia non ha un carattere docile, ma escludo sia stata capace di compiere un simile scempio» mentì il conte.

«Non ho alcun dubbio sulla sua colpevolezza» ribatté la Piccola Madre con decisione, come affermando una verità inconfutabile. «Ha orribilmente ustionato una consorella. Ha rubato la Sacra Spada di Verba. Ed è sparita portando con sé lo schiavo. Non vi sembrano prove sufficienti?»

Megassa non seppe cosa rispondere. Le sue doti oratorie, che lo soccorrevano sempre nei momenti di difficoltà, sembravano averlo abbandonato. Poi decise di giocare il tutto per tutto.

«Se posso permettermi...» disse fissando la Piccola Madre negli occhi «non gioverebbe al buon nome del monastero annunciare alla città che il colpevole è una novizia sfuggita al vostro controllo. Il popolo lo considererebbe un *vostro* fallimento.» *E io farei di tutto perché la colpa non macchi il mio casato*, pensò.

La Piccola Madre sembrò leggergli nella mente. «E che cosa suggerite, conte?»

«Sono convinto che è stato il Femtita a costringere mia figlia a tradire il monastero e i suoi insegnamenti. Forse l'ha costretta. E comunque, è questo che io direi. Che lo schiavo, per sua natura malvagio e sacrilego, come tutti quelli della sua razza, ha appiccato il fuoco e ha rapito una novizia.»

Un silenzio grave scese sulla sala.

«Rappresenterebbe comunque una sconfitta per noi, e denuncerebbe la nostra inettitudine nel mantenere la disciplina tra gli schiavi» considerò la Piccola Madre.

«Ma sarebbe il male minore, non credete? Nessuno si fida degli schiavi, tutti sanno quanto siano pericolosi. E per quanto riguarda mia figlia... Ha mancato prima di tutto nei miei confronti e in quelli della sua famiglia. La prenderò, dovesse costarmi la vita, e infliggerò a lei e allo schiavo la punizione che meritano.»

«Lo schiavo lo vogliamo noi» disse secca la Piccola Madre. «I reati di eresia vanno puniti dal clero. Ma se non li troverete in fretta, pagherete in prima persona per quel che è accaduto, conte.»

«La troverò presto, non dubitate» promise Megassa, e si prostrò a terra, la fronte a toccare il pavimento.

La Piccola Madre si congedò con il suo seguito, lasciandolo solo nella sala.

Non appena sentì il fruscio delle vesti spegnersi in fondo al corridoio, Megassa diede sfogo a tutta la sua ira, rovesciando mobili e suppellettili. *Come ha osato, come ha osato...* ripeteva tra sé e sé, percorrendo avanti e indietro il pavimento del salone.

Si fermò, fece un respiro profondo. Doveva mantenere la calma. La situazione era grave, ma non ancora perduta. Quei due non sarebbero riusciti ad andare lontano: non sapevano niente del mondo. Li avrebbe trovati, eccome se li avrebbe trovati. E avrebbe bastonato quello schiavo fino a farlo impazzire, gli avrebbe strappato la pelle con le sue stesse mani. E sua figlia, sua figlia...

*Le passerà la voglia di disobbedirmi*, si disse. *Farà quel che dico, assaggerà la mia ira, e non avrà mai più il coraggio di ribellarsi.*

Uscì a testa alta, il passo fiero, di fronte alla servitù tremante. Non avrebbe permesso a niente e nessuno di intralciarlo.

# Terza Parte

Dal diario di Bemera,
carceriere della Guardia di Alepha

*L'hanno portato qui dentro col capo coperto. Era alto, più alto di qualsiasi Talarita o Femtita abbia mai visto. La sua figura mi ha messo una strana paura addosso. Perché è diverso, lo sento. Ho provato a scrutare nel buio della sua cella, quando gli ho portato il cibo, ma tutto ciò che sono riuscito a vedere è stato uno dei suoi occhi. Era azzurro, un colore pallido e inquietante che non avevo mai visto. Mi spiava attraverso la fessura nella porta, proprio come io spiavo lui. Mi sono chiesto con orrore da quanto tempo stesse ricambiando il mio sguardo.*

*«Hai paura di me?» mi ha chiesto.*

*«No» gli ho detto, cercando di sembrare forte e sicuro.*

*«Dovresti. Io porto sciagura. È successo una volta, succederà ancora.»*

*Poi ha riso, un riso disperato che mi ha gelato fino alle ossa. Ho chiuso di scatto la fessura nella porta, e sono scappato.*

# 21

Il fumo si alzava ancora dal monastero quando Talitha si fermò. Era sfinita. Saiph aveva camminato per quanto aveva potuto, ma a un tratto era caduto a terra, le gambe che non lo reggevano più.

«Non ce la faccio. Va' avanti tu.»

«Non fare l'idiota, o ti riporto al monastero e ti incateno di nuovo con le mie stesse mani.»

Saiph cercò di andare avanti, ma era ancora troppo provato, e dovettero fare una pausa. Era più difficile del previsto camminare sui rami superiori del Talareth, lontano dalle passerelle. Pur essendo abbastanza spessi da sostenere anche due persone affiancate, non erano adatti agli spostamenti, e nel percorrerli bisognava fare molta attenzione a non sbilanciarsi e cadere negli spazi vuoti. Inoltre quelli più sottili cedevano sotto il peso dei loro passi, costringendoli a procedere aggrappati ad appigli di fortuna. Però la chioma si estendeva fino ai limiti estremi di Messe, e copriva la visuale a eventuali inseguitori: muoversi lassù era il modo migliore per allontanarsi inosservati.

Talitha guardò sotto di sé. Messe si intravedeva appena tra i rami, un fitto intrico di vialetti e costruzioni. Prese la borraccia che aveva al fianco, ne bevve avidamente, poi scosse Saiph. Il ragazzo aprì piano gli occhi, quasi incosciente prese la fiasca e si dissetò. Talitha si toccò la spalla: le faceva ancora un male tremendo. Quando scostò il cuoio del corpetto, vide un livido violaceo dai contorni giallastri.

«Dove siamo?» chiese Saiph, guardandosi intorno disorientato.

«Sui rami più alti del Talareth. Abbiamo fatto un bel po' di strada.»

Lo sguardo dello schiavo venne catturato dalla colonna di fumo che si levava dal monastero. Talitha abbassò istintivamente gli occhi.

«Come hai potuto anche solo pensare una cosa del genere?» mormorò Saiph, incredulo.

«Avevi un'idea migliore su come scappare?» replicò Talitha, sulla difensiva. «Negli ultimi due mesi non hai fatto altro che dirmi che era una fortezza inespugnabile, che non c'era via di fuga. Non avevo scelta.»

Lui la fissò, spietato. «Lo sai quanta gente sarà morta?»

Talitha rivide sorella Pelei che precipitava nelle fiamme, colpita a morte. Strinse gli occhi.

«Ho avvertito Kora, le novizie si stavano già mettendo in salvo, e anche le sacerdotesse. È andato a fuoco solo un ammasso di legname.»

Ma Saiph continuava a fissarla, e sotto quello sguardo Talitha si sentiva nuda, senza possibilità di fuga. Adesso che non erano più in immediato pericolo di vita, capiva.

«Cos'avrei dovuto fare? Ti ho visto bastonare, ti ho visto soffrire come mai in vita tua, e stamattina ti avrebbero ammazzato! Non avevo scelta, se avessi potuto fare altrimenti l'avrei fatto, ma non potevo... E sorella Pelei... Io non volevo, capisci? Non volevo.»

Sentì le lacrime, bollenti, inondarle le guance.

Fu allora che lui l'abbracciò con forza, appoggiandole una mano sulla nuca. Talitha percepì l'odore delle sue vesti, della sua pelle, un odore che aveva respirato così tante volte, quando erano bambini. Affondò la testa sul suo petto e pianse per sorella Pelei, sfogando il senso di colpa e la frustrazione.

Saiph non disse una parola. La tenne stretta a sé, il naso affondato tra i suoi capelli, gli occhi chiusi. Dopotutto erano salvi, e ancora insieme. Il resto, forse, non aveva davvero importanza.

Ripresero a camminare subito dopo aver mangiato una mela e un tozzo di pane che Talitha aveva preso dalla cucina prima di appiccare l'incendio.

Saiph notò che la sua schiena era arrossata e piena di graffi. La spada, infilata sotto il corpetto e la cintura, si muoveva da una scapola all'altra, incidendo la pelle.

«Dammi la spada, la porto io.»

Talitha scosse la testa. «È la mia arma, e solo io so usarla.»

«Ti sta massacrando la schiena, e poi, se il tuo piano funziona, finché siamo quassù nessuno ci verrà a cercare.»

Talitha cedette e si sfilò la spada stringendo i denti.

Saiph si tolse quel che restava della casacca e strappò alcune strisce di stoffa. Ne avvolse una intorno all'arma, e con altre due ottenne una specie di tracolla.

«Quella lama taglia come un rasoio, la stoffa non basta» obiettò Talitha.

Ma Saiph scrollò le spalle, aggiustandosi l'arma. «Tanto io non sento dolore, non può farmi più di qualche graffio.»

Rimase in piedi davanti a lei, a petto nudo. Dal giorno in cui erano saliti al monastero, appariva incredibilmente dimagrito. Sul biancore della pelle si vedevano tonde bruciature scure. I segni delle bastonate. Se per un istante Talitha aveva avuto pietà del monastero che aveva distrutto, ora le sembrava che il fuoco non fosse una punizione sufficiente per un posto che aveva saputo infliggere tanto dolore.

Dopo un lungo percorso, che spesso li costrinse ad avanzare a quattro zampe per non cadere, giunsero ai rami più estremi del Talareth, sopra le periferie della città. Qui i rami cominciavano a curvarsi verso il basso, e procedere diventava quasi impossibile. Avrebbero dovuto scendere di qualche braccio verso un camminamento più solido. Invece si sedettero a riposare sulla forcella di un ramo, morbidamente coperta di muschio. Talitha sentiva bruciare ogni muscolo.

«Che cosa facciamo adesso?» chiese Saiph quand'ebbe ripreso fiato.

«Troviamo il modo di scendere. Qui, fuori dalla Cittadella, sarà più difficile che ci intercettino. E poi... andremo verso il Regno dell'Autunno. Andremo a cercare l'eretico di cui parlavano quei documenti.»

Talitha lesse immediatamente il disappunto sul volto di Saiph, e lo prevenne alzando una mano.

«Mia sorella mi ha affidato un compito, e io devo portarlo a termine. Questo mondo sta bruciando, Saiph, e le sacerdotesse lo lascerebbero diventare cenere. Dobbiamo trovare l'eretico, farci dire quello che sa. E poi... e poi lui viene dal deserto» aggiunse in un soffio. «Non c'è altro modo: dove potremmo andare, io e te? Talaria non è più posto per noi. Beata invece...»

«Sei davvero convinta che Beata esista?» obiettò Saiph.

«L'eretico dice di venire da una città nel deserto. Nel deserto, Saiph. Senza alberi che producano aria. Cos'altro può essere quel posto se non Beata? L'hai detto tu stesso, quando ne abbiamo letto.»

«Forse l'eretico è pazzo.»

«Mia sorella non la pensava così. Altrimenti non mi avrebbe fatto leggere quei documenti. Sapeva che cosa avrei rischiato per arrivarci.»

«Allora la pazza sei tu. Come pensi di riuscire a liberare un prigioniero accusato di eresia? Come sconfiggeremo le Combattenti che controllano la prigione? E se mai ci riuscissimo, cosa ti fa credere che quel che avrà da dirti, se non è già morto, ci aiuterà a fermare la crescita di Cetus? Forse non c'è niente da fare, forse deve accadere e basta.»

Talitha lo guardò indignata. «Io so come la pensi tu, come la pensate tutti. Ognuno al suo posto a fare il proprio dovere, ognuno ad accettare passivamente il proprio destino. Ma a quest'ora saresti morto se io non avessi deciso di disobbedire. Mi devi la vita. Per cui si fa come dico io.»

«Va bene, padrona» disse Saiph. «Ti obbedirò, come sempre. Ma se vogliamo andare nel Regno dell'Autunno ci serviranno provviste e una mappa.»

Talitha annuì. «Tu sei stato fuori dalla Cittadella più volte di me. Sai come possiamo procurarcele?»

Saiph studiò le vie sotto di loro. «Siamo vicini a dove abita un bravo cartografo, Lanti. Dobbiamo solo riuscire ad arrivarci prima che blocchino le strade, perché ormai l'allarme sarà già stato lanciato.»

Talitha raccolse le forze e si rimise in piedi.

«Allora abbracciami» disse a bruciapelo.

«Eh?» Saiph rimase immobile, interdetto.

«Muoviti, non è uno slancio d'affetto!» insistette lei.

Saiph si avvicinò e le strinse le braccia intorno ai fianchi, con timore e delicatezza.

«Stringiti forte, o precipiterai.»

Lui obbedì, e si trovarono incollati l'uno all'altra.

«Preparati a saltare.»

«Sei pazza?»

«Dovrò usare un incantesimo di Levitazione. Se vogliamo scendere non c'è altro modo.»

«Padrona...»

«Piantala e fidati! Andrà tutto bene» tagliò corto Talitha.

Si fingeva decisa, ma era nervosissima. Non aveva mai provato quell'incantesimo durante l'addestramento al monastero, se non per compiere brevi voli, levandosi in aria e planando da piccole altezze.

«Sorella Pelei me l'ha insegnato, l'ho già fatto» disse, e Saiph ebbe la spiacevole sensazione che avesse parlato a se stessa più che a lui, per darsi coraggio.

Talitha guardò giù un'ultima volta. Poi, semplicemente, si lasciò andare.

All'inizio fu solo il senso di vuoto allo stomaco, il vento che frustava la pelle e i vestiti, poi venne il richiamo inarrestabile della terra.

Avrebbe voluto urlare, o almeno chiudere gli occhi, ma sapeva di non poterlo fare. Doveva guardare a terra, perché avrebbe avuto pochi secondi per agire.

Messe le venne incontro a una velocità vertiginosa, i vicoli che andavano chiarendosi, le case che diventavano sempre più grandi.

*Ora!*

Strinse la Pietra dell'Aria, si concentrò per un solo istante e pronunciò la parola. Fu come se una grossa mano li afferrasse per le spalle, rallentando la loro inesorabile corsa verso le pietre della strada. Messe rallentò, la morsa allo stomaco si fece meno forte, e Talitha si rilassò appena. Saiph invece teneva ancora gli occhi serrati, stretto al cuoio del suo corpetto.

Fu a poche braccia da terra che Talitha si accorse che le cose non stavano andando per il verso giusto, e che il vicolo le veniva incontro troppo rapido. Non ebbe tempo per rallentare la caduta: in un istante precipitarono sul lastricato, rotolando in due direzioni opposte. Saiph finì senza un lamento contro il muro, Talitha si fermò con un gemito al centro della strada. Sentì le ossa scricchiolare, e il dolore la inchiodò a terra per qualche secondo. Si tirò su a fatica, si tastò le costole, ma sebbene le facesse male ovunque le sembrava che le ossa fossero intatte. Corse verso Saiph.

«Tutto bene?» gli chiese piano. Il suo volto era più pallido del solito, ma sebbene fosse evidentemente segnato dalla paura, non c'era traccia di dolore nei suoi lineamenti.

«Questo devi dirmelo tu» rispose.

Talitha capì all'istante. Una volta, quando erano bambini, durante la lotta gli aveva sferrato un calcio. Nelle sue intenzioni non doveva essere altro che un gioco, ma gli aveva colpito la gamba con una certa violenza. Lui non aveva emesso neppure un sospiro. Si era tirato su, ma subito era crollato a terra, incredulo. La gamba non aveva retto il peso. Era rotta, eppure lui non se n'era accorto. L'aveva dovuta tastare Talitha per sentire l'osso spezzato. Ricordava ancora l'orrenda sensazione della carne molle, e lunghi brividi le percorsero la schiena; ma ugualmente fece quel che doveva.

Esaminò la cassa toracica, poi passò a braccia e gambe.

«Mi sembra tutto a posto.»

Saiph si sollevò lentamente. Rimase saldo sulle gambe, strinse e rilasciò i pugni. «Giurami che non lo faremo mai più.»

Si trovavano in una zona di Messe che Talitha non conosceva, in un vicolo angusto e maleodorante. Le case erano baracche fatiscenti con la vernice scrostata e il legno gonfio di umidità. Al centro della via, non molto distante dal punto in cui erano precipitati, scorreva un rivolo d'acqua putrida. L'aria era impregnata di un fetore nauseabondo: quello dei rifiuti dove razzolavano viscidi roditori e larve di insetti, ma anche quello del povero cibo cucinato nelle case, di panni lerci lasciati asciugare nell'aria stagnante di quel viottolo, di un'umanità reietta, costretta a condurre una vita senza futuro tra sporcizia e degrado.

Quel posto non assomigliava neppure lontanamente alla Messe che Talitha conosceva, l'elegante città in pietra in cui i liquami scorrevano sottoterra e le botteghe profumavano di frutta e verdura fresche. Ricordò le scene di miseria cui aveva assistito pochi mesi prima, durante il viaggio verso Larea.

«Allora, in che direzione andiamo?» chiese, cercando di nascondere la paura.

Il ragazzo si guardò attorno con aria indecisa. Talitha per un istante temette che fossero precipitati nel posto sbagliato, o che Saiph si fosse perso. Poi vide il suo sguardo illuminarsi.

«Di là» disse con sicurezza. «Il palazzo di tuo padre è laggiù» aggiunse indicando una candida collina in lontananza «e la bottega si trova nella periferia ovest. I soli sono tramontati dritto davanti a noi, quindi siamo nella direzione giusta, ma un po' troppo fuori: la casa di Lanti è al confine tra i Borghi e la Cinta Esterna.»

Kora era dei Borghi, la parte residenziale di Messe dove vivevano i popolani agiati, commercianti per lo più. Talitha avvertì una stilettata di dolore: chissà dove si trovava, ora. Di certo si era salvata – aveva visto con i suoi occhi le novizie scendere le scale – o almeno lo sperava.

Si inoltrarono in un dedalo di vicoli. Girarono in tondo, un paio di volte tornarono indietro. A un tratto si appiattirono contro il muro. Un Guardiano, assonnato, il passo stanco e pesante, avanzava svagato e non si accorse di loro. Passato il pericolo, ripresero il cammino.

«Eccola» disse infine Saiph sporgendosi da un angolo. Indicava una casa in tutto e per tutto identica alle altre, costituita da tavole di legno pitturato di bianco, la vernice scrostata in vari punti, con piccole finestre chiuse da imposte. Sull'uscio, sbarrato da una lunga asta di metallo assicurata a un grosso lucchetto, un'insegna in ferro battuto recava l'incisione di una mappa dai bordi arrotolati.

«L'abitazione è sopra la bottega» disse Saiph. «Ma come pensi di pagargli la mappa? Non abbiamo niente da dargli, a parte la tua spada, e non credo che tu voglia separartene.»

«In nessun modo. Prenderemo quello che ci serve.»

«Lanti è un brav'uomo» obiettò Saiph. «Lo so. Ho avuto a che fare con lui molte volte. E mi ha sempre trattato con gentilezza. Non mi sembra giusto...»

«Non sembra giusto neppure a me» lo interruppe Talitha. «Ma quello che dobbiamo fare è troppo importante e non possiamo rischiare che ci tradisca o rifiuti di aiutarci. Quando torneremo, se riusciremo a farlo, lo ripagheremo di quello che gli abbiamo preso. Ma ora...»

«Vuoi derubarlo» disse Saiph, con un tono di voce che non nascondeva l'indignazione.

«Se Cetus brucerà, che differenza vuoi che faccia?» tagliò corto Talitha. Poi, per mascherare l'imbarazzo, cominciò a studiare la facciata dell'abitazione. Entrare dall'ingresso principale era troppo difficile e pericoloso, ma sul retro si vedeva una finestrella senza imposte. Era piccola, tuttavia valutò che potesse andare per le sue forme minute, e si rallegrò di essere dimagrita negli ultimi tempi.

«Entro da lì, aspettami qui in strada» disse.

«Vado io» fece Saiph.

«La finestra è troppo stretta per te. E poi non voglio che la tua coscienza soffra troppo» concluse ironica. «Stai qui e controlla che non passi nessuno. Se dovesse esserci qualche pericolo, fammi due brevi fischi.»

Poi, senza permettergli di controbattere, attraversò il vicolo e andò verso il retrobottega. La finestrella si trovava qualche palmo sopra la sua testa ed era leggermente socchiusa, probabilmente per far circolare l'aria: meglio, avrebbe potuto aprirla senza rompere il vetro.

Si mise in punta di piedi, estrasse il pugnale dallo stivale e infilò la lama nella fessura. Ci mise un po', ma alla fine riuscì a sollevare verso l'alto il gancio che teneva unite le due ante. Si issò sui gomiti e fece forza sulle braccia: la testa passò senza problemi, le spalle strusciarono appena contro la cornice di legno e, nonostante qualche graffio, anche i fianchi entrarono. Scivolò in avanti, ma riuscì ad attutire la caduta con le mani e non si fece male.

Si trovò in una piccola stanza, illuminata dal bagliore delle lune che filtrava dalla finestra. Le pareti erano coperte di scaffali traboccanti per lo più di pergamene, ma c'erano anche libri molto voluminosi. C'era poi un tavolo da lavoro sul quale era aperto un grosso tomo. Talitha si avvicinò e vi gettò uno sguardo: la scrittura era minuta e fittissima. Sembrava una specie di catalogo dei laghi e dei fiumi di Talaria. Al centro era stata posata una pergamena tesa e lisciata di fresco, e per terra c'era ancora la polvere raschiata via dal vello. Il disegno, splendido e ricco di dettagli, rappresentava un luogo sconosciuto. Talitha sapeva i nomi di tutte le città più importanti del Regno dell'Estate, e anche dei laghi e dei fiumi, ma il posto rappresentato in quella mappa sembrava disabitato. Era infatti coperto da una fittissima vegetazione, che l'artista aveva riprodotto quasi albero per albero, con infinita pazienza. Rimase ammirata. Saiph le aveva spiegato che Lanti era il migliore cartografo di Talaria, e che solo da lui si potevano trovare mappe di luoghi strani, ignoti ai più, come quelle dei canali delle miniere di Pietra dell'Aria del Sud, che nessun altro conosceva. Era la prima volta che Talitha vedeva un suo lavoro, e rimase sbalordita: ogni particolare era disegnato con cura straordinaria, e alcuni simboli erano tracciati con segni così sottili e meticolosi che sembrava impossibile esistesse una mano capace di tanta precisione. Riconobbe il confine del Regno dell'Estate, e allora capì che quella che stava guardando era una mappa del Bosco del Divieto. Strano, a chi poteva servire? Nessuno andava laggiù senza esservi costretto da gravi necessità. Vi si addentrava solo la gente più povera, in cerca di bacche e di frutti, soprattutto in quei tempi di carestia, e i cacciatori, che lì si procuravano la selvaggina più pregiata. Ma nessuno che tenesse alla propria incolumità si spingeva in quel luogo selvaggio. A quanto sembrava, Lanti invece c'era stato, altrimenti non si spiegava come potesse rappresentarlo con tale accuratezza.

Talitha si riscosse. Non era lì per divagare, aveva bisogno di una mappa ben precisa. Si guardò intorno sconfortata: ce n'erano centinaia, lì dentro. Come avrebbe fatto a raccapezzarsi?

Cominciò a frugare negli scaffali. Estraeva rapidamente le pergamene, le srotolava quel tanto che bastava per capire di cosa si trattasse, poi le rimetteva a posto.

Trovò di tutto: mappe dei quattro regni, mappe di Messe, delle altre capitali e di città che le erano ignote. Alcune erano addirittura mappe di miniere, di segrete, e persino della struttura sotterranea delle fogne della Cittadella. Ognuna di quelle carte era in sé un'opera d'arte. Ma per quanto belle fossero, non erano quel che cercava. Doveva entrare nella bottega vera e propria, per quanto rischioso fosse.

Aprì la porta di comunicazione molto lentamente, e ancor più lentamente andò nella stanza principale.

Era un ambiente più ampio e ordinato. Le carte erano adagiate con cura negli scaffali, non ammassate le une sulle altre, e su un paio di banconi vetrati erano esposti lavori di ottima fattura. Tra cui proprio quello che Talitha cercava: una mappa completa dei quattro Regni. Non era molto dettagliata, ma mostrava i camminamenti principali e se la sarebbe fatta bastare. Estrasse di nuovo il pugnale e con il manico avvolto in una pezza infranse il vetro del bancone, cercando di fare meno rumore possibile. Poi strappò la carta dal supporto di legno, cui era assicurata da quattro piccoli chiodi, e si diresse rapida verso il bancone principale: là di certo c'era la seconda cosa che le serviva.

Ma a un passo dal cassetto che conteneva l'incasso della giornata, inciampò malamente e ruzzolò a terra, andando a sbattere contro la scala che serviva a raggiungere i ripiani più alti. Il rumore riecheggiò nell'edificio.

Con il cuore che le martellava nel petto e il fiato mozzo, Talitha si rialzò in fretta, aprì il cassetto e afferrò una manciata di monete. Un colpo secco la gettò a terra, mentre il dolore le esplodeva in testa. Cadde al suolo, riuscendo a girarsi supina e a puntare il pugnale.

Lanti era di fronte a lei, un lungo bastone nodoso stretto in mano e un'espressione feroce sul viso. «Ladra! Hai scelto la bottega sbagliata da svaligiare!»

Lanti calò ancora il bastone, ma Talitha rotolò su se stessa, evitando il colpo. Poi si mise in ginocchio e puntò il pugnale verso di lui. «Stai indietro!»

Lanti rimase interdetto un istante solo, poi alzò di nuovo il bastone e Talitha capì che avrebbe dovuto combattere per uscirne viva. Il volto di Saiph apparve dalla finestrella.

«No! Fermo!» gridò sporgendosi. «Non fatele del male!»

Lanti abbassò il bastone, lentamente. «Saiph?» disse incredulo. «Che ci fai *tu* qui?»

«Vi possiamo spiegare... se ce lo permettete.»

Lanti esitò, indeciso. «Vieni dentro» grugnì infine. «Ma passa dalla porta, come una persona civile.»

# 22

Talitha e Saiph erano seduti a un tavolo, nella cucina disadorna al piano superiore. Tutto ciò che conteneva oltre quel tavolo erano due sedie, una credenza con pochi piatti impilati e una cesta di frutta secca. In un angolo, su un focolare annerito pendeva un paiolo di rame.

Lanti era in piedi davanti a loro, impassibile.

La sua figura secca e ingobbita non incuteva timore, ma i suoi occhi tondi e sporgenti, sormontati da due folte sopracciglia, sapevano essere minacciosi.

Talitha tremava. Erano perduti. Da un momento all'altro l'uomo avrebbe chiamato i soldati della Guardia, e tutto sarebbe finito.

Accanto a lei, Saiph manteneva invece un contegno insolito per quella circostanza. La schiena eretta, sembrava perfettamente padrone della situazione, nonostante il pericolo che correvano.

«Vi capisco» disse. «Siamo penetrati nella vostra proprietà e abbiamo cercato di derubarvi. È giusto che ora chiamiate la Guardia. Vi chiedo solo una cosa: denunciate me, ma lasciate che la mia padrona se ne vada. Vi scongiuro, per il rispetto che portate alla contessina: non permettete che la riportino al monastero.»

«Saiph» protestò Talitha. «Non lascerò mai che sia tu a pagare al posto mio.»

«È sulla tua testa che pende una taglia, non sulla sua» disse Lanti. «È te che riporteranno al monastero se ti prendono.»

Talitha e Saiph si guardarono confusi.

«Saiph ha appiccato un incendio al luogo più sacro di Messe e ha rapito la figlia del conte.»

Talitha si sentì avvampare. Suo padre aveva gettato la colpa di tutto su Saiph: avrebbe dovuto aspettarselo. «Saiph non ha fatto niente. La colpa è solo mia.»

«Non stento a crederlo, visto come ti comporti. Ma perché siete venuti proprio da me? Ho già abbastanza guai anche senza dovermi difendere dalla spada di Megassa.»

«Saiph ha detto che voi siete il cartografo più bravo di tutta Messe... Per questo siamo qui.»

Lanti fece un mezzo sorriso. «Ha detto così, eh?»

Saiph arrossì e abbassò lo sguardo. «Non l'avremmo mai fatto se la situazione non fosse disperata. Non avevamo denaro per pagare e dobbiamo andarcene prima che i Guardiani ci trovino.»

Talitha non riuscì più a reggere la tensione. «Se avete intenzione di avvisare mio padre, fate pure» sbottò. «Ma sappiate che non mi lascerò catturare facilmente.»

Lanti la osservò con intensità per qualche istante, poi, senza dire una parola, uscì dalla stanza e scese al piano inferiore. Talitha si abbandonò sullo schienale della sedia, sfinita dalla tensione. Non voleva essere costretta a usare la spada, era stanca di tutta quella violenza.

I passi di Lanti si rifecero udire quasi subito. Se era andato a chiamare la Guardia, era stato davvero veloce. Talitha mise la mano sull'elsa della spada, pronta ad agire. Ma quando il cartografo tornò, aveva una pergamena in una mano e un sacchetto di tela nell'altra. Li poggiò entrambi sul tavolo; poi, con gesti misurati, svolse la pergamena. Era una mappa rigorosa: mancava quasi totalmente di decori, ma era molto accurata, e mostrava un intrico complesso di vie.

«Questa è la mappa più aggiornata dei quattro Regni. Vi sono segnate tutte le strade, nessuna esclusa. Ma vi sconsiglio di seguire l'Arteria: vi stanno cercando, e non appena avranno finito di battere Messe, sicuramente pattuglieranno i camminamenti principali.»

Talitha era senza parole. Guardò Saiph, confuso quanto lei.

«Perché lo state facendo?» chiese infine. «Perché rinunciate alla ricompensa che vi darebbe mio padre se ci consegnaste a lui?»

L'uomo si passò una mano sugli occhi, come a scacciare un'eterna stanchezza. Poi prese dal cesto sulla credenza un frutto di palude e ne morse un pezzetto, masticando piano.

«Una volta, anni fa, uno schiavo ha sgualcito inavvertitamente una preziosa mappa di Messe destinata alla biblioteca del conte. Ho visto il modo in cui l'hanno trascinato via, e ho udito le sue grida disperate. Non è più riapparso a palazzo. So che cosa vuol dire l'ira di tuo padre, e non vorrei mai che cadesse su nessuno. Nemmeno su una ladruncola.» Sorrise. «Senza contare» proseguì «che non ho mai provato alcuna simpatia per le sacerdotesse e i loro dogmi. Mi sento più a mio agio con la realtà, con la concretezza delle strade e delle terre, e cerco di catturarle al meglio nelle mie mappe. Io amo la verità. Le mistificazioni sono pericolose, ed è in loro nome che spesso vengono commessi i delitti più efferati. Se posso aiutarvi a fuggire, lo farò.»

Talitha lesse nelle sue parole una saggezza che sembrava attingere a una sofferenza lontana, riassorbita con il tempo tra le rughe del volto. «Grazie» rispose soltanto.

Lanti indicò un punto sulla mappa. «Qui i Guardiani non vanno quasi mai, e il confine non è pattugliato. È un vecchio camminamento che non usa più nessuno. Seguite questo per allontanarvi da Messe.»

Talitha fece per alzarsi, ma barcollò e dovette risedersi. «Dev'essere solo un po' di stanchezza» disse scuotendo il capo.

Lanti li guardò entrambi preoccupato. «Se sei così stanca, è meglio che rimani qui per oggi. E poi in queste ore la città sarà battuta palmo a palmo dagli uomini del conte. Ho una piccola cantina, sotto la bottega, ci tengo alcuni dei miei lavori più vecchi. Se volete, potete rifugiarvi laggiù.»

«Lanti ha ragione» disse Saiph. «Siamo sfiniti, e muoverci adesso potrebbe essere più rischioso.»

«Partirete quando farà notte» proseguì il cartografo. «Di più non posso fare: stamattina i Guardiani hanno controllato la Cittadella e i primi borghi, presto passeranno anche da me.» Aprì piano il sacchetto di tela e un pugno di nephem occhieggiò dall'interno. «È tutto quel che posso darvi, ma dovrebbe bastarvi per vivere finché non raggiungerete il confine.»

«Grazie, grazie davvero. Non ve ne pentirete, ve lo garantisco» disse Talitha appoggiandogli una mano sul braccio.

«Seguitemi» disse lui. «Vi mostro dove nascondervi.»

Li condusse al piano di sotto, nella bottega, in un ripostiglio sul retro. Scostò un pesante tappeto e rivelò una botola nel pavimento.

Scesero in una caverna lunga all'incirca sei braccia e larga tre, scavata direttamente nella roccia. Lanti accese due candele poste in rozze nicchie nel muro. Le pareti erano ricoperte di scaffali pieni di pergamene arrotolate. Nonostante fossero sottoterra, l'aria non era troppo umida e in quel momento a Talitha il posto parve più accogliente del palazzo in cui era nata e vissuta.

«Vi porto della paglia e un paio di coperte» disse l'uomo guardandosi attorno, quasi in imbarazzo.

«Lasciate perdere» disse Saiph impettito. «Ditemi soltanto dove posso trovarle: questo è un lavoro da schiavi.»

Lanti abbozzò un sorriso. «Vieni su con me, ti faccio vedere.»

Talitha si sedette a terra, mentre i due salivano al piano di sopra. Attraversarono la cucina e finirono in una piccola camera attigua.

«La paglia è nella cassapanca» disse Lanti avviandosi all'armadio. «Ci troverai anche una borraccia, prendila: ho notato che ne avete una sola, non vi basterà per affrontare il viaggio che vi aspetta. A proposito, dove avete intenzione di andare?» aggiunse, mentre toglieva le coperte dai ripiani.

Saiph ci pensò qualche istante, domandandosi se fosse saggio svelargli ogni dettaglio.

Il cartografo si girò e lo guardò fisso. «Sei consapevole che presto tutti, *tutti* vi daranno la caccia?»

Il ragazzo abbassò lo sguardo sulla paglia che aveva accumulato di lato alla cassapanca. «Io so come andrà a finire questa storia. Ma vorrei almeno provare a salvare la mia padrona.»

«Andate più lontano che potete» lo esortò Lanti. «Nel Regno dell'Inverno, o fuori da Talaria, se possibile.»

«E dove?» esclamò Saiph.

«Ovunque. Nel Bosco del Divieto, nel deserto. Saiph, percepisco qualcosa nell'aria, e lo percepisco da tempo. Vivo qui, tra il mondo dei Talariti agiati e quello dei poveri, e da questo punto d'osservazione vedo cose che tu e la tua padrona, nella Cittadella, non avreste mai potuto cogliere. Talaria freme come un bacile sul fuoco. Gira voce che gli uomini del conte abbiano già cominciato a rivalersi sui Femtiti: a palazzo alcuni sono stati torturati.

«Chi?» chiese Saiph, sconvolto. Non aveva stretto legami significativi con gli schiavi che servivano a palazzo, ma li ricordava tutti, e il solo aver condiviso per anni la stessa dimora glieli rendeva all'improvviso cari.

Lanti scosse la testa. «I nomi non li conosco, ma la voce si è diffusa rapidamente presso gli schiavi. Ieri c'è stata una ribellione nella parte sud della città, un assalto a una carrozza che trasportava viveri. I Femtiti erano combattenti, un tempo, e non hanno dimenticato le arti della guerra.»

Saiph si perse un istante nei ricordi. Durante i balli, a palazzo, qualcuno tirava sempre fuori delle armi di legno, e al ritmo del liuto e dei tamburi si giocava a combattere, mentre gli anziani parlavano dell'Antica Guerra.

«Andiamo» lo riscosse il cartografo, accomodandosi meglio le coperte sulle braccia. «È tardi e siete stanchi. Alla meta penseremo domani.»

Il giaciglio in fondo alle scale faceva quasi rimpiangere i letti del monastero, e l'aria divenne presto pesante, ma ugualmente un sonno profondo calò su Talitha e Saiph non appena si avvolsero nelle coperte. Erano stanchi morti, e l'eccitazione accumulata era svanita, per lasciare il posto a un greve torpore.

Quando Talitha riaprì gli occhi, Saiph era accanto a lei,

a gambe incrociate davanti a due tozzi di pane bianco e due ciotole di latte.

«Persino la colazione» mormorò stiracchiandosi.

Mangiarono di gusto, riacquistando un po' di energie, poi Talitha trascorse il resto della giornata occupandosi della Spada di Verba. Erano scappati così in fretta che non aveva ancora avuto modo di godersela. La rimirò alla luce calda delle candele, e le parve più bella ancora di quanto ricordasse. Bella, certo, ma anche fin troppo riconoscibile. Se volevano muoversi per Talaria, doveva trovare il modo di camuffarla.

Oltre alle mappe, là sotto era stipato ciarpame di varia natura: roba dismessa, pelli troppo umide e sgualcite per essere usate, vecchi strumenti inutilizzabili. Talitha frugò e trovò un fodero in cuoio. Era un po' troppo corto e sottile, ma almeno per la punta sembrava andare bene. Lo aprì di lato fino a due palmi dalla fine, e riuscì a infilarci alla bell'e meglio la spada. Se la assicurò sulla schiena mettendo a tracolla il cinturone, troppo ampio per i suoi fianchi minuti.

«Che ne dici?» chiese a Saiph.

«Dico che comunque l'elsa spunta per due palmi, e grida con tutte le sue forze "sono stata rubata dal monastero di Messe"» rispose lui.

Talitha gli picchiò sulla testa una pergamena arrotolata. «Tutto sommato devo darti ragione, stupido schiavo: l'elsa è ancora troppo riconoscibile.»

Quando Lanti scese per portare loro qualcosa da mangiare, Talitha gli chiese della colla e alcune striscioline di cuoio, con un po' di colorante rosso. L'uomo parve perplesso, ma le consegnò l'occorrente. Talitha usò quel materiale per camuffare l'elsa: coprì l'impugnatura con le strisce di cuoio, arrotolandole con pazienza intorno al metallo, quindi foderò la guardia con vecchie stoffe trovate nel nascondiglio. Alla fine, la spada aveva un aspetto decisamente meno epico, ma almeno era irriconoscibile.

Talitha stava per infilarla nella cintola, quando udì un rumore di passi sopra la testa, e un vociare concitato. Lo riconobbe subito: era il rimbombo caratteristico degli stivali chiodati. Stivali come i suoi, stivali da Guardiano. Entrambi trattennero il fiato.

«Non c'è nessuno qui» disse Lanti.

«Questo dobbiamo verificarlo.» I passi si allontanarono frenetici in ogni direzione. «Tastate anche i muri, il pavimento, tutto!»

Saiph imprecò piano, una parola sibilante nella lingua dei Femtiti. Talitha sguainò lentamente la spada.

«Padrona!» sussurrò lui scuotendo la testa.

Due forti colpi sulla loro testa.

«Qua sotto!»

Talitha indurì lo sguardo, impugnò l'elsa a due mani e con tutte le forze colpì verso l'alto. Sentì il legno esplodere, un urlo di dolore squarciare la stanza, e la lama conficcarsi nella carne di un uomo.

«Adesso!» urlò, e si gettò contro la botola, mezzo distrutta dal colpo, seguita da Saiph.

La stanza era illuminata dalla luce aranciata del tramonto. Sul pavimento giaceva un Guardiano, altri due stavano accorrendo dalla stanza attigua. Talitha urlò, brandendo con violenza la spada. Il metallo di cui era fatta era talmente duro che le armi dei Guardiani si infransero sulla lama e gli uomini furono costretti a indietreggiare, lasciando loro spazio. In quel momento Talitha vide Lanti appoggiato al muro che guardava la scena con rabbia. Capì che in qualche modo l'avrebbe pagata per averli aiutati, e gridò nella sua direzione: «Maledetto vecchio! Non sapevo che fossi in casa!» Poi afferrò saldamente la mano di Saiph e corse verso la vetrina della bottega tirandoselo dietro. Spiccarono un balzo, le braccia a proteggere il volto mentre i vetri esplodevano in centinaia di schegge. Atterrarono con un tonfo, e ruzzolarono a terra.

«All'armi, all'armi! I fuggitivi!» gridavano i Guardiani.

Talitha costrinse Saiph a tirarsi su, quindi portò rapidamente una mano allo stivale e gli porse il pugnale.

«Usalo, se ce n'è bisogno.»

«Io non posso...»

«Usalo!»

Presero a scappare senza meta. Si gettarono nel primo vicolo, poi in un altro, in una fuga disperata. Urtarono qualche passante, evitarono per un soffio una bancarella fino a quando in un vicolo maleodorante non furono costretti a fermarsi. Davanti a loro si paravano due Guardiani, le spade sguainate.

«Contessina, perdonatemi se vi debbo mancare di rispetto, ma sono gli ordini di vostro padre» disse uno dei due, ridacchiando.

Ai lati della strada c'erano dei mendicanti femtiti. Fu uno di loro, poco più di un bambino, a mettersi in mezzo, le braccia aperte. Il Guardiano rimase interdetto per un istante.

«E tu che vorresti fare?»

Il ragazzino gonfiò il petto: «Difendo mio fratello.»

Un mormorio di consenso percorse i mendicanti, che lentamente iniziarono ad alzarsi. Tutti fissavano Saiph, e c'era qualcosa nel loro sguardo, una nuova speranza, un nuovo vigore. Lui ne ebbe paura, e strinse forte il manico del pugnale.

Altri Guardiani avanzarono e spinsero i mendicanti verso il muro. A poco a poco cominciò a raccogliersi una piccola folla: schiavi, per lo più, accattoni o semplici passanti.

Il Guardiano che stava per catturare i due fuggitivi si lasciò andare a un sorriso feroce, poi fece un gesto secco con il braccio. La testa del ragazzino volò via, ruzzolando a terra qualche braccio più in là. Il suo corpo, come colto da stupore, rimase in piedi qualche secondo ancora, poi si accasciò al suolo. L'orrore paralizzò la folla, e Talitha si sentì mancare. Tutto le sembrava irreale: il sangue che tracciava in aria un arco di sangue, il sorriso sul volto del Guardiano, il rumore sordo della testa che rimbalzava al suolo.

La rabbia esplose improvvisa, dilaniante. I mendicanti si misero a urlare con un forte accento femtita, che alle orecchie dei Talariti aveva un che di sibilante. Sembravano centinaia di serpenti che soffiassero tutti insieme. Un Guardiano ne colpì uno, che cadde a terra senza un lamento.

«Ci massacrano!» urlò qualcuno.

Nuovi schiavi accorrevano. Gli sguardi dei Guardiani si fecero preoccupati, le fronti imperlate di sudore.

Poi la battaglia esplose. Gli schiavi si avventarono sui soldati della Guardia come se non avessero più paura delle loro spade, né del Bastone che il loro capo aveva tirato fuori e agitava sulla folla. L'ira era traboccante, deformava i volti, infiammava gli occhi.

Talitha provò un terrore cieco quando si ritrovò circondata da una massa che la premeva da tutti i lati, quasi soffocandola. Si mise a urlare con tutto il fiato, la mano avvinghiata all'elsa della spada. Non sentiva altro, se non il proprio grido e l'acciaio sotto il palmo. Poi avvertì una stretta ferrea sul polso e qualcuno che la trascinava via. Sgusciò tra la folla, mentre scene indicibili si presentavano ai suoi occhi: membra pallide e scure intrecciate le une alle altre, sangue, brandelli di carne, lame rosse, e l'azzurro del Bastone che tracciava archi luminosi mentre colpiva.

La pressione infine diminuì, e lei si ritrovò fuori. Cadde in ginocchio, aspirando l'aria a pieni polmoni.

«Padrona, presto!» Talitha alzò gli occhi. Saiph. Era stato lui a tirarla fuori.

Un sibilo, e fece appena in tempo a rotolare di lato. Intravide il luccichio di una spada. Il suo corpo agì per lei. Si girò, entrambe le mani strette sull'elsa, e colpì alla cieca. Percepì la lama affondare in qualcosa di morbido. Mise finalmente a fuoco. Davanti a lei c'era un Guardiano, un giovane che doveva avere al massimo un paio d'anni più di lei; la sua spada gli aveva trapassato il fianco, e gli sporgeva ora dalla schiena. Il tempo sembrò fermarsi. Il ragazzo aprì la bocca in un urlo muto, i loro sguardi si incrociarono per un istante: in quegli occhi Talitha vide paura e stupore. Poi lo sguardo si fece vitreo. Il ragazzo scivolò piano a terra, senza un lamento. Un'ampia macchia di sangue si allargò sotto di lui.

Talitha rimase immobile. Tutto era durato meno di un minuto, e in quell'interminabile lasso di tempo ogni cosa si era ridotta alla mera meccanica di ossa, tendini e muscoli che si muovevano sotto la spinta dell'istinto di sopravvivenza. Non c'era stato spazio per altro.

Poi, nella sua testa andò a formarsi un unico, distinto pensiero.

*L'ho ucciso.*

# 23

Il corpo del Guardiano giaceva a terra, in un lago di sangue. Talitha non riusciva a distogliere gli occhi da lui, a muoversi, a rinfoderare la spada.

«Andiamo!» urlò Saiph scuotendola.

Il tempo riprese a scorrere normalmente, e Talitha si sentì investita da una ridda di percezioni differenti: le urla, l'odore acre e pungente del sangue, e Saiph, davanti a lei, lo sguardo duro e il volto pallido. Abbassò lo sguardo sui suoi polsi. Sangue, ancora sangue.

Qualcuno la prese per le spalle, la trascinò via. Talitha tornò a guardare per un istante il ragazzo a terra, poi colse l'immagine della ribellione, il marasma dei corpi di Femtiti e Talariti che si agitavano nel vicolo, e tornò in sé. Dovevano scappare il più lontano possibile. Solo allora si accorse che Saiph stava seguendo un Femtita magro da far spavento, che si faceva strada con sicurezza tra le baracche. Scartarono in un vicolo, si rannicchiarono dietro una grossa pila di botti. Videro passare alcuni Guardiani che accorrevano sul luogo dello scontro. Poi, tutto sembrò calmarsi. Il Femtita tirò un sospiro di sollievo e si alzò.

«Muoviamoci, adesso.» Era di mezza età, i capelli tagliati cortissimi che rendevano il suo viso affilato ancora più magro. «Be'? Qui tra poco sarà pieno di Guardiani: venite o vi ho salvato la vita per niente?» aggiunse, non sentendo i loro passi che lo seguivano.

Talitha ancora non riusciva a tornare in sé: una parte di lei era rimasta là, accanto al giovane Guardiano morto. Lanciò un'occhiata a Saiph, affidando a lui la scelta. Aveva il volto macchiato e sporco, lo sguardo incerto. Alla fine la prese per mano e si avviò deciso tirandosela dietro.

Dopo aver imboccato un vicolo seminascosto, entrarono in un piccolo edificio di legno che pareva abbandonato. Scesero una breve scala, ma vennero fermati da un Femtita dall'aria severa. Appoggiò il lungo bastone che teneva in mano al petto della loro guida.

«Chi porti?» chiese.

«Non lo riconosci? Ci sono suoi ritratti in giro per tutta la città.»

L'uomo guardò Saiph, e gli occhi gli si accesero di una luce di comprensione. Fece un sorriso, ma subito si incupì quando scorse Talitha e la sua spada. «Lei non può passare.»

«O lei o nessuno di noi» dichiarò Saiph senza esitare.

«È sangue talarita, quello che macchia la sua spada. Garantisco io per lei» disse il Femtita che li accompagnava, spostando gentilmente il bastone del suo compagno. L'altro si fece da parte, ma non staccò loro di dosso il suo sguardo sospettoso.

La porta dava accesso a un ampio locale sotterraneo dai muri in pietra, in cui erano disposte larghe vasche vuote e grandi banconi. Non c'erano finestre, e la poca luce era fornita da alcune fiaccole fissate alle pareti. Lo spazio era stato suddiviso, tramite teli appesi a corde, in una serie di stanzette appartate. C'erano almeno una trentina di schiavi, là sotto. Il vociare si spense non appena Talitha e Saiph fecero il loro ingresso. Tutti si voltarono a fissarli, ma mentre per Saiph c'erano sguardi di simpatia e ammirazione, nei confronti di Talitha l'ostilità era palpabile. La ragazza incassò la testa tra le spalle.

La loro guida li accompagnò fino a un angolo in fondo allo stanzone e scostò un telo, mostrando loro un giaciglio di paglia.

«Per ora potete stare qui. Questa una volta era una macelleria; il padrone è morto senza eredi, e così il posto è stato abbandonato.»

Saiph si guardò attorno. «È un nascondiglio sicuro?»

L'uomo ridacchiò. «È difficile crederlo, ma hai davanti l'unica comunità di Femtiti liberi di tutta Messe.»

Saiph in effetti era molto perplesso: un Femtita libero era una contraddizione, un sogno impossibile, una favola buona per chi ancora credeva in Beata.

«O meglio» si corresse l'altro «ufficialmente apparteniamo tutti a un vecchio, ma è una brava persona. Dobbiamo solo pagargli mensilmente un affitto, chiamiamolo così, una tassa onesta che raccogliamo facendo l'elemosina per le strade. Lo paghiamo, e lui tiene lontano i Guardiani.»

«Quindi lui sa che vivete qui...»

«Solo lui e nessun altro. Questo posto è abbandonato da anni. Stai tranquillo, qui non vi verranno a cercare.»

Saiph tirò un sospiro di sollievo, quindi frugò nella sacca con il denaro che gli aveva dato Lanti. Ne tirò fuori dieci nephem di bronzo, ma l'altro scosse la testa.

«Non mi devi niente, per me è un onore ospitare quel pazzo di Femtita che ha fatto arrosto quattro bestie talarite!»

«Quali... *bestie*?» boccheggiò Saiph.

«Le sacerdotesse, no? Quelle del monastero che hai bruciato.»

Talitha parve riscuotersi. Si era fatta trascinare fin lì senza dire una parola, e ora se ne stava accanto a Saiph, nascosta nella sua ombra, le mani percorse da un tremito incontrollabile.

«Ne sono morte quattro?» chiese piano.

Il Femtita annuì e diede un colpo amichevole alla spalla di Saiph. «Davvero un bel lavoro!»

Saiph abbassò il capo, quindi mise le monete nel palmo dell'uomo. Quello fece per protestare di nuovo, ma lui gli chiuse la mano. «È per la causa: bisogna sostenere l'unica comunità di Femtiti liberi di Messe, giusto?»

L'uomo sorrise. «Sei anche migliore di quanto credessi. State qui quanto volete, posto ce n'è» disse, e se ne andò.

Finalmente Saiph si rilassò e si sedette a terra. Invece Talitha rimase in piedi, immobile.

Il vuoto che Saiph colse nel suo sguardo lo raggelò. Si tirò su e le cinse le spalle con un braccio, togliendole delicatamente la spada di mano. Talitha tremava sotto il suo tocco, e le battevano i denti. La fece sedere, le si mise davanti.

«Va tutto bene?»

Lei lo guardò sperduta, poi scosse la testa con violenza. Cinque morti. Aveva ucciso cinque persone. Era un'assassina.

Saiph le stava dicendo qualcosa, ma lei non riusciva a sentirlo.

Le afferrò le mani. «Padrona, guardami!»

Talitha obbedì, ma al volto di lui si sovrappose quello del ragazzo che aveva ucciso nel vicolo. Urlò disperata.

L'intera camerata ammutolì, tutti si girarono verso di lei. Saiph l'abbracciò, appoggiando il suo volto sul proprio

dell'Aria, a sud. Si diceva che le sue fossero seconde solo a quelle della regina.

Saiph indicò alcuni anelli di ferro. «Qui venivano assicurate le catene degli schiavi. Prendevano le pietre dai carretti, le pulivano e le tagliavano su quei lastroni di marmo. Lavoravano per quindici ore al giorno, e dormivano qui dentro, sempre legati gli uni agli altri.»

«E tu queste cose come le sai?» chiese Talitha.

«Mia madre ha lavorato per anni nelle fabbriche di tuo padre. La contessa andò a sceglierla personalmente, come uno dei tanti doni che ricevette per le nozze. Mia madre me lo raccontava spesso: non smetteva di domandarsi perché lei fra tante, perché lei e non la sua vicina.»

Talitha si immaginò sua madre, altezzosa e distratta come sempre, che percorreva quei corridoi, il ventaglio a coprire il naso dalla puzza che di certo impregnava quel luogo, tra due ali di Femtiti prostrati a terra. Le venne la nausea.

«I Femtiti che lavorano in posti come questi difficilmente durano più di dieci anni» continuò Saiph. «La contessa le ha salvato la vita.»

*Questo non cambia niente*, pensò Talitha con rabbia. Non riuscì però a soffocare una punta di dolore, quando prese coscienza che probabilmente non avrebbe mai più rivisto sua madre. All'improvviso la sua vita a palazzo le sembrò infinitamente lontana, come appartenesse a un'altra epoca. Sospirò e si guardò attorno. «In ogni caso, adesso qui non ci lavora più nessuno. E noi dobbiamo raggiungere i rami.»

Le ci volle poco per individuare quel che faceva al caso loro. Era una scala di metallo vecchia e fatiscente che conduceva fino alla base del tetto.

Saiph la squadrò dubbioso. «Non so se ci reggerà...»



petto. In quel momento Talitha sentì rompersi qualcosa. Dalle labbra il primo singulto proruppe violento, scuotendola tutta, e le lacrime presero a uscire.

«Tranquilla, è tutto a posto. Tutto a posto» mormorò Saiph accarezzandole piano la testa.

A poco a poco il pianto si fece meno violento, l'angoscia si sciolse in un dolore più quieto. E finalmente Talitha si distese sul giaciglio e si addormentò.

La prima cosa che vide al risveglio fu il volto di Saiph. L'oro splendente delle sue iridi le infuse un senso di calma e le fece apparire distante quel che era accaduto poche ore prima.

Si sollevò. Intorno a loro dormivano tutti.

«Mentre riposavi ho parlato con gli altri» disse Saiph in un soffio. «Poco lontano c'è un edificio abbandonato da cui possiamo risalire sul Talareth, quindi raggiungere il camminamento che ci ha indicato Lanti.»

«Lui... come sta?» chiese Talitha, preoccupata di ricevere una brutta notizia.

«Se l'è cavata» rispose Saiph sorridendo. «Li ha convinti che non sapeva di noi. Forse non gli hanno creduto del tutto, ma... è uno stimato cartografo, la sua parola vale qualcosa.»

«Vuoi andare via adesso?»

«Non possiamo stare qui. Forse per loro è un posto sicuro, ma per noi... E poi, preferisco andarmene mentre dormono. Non voglio che cerchino di trattenermi, con il fatto che sono il loro *eroe*» concluse con ironia.

Talitha rimase incerta un istante, poi annuì.

Presero le loro cose, si mossero con cautela tra i corpi addormentati e dischiusero piano la porta. Dall'altro lato la sentinella sonnecchiava seduta, la schiena appoggiata al legno e la testa che ciondolava tra le ginocchia.

Salirono gli ultimi gradini e furono fuori.

Le vie erano deserte, non si sentiva altro che un rimbombo di stivali sulle pietre. Guardiani. Almeno due, forse di più.

Talitha fece per portare la mano all'elsa della spada, ma qualcosa la bloccò. Non poteva. Non ora.

Si appiattirono nell'ombra e i Guardiani passarono. Non appena ebbe voltato l'angolo, entrambi scattarono e si nascosero nell'androne di una porta.

Avanzarono così, acquattandosi al riparo offerto dai vicoli e dall'oscurità quando sentivano un rumore sospetto. Ma Talitha avvertiva un malessere profondo che le rallentava i movimenti e rendeva le sue membra pesanti. Era tutto diverso, tutto terribilmente diverso da come se l'era immaginato. Diversa l'ansia che le gravava sul cuore, diverso l'odore del sangue e il sapore della morte. Non era l'impresa eroica che si era immaginata quando aveva infranto la teca della Spada di Verba e aveva liberato Saiph, né lei era la guerriera di cui aveva fantasticato fin da bambina. Adesso non era altro che un'assassina.

Finalmente giunsero davanti a un enorme capannone di legno. Era molto sviluppato in altezza, e doveva essere profondo almeno cinquanta braccia. L'ingresso, un ampio portone a doppio battente, era sbarrato da una spessa catena chiusa da un massiccio lucchetto. Quel luogo doveva essere in disuso da tempo: il legno era gonfio d'umidità e spaccato in più punti, catena e lucchetto erano intaccati dalla ruggine, e i vetri alle finestre erano anneriti e per lo più rotti.

Si diressero verso un lato dell'edificio dove, secondo le indicazioni del Femtita con cui Saiph aveva parlato, c'era un buco.



Talitha si infilò nel pertugio per prima, e Saiph la seguì.

L'interno del capannone era rischiarato dalla luce fioca delle lune, che a stento trafiggeva quel che restava dei vetri opachi. Lo spazio era diviso in tre navate da poderose colonne di legno che sorreggevano le enormi travature del soffitto. Due erano spezzate, e in quei punti il tetto era collassato verso l'interno. In corrispondenza di quegli squarci sul soffitto, il pavimento ricoperto di detriti era stato colonizzato dall'erba e dal muschio, e persino da un esile alberello, con frutti azzurri grossi come un pugno che pendevano invitanti dai rami. Qua e là erano appese spesse catene, mentre il resto dello spazio era occupato da vecchi carretti e lunghe lastre di marmo. Si sentiva un rumore d'acqua che si rifrangeva sulle pareti, e dalle finestre si scorgeva un'enorme ruota di mulino, ormai ferma e rotta. Talitha si mosse piano per quello spazio, che la inquietava nella sua desolazione. Saiph si era diretto immediatamente all'albero e stava raccogliendo quanti più frutti poteva, riponendoli nel tascapane.

«Si possono mangiare?» chiese Talitha.

«Sì. È un davim, un albero che cresce nelle zone sec che. Noi Femtiti chiamiamo i suoi frutti "il pane dei po veri". E più poveri di noi non ce ne sono.»

«Che posto è questo?» indagò Talitha.

Saiph si guardò attorno, alzando gli occhi al tetto. «Ur vecchia fabbrica per la lavorazione della Pietra dell'Ari Probabilmente una di quelle di tuo padre. La Pietra gre za scavata dalle miniere veniva portata qui e lavorata gli schiavi per farne cristalli.»

Talitha sapeva che la sua famiglia aveva interessi molti settori: una volta aveva visitato gli immensi ca pi coltivati che circondavano Messe, e sapeva anche la vera ricchezza di suo padre erano le miniere di Pi

«*Deve* reggerci.»

In effetti, era in pessime condizioni. Quando Talitha appoggiò il piede sul primo gradino, l'intera struttura emise un gemito sinistro, e il corrimano sembrò disfarsi in ruggine contro il suo palmo. Ma non avevano altra scelta.

Salirono piano, la scala che ondeggiava sotto i loro passi, minacciando a ogni istante di staccarsi e abbattersi al suolo. Talitha si impose di non guardare giù, ma all'improvviso un gradino si aprì sotto i suoi piedi, e l'istinto di abbassare gli occhi fu più forte. Le vertigini la fecero barcollare pericolosamente.

«Tutto bene?» strillò Saiph dietro di lei.

«No, finché non saremo in cima a questa maledetta scala!»

Finalmente riuscirono ad arrivare sotto il tetto, dove si apriva una serie di finestre sfondate. Talitha si affacciò da una di esse e considerò il da farsi. Anche se si trovavano ad almeno venti braccia da terra, dovevano issarsi fuori, non c'era altra soluzione. Bastava sedersi sul bordo della finestra e tirarsi su con le braccia. Contemplò l'abisso per un istante appena. La testa le girò.

«Ci riusciremo» disse a Saiph. «Fai come me.»

Con il manico del pugnale ruppe i frammenti di vetro rimasti a una finestra, quindi si sedette, la schiena rivolta verso l'esterno. Le dita non ne volevano sapere di staccarsi dalle imposte. Dovette sforzarsi per togliere una mano e poggiarla fuori, sul piano inclinato del tetto. Con estrema lentezza, le giunture bloccate dal terrore, mise fuori anche l'altra.

Guardò verso l'alto e poi, non senza sforzo, si issò fuori più rapidamente che poté. Una volta che l'ebbe raggiunto, abbracciò il tetto aderendovi con tutto il corpo e respirando forte. Ce l'aveva fatta. Almeno per ora, era salva.

Dopo un istante, sentì Saiph appoggiarsi al legno. Quando finalmente ebbe il coraggio di tirarsi su, lo vide seduto, le braccia appoggiate a terra e il volto riverso verso l'alto. Era più pallido che mai.

«Zitto, siamo solo a metà» gli disse, prevenendo qualsiasi sua protesta.

Scalare il tetto non fu difficile, la pendenza era bassa e bastava ignorare lo scricchiolio delle tavole marce che si piegavano sotto il loro peso. Talitha inquadrò subito il ramo che faceva al caso loro. Distava dal tetto non più di dieci braccia, una distanza perfetta per le sue capacità. Vi si fermò sotto, quindi frugò nel tascapane e ne estrasse una corda, uno degli oggetti che avevano preso dalla cantina di Lanti. Iniziò a svolgerla piano, ma a un tratto si bloccò.

«Che c'è?» chiese Saiph.

«Sai fare un cappio?» chiese lei, arrossendo.

Saiph sorrise e le prese la corda dalle mani. Talitha odiava dover ammettere di essere così poco esperta nelle cose pratiche. Si era lanciata lei in quell'avventura, ma senza Saiph la sua fuga sarebbe durata poco.

«Quel che più mi preoccupa è come faremo a lanciarla fin lassù» disse il ragazzo quando ebbe finito.

«Questo lascialo fare a me» replicò Talitha.

Prese il cappio e iniziò a farlo roteare, prima lentamente, poi più forte. La Pietra dell'Aria si accese sul suo petto, e la luce azzurrina sembrò percorrere la corda. Talitha lasciò la presa e il cappio schizzò verso l'alto, fino ad appoggiarsi su una sporgenza del ramo. Bastò tirare, e la corda fu assicurata.

«Continui a stupirmi, piccola maga» commentò Saiph, impressionato.

«Non l'avevo mai fatto prima» gli confessò Talitha, am-

petto. In quel momento Talitha sentì rompersi qualcosa. Dalle labbra il primo singulto proruppe violento, scuotendola tutta, e le lacrime presero a uscire.

«Tranquilla, è tutto a posto. Tutto a posto» mormorò Saiph accarezzandole piano la testa.

A poco a poco il pianto si fece meno violento, l'angoscia si sciolse in un dolore più quieto. E finalmente Talitha si distese sul giaciglio e si addormentò.

La prima cosa che vide al risveglio fu il volto di Saiph. L'oro splendente delle sue iridi le infuse un senso di calma e le fece apparire distante quel che era accaduto poche ore prima.

Si sollevò. Intorno a loro dormivano tutti.

«Mentre riposavi ho parlato con gli altri» disse Saiph in un soffio. «Poco lontano c'è un edificio abbandonato da cui possiamo risalire sul Talareth, quindi raggiungere il camminamento che ci ha indicato Lanti.»

«Lui... come sta?» chiese Talitha, preoccupata di ricevere una brutta notizia.

«Se l'è cavata» rispose Saiph sorridendo. «Li ha convinti che non sapeva di noi. Forse non gli hanno creduto del tutto, ma... è uno stimato cartografo, la sua parola vale qualcosa.»

«Vuoi andare via adesso?»

«Non possiamo stare qui. Forse per loro è un posto sicuro, ma per noi... E poi, preferisco andarmene mentre dormono. Non voglio che cerchino di trattenermi, con il fatto che sono il loro *eroe*» concluse con ironia.

Talitha rimase incerta un istante, poi annuì.

Presero le loro cose, si mossero con cautela tra i corpi addormentati e dischiusero piano la porta. Dall'altro lato la sentinella sonnecchiava seduta, la schiena appoggiata al legno e la testa che ciondolava tra le ginocchia.

Salirono gli ultimi gradini e furono fuori.

Le vie erano deserte, non si sentiva altro che un rimbombo di stivali sulle pietre. Guardiani. Almeno due, forse di più.

Talitha fece per portare la mano all'elsa della spada, ma qualcosa la bloccò. Non poteva. Non ora.

Si appiattirono nell'ombra e i Guardiani passarono. Non appena ebbe voltato l'angolo, entrambi scattarono e si nascosero nell'androne di una porta.

Avanzarono così, acquattandosi al riparo offerto dai vicoli e dall'oscurità quando sentivano un rumore sospetto. Ma Talitha avvertiva un malessere profondo che le rallentava i movimenti e rendeva le sue membra pesanti. Era tutto diverso, tutto terribilmente diverso da come se l'era immaginato. Diversa l'ansia che le gravava sul cuore, diverso l'odore del sangue e il sapore della morte. Non era l'impresa eroica che si era immaginata quando aveva infranto la teca della Spada di Verba e aveva liberato Saiph, né lei era la guerriera di cui aveva fantasticato fin da bambina. Adesso non era altro che un'assassina.

Finalmente giunsero davanti a un enorme capannone di legno. Era molto sviluppato in altezza, e doveva essere profondo almeno cinquanta braccia. L'ingresso, un ampio portone a doppio battente, era sbarrato da una spessa catena chiusa da un massiccio lucchetto. Quel luogo doveva essere in disuso da tempo: il legno era gonfio d'umidità e spaccato in più punti, catena e lucchetto erano intaccati dalla ruggine, e i vetri alle finestre erano anneriti e per lo più rotti.

Si diressero verso un lato dell'edificio dove, secondo le indicazioni del Femtita con cui Saiph aveva parlato, c'era un buco.

Talitha si infilò nel pertugio per prima, e Saiph la seguì.

L'interno del capannone era rischiarato dalla luce fioca delle lune, che a stento trafiggeva quel che restava dei vetri opachi. Lo spazio era diviso in tre navate da poderose colonne di legno che sorreggevano le enormi travature del soffitto. Due erano spezzate, e in quei punti il tetto era collassato verso l'interno. In corrispondenza di quegli squarci sul soffitto, il pavimento ricoperto di detriti era stato colonizzato dall'erba e dal muschio, e persino da un esile alberello, con frutti azzurri grossi come un pugno che pendevano invitanti dai rami. Qua e là erano appese spesse catene, mentre il resto dello spazio era occupato da vecchi carretti e lunghe lastre di marmo. Si sentiva un rumore d'acqua che si rifrangeva sulle pareti, e dalle finestre si scorgeva un'enorme ruota di mulino, ormai ferma e rotta. Talitha si mosse piano per quello spazio, che la inquietava nella sua desolazione. Saiph si era diretto immediatamente all'albero e stava raccogliendo quanti più frutti poteva, riponendoli nel tascapane.

«Si possono mangiare?» chiese Talitha.

«Sì. È un davim, un albero che cresce nelle zone secche. Noi Femtiti chiamiamo i suoi frutti "il pane dei poveri". E più poveri di noi non ce ne sono.»

«Che posto è questo?» indagò Talitha.

Saiph si guardò attorno, alzando gli occhi al tetto. «Una vecchia fabbrica per la lavorazione della Pietra dell'Aria. Probabilmente una di quelle di tuo padre. La Pietra grezza scavata dalle miniere veniva portata qui e lavorata dagli schiavi per farne cristalli.»

Talitha sapeva che la sua famiglia aveva interessi in molti settori: una volta aveva visitato gli immensi campi coltivati che circondavano Messe, e sapeva anche che la vera ricchezza di suo padre erano le miniere di Pietra dell'Aria, a sud. Si diceva che le sue fossero seconde solo a quelle della regina.

Saiph indicò alcuni anelli di ferro. «Qui venivano assicurate le catene degli schiavi. Prendevano le pietre dai carretti, le pulivano e le tagliavano su quei lastroni di marmo. Lavoravano per quindici ore al giorno, e dormivano qui dentro, sempre legati gli uni agli altri.»

«E tu queste cose come le sai?» chiese Talitha.

«Mia madre ha lavorato per anni nelle fabbriche di tuo padre. La contessa andò a sceglierla personalmente, come uno dei tanti doni che ricevette per le nozze. Mia madre me lo raccontava spesso: non smetteva di domandarsi perché lei fra tante, perché lei e non la sua vicina.»

Talitha si immaginò sua madre, altezzosa e distratta come sempre, che percorreva quei corridoi, il ventaglio a coprire il naso dalla puzza che di certo impregnava quel luogo, tra due ali di Femtiti prostrati a terra. Le venne la nausea.

«I Femtiti che lavorano in posti come questi difficilmente durano più di dieci anni» continuò Saiph. «La contessa le ha salvato la vita.»

*Questo non cambia niente,* pensò Talitha con rabbia. Non riuscì però a soffocare una punta di dolore, quando prese coscienza che probabilmente non avrebbe mai più rivisto sua madre. All'improvviso la sua vita a palazzo le sembrò infinitamente lontana, come appartenesse a un'altra epoca. Sospirò e si guardò attorno. «In ogni caso, adesso qui non ci lavora più nessuno. E noi dobbiamo raggiungere i rami.»

Le ci volle poco per individuare quel che faceva al caso loro. Era una scala di metallo vecchia e fatiscente che conduceva fino alla base del tetto.

Saiph la squadrò dubbioso. «Non so se ci reggerà...»

«*Deve* reggerci.»

In effetti, era in pessime condizioni. Quando Talitha appoggiò il piede sul primo gradino, l'intera struttura emise un gemito sinistro, e il corrimano sembrò disfarsi in ruggine contro il suo palmo. Ma non avevano altra scelta.

Salirono piano, la scala che ondeggiava sotto i loro passi, minacciando a ogni istante di staccarsi e abbattersi al suolo. Talitha si impose di non guardare giù, ma all'improvviso un gradino si aprì sotto i suoi piedi, e l'istinto di abbassare gli occhi fu più forte. Le vertigini la fecero barcollare pericolosamente.

«Tutto bene?» strillò Saiph dietro di lei.

«No, finché non saremo in cima a questa maledetta scala!»

Finalmente riuscirono ad arrivare sotto il tetto, dove si apriva una serie di finestre sfondate. Talitha si affacciò da una di esse e considerò il da farsi. Anche se si trovavano ad almeno venti braccia da terra, dovevano issarsi fuori, non c'era altra soluzione. Bastava sedersi sul bordo della finestra e tirarsi su con le braccia. Contemplò l'abisso per un istante appena. La testa le girò.

«Ci riusciremo» disse a Saiph. «Fai come me.»

Con il manico del pugnale ruppe i frammenti di vetro rimasti a una finestra, quindi si sedette, la schiena rivolta verso l'esterno. Le dita non ne volevano sapere di staccarsi dalle imposte. Dovette sforzarsi per togliere una mano e poggiarla fuori, sul piano inclinato del tetto. Con estrema lentezza, le giunture bloccate dal terrore, mise fuori anche l'altra.

Guardò verso l'alto e poi, non senza sforzo, si issò fuori più rapidamente che poté. Una volta che l'ebbe raggiunto, abbracciò il tetto aderendovi con tutto il corpo e respirando forte. Ce l'aveva fatta. Almeno per ora, era salva.

Dopo un istante, sentì Saiph appoggiarsi al legno. Quando finalmente ebbe il coraggio di tirarsi su, lo vide seduto, le braccia appoggiate a terra e il volto riverso verso l'alto. Era più pallido che mai.

«Zitto, siamo solo a metà» gli disse, prevenendo qualsiasi sua protesta.

Scalare il tetto non fu difficile, la pendenza era bassa e bastava ignorare lo scricchiolio delle tavole marce che si piegavano sotto il loro peso. Talitha inquadrò subito il ramo che faceva al caso loro. Distava dal tetto non più di dieci braccia, una distanza perfetta per le sue capacità. Vi si fermò sotto, quindi frugò nel tascapane e ne estrasse una corda, uno degli oggetti che avevano preso dalla cantina di Lanti. Iniziò a svolgerla piano, ma a un tratto si bloccò.

«Che c'è?» chiese Saiph.

«Sai fare un cappio?» chiese lei, arrossendo.

Saiph sorrise e le prese la corda dalle mani. Talitha odiava dover ammettere di essere così poco esperta nelle cose pratiche. Si era lanciata lei in quell'avventura, ma senza Saiph la sua fuga sarebbe durata poco.

«Quel che più mi preoccupa è come faremo a lanciarla fin lassù» disse il ragazzo quando ebbe finito.

«Questo lascialo fare a me» replicò Talitha.

Prese il cappio e iniziò a farlo roteare, prima lentamente, poi più forte. La Pietra dell'Aria si accese sul suo petto, e la luce azzurrina sembrò percorrere la corda. Talitha lasciò la presa e il cappio schizzò verso l'alto, fino ad appoggiarsi su una sporgenza del ramo. Bastò tirare, e la corda fu assicurata.

«Continui a stupirmi, piccola maga» commentò Saiph, impressionato.

«Non l'avevo mai fatto prima» gli confessò Talitha, ammirando soddisfatta il risultato. «Se sono riuscita a infondere l'Es in una forcina, ho pensato che potevo farlo anche con una corda. Il principio è lo stesso.»

«Sorella Pelei sarebbe fiera di te» aggiunse Saiph.

Talitha provò una stretta di dolore a sentire quel nome.

«Già» mormorò. Saggiò la resistenza del cappio, quindi afferrò saldamente la corda. «Aggrappati a me» disse.

Saiph obbedì. A quel punto Talitha si concentrò di nuovo, e la Pietra dell'Aria sfolgorò accendendo ancora la corda, che prese ad arrotolarsi verso l'alto, portandoli lentamente con sé.

Ci volle un minuto buono, e Talitha sentì le braccia tirare oltre il limite della sopportazione, ma strinse i denti, cercando di mantenere viva la magia. Quando finalmente le nocche toccarono la superficie del Talareth, ci si aggrappò con tutte le forze. Un ultimo sforzo e si issò sul ramo, esausta.

«Stai bene?» le chiese Saiph.

A Talitha mancava persino la voce per rispondere. Gli fece cenno di aspettare, e lo sentì riavvolgere la corda. Finalmente riuscì a normalizzare il respiro. Le braccia le dolevano da impazzire.

«È stata più dura del previsto» gemette. Tacque un istante, le lune che facevano capolino tra i rami. «È tutto più duro del previsto...»

Saiph la fissò intensamente. «Padrona...»

Lei sfuggì al suo sguardo. «Nella mia fantasia era tutto diverso... I colpi non facevano male, i Guardiani non erano così spietati, e uccidere... uccidere...» La sua voce si spense in un singulto.

«Possiamo abbandonare la missione, padrona. Andare altrove, trovare un posto lontano in cui ricominciare una nuova vita.»

Talitha scosse la testa. «E lasciare che Miraval e Cetus distruggano il nostro mondo? Mai. Quel che ho fatto ha cambiato le cose. Questo è un sogno dal quale non c'è risveglio. Anzi, non sono mai stata sveglia come ora, mai così lucida.»

Si tirò su con un colpo di reni.

«Andiamo» disse, e la sua voce conteneva una sicurezza nuova.

«Vuoi che ci fermiamo, per stanotte?»

«Se ci fermiamo è finita. Ci stanno cercando ovunque. Dobbiamo uscire da Messe prima dell'alba, e dal regno entro due giorni al massimo.»

«Significa marciare senza mai fermarsi.»

«E lo faremo» tagliò corto lei. «Non si può tornare indietro, Saiph, e non si può neppure rallentare. Sai perfettamente qual è la pena che ci aspetta, se falliamo.»

«Padrona, io dicevo sul serio, prima...»

Talitha si voltò, determinata. «E io dico sul serio adesso.»

Quindi si mise in marcia. Sentiva che era cambiato qualcosa, quella notte. Un'epoca della sua esistenza si era definitivamente chiusa, e un'altra stava per aprirsi. Doveva smettere di pensare a se stessa come a una ragazzina, o come alla giovane promessa della Guardia. Questa era la vita vera, e lei ormai era una fuggitiva, nient'altro. Era tempo di crescere. Avrebbe cominciato soffocando il dolore e la stanchezza, e prendendo finalmente le redini del loro viaggio disperato: era in gioco la salvezza di un intero mondo.

# 24

Si lasciarono alle spalle Messe quella notte stessa. Secondo la mappa di Lanti, in quella zona partiva un piccolo camminamento, una strada periferica che conduceva ad alcuni sperduti villaggi. Era frequentata solo da contrabbandieri, vagabondi e Femtiti ribelli, e nessun Talarita che avesse a cuore la propria incolumità vi avrebbe mai messo piede. Era dunque una via perfetta per abbandonare la città senza dare nell'occhio. Già riuscivano a intravedere la struttura tubolare del camminamento, svariate braccia davanti a loro.

Talitha fece per avanzare, ma Saiph la bloccò. «Dobbiamo fare attenzione: ci sono due Guardiani nascosti dietro quei cespugli all'imboccatura del camminamento. Tentiamo di raggiungerlo passando da quella parte» disse indicando un lunghissimo ramo che si congiungeva alla galleria permettendo di evitare l'ingresso principale.

Si arrampicarono cercando di fare meno rumore possibile, e si mossero l'una dietro l'altro sul ramo via via più sottile del Talareth.

Uno dei due Guardiani era sotto di loro, appoggiato a una lancia. Talitha lo vide sbadigliare e spostarsi da una gamba all'altra, probabilmente per cercare di tenersi sveglio.

Lo superarono con il cuore in gola. Il secondo era poco più avanti, nel bel mezzo del camminamento: immobile, la spada che gli pendeva dal fianco. Sembrava più sveglio del suo compagno.

Talitha alzò gli occhi. Sopra di lei, le fronde del Talareth proseguivano per poche braccia. Oltre, il cielo. Appariva nero, denso, senza stelle. Sentì il cuore tremare, ma non c'era più tempo per la paura, doveva concentrarsi e ricordare a se stessa la missione. Davanti a lei si sviluppava l'intrico di rami che costituiva la parete esterna del camminamento. Attraverso si riusciva a intravedere anche l'interno: il pavimento di assi di legno e la debole luce di un cristallo di Pietra dell'Aria appeso al soffitto.

Svariate braccia più avanti si scorgeva un altro Talareth, decisamente più piccolo di quello alla cui ombra si sviluppava Messe. Sebbene appartenesse alla stessa specie, sembrava un albero diverso, tanto le dimensioni erano differenti.

«Sei pronta?» le chiese Saiph.

Lei si riscosse, lo guardò e annuì. Si appiattirono sulla superficie esterna della struttura tubolare e iniziarono a strisciare lungo di essa. L'aria era pochissima, rarefatta, persino l'odore era diverso. Riuscivano a respirare solo schiacciando il più possibile il volto tra i rami, ma avevano il fiato corto. Alle loro spalle, il cielo sembrava pesare con la sua immensità.

Avanzarono di ramo in ramo, gli stecchi più piccoli che si impigliavano nelle vesti e li graffiavano, gli insetti e i vermi che si arrampicavano sul corpo. Udirono il Guardiano girarsi sotto di loro. Si immobilizzarono. Dopo qualche istante ripresero a muoversi cauti e lo superarono.

Talitha sentiva i polmoni bruciarle e cercò di respirare sommessamente avvicinando la bocca al ciondolo di Pietra, che tratteneva un po' dell'aria prodotta dai rami sui quali stava strisciando.

Chiamò anche Saiph, e si strinsero entrambi intorno al cristallo. «Adesso possiamo entrare nel camminamento» disse piano.

«E da dove? La rete dei rami è troppo fitta, e se la rompessimo lasceremmo una traccia, ci troverebbero... No, dobbiamo raggiungere il tronco del Talareth da cui si dipartono i rami che formano la galleria. Lì ci saranno aperture naturali da cui potremo passare.»

Avanzarono ancora a lungo, finché i rami non cominciarono a farsi più spessi. A un tratto Talitha vide Saiph scomparire verso il basso e lo seguì, infilandosi in un'apertura del tunnel. Caddero all'interno del camminamento, i muscoli doloranti. Talitha sentì il cuore scaldarsi quando vide sopra di sé nient'altro che legno e foglie, e il nero del cielo appena distinguibile.

Quando riuscì finalmente a respirare con più facilità, grazie ai cristalli appesi al soffitto della galleria, si guardò intorno: nessuno in vista. Ce l'avevano fatta.

«Non ci posso credere» mormorò.

Saiph sorrise. «Te la senti di proseguire?»

«Per forza. Dobbiamo uscire dal regno il prima possibile.»

Si tirò su decisa, si sgranchì le ossa e porse la mano a Saiph. Il camminamento si presentava come un tunnel oscuro coperto di muschio, dal quale pendevano liane e rami spezzati. Sembrava che non fosse molto usato.

Camminarono per il resto della notte, senza scorgere nemmeno l'ombra di un villaggio. La galleria procedeva sconnessa e tortuosa per intere leghe. I Talareth che la sorreggevano si succedevano l'uno dopo l'altro, e a passerelle sostenute dai rami si alternavano zone in cui si procedeva su cigolanti assi di legno.

Talitha sentiva le palpebre farsi sempre più pesanti, ma insisteva per procedere. Sapeva che se si fosse fermata, tutta la tensione che era riuscita a tenere lontana fino a quel momento le sarebbe crollata addosso.

Avanzarono fino all'ora terza, quando Saiph si fermò. «Padrona, dobbiamo riposarci.»

«Più strada mettiamo tra noi e Messe, meglio mi sentirò» obiettò lei, ostinandosi a restare in piedi.

«Non c'è nessuno, e siamo abbastanza distanti, ora. E poi siamo riusciti a fare un bel po' di confusione, laggiù, e le ricerche si staranno concentrando lì.»

Talitha si lasciò convincere a sedersi. Tirarono fuori dal tascapane due dei frutti di davim che avevano raccolto nella fabbrica abbandonata e li divorarono. Non sapevano di nulla, ma per lo meno riempivano lo stomaco.

Dopodiché Talitha si godette qualche istante di silenzio rotto solo dal frinire degli insetti e dal canto degli uccelli. Dopo tutto quanto era accaduto a Messe, aveva bisogno di pace, e non avrebbe mai creduto di poterla trovare in quel luogo desolato. Il camminamento ondeggiava pigro al soffio della brezza mattutina. Erano soli come mai era capitato prima, soli con il loro destino. Per un istante provò la stessa calda eccitazione che l'aveva spinta a dar fuoco al monastero e liberare Saiph, ma durò un attimo. Sentì la spada premerle tra le spalle e ricordò. C'era ancora il sangue di quel ragazzo, sulla lama. E forse avrebbe dovuto spargerne ancora per raggiungere il deserto e fermare l'avanzata di Cetus.

«Era così che immaginavi la libertà?» chiese d'un tratto a Saiph.

Lui assunse un'espressione interrogativa. Tacque a lungo, mentre finiva di strappare con i denti quel po' di polpa che era rimasta attaccata al nocciolo.

«Sai bene che io questa fuga non l'ho mai sognata.»

Gettò il nocciolo attraverso un buco nel reticolo di rami. Talitha si domandò se avrebbe germogliato, là fuori, se avrebbe dato frutti. Anche la sua missione, in fondo, era un tuffo in un terreno sconosciuto e ostile, un'impresa dall'esito incerto.

«Un Femtita non sogna mai la libertà» riprese Saiph.

«Non ti credo.»

«È così. Tu conosci Femtiti liberi?»

«La comunità che ci ha aiutati a fuggire si definiva libera.»

Saiph sorrise amaramente. «Già, ma sono costretti a dare del denaro a un Talarita per non essere catturati, e soffrono la fame, sono braccati. Ti sembra libertà, questa?»

Talitha lo guardò fisso negli occhi. «Sì, lo è. Libertà dai padroni e dalle umiliazioni, anche se il prezzo da pagare è la fame. Anch'io non sono mai stata libera, però ho sognato spesso di esserlo, pur non sapendo cosa fosse davvero, la libertà. Come puoi dire di non averla mai desiderata?»

«Un Talarita può sempre conquistare la libertà. Certo, c'era tuo padre, e poi il monastero... Ma tu sapevi in fondo al cuore che potevi compiere una follia e cambiare il tuo destino. Ci sarebbe voluto coraggio, ma era *possibile*. Infatti è quello che è successo, no? Invece un Femtita esiste solo quando appartiene a qualcuno.»

Talitha tacque qualche secondo.

«Va bene, ma ti sarà capitato di aver voglia di andartene da qualche parte solo per il piacere di farlo, senza che io te lo ordinassi.»

«È un desiderio senza senso. Nella mia vita c'è sempre stato qualcuno che mi ha dato ordini, e obbedire per me è naturale.»

«E... non ti dispiace? L'immagine della tua gente oppressa, e quella fabbrica, le catene... Fremevi, ti ho visto.»

«Ho provato pena per loro. Ma il mondo è fatto così, e semplicemente io lo accetto.»

Talitha piegò indietro la testa, offrì la gola ai raggi tiepidi dei soli.

«Anche sorella Pelei, al monastero, mi ha detto che ci sono cose che non si possono cambiare.» Chiuse un istante gli occhi. «Ma io credo che il mondo sia così perché noi permettiamo a qualcuno di imporci regole e divieti. Per tutta la vita ho permesso a mio padre di comandarmi.»

«È per questo che siamo qui? Per il tuo bisogno di ribellione?» chiese Saiph con un sorriso triste.

«Non è così, e lo sai. Siamo qui perché abbiamo scoperto un segreto che potrebbe cambiare le sorti del mondo, e non possiamo voltarci dall'altra parte. E siamo qui anche per la nostra libertà. Ma credevo che tutto sarebbe cambiato. E invece quello che ho ottenuto fino a questo momento è stata la morte di sorella Pelei e di chissà chi altro. Non ho paura del cambiamento, ma del sangue che esige.»

Il vento spazzò il camminamento e il cristallo di Pietra, poco più avanti, dondolò.

«Sorella Pelei ci ha salvato la vita.»

«Non me lo ricordare» disse lei scuotendo la testa. «Non fosse per me, sarebbe ancora viva.»

«Ricordi cosa ti ha detto, prima di morire?» le chiese Saiph.

Talitha la rivide, la spada stretta in pugno e il volto acceso di una sicurezza nuova. E la sua voce, il tono con cui diceva: "Forse avevi ragione tu."

«Forse anche lei ha raggiunto la sua libertà, così» mormorò con gli occhi lucidi. «Forse sapeva di non avere futuro fuori dal monastero, e ha affermato la sua libertà consegnandola a me.»

Saiph le sorrise con dolcezza. «Andiamo?»

Camminarono per tutto il giorno senza incontrare anima viva. La cosa li mise in allarme. Sapevano che quella era una zona poco battuta, ma più che altro sembrava deserta, come se nessuno osasse avventurarsi da quelle parti.

Quando scese la notte, si fermarono di lato al camminamento e decisero di montare la guardia a turno.

Appena si furono sistemati alla bell'e meglio, Talitha si tolse gli stivali e si lasciò scappare un lamento. Sotto le calze, i piedi erano rossi e doloranti, le caviglie scorticate, le dita piene di vesciche. Di nuovo la colse l'orribile sensazione di aver tentato un'impresa più grande delle proprie capacità. Le sue gambe erano abituate a essere trasportate da comode carrozze, e i suoi piedi avevano calcato solo il marmo dei palazzi e il pavimento del monastero. Scosse la testa per allontanare quei pensieri: non poteva concedersi il lusso della debolezza.

Saiph si offrì per il primo turno di guardia, e lei sprofondò in un sonno senza sogni. Si svegliò all'ora prima, solo per scoprire che Saiph aveva vegliato tutta la notte.

«Perché non mi hai chiamato?»

«Dormivi così bene, e poi ho visto i tuoi piedi» rispose lui con un sorriso condiscendente.

«Siamo in due a camminare, e se tu sei troppo sfinito per farlo non si avanza di un passo! Sei stato sveglio tutta la notte, come faremo ad andare avanti?»

«Non ho vegliato tutta la notte... ogni tanto ho dormito un po'.»

«Peggio ancora! E se fosse passato un Guardiano? Se qualche predone ci avesse colti nel sonno?»

Saiph sembrava non capire. Se ne stava lì immobile con lo sguardo confuso e la mano tesa, che porgeva un frutto. «Volevo farti un favore...»

«E hai sbagliato!» disse lei strappandogli il frutto di mano e scagliandolo a terra. «Se vogliamo arrivare a destinazione, devi smetterla di proteggermi! So badare a me stessa, e te l'ho dimostrato!»

Saiph incassò senza controbattere, e la cosa irritò Talitha più ancora che se avesse provato a contraddirla. Raccolse il frutto di davim e lo addentò con rabbia.

«Peggio per te. Oggi si viaggia senza soste fino al tramonto.»

Saiph si alzò senza commentare. «Prima di sera dovremmo incontrare il villaggio di Tolica» disse consultando la mappa. «Ci fermeremo lì a fare provviste. Ormai non ci è rimasto che un tozzo di pane.»

Talitha rabbrividì. Si sentiva al sicuro su quella piccola strada sconnessa, poteva illudersi che non ci fossero frotte di Guardiani e Combattenti che li cercavano in tutta Talaria, e che il loro viaggio fosse solo un'avventura. E poi, segretamente, non voleva occasioni per dover sguainare la spada. L'aveva cercata e ammirata per tutto il tempo in cui era stata al monastero, ma allora non era altro che un'opera d'arte, il simbolo di una vita che temeva perduta per sempre. Adesso che aveva assaggiato il sangue, la Spada di Verba era diventata qualcosa di diverso, il segno tangibile della sua nuova condizione di assassina. La sentiva pesare sulla schiena come un fardello insopportabile, e non riusciva più neppure a toccarne l'elsa.

«È proprio necessario?» chiese.

«I viveri sono quasi finiti. Non possiamo andare oltre.»

Talitha sospirò. «Non voglio dover uccidere qualcun altro» mormorò.

«Io ancora meno» disse Saiph. «Ma non abbiamo scelta. Dobbiamo rischiare.»

Le poche volte che Talitha aveva lasciato Messe si era recata solo nelle più grandi città del Regno dell'Estate e della Primavera. Non aveva quindi idea di come fosse un piccolo borgo, e quello che si trovò davanti fu qualcosa di totalmente inaspettato.

Tolica era nulla più che un minuscolo agglomerato di casupole di paglia e legno, strette intorno a un Talareth alto non più di duecento braccia, dalla chioma rada e avvizzita. Le poche foglie rimaste aggrappate ai rami erano giallastre e maculate da piccole chiazze marrone che sapevano di malattia. Le radici si tuffavano in un terreno arido, spaccato dalla siccità in grosse zolle. Il letto di un torrente quasi completamente prosciugato costeggiava il villaggio. Le sponde erano infestate da ciuffi di erba secca, e sciami di insetti ronzavano nervosi attorno alle poche polle fangose.

Dal villaggio non giungeva alcun rumore.

Talitha avvertì una morsa di paura allo stomaco. Quel luogo parlava di morte.

I soli erano già in parte tramontati, ma c'era ancora luce a sufficienza per fare una ricognizione.

«Questo posto pare proprio abbandonato» disse Saiph. «La siccità l'ha devastato.»

«Sarà difficile procurarci delle provviste qui» osservò Talitha.

Sgattaiolarono verso quel che restava del torrente, un rivolo che agonizzava tra una pozzanghera fangosa e l'altra. Dovettero filtrare l'acqua con una pezzuola per riuscire a riempire le borracce. Talitha pensò al giardino di casa sua, alle fontane, ai bagni rinfrescanti che l'attendevano ogni volta che tornava dalla Guardia. Non aveva mai riflettuto su quale supremo privilegio fosse avere acqua sempre disponibile in un regno ridotto alla sete e alla fame.

«Questi sono i primi effetti dell'avanzata di Cetus» dichiarò con voce grave.

«E della carestia che ne è derivata» aggiunse Saiph. «Ho incontrato uno schiavo, a Messe, che era stato venduto da un padrone ridotto in miseria in un villaggio a nord: era proprietario di molti terreni, ma la siccità gli aveva tolto tutto.»

Talitha immaginò le famiglie che avevano abitato quelle case, e si chiese dove fossero in quel momento. Forse erano tutti morti lungo un cammino disperato alla ricerca di un posto in cui poter ricominciare una vita.

Strisciarono tra i cespugli, finché non raggiunsero le prime abitazioni. Si accorsero subito che i muri erano anneriti dal fumo. Il silenzio era assoluto, ma l'aria era ancora impregnata di un sottile odore acre: l'incendio doveva essere scoppiato non molto tempo prima.

Si diressero guardinghi verso una casa. La porta era spalancata, il tetto divorato dalle fiamme. Entrarono, e videro tre corpi stesi a terra. Avevano perso qualsiasi sembianza umana. L'odore li prese alla gola, e Talitha fu scossa da un conato di vomito.

I pochi mobili che il fuoco aveva risparmiato giacevano rovesciati sul pavimento, la credenza completamente saccheggiata. Saiph vinse il ribrezzo e si chinò a osservare i cadaveri da vicino. Si tirò su prima che lo stomaco si ribellasse.

«Non sono morti per il fuoco» disse. «Hanno la gola tagliata.»

Talitha, ferma sulla porta, lo guardò senza capire.

«Li hanno uccisi, padrona. Poi hanno preso le provviste e dato fuoco ai loro corpi.»

Si spostarono nelle altre case, e lo spettacolo non fu diverso: cenere, dispense razziate, cadaveri. Si costrinsero a controllare ovunque, nonostante la paura e il ribrezzo. Avevano un disperato bisogno di cibo, ma non ne trovarono da nessuna parte. Chi aveva causato quel massacro non aveva risparmiato nulla, nemmeno una briciola di pane.

Uscirono a mani vuote, troppo delusi perfino per parlare. Sui loro volti si leggeva la disperazione: il villaggio successivo si trovava ad almeno un altro giorno di cammino, non ce l'avrebbero fatta.

Stavano per allontanarsi, quando Saiph notò un edificio discosto, diverso dagli altri, in pietra e miracolosamente intatto. Sul suo corpo cilindrico si innestava una cupola tonda, di fattura rozza, in cima alla quale era malamente sbozzata l'immagine del fiore della dea Alya. Era un piccolo tempio.

Si avvicinarono piano. A Talitha bastò appoggiare la mano, e la porta si aprì cigolando sui cardini.

L'interno era costituito da un ambiente circolare spoglio, con una serie di panche poste davanti a un piccolo altare in pietra di modesta fattura, quasi del tutto privo di decorazioni. Vi era inciso il volto di Talia, con tratti semplici e rozzi, non si capiva se per imperizia dell'artista o perché quell'aspetto da contadina fosse voluto. Non era che un piccolo tempio di campagna, senza alcuna sacerdotessa: semplicemente un luogo dove andare a pregare la mattina, per farsi forza in vista della giornata o per chiedere una grazia. Posti come quello, le aveva spiegato sorella Dorothea, venivano usati per le cerimonie solo in occasione di particolari feste.

Per un istante Talitha si chiese se fosse stata la mano di Talia a risparmiarlo dal fuoco, o se gli aggressori avessero avuto timore della dea, e per questo non si fossero accaniti sulla sua casa. Un rumore la fece trasalire. Fu un istante. Le mani corsero alla spada e la estrassero rapide.

Il rumore veniva dall'altare. Avanzò in quella direzione, il cuore che le martellava nel petto.

Scattò di lato, la spada tesa. Rimase immobile, raggelata. Dietro l'altare c'era un piccolo stipo di legno. Era aperto, e parte del contenuto giaceva a terra: pagnotte mezzo ammuffite, biscotti stantii, le donazioni che i contadini facevano alla dea, nulla più di offerte votive dei poveri abitanti. Vicino, era rannicchiato un essere mugolante. Talitha ci mise qualche istante per capire chi fosse. Era un bambino femtita lacero e sporco, le guance incavate. Teneva una mano sugli occhi e dalla bocca usciva ancora qualche briciola mentre piangeva piano.

Saiph la invitò ad abbassare la spada e si accovacciò all'altezza del bambino. Gli parlò con dolcezza, e quello rispose a monosillabi, tra un singhiozzo e l'altro.

«Non è del villaggio. È venuto qui a cercare da mangiare e ha trovato solo questo.»

Talitha rimase immobile, incerta. Aveva pena di quel ragazzino tremante e affamato, ma li aveva visti in faccia, forse sapeva chi erano, e per un tozzo di pane avrebbe potuto tradirli.

Poggiò la spada a terra e lo guardò. Non era che un piccolo Femtita sperduto e disperato. In lui c'era qualcosa che le ricordava Saiph quando l'aveva conosciuto. Guardò nell'armadietto. Il bambino doveva essere arrivato da poco, perché dentro c'era ancora qualcosa. Prese una pagnotta, dura come un sasso ma ancora commestibile, e gliela allungò. Il piccolo rimase immobile, incredulo.

«Vattene e dimenticati di noi» disse.

Il ragazzino non si mosse, e allora lei gli premette la pagnotta sul petto. Lui ci strinse sopra le mani tremanti, poi scappò via, con le sue gambe esili come ramoscelli.

Saiph frugò nello stipo e trovò qualche frutto secco e un pezzo di formaggio. C'era uno strato di muffa spesso come cuoio, intorno, ma bastava toglierla e mangiare il resto.

Talitha si sedette a terra e Saiph fece altrettanto.

«Dormiamo qui?» disse.

Talitha si guardò attorno e annuì. C'erano solo cadaveri in quel luogo dimenticato. Chi poteva venirli a cercare lì?

Finalmente, di nuovo un tetto sulla testa.

# 25

La luce che filtrava dalle vetrate colorate del piccolo tempio la svegliò poco dopo l'alba. Talitha si riscosse piano, stropicciandosi gli occhi.

Saiph, accanto a lei, dormiva ancora. Lo guardò intenerita: il suo volto assopito aveva qualcosa di dolce e infantile, e nel sonno sembrava aver trovato una spensieratezza che forse non aveva mai avuto.

Si alzò senza fare rumore e assaporò la pace di quel luogo raccolto.

Fuori era la solita giornata calda e assolata. Talitha non riusciva neppure a ricordare quand'era stata l'ultima volta che aveva visto la pioggia. Alzò gli occhi al cielo, facendosi scudo con la mano. Miraval e Cetus erano bassi dietro i rami del Talareth; l'albero era così spoglio che la luce filtrava pura e violenta, e mordeva la pelle. Faceva caldo, un caldo che all'improvviso a Talitha sembrò innaturale.

*Forse mi sto lasciando suggestionare*, si disse. *Ma dobbiamo trovare l'eretico al più presto.*

Si diresse al torrente. Alla luce del giorno, il rivolo d'acqua che si trascinava tra le zolle riarse sembrava ancora più misero. Un frile maculato gracidava triste dalla riva.

Sarebbe stata una buona idea catturarlo per colazione, se solo avesse saputo come fare. Tra gli incantesimi che era riuscita a imparare al monastero, non ce n'era uno che potesse tornarle utile in quel momento.

Con un unico, fluido movimento, sguainò la spada. Si avvicinò piano al torrente e si accovacciò sulla riva, studiando la posizione dell'animale. Per un istante rimase stregata da quel lento gracidio, che si ripeteva ipnotico a intervalli regolari. Non fece neppure in tempo a elaborare un piano per catturarlo che il frile, con un balzo fulmineo, sparì alla vista.

*Poco male*, pensò. In fondo le sarebbe dispiaciuto dover uccidere un'altra creatura, anche se l'avrebbe fatto per la sopravvivenza.

Davanti a lei, il rivolo d'acqua si raccoglieva in una piccola pozza, per poi riprendere il suo percorso in un flusso più vivace che si perdeva tra i ciuffi di erba secca.

Talitha bagnò la spada nella pozza, lama ed elsa, finché l'acqua non le lambì il polso. Era tiepida e fangosa, ma vinse il ribrezzo e immerse anche l'altra mano. Con calma, quasi stesse compiendo un rito, accarezzò il piatto della lama. Il sangue che vi era rimasto si dissolse sotto il suo palmo, l'acqua si arrossò e la debole corrente lo trascinò via. Tempo pochi istanti e non ne rimase traccia.

Tirò fuori dal torrente la spada e osservò i raggi dei soli percorrerne la lama, che brillava come nuova.

In quel momento si accorse di Saiph, in piedi dietro di lei.

«Non volevo svegliarti» disse, rinfoderando l'arma. Sembrava pesare meno, ora che ne aveva lavato via il sangue. «Vediamo di muoverci. Sarà una mia impressione, ma da quando abbiamo letto i documenti nel Nucleo, il calore di Cetus mi sembra sempre più intenso.»

Saiph prese la cartina di Lanti e studiò le successive tappe del viaggio.

«Dobbiamo uscire il prima possibile dai confini del Regno dell'Estate. Procederemo a tappe forzate» disse Talitha.

Saiph controllò i viveri e la guardò dubbioso. Oltre alla frutta secca e al pezzo di formaggio, che in parte avevano consumato la sera prima, erano riusciti a racimolare solo una manciata di legumi e delle erbe che avevano trovato nell'orto di una casa abbandonata.

«Non abbiamo molto da mangiare. Saremo costretti a razionare il cibo al massimo» disse alla fine, mettendosi la bisaccia a tracolla.

Quindi tornarono verso il camminamento.

«Dovremo procurarci dei mantelli prima o poi» osservò Talitha quando ebbero ripreso il viaggio. «Potrebbero servirci per camuffarci, quando arriveremo in un centro abitato più grande. Quanto ci vorrà per raggiungere Alepha?»

«Impossibile dirlo: al ritmo cui stiamo avanzando, almeno venti giorni.»

Talitha sbiancò. Ogni ora le sembrava preziosa per trovare l'eretico, non sapevano nemmeno se fosse ancora vivo. «Dobbiamo accelerare il passo» disse. «Non possiamo permetterci di perdere tutto questo tempo.»

A mano a mano che proseguivano, però, le forze venivano meno.

Saiph era abituato a faticare con lo stomaco vuoto, ma per Talitha una fame così acuta era un'esperienza del tutto nuova. Le girava la testa, camminare le risultava penoso, e si sentiva come intontita. Le sembrava impossibile riuscire ad andare avanti in quelle condizioni. Ma non si lamentava, e stringeva i denti.

Ben presto alla fame si aggiunse la sete. Durante il viaggio si erano imbattuti in un piccolo fontanile e avevano riempito le borracce, dopo aver bevuto avidamente la poca acqua che ancora offriva. Ma se nelle grandi vie di comunicazione, come l'Arteria, di fontanili ce n'erano a intervalli regolari, sui camminamenti più piccoli erano rari. Ormai le borracce erano vuote, e il corpo reclamava disperatamente una goccia d'acqua.

I villaggi che incontrarono lungo i terreni sterminati che separavano le grandi città erano deserti. In certi punti la manutenzione dei camminamenti difettava, e dunque i cristalli di Pietra dell'Aria esauriti non erano stati rimpiazzati. L'aria in quelle zone si faceva tenue, e l'incedere ancora più faticoso.

A un tratto videro una piccola costruzione in pietra stagliarsi da lontano e si misero a correre in quella direzione, pieni di speranza. Ma quando arrivarono, ai loro occhi si presentò il triste spettacolo di una vasca secca. La fonte si era prosciugata da così tanto tempo che la pietra era ricoperta da uno spesso strato di polvere.

Talitha si accasciò a terra, disperata. «Dove la prendevano, a palazzo, l'acqua per le fontane? Dove, se la siccità ha raggiunto livelli così drammatici?»

Saiph si sedette accanto a lei. «Da qui» disse con semplicità. «Quando è iniziata la secca, la regina ha fatto scavare dei pozzi e un sistema di acquedotti che porta l'acqua delle falde sotterranee alla capitale e al suo palazzo. Tuo padre e tutta la nobiltà di Messe hanno usufruito di queste opere, che però hanno inaridito molti torrenti del regno, già provati dalla scarsità delle piogge.»

Talitha lo guardò in silenzio, incredula. «Qui la gente muore di fame e di sete, e io a palazzo facevo riportare indietro i piatti mezzi pieni» mormorò.

«È così che funziona a Talaria» commentò Saiph. «I forti succhiano il sangue ai deboli, è sempre stato così. Nessuno può farci niente.»

Talitha mantenne su di lui uno sguardo infuocato. «Questa è solo una scusa. Fare o non fare è una scelta. Se quegli schiavi non ci avessero aiutati, ora saremmo nelle mani dei Guardiani e nessuno crederebbe alla nostra storia. Sono le scelte dei singoli che cambiano le cose, Saiph, e per sempre.»

«Io sono abituato a occuparmi di piccole cose, padrona. Ed è quello che devo fare anche ora, altrimenti moriremo di sete. Abbiamo bisogno d'acqua.»

Talitha appoggiò la testa alla pietra, dietro di sé. «Ma qui non ce n'è traccia.»

«La troveremo più avanti» disse Saiph con sicurezza.

Talitha si alzò in piedi. «Certo che l'ottimismo non ti manca... Se siete tutti così, voi Femtiti, capisco perché non vi siete mai ribellati.»

Saiph rise sommessamente, quindi si aggiustò il tascapane e si infilò di nuovo nel camminamento. La marcia riprendeva.

La strada sembrava non finire mai, e la sete cominciava a farsi insostenibile. A un certo punto si erano appisolati sul ciglio della strada, su un lato del camminamento, esausti. Talitha non riusciva più a muoversi, e Saiph era molto preoccupato. Mancava solo un'ora alla tappa successiva segnata sulla mappa, ma lei non era in grado di proseguire e si erano dovuti fermati.

Saiph aprì gli occhi alla quarta ora dall'alba. Era una dote che aveva fin da bambino: sapeva svegliarsi esattamente quando voleva, ed era così abituato a vivere la notte che sapeva sempre che ora fosse, anche nel buio più fitto.

Gli bastò sbattere un paio di volte le palpebre, e fu sveglio. Guardò Talitha. Era rannicchiata accanto a lui, la mano appoggiata sull'elsa della spada. Sembrava aver fatto pace con la sua arma, e questo era un bene.

Si alzò piano, e con altrettanta delicatezza estrasse dallo stivale di lei il pugnale. Si fermò un attimo a guardarla. «Torno presto» sussurrò prima di allontanarsi.

Avanzò a passo sostenuto, i piedi che facevano cigolare il legno del camminamento, e attraversò l'ultimo tratto correndo, suo malgrado. Odiava qualsiasi forma di esuberanza; non gli piaceva chi rideva sguaiatamente, chi piangeva in pubblico e chi in generale esprimeva in modo eccessivo le proprie emozioni. Per questo detestava correre. A malapena lo faceva da bambino, quando Talitha lo costringeva durante i loro giochi, ma in genere guardava da lontano gli altri bambini che si rincorrevano, e non riusciva a capire cosa li facesse divertire tanto.

Giunse infine al crocicchio segnato sulla mappa e alla luce delle lune lesse la scritta su un vecchio pezzo di legno: FATTORIA JANDALA.

Di fattorie, lontano dai confini dei grossi centri, in genere non ce n'erano molte: la terra coltivata era quasi tutta proprietà delle grandi famiglie, e per questioni di comodità si trovava per lo più alla periferia delle città, là dove i rami del Talareth quasi toccavano terra e le foglie erano così rade da permettere alla luce di filtrare più intensa. A quel che sapeva, però, c'erano alcuni proprietari terrieri isolati che mantenevano piccole fattorie di sussistenza in aperta campagna, tra una città e un'altra. Si trattava principalmente di vecchi borghi abbandonati: a volte i villaggi morivano, ma le fattorie resistevano, come appendici vive di un corpo ormai esanime.

Saiph aveva già sentito parlare di Jandala. Il Talarita

che la possedeva era un affittuario di Megassa, e i prodotti della terra andavano per la quasi totalità al conte. Quando la siccità non era ancora così grave, Saiph ricordava che da Jandala arrivavano carri pieni di cereali e verdure fresche. Era almeno un anno, però, che la fattoria non riforniva più Messe, e pregò che non fosse ormai del tutto in rovina.

Si avviò lungo il camminamento. Era malmesso, le assi sconnesse e spezzate in più punti, e la Pietra dell'Aria, appesa in cima al tunnel, emanava una luce debolissima. L'aria era scarsa, e aveva il sentore stantio delle cose da lungo abbandonate. Ma Saiph non demorse. Il destino del loro viaggio dipendeva da quell'impresa.

Finalmente gli apparve il Talareth. Si stagliava a lato del camminamento, e i rami tesi verso il cielo come dita scheletriche sembravano implorare Mira, un grido che, a giudicare dalle condizioni della fattoria, la dea non aveva ascoltato. Un lungo fremito percorse la schiena di Saiph: i terreni che circondavano l'albero erano secchi, e i canali che dividevano i campi prosciugati. Si mise le mani tra i capelli, sopraffatto dalla disperazione. Non potevano proseguire ancora senza bere, sarebbero andati incontro a morte sicura.

Si sedette su un muricciolo di sassi sconnessi, cercando di studiare quella nuova situazione. Fu allora che colse un lieve chioccolio in lontananza. Guardò gli edifici, ma sembravano deserti. Uno dei due magazzini per la raccolta delle granaglie aveva il tetto sfondato e le finestre a pezzi, come orbite vuote d'un cranio. Saiph avanzò piano verso la fattoria, guidato dal rumore ritmico dell'acqua.

Raggiunse i primi edifici, e finalmente il cuore gli si allargò. Un torrente, sebbene piccolo, scorreva nascosto tra l'erba. Subito vi affondò il viso e bevve con frenesia.

L'acqua gli trasmise una forza benefica e purificatrice: era fresca, era limpida, era vita! Dopo aver riempito le borracce fino all'orlo, notò che di fianco c'erano due campi coltivati, dai quali spuntava sparuta della verdura. Vi si gettò sopra d'istinto e strappò con foga un cespo dai bordi giallastri, divorandolo in pochi morsi, senza curarsi di essere visto dal proprietario che probabilmente abitava non lontano. Raccolse altra verdura e, dopo essersi nutrito a sazietà, riempì il tascapane infilando in fretta e furia altri due cespi. Poi raccolse dei piccoli bulbi rossi che sbucavano dal terreno poco più in là, e una decina di carnose radici di centaria. Erano insolitamente piccole: ricordava che le centarie, quando era bambino, potevano raggiungere la lunghezza di mezzo braccio, e queste arrivavano a malapena a un palmo, ma era pur sempre cibo!

Doveva trovare qualcosa anche per Talitha. Si appiattì dietro una casa, l'ultima prima della corte. Dal camino non usciva fumo, e dall'interno non filtrava alcuna luce.

Scivolò lentamente lungo il muro, finché non raggiunse una finestra dai vetri rotti. Saltò, e fu dentro.

L'interno era costituito da un unico locale. Sul pavimento in terra battuta si intravedevano i segni delle pareti che un tempo suddividevano l'edificio in tre stanze, e che ora erano state abbattute o erano crollate. L'unico stanzone misurava una decina di braccia ed era largo almeno sei. Oltre a un tavolo e al focolare, c'erano una cassapanca e una credenza: la seconda era vecchia, ma tradiva il pregio dell'intaglio che ne percorreva le superfici. Ai suoi tempi doveva essere stato uno splendido mobile, di squisita fattura. La cassapanca invece era nulla più di un rozzo mobile in legno tinteggiato di verde, mangiato dagli insetti. In fondo alla stanza, dormiva un vecchio. Il suo letto era un giaciglio di paglia coperto da un lenzuolo grigio e rattoppato, sul quale riposava il corpo segnato dalla fatica. Lo si sarebbe detto morto, per quanto respirava piano; solo il petto che si alzava e abbassava ritmicamente indicava che giaceva in un sonno profondo. Era un Talarita dai capelli completamente anneriti e l'aspetto emaciato. Aveva il volto scavato e la pelle macchiata dal sole; le mani erano spesse e callose, deformate dal lavoro. Quell'uomo tirava avanti la fattoria da solo, e le dimensioni dei campi ormai inariditi facevano supporre che un tempo fosse stata grande e prospera. Quando la siccità non aveva ancora piagato la zona, con ogni probabilità vi lavoravano almeno venti schiavi, ma ora non ne era rimasto nessuno. Saiph si sentì a disagio. A palazzo, spesso i suoi compagni gioivano quando sapevano della miseria di un Talarita, e brindavano alle disgrazie dei padroni. Era un comportamento che gli aveva sempre ispirato un misto di repulsione e tristezza. Provò un improvviso moto di empatia per quel vecchio disteso sulla paglia. Adesso era esattamente come lui, uno schiavo, anche se la sua vita ancora gli apparteneva e non doveva obbedire a nessuno. Ma la fame, la miseria, non erano i più crudeli tra i padroni?

*Che sto facendo?* pensò turbato. Si sentiva come se stesse per profanare quella casa.

*Sopravvivi*, rispose brusca una voce interiore, *come hai fatto finora, come fanno tutti.*

Strinse i pugni, andò diretto alla cassapanca e sollevò piano il coperchio. Dentro, erano piegati degli abiti, i resti di una vita precedente: una lunga veste, una casacca da donna, persino il vestitino di un neonato. E poi abiti da uomo, impolverati ma riposti con cura, e in fondo due mantelli, ricordo dell'epoca in cui anche nel Regno dell'Estate, a volte, era necessario coprirsi. Saiph sentì una stretta al cuore, tuttavia infilò la mano tra i tessuti e prese i mantelli. Stava per passare oltre, ma un istinto inaspettato lo costrinse a ripiegare in modo ordinato ciò che aveva gettato via per rubare quel che gli serviva.

Nella credenza trovò pane, formaggio, carne secca, conserve. Non riuscì a evitare di pensare alla faccia del vecchio, quando avrebbe visto la dispensa saccheggiata.

*È la legge del più forte*, ripeté la voce, ma non bastava a sopire il suo senso di colpa.

Prese meno di quanto servisse, impaziente di uscire. Quasi precipitò giù dalla finestra, e cadde battendo la testa sull'erba. Si sollevò e scappò via, cercando di lasciarsi alle spalle il peso che avvertiva sul petto, il senso d'oppressione che gli tagliava il fiato. Si diresse verso il camminamento, smanioso di allontanarsi al più presto.

La vide per caso, solo perché, nella foga, quasi ci sbatté contro. Appesa a un palo di legno, l'inchiostro limpido e ben leggibile, c'era una pergamena tirata fra due chiodi. VIVO, c'era scritto, e una taglia: CENTO NEPHEM D'ORO. Uno sproposito. Sopra, quasi a riempire il foglio, era ritratto un volto affilato, con uno sguardo cattivo e tagliente. Il nome diceva: SAIPH DEL MONASTERO DI MESSE.

Vacillò un istante. Strinse gli occhi, sconvolto, sperando di riaprirli in un'altra realtà. Quello era il volto con cui d'ora in poi l'avrebbero visto i Talariti, un volto nel quale stentava a riconoscersi, il volto di un criminale. Ma era il volto che aveva indossato quella notte, quando aveva trovato il coraggio di rubare in casa di un vecchio rimasto solo al mondo.

*Non sono io, non mi somiglia per niente*, si disse con rabbia, ma sapeva perfettamente che non era così. Strappò la pergamena dal palo con le mani che gli tremavano, quindi fuggì via per dove era venuto.

## 26

Talitha non si era ancora svegliata quando Saiph tornò. L'alba era prossima, e presto avrebbero dovuto rimettersi in cammino.

Saiph si sedette a terra, accaldato dalla corsa. Gli sembrava di avere schiere di nemici alle calcagna, e ogni cespuglio, ogni angolo buio gli appariva ora un'insidia.

Tirò fuori la pergamena e osservò il proprio volto che lo fissava severo dal disegno.

Quel ritratto lo inquietava e attraeva al tempo stesso. Era come guardarsi attraverso gli occhi di un altro, e quella lente deformante gli mostrava un lato di sé che non avrebbe mai voluto vedere.

E poi c'era solo il suo nome, là sopra. Era lui al centro di tutto. Sotto, in piccolo, erano elencati i capi d'accusa: una lunga lista che includeva il rapimento, la distruzione del monastero, l'omicidio e la sedizione. Ma di Talitha, neppure l'ombra. Certo, quella era la soluzione migliore per tutti. Per il clero, che non avrebbe dovuto rispondere delle intemperanze di una novizia, e per Megassa, che aveva interesse a mantenere immacolata la reputazione della famiglia. Lo sapeva già: gliel'aveva detto

Lanti, e anche i Femtiti ribelli credevano che fosse stato lui ad appiccare l'incendio. Non doveva stupirsi, ora. Eppure, vedere con i propri occhi quell'accusa aveva un sapore diverso, e gli mostrava la gravità della sua condizione con la violenza di uno schiaffo.

Ne era sempre stato consapevole, da quando aveva ripreso i sensi nel caos di fuoco del monastero: il suo era un viaggio senza ritorno. Ma adesso tutto assumeva una concretezza diversa. Adesso il suo destino lo sentiva nella carne, nelle ossa, quasi poteva vederlo incombere sulla testa.

Il suo volto pendeva da pali disseminati ovunque a Talaria, e ormai tutti, anche nei villaggi più remoti, lo conoscevano. Non esisteva luogo in cui rifugiarsi. Megassa non si sarebbe fermato davanti a nulla. L'avrebbe inseguito in capo al mondo, e l'avrebbe fatto morire tra le sofferenze più atroci. Era l'unico modo per salvare l'onore della figlia.

Per un istante il panico lo prese alla gola, togliendogli il fiato.

*Devi solo accettarlo. È così. Ma se per te non puoi fare niente, c'è qualcun altro per cui puoi fare molto.*

Si accoccolò accanto a Talitha. Nel sonno sembrava tornare la bambina scatenata e malinconica che aveva conosciuto anni prima.

*Una taglia vuol dire cacciatori di teste, gente senza scrupoli pronta a tutto.*

La guardò a lungo, tanto che il suo respiro finì per sincronizzarsi su quello di lei.

Andarsene. Consegnarsi prima che li prendessero, e dire che l'aveva uccisa. Tanto, condannato lo era già. Lei però sarebbe stata libera. Per sempre.

Stretta nel pugno, la pergamena si ammorbidiva lentamente, intrisa del suo sudore.

Si sollevò di scatto. Era deciso a farlo. Le lasciò accanto il tascapane colmo di viveri e la borraccia, e la guardò un'ultima volta, come per imprimersi nella mente il suo viso.

*Abbi cura di te, Talitha,* le disse tra sé e sé.

Fece un passo indietro, ma le assi del camminamento sotto i suoi piedi scricchiolarono e la svegliarono. Talitha girò il viso e lo guardò insonnolita. Da quando portava i capelli corti, appena sveglia le stavano ritti sulla testa in un buffo groviglio. Cercava di ravviarseli con lei mani, ma quella zazzera non voleva saperne di essere domata, e accentuava ancor più la sua aria da ragazzino ribelle.

Saiph nascose rapido la pergamena dietro la schiena.

«Dove te ne stavi andando?» gli chiese Talitha, disorientata.

«Mi stavo preparando, è quasi ora di rimettersi in marcia» rispose lui, evasivo.

Ma lo sguardo di Talitha cadde subito sul tascapane, molto più gonfio della sera prima. «Dove sei stato?» domandò in tono inquisitorio.

«A cercare del cibo. Guarda qui» le disse Saiph, tentando di distrarla.

Gli occhi di Talitha si illuminarono. Aveva troppa fame, e non poté evitare di avventarsi sul cibo. «Buono» bofonchiò con la bocca piena, masticando voracemente. «Ma perché non mi hai svegliata per portarmi con te? E se fosse venuto qualcuno mentre dormivo?»

«Padrona, sono giorni che non incontriamo nessuno su questo camminamento.»

«Ma tu stavi per andartene anche ora. Stavi per lasciarmi di nuovo sola. Saiph, cosa mi stai nascondendo?»

«Nulla. Non me ne stavo affatto andando...»

«Cos'hai dietro la schiena?»

«Niente di importante» rispose lui, sempre più teso.

Talitha si portò alla sua altezza con uno slancio. «Fammi vedere» e gli strappò di mano la pergamena. Il suo volto fu attraversato da una gamma di espressioni tra il sorpreso e l'atterrito, via via che leggeva il contenuto del foglio. «È per questo che te la stavi svignando» disse infine. «Vuoi che prendano solo te. Vuoi lasciarmi sola.»

Saiph era in evidente imbarazzo. «Padrona, in questo modo almeno uno dei due potrebbe salvarsi.»

Lei gli si fece sotto, gli occhi di fuoco. «Saiph, non ti azzardare nemmeno a pensarlo. Io ho bisogno di te, non potrei mai farcela da sola.»

«Ma è a me che stanno dando la caccia, padrona. Se ci dividessimo, tu saresti libera di cercare l'eretico, avresti più possibilità.»

«Non dire assurdità!» gridò Talitha. «Divisi saremmo molto più vulnerabili. Abbiamo iniziato questo viaggio insieme, e insieme lo finiremo. Non puoi abbandonarmi. Promettimi che non lo farai» disse d'un fiato. «Promettilo.»

Saiph tacque, e vide che gli occhi di lei erano velati di lacrime.

«Va bene, non succederà. Te lo prometto.»

In silenzio, radunarono le loro cose e furono pronti a partire.

Il confine con il Regno della Primavera era segnato in modo brusco: il camminamento si interrompeva di colpo, sbarrato da una pedana di legno che poteva essere alzata e abbassata a comando. Era presidiata da due Combattenti e un Guardiano di frontiera, e chiunque volesse attraversarla doveva presentare un lasciapassare e scoprirsi la testa. Saiph e Talitha li scorsero in lontananza, e fecero appena in tempo a ritrarsi prima della curva del tunnel senza essere visti.

Pensarono di varcare il confine passando dall'esterno, esattamente come avevano fatto per eludere i Guardiani all'uscita di Messe. Ma i rami che costeggiavano il camminamento principale sporgevano nel vuoto, troncati di netto da colpi di scure, e continuavano più avanti, ad almeno dieci braccia di distanza. Era impossibile pensare di saltare.

«Credi l'abbiano organizzato per noi, il presidio?» chiese Talitha.

«Temo di sì. Lanti aveva detto che il passaggio era libero, e infatti non ci sono garitte né segni di un presidio permanente. Sono qui per noi.»

Talitha appoggiò la testa all'intrico di rami. «E adesso che facciamo?»

Saiph tacque a lungo, poi tirò fuori la mappa. La srotolò si mise a studiarla.

Un carretto di legno carico di fieno passò di fianco a loro, costringendoli a spostarsi.

Talitha gli lanciò un'imprecazione, mentre si appiattiva contro la parete del camminamento per non essere travolta. Saiph invece rimase a guardarlo assorto, finché non sparì dietro la curva.

«Da queste parti dovrebbe esserci una locanda» disse indicando un punto vicino al confine. «Dovremo ricongiungerci a una strada più frequentata per raggiungerla, ma correremo il rischio. Lì sostano i carri con le merci prima di raggiungere la Dogana. Forse mi è venuta un'idea...»

Il carro bianco pieno di tessuti, trainato da due draghi di terra, giunse sotto la Dogana, un arco in legno affiancato da un paio di garitte con dentro due soldati. Non erano i soli: c'erano anche tre Guardiani e tre Combattenti. Il mercante si stupì. Faceva avanti e indietro dalla sua fabbrica di tessuti, a Minica, quattro volte l'anno e, certo, c'era sempre la Dogana quando giungeva al confine tra i Regni, ma un simile spiegamento di forze non l'aveva mai visto. Se ne chiese il perché, poi ricordò i racconti alla locanda, la sera prima.

"E questo schiavo, insomma, ha rapito la figlia del conte di Messe, ed è fuggito incendiando il monastero!"

"Non ci posso credere!"

"Ti giuro che è così! Il conte l'ha cercato in tutta Messe per tre giorni interi, ha messo la città a ferro e fuoco, ci sono stati rastrellamenti di schiavi, torture ed esecuzioni sommarie, ma niente. Peraltro, dicono che la città adesso sia sull'orlo della guerra civile, perché quel maledetto schiavo è diventato una specie di eroe!"

"Ossia?"

"Ossia gli altri Femtiti lo difendono, l'hanno persino aiutato a fuggire da Messe. Lo considerano un simbolo della ribellione, e non è altro che un volgare stupratore, capite?"

Il mercante veniva da Neviri, e in effetti anche lì si respirava un'aria pesante. La notte vigeva il coprifuoco, e la tensione era palpabile. Guardò la porta, e vide l'avviso di taglia. Si stupì davanti al volto del ricercato: era poco più di un ragazzo, e a parte una certa fierezza nello sguardo, sembrava innocuo. Scrollò le spalle: poco male, quelli erano affari del conte di Messe e della regina Aruna. Lui veniva dal Regno della Primavera, e lì avevano ben altro a cui pensare: c'erano state ulteriori alluvioni nell'Est, e il tempo non sembrava migliorare.

Fu il suo turno.

«I documenti» disse secco il soldato.

Il mercante frugò nel tascapane e tirò fuori le carte di transito.

Le tre Combattenti saltarono sul carro mentre il soldato esaminava il lasciapassare.

«Ehi! Che state facendo?» protestò l'uomo.

«Ordini della regina» spiegò un Guardiano.

«Io sono una persona rispettabile, cosa sono questi modi? Le mie stoffe vestono la regina in persona!»

Le Combattenti non si fecero intimidire, e continuarono a frugare nel carro.

«Anche la regina in persona subirebbe una perquisizione, se chiedesse di passare la frontiera. Gli ordini sono questi: tutti devono essere identificati» ribatté il Guardiano.

Il mercante sembrava costernato. «Ma tutto per quell'avanzo di galera?» e indicò il cartello con la taglia. «Mi sembra assurdo che per un problema locale si arrechino simili disturbi agli onesti mercanti a leghe di distanza.»

Il soldato gli riconsegnò il documento. «Non è più un problema locale: a Messe non è stato trovato, ora lo si cerca in tutta Talaria.»

Le Combattenti saltarono giù dal carro, guardarono il soldato e fecero un cenno di assenso col capo. Questi a sua volta fece segno al mercante che poteva andare. La pedana venne calata, e il carro procedette. Il mercante ci rimuginò su per un bel po', infastidito da quel contrattempo che gli aveva fatto perdere tempo prezioso, ma ben presto il pensiero dei buoni affari che aveva concluso lo rimise di buon umore. Così non si accorse del lieve sussulto che il suo carro ebbe a un tratto. I draghi, chissà perché, subito dopo aumentarono un po' l'andatura.

Talitha si massaggiò la spalla. Era stato atroce. Si erano legati agli assali del carro e, mentre procedevano, la terra era a un nulla dalle loro schiene. Ma peggio ancora era stato il modo in cui il viaggio si era concluso. Saiph a un tratto si era guardato attorno.

«Qui va bene» aveva detto, e aveva slacciato le corde che li tenevano legati. Si erano abbattuti al suolo strusciando per un paio di braccia.

Saiph le porse una mano. «Tutto a posto?»

Lei lo guardò imbronciata, tirandosi su a fatica. «A volte ti invidio: in occasioni come questa anch'io vorrei non provare dolore...»

Il camminamento su cui si trovavano non sembrava così diverso da quello che si erano lasciati alle spalle. Cambiava solo il Talareth che lo costituiva: le foglie erano più ampie e di un verde più squillante, la corteccia più scura, macchiata qua e là dall'argento del muschio. Talitha lo riconobbe: era la specie che aveva visto a Larea, pochi mesi prima.

«Siamo passati!» esclamò, con gli occhi colmi di gioia.

«Già.» Saiph aprì il tascapane, ne trasse i mantelli e indossò il proprio. «Andremo verso i monti, come stabilito.»

Talitha annuì. Era confusa. Sebbene non fosse stato altro che un semplice confine, le sembrava che il passaggio al Regno della Primavera simboleggiasse qualcosa di più profondo. Erano fuori dal dominio diretto di suo padre, erano soli in terra straniera. E nonostante i discorsi dei soldati avessero chiarito al di là di ogni ragionevole dubbio di quale caccia all'uomo erano oggetto, le sembrava che lì fossero più sicuri. E poi faceva più fresco, e in cielo c'era una vista che credeva di aver dimenticato: attraverso l'intrico dei rami si distingueva il bianco delle nuvole. Si mise anche lei il mantello, abbassò il cappuccio sul volto, e fu pronta a riprendere la marcia.

## 27

Iniziarono l'ascesa dei Monti del Tramonto il giorno successivo. Il paesaggio intorno si era fatto più aspro, e mentre avanzavano notarono che anche il camminamento pian piano si trasformava: da un lato si affacciava sul vuoto, mentre dall'altro era abbarbicato alla roccia. I Talareth che lo delimitavano, più esili e meno rigogliosi di quelli che crescevano nel Regno della Primavera, erano avvinghiati tenacemente alle pareti della montagna. A volte sporgevano sotto i loro piedi e sorreggevano le pedane di legno, altre si trovavano sospesi sopra le teste, e allora la strada era assicurata ai rami tramite robuste corde.

Il primo tratto fu agevole. Il camminamento era stretto e tortuoso, ma a parte alcuni tornanti lievemente ripidi, la pendenza non era eccessiva e per un po' procedettero senza difficoltà.

L'intrico di rami ogni tanto si faceva meno fitto e lasciava scorgere frammenti di cielo. Era attraversato da nuvole bianchissime, che offrivano uno straordinario spettacolo addensandosi in forme imprevedibili. Ben presto, però, il caldo divenne opprimente, soprattutto perché si sposava a una fastidiosa umidità. Saiph e Talitha si ritrovarono con i mantelli appiccicati addosso dal sudore e dovettero toglierli.

«Non faceva così caldo, quando sono venuta al matrimonio di mia cugina. E i libri che ho studiato descrivevano questa zona vicino alla montagna come molto più gradevole» osservò Talitha.

«Lo era, infatti. Il Regno della Primavera era rinomato per il suo clima mite e soleggiato. Ci venivano in viaggio di piacere i re del Regno dell'Inverno, e anche le nostre regine, quando il caldo a Messe si faceva troppo soffocante» disse Saiph.

Talitha alzò istintivamente gli occhi allo squarcio di cielo visibile dalla sua posizione. Le sembrava quasi che Cetus la stesse guardando e volesse colpirla con il suo calore per impedirle di proseguire il viaggio.

L'afa la stava affaticando sempre più, per cui cercò un po' di brezza sporgendo il viso oltre le pareti del camminamento. Fu allora che li vide: i piedi dei monti che stavano risalendo erano lambiti da vastissimi acquitrini, che alla luce bianca filtrata dalle nubi rilucevano come pozze di metallo fuso. Ecco il perché di tutta quell'umidità. Qua e là spuntavano dall'acqua resti semisommersi di Talareth, alcuni con le chiome ancora intatte, che emergevano come vascelli naufragati in un mare d'argento, altri ormai ridotti a rami marcescenti, prossimi alla decomposizione.

Talitha sentì il cuore tremare. «Vieni a vedere» disse a Saiph.

Il ragazzo le andò vicino e rimase in silenzio, percorrendo con lo sguardo il panorama da un capo all'altro.

«Sono le alluvioni» disse poi con voce seria.

«Pensi che sia sempre a causa di Cetus?»

Saiph si limitò ad annuire.

Talitha alzò gli occhi. Sopra di lei, il bianco era interrotto a tratti da lunghe scie grigie, come un mare latteo increspato dalle onde. La forza che li stava distruggendo era lì dietro.

*Una forza capace di sommergere intere città... Come posso io fermarla?*

Scosse la testa e proseguì la salita, lo sguardo sfacciatamente rivolto al rettangolo di cielo scoperto.

Al secondo giorno di viaggio il camminamento si fece improvvisamente più ripido, e procedere divenne molto più faticoso. In diversi punti la strada era sconnessa, e un paio di volte dovettero avanzare rasente la roccia, perché alcune assi erano completamente sfondate. A un tratto però si trovarono di fronte una vera e propria voragine. Tutte le assi erano crollate, come se fossero state risucchiate nel vuoto, ed erano rimaste solo le corde che un tempo le sorreggevano. La pedana riprendeva intatta oltre l'abisso, ma era molto distante.

Talitha si sporse a guardare: uno strapiombo di cui faticava a vedere la fine si apriva sotto di lei come una bocca pronta a divorarla, irta di pinnacoli e spuntoni rocciosi.

Quella vista le diede un senso di vertigine e la costrinse a distogliere lo sguardo.

«Vado io per primo» si impose Saiph, intuendo il suo disagio.

«La vuoi piantare? Sono un cadetto, una ladra e adesso anche un'assassina» protestò Talitha. «Non ho paura di affrontare...»

Ma Saiph era già andato. Mise il primo piede sulla corda, quindi premette il corpo contro la roccia, le braccia allargate per aderire meglio alla parete. Avanzò cauto con l'altro piede, e la corda dondolò con un cigolio sinistro.

«È tutto a posto, tutto a posto» gridò per rassicurare Talitha. Era pallido come un cencio, la fronte imperlata di sudore, ma cercava di mantenere uno sguardo saldo e sicuro. «Aspetta che sia arrivato di là, e poi passi tu.»

Talitha lo vide avanzare a passi brevissimi, e seguì il movimento di ogni suo singolo muscolo con il cuore in gola.

Riuscì a riprendere a respirare solo quando lo vide dall'altra parte.

«Bene, puoi farcela» gridò Saiph. «Avanza piano, appoggiati completamente alla roccia e soprattutto non guardare in basso.»

Talitha annuì, obbediente come mai era stata in vita sua. Poggiò il piede sulla corda e cercò di premere il corpo contro la parete. Un passo, e la fune ondeggiò paurosamente. Le scappò un urlo.

«Schiacciati contro la roccia!» strillò Saiph.

Talitha si appiattì ancora di più, ma un terrore folle le stringeva le viscere.

«Devi stare tranquilla. Fai un bel respiro e vai avanti» la incitò lui.

«Piano, piano...» iniziò a ripetersi Talitha, mentre avanzava quasi impercettibilmente.

«Stai andando benissimo» le disse Saiph, ma la sua voce le giungeva lontana, quasi ovattata attraverso i sensi ottenebrati dalla paura.

A metà strada, vinta dalla stanchezza che le stava paralizzando i muscoli, si distrasse: fu solo un breve istante, ma bastò a farle scivolare un piede. Nel tentativo di riportarsi sulla corda, guardò in basso. Era sopra la voragine. Come in un disegno mostruoso, sotto di lei andarono delineandosi braccia e braccia di roccia e spuntoni aguzzi, e infine il luccicante nero dell'erba.

Urlò tutto il proprio orrore, aggrappandosi disperatamente alla roccia.

«Non guardare! Non guardare, Talitha!» cercò di calmarla Saiph.

Ma lei non si muoveva più, paralizzata dal panico.

«Non mollare proprio adesso. Sei a metà strada, ti prego.»

«No-non ce la faccio... non ce la faccio» balbettò Talitha, la voce strozzata.

Saiph prese a sudare, in preda all'agitazione. «Vieni avanti... Fidati di me» disse, fingendosi calmo.

«Non posso staccare le mani!»

«L'hai già fatto, devi solo continuare così!»

Talitha trasse un respiro profondo e riprese ad avanzare pianissimo. Provò a tenere gli occhi chiusi.

«No, se chiudi gli occhi è peggio. Guarda me.»

Talitha aprì piano una palpebra, poi l'altra. Vide Saiph che le sorrideva, tendendo le mani verso di lei.

Sentì il nodo allo stomaco sciogliersi piano. Avanzò lentamente, le palme così sudate che lasciavano il segno sulla roccia. Un passo, ancora uno, e un altro ancora. Alla fine fece un salto e atterrò tra le braccia di Saiph. Lo strinse forte, fuori di sé dalla gioia. Ce l'aveva fatta, ce l'aveva fatta davvero.

«Sei stata bravissima» mormorò lui.

Talitha lo guardò con alterigia, sciogliendosi immediatamente dall'abbraccio. «È stato un gioco da ragazzi» disse alzando le spalle.

Saiph scoppiò in una risata.

Il camminamento peggiorava via via che proseguivano. La pendenza diventava sempre più faticosa, e alla sera Talitha aveva le gambe doloranti.

Ben presto cominciò a fare freddo. Se di giorno era l'afa a tormentarli, di notte la temperatura scendeva e intorpidiva le membra, aumentando il senso di spossatezza accumulato durante la giornata.

Iniziarono anche le piogge. Si scatenavano all'improvviso, in scrosci violenti che non si preannunciavano se non con un repentino abbassamento della luminosità nel cielo. I mantelli si impregnavano d'acqua e diventavano una tortura. Di notte li sfilavano, anche se le raffiche di vento sciabolavano in ogni direzione, e li appendevano ai rami per farli asciugare quando la pioggia concedeva una tregua.

Una notte Saiph prese a tremare visibilmente. Talitha capì che dovevano assolutamente procurarsi qualcosa con cui coprirsi.

«Queste sono zone desolate, ci sono pochissimi villaggi» obiettò lui.

«Dobbiamo almeno provarci. Non stai affatto bene, e in più abbiamo bisogno di viveri» replicò Talitha. Puntò il dito sulla mappa e indicò un villaggio sperduto nel mezzo dei Monti del Tramonto. Si aggiustò la spada sulle spalle, e partirono.

Il villaggio si trovava ai margini di una cascata impetuosa, che si tuffava in un piccolo lago dopo un salto mozzafiato. Dalle rocce sbucavano i resti semidistrutti di un sistema di canalizzazione, una sorta di acquedotto che un tempo doveva convogliare l'acqua dalla cascata al centro abitato.

Le case, non più di una ventina, erano abbarbicate al fianco della montagna e somigliavano a uccelli sul punto di gettarsi nel vuoto per il primo volo. Il Talareth che le proteggeva sembrava quasi una prominenza della roccia stessa, tanto le radici l'avevano spaccata infiltrandosi a fondo tra le crepe. La chioma si sviluppava tutta lateralmente, sospesa nel vuoto accanto alla cascata. Le case sorgevano tra radice e radice, come piccole escrescenze vegetali, ed erano collegate tramite impervie scalette di metallo. Era un paesaggio suggestivo e unico, ma né Saiph né Talitha erano in vena di apprezzare il panorama.

Il camminamento non arrivava direttamente al villaggio, ma lo raggiungeva tramite una diramazione laterale che si estendeva tutta all'ombra del Talareth.

Esitarono un istante davanti alla passerella: era stretta e traballante, e soprattutto era l'unica via di ingresso e di uscita dal villaggio. Se qualcuno avesse teso loro un'imboscata, non avrebbero avuto molte vie di fuga.

Talitha stava per fare il primo passo, ma Saiph la trattenne. «Non mi piace questo posto» mormorò.

«Dobbiamo andare, ci servono cibo e coperte» replicò lei.

Mise il piede sulla passerella e la percorse agilmente. Dopo l'esperienza della corda sospesa nel vuoto, aveva capito che la strategia per affrontare percorsi del genere era quella di essere il più rapidi possibile. Più tempo si passava là sopra, più l'ansia cresceva e più impellente si faceva il desiderio di guardare di sotto.

Quando fu al sicuro sull'altro lato del camminamento, fece cenno a Saiph di seguirla.

Il villaggio sembrava abitato dai fantasmi. Talitha avvertì un brivido lungo la schiena, ma si obbligò a proseguire. Teneva la mano sull'elsa della spada, pronta, mentre Saiph stringeva il pugnale.

Si avvicinarono a una porta, e Talitha appoggiò l'orecchio al legno. Nessun rumore. Girò attorno alla costruzione, vide un'imposta accostata. Si fece più da presso e gettò uno sguardo rapido all'interno. Il buio più completo. Scostò piano l'imposta, quindi sgusciò dentro. La luce che penetrava dall'esterno mostrava un ambiente spoglio e austero. C'erano solo un focolare annerito, dal quale pendeva una pignatta incrostata, un tavolo senza sedie e una credenza fatiscente, i vetri velati di polvere.

Una porta conduceva a una stanza adiacente. Si intravedevano due letti in legno e l'angolo di quella che sembrava una cassapanca. Tutto, in quel luogo, parlava di abbandono.

Talitha andò verso la cassapanca e l'aprì. Dentro, erano piegate vecchie lenzuola, vestiti da uomo pieni di buchi e, in fondo, una coperta di lana rossa. Non era messa molto meglio, ma era ancora buona per riscaldarsi. La arrotolò più stretta che poté, quindi la incastrò nella tracolla del tascapane.

«Chissà cos'è successo a questo posto» disse piano, guardandosi attorno.

«Quel che sta accadendo a tutta Talaria... a tutta Nashira» rispose Saiph.

Talitha passò nella stanza accanto, frugò nella dispensa. Non trovò niente.

«Io direi di provare a vedere anche nelle altre case» suggerì Saiph uscendo attraverso la porta. «Magari è rimasto...»

Non finì la frase e scomparve improvvisamente alla vista.

«Saiph!» gridò Talitha. Sguainare la spada e saltare fuori furono un'unica cosa. Davanti alla porta, Saiph giaceva prono. Una figura marrone era inginocchiata sulla sua schiena, e aveva già iniziato a legargli le mani.

Talitha puntò la spada in posizione d'attacco, ma la Combattente saltò, mise i piedi sulla lama e la schiacciò a terra, facendole perdere la presa. Poi ruotò su se stessa, e per un soffio Talitha riuscì a tirarsi indietro ed evitare un calcio alla mascella.

La Combattente si accovacciò tra lei e Saiph, pronta a un nuovo attacco. Scattò in avanti, ma Saiph riuscì ad afferrarla per una caviglia. La guerriera, sbilanciata, cadde a terra urtando il mento. Neppure un lamento emerse dalla maschera, però rimase lì intontita per qualche secondo.

Saiph la scavalcò. «Corri!» gridò. Ma già Talitha sfrecciava via come un fulmine.

Videro la passerella davanti a loro, un miraggio vicinissimo e lontanissimo allo stesso tempo. D'un tratto un'ombra oscurò la visuale, e la Combattente balzò sulla pedana. Rimase immobile, il respiro calmo, regolare.

L'attenzione di Talitha fu catturata da qualcosa, un luccichio vago nella mano della guerriera. Teneva stretto un frammento di vetro.

«No!» urlò Saiph dietro di lei.

La Combattente abbassò il braccio, saltò e affondò il vetro nella corda che sorreggeva la passerella. Come in un incubo, questa si afflosciò nel vuoto, ondeggiò e infine rimase inerte. Erano bloccati.

La Combattente era lì davanti, e con un gesto plateale gettò a terra il frammento di vetro. Un agile slancio e spiccò un salto verso di loro. Talitha capì in un lampo che la sua vita si giocava in quell'istante. Non poteva difendersi in alcun modo. Decise nello spazio di un respiro: afferrò Saiph per una mano e fuggì in direzione opposta a quella della loro nemica.

Corse, corse disperata, recuperò al volo la spada che giaceva davanti alla casa dove erano stati sorpresi e raggiunse infine il limite estremo del villaggio. Dietro di lei, Saiph la seguiva ansimante. Talitha sentì i passi della guerriera sulla roccia, le parve di cogliere il tendersi dei suoi muscoli, lo scricchiolio delle articolazioni che caricavano il salto. Non si fermò, guardò dritto davanti a sé.

«Fidati di me!» urlò a squarciagola. Strinse con violenza il braccio di Saiph e spiccò un balzo nel vuoto, verso la cascata. Confusamente sentì Saiph urlare, mentre le prime gocce iniziavano a schizzarle il viso. Le sembrò di volare, e per un istante credette di poter restare sospesa, tra acqua e aria, in eterno, e un senso di onnipotenza la riempì. Poi, il richiamo violento dell'abisso.

# 28

Saiph si svegliò di soprassalto. Aprì gli occhi e si guardò intorno: una finestra, un tavolo, un letto. Un profumo gradevole nell'aria. Sentì il tessuto ruvido di una coperta sulla pelle. Non riconosceva nulla di quel posto. Dov'era finito?

«Talitha!» gridò.

«Buongiorno» gli rispose lei, appoggiando sul tavolo il cucchiaio con cui stava rimestando il minestrone e avvicinandosi al letto. «Stai un po' meglio» disse tastandogli la fronte. «Mi hai fatto preoccupare, stupido schiavo.»

«Che mi è successo?» chiese Saiph, smarrito.

Talitha lo guardò interdetta. «Davvero non ricordi nulla?»

Saiph si sforzò, ma l'ultima cosa che ricordava era l'impatto con l'acqua e la mancanza d'aria, bruciante, intollerabile.

«Ho usato un incantesimo di Levitazione. Siamo caduti nella cascata, ma siamo riusciti a sopravvivere.»

Talitha proseguì col racconto. Per un tratto avevano proceduto in acqua, poi, quando si era sentita abbastanza sicura, lottando contro la corrente erano emersi, e a fatica si erano trascinati verso la riva. Erano capitati lungo le sponde di un piccolo villaggio addormentato.

«E la Combattente?»

«Non lo so, e non lo voglio sapere. Spero ci creda morti, e in effetti non c'è mancato molto.»

Erano rimasti lì sotto, nascosti dietro il muro di una casa abbandonata, per tutta la notte.

«Tu già scottavi, ma eri ancora cosciente.»

Saiph ricordava vagamente qualcosa, ma tutto aveva la consistenza incerta dei sogni.

Il torrente li aveva portati a nord, e poco prima dell'alba si erano trascinati verso un camminamento. Avevano proceduto così, finché non si erano imbattuti in una locanda abbandonata, dove Saiph era svenuto.

«Ti ho portato qui dentro e ti ho messo a riposo e al caldo. Sembra abbia funzionato. Come ti senti?»

«Faccio fatica a muovermi.»

«In ogni caso non sei più così caldo, e spero che il minestrone ti rimetterà in sesto almeno un po'.»

Talitha gliene servì una ciotola, che Saiph sorbì in un sorso.

«Comunque, ho dimenticato di darti la notizia più importante» disse ritirando la ciotola vuota. «Guarda fuori dalla finestra.»

Attraverso i vetri rotti, occhieggiavano foglie di un rosso acceso.

«No...» mormorò Saiph incredulo.

Talitha sorrise. «Credo sia successo quando siamo stati trascinati dalla corrente. Siamo nel Regno dell'Autunno, Saiph!»

«Non potevi svegliarmi con una notizia migliore» disse lui.

«Ora devi pensare a riprenderti» disse Talitha tornando al calderone che sobbolliva sul fuoco. «Mangiane ancora. È un po' annacquato, ma ti farà bene.»

Consumarono il pasto in silenzio. Saiph guardava di sottecchi Talitha, sentiva che gli stava nascondendo qualcosa.

«Alepha dista meno di un giorno di viaggio» annunciò lei dopo aver finito la sua razione. «È arrivato il momento. Tra poco esaudiremo il desiderio di Lebitha, e incontreremo l'eretico.» Pronunciò quell'ultima frase con la voce che quasi tremava, come se la notizia fosse troppo bella e troppo grande per contenerla in poche parole.

«Sto meglio» dichiarò Saiph «e domani potremo partire.»

Talitha lo bloccò. «No, tu non sei ancora in grado di viaggiare, dovrai rimanere a riposo almeno un altro giorno. I viveri però sono finiti, e io ho perso la Pietra dell'Aria nella cascata. Devo assolutamente procurarmene una nuova. Potremmo averne bisogno per respirare, e anche nel caso dovessi ricorrere alla magia.»

«Che intendi dire?»

«Che andrò ad Alepha da sola.»

Saiph la guardò a lungo, in silenzio.

«È troppo pericoloso» sussurrò alla fine.

«Ti sbagli. Perché è la *tua* faccia che sta sui manifesti, è *te* che stanno cercando. Qui io non sono nessuno.»

«Hai bisogno di qualcuno che ti dia una mano» insorse lui cercando di mettersi in piedi, ma crollò sulle gambe e cadde a terra.

«Lo vedi?» disse Talitha aiutandolo a rialzarsi. «Non sei ancora in grado di muoverti. Lasciami andare, fidati. Camminando di buon passo potrei essere ad Alepha per il primo pomeriggio.»

«Potremmo procurarci una Pietra prendendola dai camminamenti» disse Saiph.

Talitha spalancò la bocca. «Sei diventato pazzo? Rubare la Pietra dell'Aria dai camminamenti è un crimine punibile con la morte.»

Saiph sorrise. «Io sono accusato di incendio, omicidio, rapimento e un'altra dozzina di reati.»

«Non è solo questo» disse Talitha. «Le sacerdotesse hanno imposto una magia di controllo sulle Pietre dei camminamenti. È per questo che nessuno si azzarda a rubarle. Se ne prendessimo una, tutte le Oranti saprebbero immediatamente dove siamo. Lo percepirebbero.»

«Va bene, ci serve un'altra Pietra. Ma almeno promettimi che non cercherai l'eretico. È rischioso, non puoi farlo da sola.»

«E infatti non lo farò. Però devo sapere dove si trova la sua prigione, com'è fatta, come ci si può entrare.»

«Sono d'accordo, ed è per questo...»

«... che serve un sopralluogo ad Alepha, durante il quale avrò anche modo di procurarmi del cibo e la Pietra.»

Saiph scosse la testa con veemenza. «È pericoloso e basta» sbottò. «Non ti sei mai mossa per la città da sola. Ci andremo insieme, al massimo domani, quando avrò recuperato le forze!» Saiph non alzava quasi mai la voce, e Talitha rimase stupita al suo grido. «È che lì... non posso proteggerti.» Si morse le labbra non appena l'ebbe detto, e abbassò lo sguardo arrossendo.

Lei, semplicemente, si alzò. «Prima di due giorni non sarai nelle condizioni di spostarti, e per curarti ho bisogno di cibo ed erbe medicinali. Quindi andrò, che tu lo voglia o no.»

Talitha seguì il camminamento per tutta la mattinata. Un tempo quella via doveva essere molto importante, un grosso snodo di comunicazione per la ricca città di Alepha, ma adesso era ridotta a un rudere. Alcuni cristalli di Pietra dell'Aria erano del tutto spenti, e nessuno aveva provveduto a sostituirli. Aveva portato sulle spalle la Spada di Verba per tutto il viaggio da quando erano fuggiti dal monastero, e così alla fine aveva smesso di far caso a quanto pesasse. Ora, con l'unica compagnia del pugnale infilato nello stivale, si sentiva forse meno sicura, ma di certo anche meno affaticata.

Era la prima volta che si muoveva da sola, e la cosa la riempiva di una curiosa euforia. Non era mai stata nel Regno dell'Autunno: quando andava così lontano, suo padre non la portava mai con sé.

Era al massimo l'ora nona quando finalmente il camminamento sbucò in una strada più agevole. Non c'erano più rami contorti a ostacolare il passo, e le Pietre dell'Aria brillavano fulgide. Talitha cominciò a incontrare altri viandanti che percorrevano la via, sempre più numerosi a mano a mano che si avvicinava alla città.

Infine, la strada si allargò, e per un breve istante Alepha fu visibile in tutto il suo splendore. Circondata da una corona di monti di roccia tra il grigio e il rosa, le cime incappucciate di neve, era adagiata in una conca, quasi stretta d'assedio dalla pietra. Non si sviluppava all'ombra di un singolo Talareth, ma di una decina di alberi più piccoli. Erano abbarbicati alle pendici dei monti e si protendevano verso il vuoto, le radici tenacemente attaccate alla roccia, i tronchi contorti, come tesi nello sforzo supremo di restare ancorati a terra. Le chiome, composte da grandi foglie lobate, formavano una cupola variopinta: c'erano il giallo più acceso, il marrone stinto, il rosso vivo e l'arancione. Sembrava una tavolozza sulla quale un artista si fosse divertito a gettare gocce di colore, che in parte si erano mischiate, in parte avevano mantenuto la loro purezza originaria.

Le chiome non riuscivano però a coprire l'intera estensione della valle, e lasciavano scoperta una regione centrale, occupata da un lago cristallino. Talitha rimase a bocca aperta, perché non credeva che l'azzurro si potesse declinare in così tante sfumature. C'erano zone quasi verdi, brillanti, altre di un blu intenso. Il centro tendeva a un azzurro purissimo, venato di riflessi quasi neri, e la cosa più impressionante era che anche lì si riusciva a vedere il fondale, che pure doveva essere assai profondo. Tra le mille increspature della superficie, i massi del fondo tremolavano come animali spaventati. Era ancora più bello del lago di Larea, più bello di qualsiasi cosa Talitha avesse mai visto.

Urtò un passante, e fu come ritornare da un sogno.

«Scusate» disse.

Bastò quel breve incidente a metterle addosso l'ansia di essere scoperta. Affondò il volto nel cappuccio, tirandoselo sulla fronte con una mano. Aveva urtato una donna imponente, i grossi seni a stento trattenuti da una casacca di stoffa pesante, a maniche lunghe.

«È la prima volta che vieni ad Alepha?» le chiese. Talitha annuì e quella sorrise. «E allora sei scusata, ma se vuoi guardare meglio senza dar fastidio a chi passa, ti consiglio di spostarti dal centro della strada.» Quindi le fece un cenno di saluto con la mano e riprese il suo cammino.

Talitha trasse un sospiro di sollievo. *Devi stare all'erta*, si rimproverò.

Il camminamento terminava sul fianco della montagna. Lì, i rami dei Talareth erano stati mirabilmente intrecciati a formare l'arco perfetto di una porta a tutto tondo, e seguivano un fregio geometrico dalle forme così precise che sembrava impossibile fosse fatto di legno vivo, e non fosse invece opera di un esperto ebanista. Ma Talitha ebbe poco tempo per perdersi nella contemplazione, perché due Guardiani sorvegliavano la porta. Improvvisamente sentì il cuore batterle a mille, ancor più quando notò diversi bandi di taglie appesi ai lati dell'ingresso. Erano distanti, e non riusciva a distinguere i volti dei ricercati, ma sentiva che da qualche parte lì in mezzo doveva esserci anche Saiph.

*Calma,* si disse. *Passa come se niente fosse.*

Avanzò. I controlli all'ingresso erano casuali: c'era un traffico sostenuto, evidentemente Alepha era una città importante ed era impossibile ispezionare tutti senza bloccare la circolazione. Si affiancò a un tizio che aveva con sé una gabbia con dentro alcuni uccelli dalle piume verde scuro, otricoli per la tavola di qualche ricco signore. I Guardiani a malapena li degnarono di uno sguardo. Talitha esultò, ma si sforzò di mantenere la stessa andatura e la testa china. Dovette però fermarsi dopo una decina di passi. Il largo camminamento lasciava il posto a una ripida scaletta di legno. A coprirne le pareti, liane intrecciate.

Lo spazio era angusto, e bisognava camminare uno dietro l'altro. Talitha lasciò passare l'uomo con gli otricoli, quindi si mise sulla sua scia.

Alepha era stata saccheggiata durante l'Antica Guerra, e i Talariti ricordavano il fatto come una grande impresa, perché fino a quel momento la città era stata denominata l'Imprendibile, proprio per la sua posizione e per le rampe di accesso scarse e tortuose.

Una volta scesa la scala, finalmente si apriva la città vera e propria. Si sviluppava per anelli concentrici, ciascuno dominato da un largo viale connesso agli altri da una fitta rete di vicoli. C'erano cinque anelli, e ognuno era delimitato da mura; si accedeva agli anelli contigui tramite ampie porte scolpite nella pietra rosata di cui erano costituite le montagne lì attorno.

Talitha rimase per qualche istante immobile a studiare il posto: qual era il punto migliore per un carcere? A Messe le prigioni si trovavano in un edificio attiguo a quello della Guardia, forse era così anche lì. Ma l'edificio della Guardia qual era?

Individuò una costruzione massiccia, nel quarto anello, il cui stile architettonico le ricordava il Palazzo della Guardia di Messe. Una fitta di nostalgia le strinse il cuore. Doveva essere quello. Si fissò in mente la posizione, quindi iniziò a scendere le scale che conducevano alla città.

Sembrava di essere in una versione più estesa della Cittadella di Messe: gli edifici erano tutti in pietra, molti erano decorati da fregi rosati e avevano finestre perfettamente rotonde. Le strade erano lastricate di pietre lisce e tondeggianti, in un mosaico che comprendeva le più varie tonalità del grigio e del rosa. Non era comodissimo camminarci sopra perché, sebbene levigate dai passi delle molte generazioni che le avevano calcate, erano qua e là sconnesse e si rischiava di inciampare.

Anche le case degli anelli esterni erano di pietre colorate. Tutta la città aveva un aspetto imprevedibile e multiforme, e il viandante finiva catturato da quell'insolita composizione.

Procedendo verso gli anelli più interni, però, appariva una nuova caratteristica: le facciate di alcuni palazzi erano coperte di calce, e sopra il bianco erano disegnati splendidi affreschi. Per la maggior parte raccontavano storie di dei, e Van, la divinità protettrice di quel regno, era l'assoluto protagonista. Ma venivano anche rappresentate imprese di guerra, o semplici vicende delle famiglie cui quelle residenze appartenevano. Talitha si perse a contemplarle, perché dalle sue parti non c'era niente di simile. Si riscosse solo quando un lungo brivido di freddo la fece stringere nel mantello.

Si guardò attorno: la gente non era vestita in modo particolarmente pesante. In effetti, il clima non differiva molto da quello del Regno della Primavera, sebbene ci fosse un po' di nebbia.

Squadrò a lungo la folla prima di individuare chi faceva al caso suo. Quando finalmente trovò il coraggio, fermò un ragazzino talarita. La pelle scura, gli occhi di un verde cupo, doveva avere sui dieci anni e filava spedito lungo la strada.

«Scusa, sapresti dirmi dove posso trovare un mercato?» gli chiese, cercando di non farsi notare dagli altri passanti. «Ho bisogno di erbe medicinali, vestiti e cibo.»

Il bambino non dovette neppure pensarci. «Va' al mercato sul quinto anello, c'è di tutto. Prendi quella via e ci arrivi.»

Talitha lo ringraziò con un sorriso, poi si calcò più a fondo il cappuccio sulla testa e infilò il vicolo che le era stato indicato.

Una manciata di minuti e il vociare si fece più intenso, mentre l'aria si riempiva di profumi inebrianti. C'era odore di spezie, di carne e pesce, c'era profumo di frutta. Svoltò un angolo e seppe di essere arrivata.

Lungo il percorso curvo di un'ampia strada, tra ali di alti palazzi in pietra, tra i quali erano stesi lunghi fili pieni di panni appena lavati, si snodava una schiera di bancarelle. Coperte da teloni colorati, si disputavano il poco spazio della strada, e lasciavano libero per il percorso solo il tratto centrale, largo non più di due o tre braccia. La gente ci si accalcava indaffarata, Femtiti per lo più, ma anche Talariti in viaggio. Talitha notò parecchi sacerdoti vestiti di lunghi sai marrone stretti in vita da un cordone di canapa; avevano il capo rasato, a parte una striscia di capelli tinti di giallo al centro del cranio. Anche se non ne aveva mai visti prima, capì subito chi erano: sacerdoti appartenenti all'Ordine degli Umili. Al loro fianco, spesso c'erano i novizi; a volte poco più che bambini, si riconoscevano perché i loro sai erano chiari, di tela grezza. Le fecero un curioso effetto: era così abituata al mondo esclusivamente femminile del monastero, che quella gente non le suscitava un moto di paura e ripulsa, come sarebbe accaduto invece alla vista di una sacerdotessa. Al tempo stesso le sembravano come fuori posto, troppo miti e semplici per avere a che fare con i lati oscuri della religione.

Si avvolse ancor più nel mantello e tirò dritto.

In un passato non troppo remoto, quello era stato probabilmente un luogo di meraviglie. L'intera strada era tappezzata da botteghe di vario genere, molte delle quali esponevano bancarelle coperte da teli variopinti. Diverse porte erano però sprangate, e l'aspetto generale della strada era quello di una bocca sdentata: alle bancarelle si alternavano mura scrostate e porte di legno marcio. Anche i banchi che esponevano le merci avevano qualcosa di triste; a dispetto dell'ampiezza, contenevano una quantità esigua di mercanzia. C'era del cibo conservato in barattoli di vetro, e abbondavano le spezie. Scarseggiavano invece la frutta e la verdura. Qualcuno vendeva anche carne e pesce, esposto in cassette refrigerate con il ghiaccio portato dal Regno dell'Inverno. Tutto però era difeso da grosse gabbie di legno. Le maglie erano fitte a sufficienza per far passare a stento una mano. Evidentemente i furti erano all'ordine del giorno, forse anche gli assalti. Una bottega chiusa mostrava una porta sfondata.

In ogni caso, dopo le ristrettezze del viaggio, Talitha si sentiva improvvisamente rinfrancata: non vedeva tanto cibo tutto insieme da quando aveva abbandonato il monastero. Aveva fame, come non ne aveva mai avuta. Tutto le sembrava gustoso e fragrante.

Si mosse tra le bancarelle cercando di scegliere con oculatezza cosa comprare. Aveva portato con sé solo parte del denaro di Lanti, e doveva bastarle anche per la Pietra dell'Aria. Prese della verdura e un po' di carne secca, assieme a quattro barattoli di legumi conservati. Comprò anche un paio di camicie pesanti, stipò tutto nel tascapane, quindi si avvicinò a una bancarella che vendeva erbe medicinali. La proprietaria era una vecchietta con pochi capelli e la bocca sdentata, fatta eccezione per uno degli incisivi inferiori, che spuntava dalla gengiva solitario e battagliero. Le sembrava innocua, e il velo bianco sulle sue pupille le faceva sospettare che fosse anche mezzo cieca.

Decise di fidarsi, e le descrisse i sintomi di Saiph.

«Non è niente di preoccupante, un'infreddatura o poco più» la rassicurò quella sputacchiando.

«Ma la febbre non gli è ancora passata.»

La vecchia ridacchiò. «Figlia mia, due giorni sono pochi per far passare un bel febbrone da drago!»

Le consegnò un sacchetto di erbe, dicendole di spalmarne un po' sul petto dell'ammalato in un cataplasma, e di dargli le altre da bere sotto forma di infuso. Talitha memorizzò tutte quelle informazioni.

Pagò, poi rimase per qualche istante lì davanti, immobile, a tormentarsi un labbro. Prese coraggio.

«In verità, guarirebbe prima con un po' di magia...»

La vecchia corrugò la fronte. «Ci vuole un sacerdote, per quella.»

«E della Pietra dell'Aria.»

La vecchia divenne seria.

Talitha le si avvicinò, sfiorandole con le labbra la pelle

avvizzita dell'orecchio. «Ho bisogno di Pietra dell'Aria...»

L'anziana erborista rimase a lungo in silenzio. La Pietra dell'Aria non veniva mai venduta ai laici; erano le Piccole Madri e i Piccoli Padri a rifornirsene per i monasteri, e si occupavano poi di distribuirla a sacerdoti e sacerdotesse, che se ne servivano per le magie e i riti sacri, e alle autorità che ne gestivano l'utilizzo nei camminamenti. Talitha però sapeva che esisteva un commercio illegale di ciondoli di Pietra. Aveva assistito alla cattura di uno di quei mercanti, quando ancora era un cadetto.

La vecchia alzò su di lei il suo sguardo lattiginoso. «Perché vuoi metterti nei guai?»

«Io sono una sacerdotessa» disse Talitha. «Ma ho dei problemi... È troppo lungo da spiegare.»

La vecchia sospirò. «Nel quarto anello, nella zona ovest, c'è un uomo. Chiedi di Bleri.»

«Grazie, grazie infinite.»

«E stai attenta» aggiunse l'erborista prima di tornare alle sue faccende.

Trovare quel tizio non fu facile. Appena Talitha faceva il suo nome, la gente diventava evasiva e la guardava storto. Lei allora incassava la testa fra le spalle e cercava di coprire il volto col cappuccio. Fu costretta a chiedere per tre volte e, sebbene avesse ripiegato ancora su due ragazzini talariti e un servo, non si sentiva sicura. Da ultimo si rivolse a un tizio dalla faccia poco raccomandabile.

Quello ridacchiò. «Pietra dell'Aria di contrabbando, eh?» Talitha non rispose, e l'uomo la guardò malizioso. «Non ti preoccupare, non mi interessa che ci fai. Bleri vende collane in pietra. Lo trovi con la sua bancarella al prossimo incrocio, sotto l'altarino di Roweki. Di' che ti interessa il ciondolo di pietra rosa. Lui capirà.»

Talitha lo ringraziò e si allontanò in fretta, sentendosi un po' a disagio. Probabilmente era più al sicuro lì che altrove, tra gente che come lei aveva qualcosa da nascondere, ma aveva comunque paura.

Trovò Bleri esattamente dove le era stato detto. Era un vecchio Talarita magro e malandato, il cranio completamente calvo e deformato da strani bitorzoli. Gli mancava un braccio, e se ne stava seduto a terra, un telo lercio steso davanti con sopra una varietà di collanine.

Talitha si avvicinò piano e si finse interessata alla mercanzia. Non aveva idea di come affrontare l'argomento, voleva solo andarsene con la sua Pietra dell'Aria. Così, lo disse tutto d'un fiato: «Ne hai di pietra rosa?» Attese qualche secondo, poi trasalì leggermente; ricordò il pezzo mancante: «Vorrei un ciondolo. Un ciondolo di pietra rosa.»

Bleri non mutò espressione. Il suo volto rimase l'indecifrabile intrico di rughe che era, gli occhi affossati sotto il peso delle palpebre. Si sollevò a fatica, e fece mostra di inchinarsi davanti all'altarino. Talitha lo vide infilare rapidissimo la mano sotto la statua dell'Essenza. La fluidità e la precisione del gesto stonavano con il suo aspetto di vecchio decrepito. Caracollando, si rimise seduto, senza dire una parola. Stringeva qualcosa in mano.

Talitha si chinò alla sua altezza. «Be'?»

Lui sollevò lo sguardo. Sembrava fare un sforzo sovrumano nel tirar su le palpebre quel tanto che bastava a mostrare appena le pupille.

«Il denaro.»

Talitha frugò impacciata sotto il giustacuore. «Quanto?»

«Venti.» Le dita stavano già raccogliendo il dovuto, quando il vecchio aggiunse: «D'argento.»

Talitha si bloccò. «È uno sproposito.»

Bleri ghignò, scoprendo una chiostra di denti gialli e

cariati. «Sei una sacerdotessa, tu? Perché non vai in monastero a prenderne? Venti nephem d'argento o niente.»

Talitha sentì il cuore accelerare non appena il vecchio pronunciò quella parola, "sacerdotessa", ma subito si disse che non c'era modo che quel tizio potesse sapere chi era.

Stizzita, prese il denaro; era quasi tutto quel che le era rimasto dopo le compere. Gettò le monete sul tappeto.

Il vecchio le mise sul palmo una collanina, e Talitha sentì la fredda consistenza della Pietra dell'Aria. Poi ghignò ancora: «Torna pure quando vuoi. Ho altre belle collane.»

Talitha ritrasse schifata la mano, gli gettò uno sguardo sprezzante e prese la via che conduceva fuori città. Era ora di tornare, e ormai ne aveva abbastanza di quel posto.

Un ragazzino femtita, nascosto poco distante, la guardò allontanarsi, poi si dileguò infilandosi nell'intrico di vicoli.

L'ultima tappa fu il Palazzo della Guardia. Talitha si accucciò nell'ombra e addentò una pagnotta che aveva comprato a una bancarella. Non era altro che una forma di pane non lievitato con dentro della carne speziata cosparsa di salse. Il sapore era insolito, incredibilmente forte e pungente per i suoi gusti, ma piacevole. La salsa le riempì la bocca, e lo stomaco ringraziò soddisfatto.

Aveva già fatto una ricognizione esterna, ma non le era servita a molto. Data la somiglianza di quel posto con la Guardia di Messe, le sembrava di aver intuito dove si trovassero le celle. Ora, quel che le interessava sapere era chi aveva accesso a quel posto e quando. Annotò mentalmente entrate e uscite, e con rammarico si rese conto che erano pochissimi gli esterni cui era permesso accedere. Probabilmente c'erano i fornitori delle derrate alimentari, ma avrebbe dovuto appostarsi per ben più di un pomeriggio per sapere quando e come passavano, e non aveva tutto quel tempo. A mano a mano che il viavai diminuiva, si convinse che l'unica era entrare fingendosi un cadetto.

I vestiti erano quelli giusti. Già, ma probabilmente per passare aveva bisogno di un documento. Magari poteva procurarselo da qualche falsario...

Sospirò, mentre due Guardiani chiudevano il pesante portone di legno. Si rimise in piedi e prese la via del ritorno.

Il viaggio fu massacrante. Era stanca e gli occhi quasi le si chiudevano. Man mano che si avvicinava alla locanda abbandonata, però, cresceva in lei un sentimento di intima soddisfazione. Ce l'aveva fatta. E da sola. Da sola si era mossa per la città, da sola si era procurata tutto quel che le serviva e aveva studiato il modo per penetrare nelle prigioni. Certo, il piano non era ancora messo a punto nei dettagli, ma in ogni caso l'idea di base c'era. E poi il fatto di essersi spostata per tutto quel tempo all'interno di Alepha senza farsi scoprire la riempiva di orgoglio. Finalmente le cose sembravano girare per il verso giusto, e la fortuna cominciava a stare dalla loro parte. Fu grazie a questi pensieri che riuscì a portare a termine quel lungo cammino. Arrivò alla terza ora prima dell'alba. Stanca morta, ma decisamente soddisfatta, fece il suo ingresso trionfale. Saiph era avvolto nella coperta, vicino al focolare.

«Finalmente sei tornata!» disse tirandosi su.

«Già, e vedrai quanta bella roba ho preso. È andato tutto liscio.»

Fece giusto in tempo a mettere giù il tascapane, che sentì qualcuno afferrarla per il collo e sollevarla a forza. Riuscì a malapena a intravedere il volto di Saiph farsi terreo, poi sentì la sensazione inconfondibile dell'acciaio sulla carne. Aveva una lama puntata alla gola.

«Tutto liscio, eh? Questo è quello che credi.»

# 29

Saiph fu rapidissimo. Balzò in piedi, la Spada di Verba in pugno, ma l'altro fu altrettanto veloce. Gli bastò aumentare di poco la pressione, e un lungo rivolo rosso scese dalla lama perdendosi nel corsetto di Talitha, tra i seni.

«Fermo» intimò.

Saiph si bloccò con la spada a mezz'aria.

«Sta' buono o le stacco la testa» disse l'aggressore con voce bassa e cavernosa.

Da quella posizione Talitha non riusciva a vederlo. Sentiva solo il suo alito caldo sull'orecchio, la ruvidezza della pelle del braccio e i muscoli tesi allo spasmo, duri come l'acciaio.

Rimasero immobili per un istante, poi Saiph lentamente abbassò la spada.

«Bravo, vedo che hai capito» disse l'aggressore.

Invece, in modo inaspettato, Saiph continuò il movimento fino a puntarsi la lama alla gola. Fissò l'uomo con uno sguardo che esprimeva una determinazione assoluta. «Lasciala andare.»

«Altrimenti che farai?» ribatté l'altro, vagamente divertito.

«Altrimenti mi ammazzo. C'era scritto "vivo" sulla taglia, o sbaglio?»

Talitha era raggelata.

«Non sbagli» rispose l'uomo.

«E allora lasciala. Immediatamente.» Saiph premette e incise la carne. Talitha non gli aveva mai visto un'espressione simile. Le fece paura.

L'uomo ridacchiò. «E bravo, bella pensata. Eroica, oserei dire. Quindi è per questo che hai incendiato il monastero? Per poterti divertire un po' con questa Talarita?»

Saiph premette di più, e il sangue prese a scivolargli lungo il collo.

«Saiph, smettila!» urlò Talitha. L'uomo strinse la presa e le mozzò il fiato in gola.

«Non mettermi alla prova. Lasciala» insistette Saiph.

«Tu e la tua bella contessina siete troppo precipitosi...»

Talitha fece appena in tempo a vederla: un'ombra dietro Saiph si mosse così rapida che distinse solo il bianco della tunica e il brillio della lama. Era sbucata da chissà dove, e disarmò Saiph gettando lontano la Spada di Verba. Poi si abbassò e sferrò un calcio circolare facendolo cadere a terra di schiena. Infine gli saltò sul petto e lo immobilizzò.

Era durato tutto una frazione di secondo. I movimenti di quella figura erano stati così incredibilmente rapidi e fluidi che Talitha era riuscita a percepirli solo grazie all'addestramento presso la Guardia. Per questo le fu ancora più difficile credere ai propri occhi quando identificò l'ombra: era poco più di un bambino. La pelle diafana, le mani minute strette attorno a uno stiletto lungo e sottile, aveva il collo e i polsi magrissimi, ma le guance arrotondate dalla pinguedine di chi è ancora nel pieno dell'infanzia. I suoi occhi però non tradivano alcuna emozione. Erano sottili e dorati, occhi di un Femtita. Talitha di colpo capì: l'aveva già visto al mercato di Alepha, mente comprava la Pietra.

Finalmente l'uomo mollò la presa e la scaraventò sul pavimento. «Bravo Grif, puntuale come al solito.»

Il ragazzino sorrise appena, senza staccare lo sguardo da Saiph.

Talitha, le palme a terra, si girò per vedere finalmente in faccia l'aggressore. Era un Talarita alto e dal fisico nervoso, i capelli corti e ispidi di un rosso cupo. Scuro di carnagione, aveva occhi di un verde smorto, ed era armato fino ai denti. Legati al petto portava una varietà di coltelli da lancio, un laccio per strangolare appeso ai calzoni, il fodero di due pugnali e una spada. Dagli stivali spuntavano le else di altri due pugnali, mentre a tracolla aveva una faretra e un piccolo arco. Non recava le insegne della Guardia di nessun Regno, e i suoi abiti di pelle nera non lasciavano trapelare alcun indizio sulla sua provenienza. Talitha non aveva mai visto nessuno come lui, ma non le ci volle molto per capire. Era finita, finita davvero. Si erano imbattuti in un cacciatore di taglie.

Il cacciatore di taglie e il ragazzino li legarono con uno strumento che l'uomo tirò fuori da una grossa bisaccia. Era costituto da cinque anelli metallici congiunti tramite pesanti catene di ferro: uno si stringeva intorno al collo, mentre gli altri quattro a polsi e caviglie. Costringevano il prigioniero in una scomoda posizione rannicchiata, e così Saiph e Talitha si ritrovarono immobilizzati in un angolo. Per sicurezza, Grif legò assieme le catene con un robusto pezzo di corda.

Sebbene non dovesse avere più di dodici anni, si muoveva con estrema perizia. Le sue dita sottili e affusolate stringevano rapide i nodi, per poi saggiarne la resistenza. Per tutta la durata dell'operazione, il suo volto rimase atteggiato a un'impassibile tranquillità. Quando ebbe finito, si alzò e andò verso l'uomo, facendogli un breve inchino.

«Perfetto come sempre» disse quest'ultimo arruffandogli i capelli con una mano. Quindi frugò nella bisaccia e gli diede un paio di biscotti. Grif ne divorò uno tutto contento, con sguardo grato. «Per oggi basta però, eh?» aggiunse l'uomo agitandogli in faccia il grosso indice. «Sei stato bravo, ma non esageriamo.»

Il ragazzino si sedette vicino al camino e finì avidamente il secondo biscotto.

Il cacciatore di taglie si mise a rovistare nei tascapane di Talitha e Saiph e fischiava ogni volta che scovava qualcosa di interessante.

«Be', direi che con questa racimoliamo qualche altro spicciolo, eh, Grif?» disse facendo brillare il cristallo di Pietra dell'Aria alla luce guizzante del fuoco. «Grif però dice che hai anche del denaro con te, è vero?» aggiunse rivolto a Talitha.

Lei tacque. Era fuori di sé. Non poteva credere che quel tipo l'avesse raggirata così facilmente.

L'uomo le si accovacciò davanti. «Vuoi dirmi spontaneamente dove li tieni o facciamo alla vecchia maniera?»

Talitha per tutta risposta gli sputò in faccia. Lui sul momento rimase interdetto, poi si pulì con la manica della casacca, ridacchiando.

«Però, è proprio una serpe questa contessina... Come vuoi» disse, e le mise le mani addosso iniziando a frugarla.

«Lasciami!» urlò Talitha provando a divincolarsi, ma le polsiere di metallo le impedivano qualsiasi movimento, e più si agitava più la ferivano. Saiph cercò di intervenire, ma anche lui era bloccato dalle catene.

L'uomo riuscì infine a trovare il sacchetto con il denaro.

«Se me lo avessi detto, ci saremmo risparmiati tutti e due il fastidio» disse agitandoglielo sotto il naso.

Si sedette al tavolo e lo svuotò. Fece una smorfia contrariata quando vide il contenuto.

«Una volta ho ammazzato uno perché in tasca aveva solo settanta nephem di rame» commentò irritato. «Quegli spiccioli non valevano la fatica che avevo fatto per acchiapparlo. Ma voi siete intoccabili, per cui consideratevi fortunati. Foste stati due viaggiatori qualsiasi, le vostre pene sarebbero già finite da un pezzo.»

«Tu non capisci...» sibilò Talitha. «Ti stai condannando a morte da solo.»

L'uomo la guardò divertito. «È tuo padre che rivuole te e il tuo schiavo; mi farà un monumento, quando mi vedrà arrivare con voi.»

«Non siamo qui per caso, siamo in missione, una missione importante!» disse Talitha.

«Ossia?» fece l'uomo senza smettere di sorridere.

«Talaria sta per essere distrutta. Non sappiamo quanto tempo ci rimane, ma tutto quello che vedi verrà ridotto a un deserto di cenere. Ad Alepha c'è uno straniero che può aiutarci, che sa come impedire che Cetus bruci Nashira. Per questo siamo qui, e se non ci lasci andare non ci sarà più nulla nemmeno per te, né monumenti né ricompense!»

L'uomo scoppiò in una grassa risata. Grif lo imitò, ma il suo era un risolino muto, un suono chiocciante di gola.

«È la verità, dannazione! L'eretico è tenuto prigioniero ad Alepha, e i sacerdoti lo stanno torturando per farsi dire quel che sa» insistette Talitha.

L'uomo smise di ridere. «Sì, conosco la storia... Be', piccola, sei arrivata tardi. L'eretico, come lo chiami tu, è stato portato nella fortezza di Danyria, nel Regno dell'Inverno.»

Talitha rimase a bocca aperta.

«E, perdonami se smonto la tua bella ed eroica storiella: è un eretico, niente più.»

«Non... non è più qui ad Alepha?»

L'uomo scosse la testa. «Secondo me a quest'ora è già morto. Sai, a certe torture non si resiste a lungo... Ma per quanto mi riguarda, questo mondo potrebbe sparire anche tra un minuto. Io guardo al presente, e il mio presente è la ricompensa che mi aspetta.»

Talitha lo fissò disperata, ma quello era già intento a fare dell'altro. La Spada di Verba giaceva a terra, abbandonata, troppe braccia più in là.

Fu il bambino a preparare da mangiare. Si muoveva silenziosissimo, ma sembrava sapere esattamente quel che faceva. Mentre l'uomo sonnecchiava in quello che era stato il letto di Saiph, Grif riportò la cucina della locanda agli antichi splendori. L'aria si riempì rapidamente di profumi: la carne arrostiva sulla brace e nel calderone borbottava uno stufato di verdure dall'aroma delicato.

«Ce ne dobbiamo andare» sussurrò Talitha.

«Quel ragazzino è pericoloso» replicò Saiph.

«Non ho fatto tutta questa strada per finire così, tra le mani di un cacciatore di taglie» disse lei rabbiosa. «Ci dev'essere un modo per scappare.»

Il ragazzino si girò all'improvviso. Avanzò verso di loro, una mannaia tra le mani. Si chinò all'altezza di Talitha e si limitò a scrutarla. Poi, lentamente, appoggiò il filo della lama sulla sua guancia. Un'ondata di panico l'attraversò da capo a piedi.

«Sta' calmo. Faremo i bravi» lo blandì Saiph.

Grif rimase fermo qualche istante, quindi allontanò la lama e tornò a occuparsi del cibo.

Talitha tirò un sospiro di sollievo. Poi prese a torturarsi le labbra finché non sentì il sapore del sangue. Solo così riuscì a impedirsi di piangere.

Talitha e Saiph ebbero due ciotole di stufato. Saiph infilò a fatica il cucchiaio in bocca, ma Talitha rovesciò stizzita la sua ciotola con un piede.

L'uomo la raccolse da terra e andò a riempirla di nuovo al calderone. A una sua occhiata, Grif si portò dietro a Talitha e la bloccò con un braccio, mentre con l'altro le forzava le mascelle. L'uomo le appoggiò la ciotola alle labbra, quindi le versò in gola il cibo. Fu come annegare. Talitha annaspò tra pezzi di verdura e brodo, il liquido caldo che le bruciava la gola.

Pochi secondi, e l'uomo gettò lontano la ciotola vuota.

«Ecco qua» disse fissando Talitha, gli occhi pieni di un'oscura minaccia. «Possiamo continuare così finché non ti avrò riportata a casa. Oppure puoi piantarla di fare la ragazzina viziata e cominciare a collaborare. Perché una cosa è certa: che tu lo voglia o no, stai per tornare tra le braccia di papà, e ti assicuro che ci arriverai viva.»

«Preferisco morire» gli sibilò in faccia lei.

L'uomo rise di gusto, e fece cenno a Grif di lasciarla andare. «È quasi giorno. Dormiremo un paio d'ore e poi ci metteremo in marcia» disse stiracchiandosi. Quindi si rimise a letto, accanto al fuoco scoppiettante.

Grif invece si sedette davanti a loro, le gambe incrociate e lo stiletto saldo in pugno, la punta appoggiata al pavimento. Era immobile come una statua, il volto privo di qualsiasi espressione. Pochi minuti, e sentirono il lieve russare dell'uomo.

Talitha si arrovellava per cercare il modo di scappare, ma liberarsi da quelle catene sembrava impossibile.

E poi c'era il bambino. Il suo volto non appariva neppure intaccato dalla fatica, e solo di tanto in tanto batteva le palpebre.

«Non potrai vegliare a lungo» gli disse con aria di sfida.

Grif sorrise, quindi la indicò e mosse leggermente il capo.

«Ti hanno mangiato la lingua?»

«È muto» intervenne Saiph.

Talitha si girò verso di lui. «E tu che ne sai?»

«Agli schiavi che lavorano nelle fabbriche di ghiaccio spesso viene tagliata la lingua. Succede a quelli che lavorano a stretto contatto con i sacerdoti, perché non divulghino la formula segreta con cui impongono l'incantesimo che permette al ghiaccio di conservarsi a lungo. Lo sai che è una prerogativa dei sacerdoti di Man.»

Grif guardò Saiph. C'era qualcosa in quegli occhi, come un mutuo riconoscimento, qualcosa che mancava del tutto negli sguardi vuoti che rivolgeva a lei.

«Non m'importa se sei un ragazzino e sei muto» disse Talitha. «Se credi di farmi paura con quella misera lama, ti sbagli di grosso.»

Ma Grif non perse il suo sorriso immobile.

Furono svegliati con un calcio. Talitha aprì gli occhi. Era a terra, la guancia appoggiata alle assi polverose del pavimento. Si tirò su piano, indolenzita. I polsi, le caviglie e il collo le dolevano da impazzire. Alla fine si era addormentata, stremata dalla lunga giornata e da quegli ultimi terribili avvenimenti. Grif era vicino al focolare, intento a spegnere la brace con dell'acqua. Quando si voltò, Talitha notò che aveva il viso fresco e riposato.

L'uomo gettò a terra due mele. «Mangiate in fretta, dobbiamo partire.» Poi si fermò un attimo davanti a loro. «Visto che ci aspetta un lungo viaggio insieme, forse è meglio che mi presenti: Melkise, per servirvi» disse con un leggero inchino.

Talitha e Saiph non lo degnarono di uno sguardo.

Lui scrollò le spalle e raccolse dal pavimento uno dei tascapane. «Avete due minuti per quelle mele, poi si parte.»

Saiph prese la sua e iniziò a consumarla a piccoli morsi. «Mangia» disse rivolto a Talitha.

«Da quando in qua sei tu che dai ordini?» replicò lei, irritata.

«Cosa pensi di ricavare così? Ti indebolisci e basta, e se davvero vuoi fuggire, dobbiamo essere in forze.»

Talitha guardò la mela che la chiamava, tonda e dorata, sul pavimento. Era tentata di allungare la mano, ma si trattenne. No, non voleva il cibo di quell'uomo.

Melkise sembrava pronto a partire. Si chinò un'ultima volta, un involto stretto in mano. «Tieni» disse allungandolo a Saiph.

«Non prendere niente da lui!» disse Talitha.

L'uomo la squadrò con compatimento. «È la tua medicina, contessina, quella che gli hai comprato al mercato. O preferisci che muoia di febbre lungo la strada?»

Saiph prese l'involto e ne mandò giù il contenuto.

«L'erborista aveva detto che andava presa con un infuso» mormorò lei.

«L'erborista non capisce niente. Così funziona prima, e noi tempo da perdere non ne abbiamo. Grif!»

Il ragazzino slegò la corda che univa Saiph e Talitha, quindi andò alle spalle del Femtita, pronto a intervenire. L'uomo tirò fuori un nuovo paio di anelli metallici, che non bloccavano le caviglie, ma solo collo e polsi.

Saiph si lasciò legare; quando però Melkise sfilò l'ultimo anello dalle caviglie di Talitha, lei gli sferrò un calcio sul naso e contemporaneamente diede una gomitata al costato di Grif. Poi scattò in piedi e si lanciò verso la Spada di Verba, appoggiata a un angolo vicino al focolare. L'elsa era lì, a un nulla dalle sue dita. Ma all'improvviso sentì uno strappo, qualcosa che si avvinghiava alla caviglia, e poi l'impatto della mascella contro il pavimento. Tutto divenne oscurità e dolore.

Quando si riprese, era supina e sentiva il volto e i capelli bagnati. Saiph e Grif erano chini su di lei, mentre Melkise era in piedi, la Spada di Verba tra le mani.

Grif le lanciò in faccia un'altra secchiata d'acqua.

«Basta così, è rinvenuta» disse Saiph bloccandogli la mano.

Melkise li spintonò via entrambi e si chinò su Talitha. Per la prima volta da quando l'avevano incontrato, non sorrideva. Era fuori di sé.

Grif le legò mani, piedi e braccia, e le assicurò polsi e caviglie a una lunga asta di legno. Talitha non ebbe la forza di ribellarsi. La mascella le pulsava dolorosamente, e stentava ancora a distinguere i contorni delle cose. Sentiva sapore di sangue in bocca. Forse cadendo si era morsicata, forse si era rotta un dente, impossibile dirlo. Le sembrava che la lingua fosse troppo grande per la sua bocca.

Quando Grif ebbe finito, Melkise si mise davanti a Saiph. «Fai un solo scherzo, uno solo, e le taglio una gamba, chiaro? Sta' pur certo che tutti crederanno che sia stato tu a torturarla.»

Poi i due schiavi issarono Talitha e si misero le estremità del lungo palo su una spalla. Così, uscirono dalla locanda.

Fuori c'era una fitta nebbia, e l'aria odorava di pioggia e muschio.

«Tempo infame...» sputò Melkise, e si avvolse più stretto nel mantello. «Andiamo!»

A buon passo iniziarono la lunga marcia verso casa. Una nausea violenta attanagliò lo stomaco di Talitha fin da subito. Ma più del dondolio, più del dolore insopportabile alla mascella, le bruciava il senso ineluttabile della sconfitta.

# 30

Presero verso est, continuando a muoversi lungo gli stessi camminamenti periferici che avevano seguito Talitha e Saiph per raggiungere Alepha.

Camminavano così spediti che Saiph ebbe presto il fiato corto. Le mani costrette dalle polsiere compromettevano l'equilibrio, e a peggiorare le cose c'era Talitha da portare a spalla.

All'ora di pranzo fecero una sosta e Talitha venne appoggiata a terra, ma Melkise non si azzardò a slegarla. Prese Saiph per un braccio e gli scoprì la spalla sulla quale reggeva il lungo bastone. Sotto il mantello la carne era livida e gonfia.

«Lo vedi che gli hai fatto?» disse guardandola fisso negli occhi. «E ti ricordo che è ancora malato. Vuoi continuare così e rischiare di ammazzare il tuo amico o ti è venuta voglia di ragionare e camminare con i tuoi piedi?»

«Non lo lasceresti mai morire, è la tua taglia» replicò Talitha tra i denti.

«Io devo portarlo a tuo padre vivo, non in buona salute. Mi basta che respiri ancora e, credimi, ci sono infinite cose che posso fargli senza ucciderlo.»

«D'accordo» capitolò infine Talitha.

Melkise accennò un sorriso. «E brava la mia bambina, cominci a capire come gira il mondo» quindi prese a sciogliere i nodi che la fissavano al palo per incatenarle i polsi l'uno all'altro, mentre Grif, con lo stiletto sempre sguainato, si assicurava che non si ribellasse.

Ripartirono subito dopo un pasto frugale che Talitha si costrinse a mandar giù. Camminarono per diverse ore, ma al calare dei soli iniziò a piovere a dirotto e a tirare vento, tanto che l'acqua penetrava tra i rami bagnando i vestiti.

All'improvviso Melkise fece un cenno a Grif, e il piccolo schiavo sparì in un pertugio a lato del camminamento. Talitha scambiò con Saiph uno sguardo interrogativo.

Qualche minuto dopo il ragazzino riemerse con un'espressione soddisfatta, disegnando in aria con le mani una serie di strani segni che Melkise osservò con attenzione.

«Prima il ragazzo, lei la porto giù io» ordinò, e Grif obbedì conducendo Saiph per un braccio.

Talitha cercò di protestare, ma Melkise non si diede la pena di risponderle: se la caricò in spalla come un sacco, quindi si infilò anche lui nel pertugio.

Scesero lungo alcuni rami sotto il camminamento e si ritrovarono in una sorta di conca protetta da rami e fogliame. Talitha capì che si trovavano sulla forcella del Talareth, in un ricovero naturale nascosto sotto le assi del camminamento, che costituivano una specie di tetto. Dovevano starsene appollaiati sui rami, che però lì erano grossi e comodi e in ogni caso fornivano un riparo. Sentivano il vento sibilare e scuotere i rami più esterni, ma almeno erano all'asciutto.

Grif aveva tirato fuori un piccolo braciere di ottone, l'aveva posto al centro della forcella e aveva acceso un fuoco. Un dolce tepore iniziò a diffondersi nell'ambiente.

Melkise intercettò l'espressione attonita di Talitha, che si guardava attorno, e sghignazzò sprezzante. «Ma non mi dire... Vi siete mossi tutto questo tempo in giro per Talaria e non sapevate dei ricoveri?»

In effetti, a differenza di chi sulla strada ci viveva – ladri, briganti, cacciatori di taglie e fuggiaschi – lei e Saiph non sapevano che là dove i camminamenti passavano sopra le forcelle dei Talareth a volte sotto le pedane c'era spazio per trovare rifugio. In alcuni di quegli anfratti c'era perfino gente che stabiliva la propria dimora. Certi erano angusti e scomodi, ma altri erano sufficienti per stare all'asciutto una sera e riposarsi da un lungo viaggio.

Talitha tirò con fatica le gambe al petto, quindi affondò il viso tra le ginocchia. E loro che avevano rischiato la vita dormendo all'addiaccio! Si erano messi sulla strada senza conoscerne le regole e i segreti. Quello era un luogo spietato, nel quale non c'era spazio per l'inesperienza e l'improvvisazione.

I suoi pensieri furono interrotti da Grif che le porgeva una ciotola. Ma ancora una volta lei rifiutò di mangiare. Allora il bambino prese un pezzo di carne con le mani e cercò di ficcarglielo a forza in gola. Talitha serrò le mascelle.

Fu Saiph a intervenire. «Ci penso io» disse. Grif lo fissò qualche istante, poi gli porse docile la ciotola. Saiph guardò Talitha severo. «Cosa pensi di ottenere, così?» sussurrò.

«E tu invece cosa pensi di ottenere obbedendo a tutto quello che ti dicono di fare?»

Saiph continuò a guardarla con fermezza. «Ogni battaglia ha il suo tempo. E mentre si aspetta, ci si prepara in modo da essere al meglio della forma quando si presenterà l'occasione.» Poi le si fece vicinissimo, appoggiò la tempia contro quella di lei e le sussurrò all'orecchio: «Io non mi sono affatto arreso. Io non mi sono *mai* arreso, o non sarei qui con te. Ma ci vuole pazienza.»

Si tirò indietro, le allungò un pezzo di carne che galleggiava nella ciotola. Talitha stavolta si lasciò convincere e aprì la bocca.

Melkise li guardava di sottecchi. Fece schioccare la lingua con disgusto, quindi si voltò verso la brace, aggredendo un grosso tozzo di pane.

Da quella sera Talitha smise con i tentativi di fuga. Si era resa conto che cercare di scappare senza avere un piano preciso per seminare quei due e riprendersi la sua spada non solo non portava da nessuna parte, ma era controproducente. Aveva ragione Saiph, bisognava aspettare il momento giusto. Solo che sembrava non arrivare mai. Melkise e Grif si davano il turno per tenerli sempre sott'occhio. Quando si riposava uno, l'altro montava la guardia senza un cedimento. Grif era sempre più inquietante: faceva i turni più lunghi, e Talitha non gli aveva visto ciondolare la testa neppure una volta. Si sedeva davanti a loro, lo stiletto ben stretto in pugno e gli occhi fissi. Li guardava implacabile, e se lei accidentalmente muoveva un piede o provava a cambiare posizione, i suoi muscoli si irrigidivano all'istante.

Raramente Grif comunicava con Melkise col linguaggio delle mani, e se lo faceva era per raccontargli qualcosa, magari di divertente, perché spesso finiva che Melkise si faceva una grassa risata. Per il resto, tra loro non c'era bisogno di parole. Bastava uno sguardo, e ciascuno sapeva esattamente cosa andava fatto. Erano come avrebbero dovuto essere lei e Saiph in quel viaggio, rifletté Talitha. Affiatati, sicuri. E invece erano stati spesso in disaccordo, avevano commesso molti errori, ed ecco com'era finita. Melkise e Grif, al contrario, portavano avanti il loro lavoro in perfetto accordo. Non li lasciavano mai incustoditi, e si preoccupavano che arrivassero a destinazione in buona salute.

Al quarto giorno di viaggio Melkise tirò fuori dal tascapane due cappucci di tela e li calò sulla testa di Talitha e Saiph. Lei provò a ribellarsi, ma il solerte Grif, senza neppure che il padrone dovesse chiederglielo, la ridusse all'obbedienza.

«Non vedo niente con questo cappuccio!» protestò.

«Non ha importanza.» Melkise la tirò su di forza, le prese le mani incatenate e gliele appoggiò sulle spalle di Saiph. «Non toglierle da qui, chiaro?»

Quindi prese le mani di Saiph e se le mise sulle spalle. «Anche tu, tieni le mani inchiodate qui. Grif.»

Il bambino si dispose a chiudere la fila, e così ripresero la marcia.

«Cos'è questa storia?» chiese Saiph.

«La parte comoda del viaggio è finita. Adesso si fa sul serio» rispose Melkise.

Iniziarono a procedere così, mantenendo un'andatura ancora più sostenuta. Sotto i loro piedi, il camminamento cambiava consistenza. Alle tavole di legno si sostituiva pian piano la durezza di un ramo di Talareth, mentre la strada si inclinava in discesa. Lentamente, tutt'intorno andò a disegnarsi un intreccio di suoni. Passi, un fruscio di rami smossi, persino un fitto vociare. Avevano dunque abbandonato i camminamenti periferici e si erano infilati in una strada più ampia. A un tratto a Talitha parve addirittura di sentire il respiro possente di un drago. Se così fosse stato, forse c'era la possibilità che si trovassero sull'Arteria.

«Dove siamo?» chiese.

«Vicino a Mantela» rispose Melkise.

Era la capitale del Regno dell'Autunno, e dunque di sicuro l'Arteria ci passava. Con ogni probabilità, Melkise li avrebbe consegnati alla Guardia e avrebbe riscosso la taglia. Dopodiché i soldati o qualche altra autorità li avrebbero riportati a casa.

«Perché non stiamo tornando ad Alepha?» chiese Saiph. «È più vicina.»

«Fai troppe domande per essere uno schiavo, ragazzo. Comunque si dà il caso che a Mantela ci sia Megassa in persona. Si è spinto fin qui per farti la pelle, e se non stai zitto penso che gli darò una mano.»

Talitha si sentì morire. Suo padre era già arrivato nel Regno dell'Autunno, ed era a poche ore di cammino da lei. Quanto tempo mancava alla città? Quanto le restava per progettare una fuga?

Un barlume di speranza le si accese quando deviarono in un luogo chiuso, pieno di voci e dall'aria satura di fumo.

«Grif, li affido a te» disse Melkise, e lo sentirono allontanarsi tra la folla.

«Saiph, riesci a vedere qualcosa?» sussurrò Talitha.

«No, ma dall'odore e dai rumori si direbbe una locanda» rispose lui.

Talitha si stava chiedendo se la cosa giocasse o meno a loro favore, quando i suoi pensieri vennero interrotti da una voce.

«Sono questi qui» fece Melkise senza togliere loro il cappuccio.

«Non li potete portare nelle stanze» disse una voce di uomo più anziano. «Io non mescolo i criminali alla mia clientela.»

«Potrebbe andar bene la stalla?» chiese Melkise.

«Va bene» concesse l'altro, incerto. «Ma se ci saranno problemi, pagherete il doppio.»

«Perfetto. Allora preparaci i giacigli in uno stallo.»

Rimasero lì impalati, i cappucci calati sulla testa e i mantelli tirati sulle spalle, finché l'oste non tornò.

Percorsero un breve corridoio e una stretta scala, e finalmente Melkise tolse loro i cappucci. Erano in uno stanzone dal tetto basso, in legno, arieggiato da larghe finestre. A terra c'era della paglia, e lo spazio era diviso in grossi stalli. Solo uno era occupato da un piccolo drago bianco, assopito.

Melkise li condusse a uno degli stalli. Dentro c'erano quattro giacigli e quattro ciotole fumanti: due colme di granaglie, su cui era appoggiato un minuscolo pezzetto di carne, e le altre piene di una zuppa nella quale galleggiavano verdure e qualche fungo. Poco cibo, ancora. L'odore, quanto meno, era appetitoso.

Talitha mangiò poco e controvoglia, poi si abbandonò al sonno, senza alcuna resistenza. Si sentiva così abbattuta che si accucciò di lato, rannicchiata, e chiuse gli occhi.

Quella sera fu Melkise ad affrontare il primo turno di guardia.

«Hai fatto un gran lavoro in questi giorni, stanotte dormirai un po' più del solito» disse a Grif. Pochi minuti, e anche il ragazzino dormiva, stremato. Rimasero svegli solo Saiph e Melkise.

L'uomo poteva sembrare un sorvegliante meno attento di Grif; non teneva gli occhi ostinatamente fissi su di loro, ma durante i turni si metteva a intagliare piccole sculture, affilava le frecce della faretra o ne costruiva di nuove. Saiph sapeva per esperienza che non era per questo meno vigile, ma quella notte decise di non dormire e studiare il loro carceriere. Seduto con la schiena appoggiata alla parete dello stallo, si mise a guardarlo mentre intagliava una bacchetta cava con gesti secchi e precisi. Per un po' Melkise continuò indisturbato. Lentamente, però, Saiph notò che si innervosiva: un gesto meno accurato, un tremito nella mano. Infine, mise giù il lavoro.

«Non dormi?» gli chiese.

«Non ho sonno.»

Melkise lo indicò con la punta del coltello. «Io ti ho capito, a te.» Saiph assunse un'espressione stupita. «Tu non fai niente per caso. Mentre la contessina è fin troppo prevedibile, tu sei molto più subdolo e pericoloso. Avanti, non fare il finto tonto e vai al sodo.»

Saiph sorrise. «Perché tieni tanto a Grif?»

Melkise riprese a intagliare. «Il suo padrone è stata la prima taglia che ho riscosso» disse dopo un po'. «Era un sacerdote del Regno dell'Inverno. Aveva cercato di vendere la formula per preservare il ghiaccio.» Si lasciò sfuggire una risata amara e alzò lo sguardo dal lavoro. «Hai capito? A Grif aveva tagliato la lingua perché non potesse rivelare quello stupido segreto, e lui aveva provato a venderlo.» Tacque, riprese a intagliare con rabbia. «E quando catturai quel verme, Grif era persino dispiaciuto. Aveva ancora la schiena segnata dalle bastonate di quel tizio, eppure piangeva disperato, implorandomi con lo sguardo di lasciarlo andare.» Melkise ora intagliava con più calma. «Un Femtita senza lingua non può fare altro che tornare nelle cave di ghiaccio, immagino tu lo sappia. E quei posti sono orrendi, saprai anche questo.»

Saiph annuì.

«L'ho preso con me. È stato un buon acquisto, non ho mai avuto di che pentirmi.»

«Lo so che per te non è solo un acquisto» disse Saiph.

Melkise lo guardò con rabbia. «E allora? Sono un

bastardo Talarita, e posso anche affezionarmi al mio schiavo, se voglio. È questo il vantaggio di essere Talariti. Si possono avere di queste libertà. Lui, invece, non ha altra scelta che servirmi. E ti dirò, il giorno in cui capirà come gira il mondo e ne approfitterà per piantarmi un coltello nella schiena e lasciarmi morire in un vicolo, avrà fatto benissimo. Ma questo non cambia proprio niente: finirai a Mantela in ogni caso, perché è così che deve andare.»

«E allora lascia libera almeno lei. La mia taglia ti basterà per metterti a posto per il resto della vita, che bisogno hai dei soldi che Megassa ti darà per lei? Lasciala andare.»

Melkise lo guardò con cattiveria. «Ma perché la difendi? Lei ti ha usato, e non le importa niente se sarai tu a pagare. Hai obbedito ai suoi ordini anche quando sono diventati assurdi, e hai finito persino per coprirla quando ha dato fuoco al monastero, giusto?»

«Non è così» disse Saiph, impassibile.

«Ah, no? Tu sei uno schiavo e basta. Se pensi che farà mai qualcosa per te, o che sarà mai in grado di ricambiare il tuo affetto, ti stai solo illudendo.»

Saiph sorrise con amarezza. «È stata lei a salvarmi la vita e a portarmi fin qua.»

Melkise rimase incerto un istante, poi scoppiò a ridere così forte che Talitha e Grif si mossero nel sonno.

«Non ti credo» disse a voce più bassa. «Una volta l'ho vista, la tua contessina. Sai, molto tempo fa ho vissuto per un periodo nel Regno dell'Estate. Garzone di bottega, un pelo sopra gli schiavi femtiti del tizio che mi dava lavoro. Una paga da fame...» Ridacchiò tra sé e sé, poi riprese: «L'ho vista passare davanti alla bottega. Non doveva avere più di tre o quattro anni, ma aveva già la faccia inconfondibile di chi comanda. E ho capito che quelle come lei appartenevano a un'altra Talaria, un posto che io non potevo nemmeno sognare.»

«Ti sbagli...»

«Ti sbagli tu. In un mondo giusto lei dovrebbe essere mandata sul patibolo e tu ottenere il tuo riscatto. Invece finirai con la testa mozzata, dopo abbondanti e dolorose torture. È quello il tuo destino.»

«Non è il destino, sei *tu* che mi stai portando a Mantela, tu che stai condannando me a morte e la mia padrona a un destino anche peggiore.»

Melkise sorrise. «Meglio tu che io. È questo che ho imparato quando lavoravo come sorvegliante alle cave di ghiaccio, prima di diventare cacciatore di taglie. Adesso sono io il pesce grosso, e divoro te, che sei il pesce piccolo. E se mi gira, un altro pesce piccolo invece lo salvo» disse indicando Grif. «Il mondo va così.»

Melkise puntò il coltello a terra e gettò a Saiph il bastoncino di legno: aveva dei fori su un lato. Un flauto. Gli mise una mano sulla spalla, gli sorrise sincero. «Fossi in te dormirei, hai ancora poco tempo per gustarti i piaceri della vita.»

Distolse lo sguardo, quindi svegliò Grif. Il ragazzino si tirò su piano stropicciandosi gli occhi, e Melkise gli diede il tempo di svegliarsi per bene, il braccio appoggiato sulle sue spalle.

«Due ore sole, poi ti ridò il cambio. E se non mi svegli, le prendi.»

Si buttò giù, mentre Grif si disponeva come al solito: le gambe incrociate, lo stiletto tra le mani, il volto impassibile. Saiph sospirò. No, con lui non avevano alcuna possibilità. Né la comprensione che leggeva nei suoi occhi ogni volta che si guardavano, né il comune destino di schiavitù l'avrebbero mai spinto a tradire il suo padrone. Si distese a malincuore, e cercò di non pensare ai pochi giorni che gli restavano. Non poteva permettersi il lusso di lasciarsi andare, soprattutto ora che Talitha sembrava aver mollato.

*Se non potrò liberare me stesso, almeno libererò lei*, fu l'ultima cosa che pensò prima di scivolare nel sonno.

# 31

Per il resto del viaggio camminarono sempre incappucciati. Faceva un caldo insolito per il Regno dell'Autunno. Di tanto in tanto sentivano i raggi dei soli sulla pelle, quando attraversavano una zona dell'Arteria in cui i rami erano meno fitti. Ogni volta che accadeva, Talitha provava una stretta di angoscia. Cetus era là, e giorno dopo giorno diventava sempre più luminoso, bruciando Talaria e i suoi abitanti. E l'unico che avrebbe potuto dirle qualcosa al riguardo, l'unico che sapeva, era completamente al di fuori della sua portata.

La cecità forzata acuiva i loro sensi. Saiph, senza la distrazione degli occhi, riusciva a concentrarsi su dettagli che normalmente gli sarebbero sfuggiti. Per esempio, le spalle rigide e tese di Melkise, sotto la sua presa. Era preoccupato per qualcosa.

Trascorsero la notte seguente in un altro ricovero sotto il camminamento, e Saiph colse di sfuggita un breve dialogo tra l'uomo e Grif. Gli occhi appena socchiusi, vide il ragazzino agitare in aria le mani.

«Dobbiamo muoverci» disse Melkise a bassa voce. «Ho sentito che Megassa si è spostato da Mantela con le sue truppe, e noi non abbiamo ancora incontrato neppure un posto di staffetta per fargli sapere dello schiavo e di sua figlia.»

Saiph sapeva a cosa si riferiva; a palazzo, a Messe, ne avevano uno. Si trattava di piccole strutture addette alla trasmissione di messaggi. Il trasporto veniva effettuato da schiavi appositamente addestrati. Ne esisteva una rete che copriva le principali città di Talaria, ma che, a quanto pareva, tagliava fuori buona parte dei villaggi più piccoli. La situazione era anche peggiorata negli ultimi tempi, con la carestia e i tumulti che ne erano seguiti: le strade si erano fatte pericolose, e i messaggi persi non si contavano.

Grif mosse ancora le mani.

«Qualcuno potrebbe riconoscerli. Stiamo rischiando grosso: tutti li stanno cercando, la taglia è enorme.»

Il ragazzino rimase immobile per qualche istante, poi agitò di nuovo le mani.

«Non è una cattiva idea» commentò Melkise. «Ma non posso lasciarti solo con loro.»

Grif gesticolò rapidissimo.

«Solo se troveremo una cella, d'accordo? È pericoloso, è pieno di cacciatori affamati, là fuori.»

Poi Melkise scompigliò i capelli del piccolo schiavo, e lui rispose con un sorriso aperto e sicuro.

«Dormi ora, che è meglio.»

Grif si mise giù e si tirò addosso il mantello. Melkise rimase a fissare le braci morenti davanti a sé.

Saiph chiuse gli occhi, il buio lo aiutava a concentrarsi. Scandagliò la memoria alla ricerca di quanto aveva appreso sul sistema delle taglie durante le conversazioni con gli altri schiavi a palazzo. Poiché il riconoscimento dei prigionieri richiedeva tempo, il ricercato veniva tenuto in custodia dai Guardiani, che registravano il nome del cacciatore che l'aveva catturato. Fino a quel momento, però, loro due non erano stati dati in consegna a nessuno e, da quel che gli era parso di capire, Melkise non aveva neppure avuto modo di comunicare a nessuno la loro cattura. Dunque, gli altri cacciatori di taglie erano ancora in gioco.

Più volte aveva sentito storie di cacciatori che erano stati defraudati delle loro prede prima di poterle dare in consegna alla Guardia. Uno degli schiavi femtiti di Messe era proprio un ex carcerato che era stato in prigione un lunghissimo periodo per un piccolo furto in una bottega. Raccontava spesso di essere stato consegnato alla Guardia non da chi l'aveva catturato, ma da una cacciatrice che l'aveva rubato al primo. "Lo ammazzò sotto i miei occhi, a sangue freddo. Mai vista una donna così spietata" concludeva ogni volta.

Ecco dunque cosa temeva Melkise. Chissà, forse gli era già capitato in passato. E ne era così preoccupato che era disposto a lasciarli soli con Grif pur di andare a comunicare l'avvenuta cattura, in modo da tutelarsi. E se era così...

Piano, quasi avesse paura ad abbandonarsi a una speranza dopo lunghissimi giorni d'angoscia, Saiph sorrise nel buio.

L'indomani si fermarono in una locanda e sentirono Melkise mercanteggiare, a tratti anche animatamente, con qualcuno. Infine, i suoi passi pesanti tornarono verso di loro

«D'accordo, non abbiamo scelta» disse a Grif. «Il locandiere ha detto che possiamo metterli nella stalla del drago, l'ho pagato bene. Basterà chiudere la porta e tenerla d'occhio, d'accordo?»

Saiph sentì il cuore accelerare i battiti.

Melkise li prese per le spalle e li spinse nella stalla a

forza. La sua presa era ferrea, nervosa. Solo quando si fu richiusa la porta alle spalle tolse loro i cappucci. Il suo volto era teso come Saiph non l'aveva mai visto. Estrasse di nuovo lo strumento con cui li aveva imprigionati il primo giorno e assicurò le catene che tenevano legate le polsiere a un paio di grossi anelli dietro di loro. Erano in una stalla ampia, il pavimento completamente ricoperto di paglia. In un angolo c'era un secchio colmo d'acqua, e nell'aria un pungente odore di escrementi.

«Vedete di non fare scherzi» disse secco Melkise, quindi guardò Grif, che annuì con convinzione. «Sta' attento» aggiunse, alzandosi il cappuccio sulla testa. Poi entrambi uscirono e chiusero la porta. Talitha e Saiph sentirono lo stridio di un chiavistello.

Saiph si guardò attorno. Le loro sacche erano in un canto, e c'era anche l'involto con la spada. Il suo cuore esultò. Subito cominciò a tirare gli anelli stretti attorno ai polsi.

«Che stai facendo?» chiese Talitha.

«Cerco di liberarmi. Tuo padre non è più a Mantela, e questa è un'ottima notizia. Ma Melkise ha deciso di andare in città da solo per dare notizia della cattura, e ci è andato a dorso di drago per fare prima.» Mentre parlava continuava a tirare, implacabile.

«Continuo a non capire... Vuoi dire che siamo soli con Grif?»

«Sì, ed è preoccupato più da quel che c'è qua fuori che da noi. Lui e Melkise sono così in ansia che non hanno nemmeno pensato di mettere la tua spada lontano dalla nostra portata.» Indicò col mento l'involto. Le mani, premute contro il ferro, iniziavano a farsi violacee.

Talitha rimase immobile un istante. «Ho capito... hanno paura che ci prenda qualche altro cacciatore» disse piano.

«Esatto» rispose Saiph, le mani gonfie sotto i ferri.

«Piantala, ti stai facendo male» sussurrò Talitha.

«Io non provo dolore.»

«Questo non significa che tu non ti stia facendo male.»

Saiph insistette, tirando con ancora più forza. Un primo, sottile rivolo di sangue scese giù per il pollice. Aveva il volto contratto nello sforzo.

«Saiph, dannazione, dev'esserci un altro modo...»

Lui scosse la testa. «Non c'è. C'è questo, e sperare che qualcuno ci attacchi per davvero. Grif sarà distratto, e noi potremo uscire.»

«Le tue mani non ci possono passare, è impossibile.»

Saiph continuò. I polsi ora erano orlati di striature sanguinolente. I ferri erano scesi in basso impercettibilmente, ma ancora troppo poco.

«Piantala, ti prego, io... lo faccio io.»

«Sta' ferma. Io non provo dolore, ma tu sì, e sarebbe tremendo.»

Chiuse gli occhi e soffocò un grido di rabbia, mentre sentiva le ossa scricchiolare e incrinarsi sotto la pressione delle braccia tese al massimo dello sforzo. Fu il sangue a dare l'ultima spinta: la carne scivolò fuori in un colpo, e Saiph cadde all'indietro, contro la parete, le mani improvvisamente libere. Se le guardò incredulo. Erano orribilmente ferite, ma poteva ancora muoverle. Al vederle, Talitha cacciò un urlo soffocato.

«Sssh» le disse Saiph. «Non è niente, non sento niente.»

«Sei pazzo...» mormorò lei inorridita.

«Un pazzo quasi libero.» Saiph si gettò quindi a terra, allungandosi il più possibile, ma l'involto con la spada restava una buona spanna fuori dalla sua portata. Si tese al massimo facendo forza sui piedi, invano. Le manette e i ferri alle caviglie erano collegati da una lunga catena, che passava in uno degli anelli nel muro. La tirò più che poté, finché le polsiere che si era appena tolto non urtarono contro l'anello. Provò a tirare, ma si rese conto che aveva assai meno forza nelle mani dopo la fatica compiuta.

«Aiutami, da solo non ce la faccio» disse a Talitha.

Lei non se lo fece ripetere. Si mise a tirare con vigore, e insieme strattonarono a lungo, finché l'anello non saltò via dal muro. Rimasero entrambi increduli, la catena in mano, e Talitha esplose in una risata liberatoria.

«Non penso che ci sarebbe andata così liscia se ci avessero assicurati a quello» disse Saiph indicando uno dei due perni a terra. «Probabilmente quelli al muro erano solo ganci di sicurezza, erano quelli sul pavimento a trattenere il drago.»

Poi scivolò fino all'involto, lo svolse. La Spada di Verba sfavillò nella poca luce che filtrava dalla finestra. Gli occhi di Talitha brillarono. L'arma sembrava più fulgida che mai, più letale e affilata di quando l'aveva presa dalla teca. Saiph gliela porse, e lei la prese con delicatezza. La guardò un istante, la levò al cielo, lasciò che l'impugnatura ricordasse di nuovo la sua mano.

Saiph allungò i piedi verso di lei. «Vai.»

A Talitha bastò un solo colpo, come quella notte in cui l'aveva salvato e in cui tutto era cominciato. La lama spezzò le catene come fossero burro. Quindi diede l'arma a Saiph. Gli porse i polsi, e a lui ci vollero un paio di colpi imprecisi prima di riuscire a liberarla.

«Per i piedi preferisco fare da sola» disse lei riprendendo la spada. Un colpo ancora, e anche quelli furono liberi. Rimasero un istante l'uno davanti all'altra, il fiato mozzo, increduli. C'era ancora speranza, c'era ancora una possibilità di salvezza. Poi Talitha abbassò lo sguardo sui polsi di Saiph, e la testa le girò. Subito si strappò un paio di lembi dalle maniche della casacca.

«Ti farà infezione e morirai» disse. Avvolse le bende attorno alle ferite, strinse più che poté, e la stoffa si fece quasi subito rossa.

«Non c'è tempo» protestò lui tirandosi indietro. «Preferisci che perda le mani e che sia vivo oppure che muoia con dieci dita?»

Talitha lo guardò con rabbia, quindi andò verso la parete di fondo. Considerò la finestra sopra le loro teste, ma era troppo in alto.

«L'unica è attirare Grif qua dentro e metterlo fuori gioco» disse Saiph. «Lui è uno, noi siamo due e...»

Un tonfo sordo li fece girare entrambi. Qualcosa aveva urtato con violenza la porta. Poi lo stridio inconfondibile di una spada sguainata.

«Togliti, è meglio per te» disse una voce roca oltre la porta.

Saiph corse dove giacevano ammassate le catene che li avevano legati, le strinse tra le mani e si accostò alla porta.

«Appena entra, io lo attacco con le catene e tu con la spada.»

Talitha strinse l'elsa con entrambe le mani per farsi coraggio. Si mise accanto alla porta, in posizione d'attacco

«Che sta succedendo?»

«Succede quel che temeva Melkise» rispose Saiph. «Una lotta tra cacciatori di taglie. Adesso fa' come ti ho detto.»

Fuori, rumore di spade che cozzavano l'una contro l'altra, grida confuse, un tonfo di corpi che cadevano. Poi, d'improvviso, il silenzio

Un primo colpo contro la porta, poi un secondo, più forte. Al terzo la porta si spalancò in un turbinio di schegge. Saiph fu fulmineo e lanciò le catene in avanti. Andarono ad avvolgersi attorno al collo di un uomo alto e dai capelli lunghi, che subito le afferrò con una mano, ma Saiph fu più rapido. Tirò con tutte la proprie forze e ruotò su se stesso. L'uomo andò a sbattere con violenza contro la parete. Talitha sentì nettamente il rumore dell'osso che si spezzava. Il tizio non ebbe neppure il tempo di lamentarsi. Cadde a terra di botto, le catene ancora strette al collo.

Talitha si slanciò in avanti con un grido, la spada in resta. Il suo avversario, un tipo basso e tozzo, completamente calvo, non si fece trovare impreparato. Più d'istinto che altro riuscì a parare quel primo colpo; spazzò con un ampio movimento del braccio e aprì la guardia di Talitha. Lei si trovò sbilanciata, le braccia spalancate e il peso della spada che la tirava indietro. Un lampo di vittoria attraversò lo sguardo del suo aggressore. Ma Talitha capì in un istante. Mentre quello recuperava e lanciava un colpo dritto, mirando alle gambe, si lasciò cadere a terra, supina, assecondando il movimento della spada. Ebbe solo l'accortezza di poggiare la sinistra a terra, il palmo aperto, in modo che la schiena non toccasse il pavimento. L'altro rimase sbilanciato in avanti dalla forza stessa del colpo. Talitha gli scivolò sotto, si volse e rapidamente si tirò su un ginocchio in un unico, preciso movimento. Mirò al fianco, e il colpo andò a segno.

L'uomo ruggì, si risollevò con uno scatto e le afferrò la mano. Con la spada poteva farcela, ma in un corpo a corpo Talitha non aveva alcuna possibilità, nemmeno se quell'uomo era ferito. L'uomo strinse la presa e lei resistette il più possibile, ma infine fu costretta a mollare. Lui la colpì al volto con il gomito, facendola cadere a terra, stordita. Quando si riebbe, l'avversario era sopra di lei e cercava di immobilizzarla.

Ma all'improvviso dal petto dell'uomo emerse una lama, la *sua* lama. L'aggressore emise un gemito strozzato, poi crollò su di lei. Alle sue spalle c'era Saiph con la Spada di Verba in pugno.

Subito le tolse di dosso il corpo e l'aiutò a tirarsi su. «Questa è tua» disse porgendole la spada. Talitha la prese con decisione.

Afferrarono le loro sacche e infilarono rapidi la porta, ma si arrestarono. Grif giaceva a terra, le mani strette al ventre. Il volto, sebbene bianco come un cencio, non manifestava alcuna sofferenza. Nei suoi occhi c'era solo terrore: la paura senza nome dei Femtiti di fronte alle ferite, l'orrore che aveva permesso loro di sopravvivere nei secoli, nonostante la condanna all'insensibilità.

*Un bambino*, pensò Talitha, *è solo un bambino.*

Saiph imprecò e fece per passare oltre, ma Talitha gli mise una mano sul braccio, bloccandolo. Si chinò, scostò piano le mani di Grif. C'era molto sangue, ma il taglio, notò sollevando i lembi della stoffa, non era particolarmente profondo anche se più che sufficiente a farlo morire dissanguato.

«Dov'è il mio ciondolo?» gli chiese con dolcezza.

Grif rimase interdetto.

«Forse posso tentare un incantesimo di Guarigione» spiegò a Saiph, accovacciato accanto a lei.

Grif cercò di tracciare qualche segno con le dita, ma respirava a fatica.

Saiph gli strinse una mano. «Non avresti potuto fare di meglio. Hai difeso i prigionieri finché hai potuto. Il tuo padrone capirà. Ora lasciati aiutare.»

Gli occhi del bambino si riempirono di lacrime. Piano, con la mano libera, si frugò sotto la casacca. Trasse fuori il ciondolo e lo diede a Talitha, che se lo mise al collo. Posò la spada a terra, davanti a sé. Trasse un profondo respiro, chiuse gli occhi e appoggiò le palme sulla lama. Disse un'unica parola, e il cristallo sfavillò sul suo petto. La lama prese a colorarsi, prima di un rosso cupo, poi più acceso. Quando virò all'arancione, Talitha l'afferrò per l'elsa. Mise Grif supino, lo guardò negli occhi, e senza alcuna esitazione appoggiò la lama incandescente sulla ferita. Un odore di carne bruciata riempì lo spazio. Quando tutto fu finito, Grif appoggiò la testa a terra. Guardava fisso verso l'alto, in lacrime.

Talitha si tirò su. «Andiamo» disse, toccando una spalla a Saiph.

Lui lasciò piano la mano del ragazzino e si accostò al suo volto. «Capirà. Ti vuole bene, lo sai. Capirà, e apprezzerà fin dove ti sei spinto per essergli fedele.» Poi si alzò in piedi, si tirò su il cappuccio, prese Talitha per mano e fuggì.

# 32

Una piccola folla aveva già cominciato a radunarsi, e Talitha e Saiph dovettero farsi largo a spintoni.

Riuscirono a sgusciare fuori dalla ressa, e furono di nuovo sul camminamento. Saiph prese istintivamente a sinistra: era da lì che venivano, e dunque suppose che dall'altro lato si andasse verso Mantela. Una grande città era proprio quello che dovevano evitare.

Si mossero rapidi, ma senza correre. Non dovevano dare nell'occhio, non quando erano ancora così vicini alla locanda.

Poco dopo, tuttavia, grida indistinte si levarono alle loro spalle.

«Prede... fuggite...» udirono confusamente. Si scambiarono uno sguardo e senza indugi si misero a correre. La folla, dietro di loro, iniziava già a disperdersi lungo il camminamento. Talitha inquadrò un piccolo drago alla propria destra. Trainava lento un carro pieno di rottami, sul quale sedeva a cassetta un giovane Talarita vestito di stracci.

Talitha spiccò un salto, si aggrappò con una mano al mezzo e si issò accanto al carrettiere. Lo prese da dietro, gli appoggiò la lama alla gola. «Scendi!» gli intimò.

Quello alzò le mani, tremando sotto la sua presa. «Non ho niente, non ho niente!» balbettò.

«Non vogliamo derubarti, scendi e basta!»

Il ragazzo si gettò dal carretto, cadendo rovinosamente a terra. Saiph si issò sul drago. L'animale protestò sgroppando nervoso, ma il ragazzo si chinò su di lui e gli sussurrò qualche parola all'orecchio, come aveva visto fare centinaia di volte agli stallieri a palazzo.

«Eccoli!» urlò una voce, e il rumore di decine di passi concitati coprì ogni altro suono.

Talitha tranciò con la spada i finimenti che legavano il drago al carro, quindi afferrò saldamente le redini. Saltò sulla groppa, si mise a cavalcioni e con i talloni diede due forti colpi ai fianchi dell'animale.

Quello si impennò ruggendo, quindi inarcò la schiena e partì al galoppo. Per poco Talitha non venne sbalzata a terra, e riuscì a mantenersi salda solo facendo forza con le ginocchia.

Non era mai stata in groppa a un drago. Sapeva che nella Guardia c'era un corpo speciale che se ne serviva per gli spostamenti, e segretamente aveva sempre sperato di poterne far parte. Ma non aveva mai provato l'emozione di salire su uno di quegli splendidi animali.

Il drago correva inarcando il corpo sinuoso, mentre le zampe, sollevate di poco da terra, si alternavano a un ritmo vertiginoso.

Saiph e Talitha non avrebbero mai creduto che un drago potesse correre così rapido. Il tunnel di rami scorreva intorno a loro confondendosi in un caos di macchie rosse, gialle e marrone, mentre davanti la strada si srotolava a una velocità mozzafiato. Il drago era inarrestabile, e al suo passaggio la folla si apriva come un'onda, mentre chi non riusciva a scansarsi finiva travolto.

Scavalcarono un carretto, gettarono al lato della strada un Femtita che portava sulla testa un grosso cesto. D'un tratto il camminamento parve bloccato. Talitha era sul punto di tirare le redini, ma il drago fu più rapido di lei. Afferrò con i lunghi artigli i rami laterali e proseguì per un tratto appeso alla parete del tunnel. Talitha urlò con tutto il fiato, lottando per rimanere salda in groppa.

Solo dopo un po' ebbe il coraggio di guardarsi indietro. Non c'erano inseguitori in vista, ma pensare di averla scampata, con la confusione che si stavano lasciando alle spalle, era pura follia. Presto la Guardia sarebbe stata avvisata di quel che era successo e si sarebbe messa sulle loro tracce.

«Allontaniamoci un altro po', poi scendiamo!» urlò Saiph.

«Il drago ci serve!» ribatté Talitha. «Dobbiamo andare il più lontano possibile!»

«Muoverci così equivale a disegnarci un bersaglio sulla schiena. Tra un po' dobbiamo scendere!»

Imboccarono una deviazione dopo mezza lega, e si infilarono in un camminamento meno frequentato.

«Ferma, ferma!» ordinò Saiph al drago, mentre Talitha tirava le redini con forza.

L'animale ruggì, levò il capo verso l'alto e Talitha sentì le redini scivolarle tra le palme e bruciarle la pelle. Quasi le sfuggirono di mano, ma in un ultimo spasmo riuscì a trattenerle. Il drago rallentò fino a fermarsi, e finalmente tutto tacque. Sotto di loro, il torace dell'animale si alzava e si abbassava al ritmo del suo possente respiro.

Saiph e Talitha si lasciarono scivolare a terra.

«Ora dobbiamo nasconderci, lasciamo andare il drago.» Saiph si alzò a fatica. Gli girava la testa e si sentiva stanchissimo.

*Ho perso troppo sangue...* pensò, ma scacciò quella

consapevolezza e si costrinse a concentrarsi sul presente.

Si avvicinò al drago, gli accarezzò il ventre. Benché fosse vecchio, restava un superbo animale. Come tutti i draghi del Regno dell'Autunno, era un anfibio: le zampe, dotate di lunghi artigli, erano palmate, e le ali atrofizzate, sulla schiena, erano costituite da una membrana traslucida ed elastica. La cresta, attorno al muso lungo e appuntito, era stondata, sebbene dotata di rostri affilati. La sua pelle era di un grigio che si colorava di pallido azzurro lungo l'arco dorsale, e sfumava in un bianco latteo sul ventre.

«Dobbiamo allontanarci da qui» disse Talitha. «E con un drago non ci metteremmo niente ad arrivare nel Regno dell'Inverno.»

«Saremmo troppo riconoscibili. No, non possiamo tenerlo con noi.»

Rapido, Saiph sfilò la Spada di Verba dalla sua custodia, sulle spalle di Talitha, e con l'elsa diede un forte colpo al ventre dell'animale. Il drago ruggì, poi scappò via lungo il camminamento.

«Seguiranno lui, non noi» disse guardandolo allontanarsi. Poi si voltò verso Talitha: sembrava reggersi in piedi a stento. «Adesso cerchiamo un buon rifugio e ci rimettiamo in forze» aggiunse, sforzandosi di sorridere.

Dovettero camminare per un'altra ora buona prima di individuare un ricovero. Era piccolo e mal tenuto, ma era un posto in cui riposarsi. Finalmente si concessero un po' di tregua.

Talitha mise da parte la spada e fece per prendere le mani di Saiph, che si schermì. «È tutto a posto.»

Lei le afferrò con presa salda. «Non direi proprio.»

Osservò le bende coperte da larghe macchie di sangue, poi cominciò a toglierle, lentamente. Sotto, era peggio di quanto pensasse. Le ferite erano ancora aperte in molti punti, e dov'erano più profonde si vedeva l'osso. Sentì lo stomaco rivoltarsi, ma si fece forza e cercò di ricordare qualche incantesimo di Guarigione più potente.

All'improvviso, un rumore di passi la distrasse.

«Hai sentito?» disse un uomo dalla voce stridula.

«Non c'è nessuno qua» rispose un altro.

«C'è un ricovero. E se fossero là?»

Per Talitha fu come se il mondo le crollasse addosso. Saiph le mise un dito sulle labbra e, cercando di mantenere i nervi saldi, si calò verso il basso lungo la forcella del Talareth. Lei lo seguì in assoluto silenzio. I passi, sopra di loro, si avvicinavano.

«Stai perdendo il tuo tempo. Qui ci è passato un drago, non vedi? Hanno proseguito.»

«Tu lasciami fare. Ho sentito qualcosa.»

Scesero ancora, e ancora. Il ricovero adesso era ad almeno un paio di braccia sopra le loro teste. Sotto, erba nera e lucida. Finalmente Saiph si fermò, e Talitha lo raggiunse portandosi al suo fianco. Non c'era aria, là sotto, per cui dovettero attaccarsi a quel po' che il suo ciondolo di Pietra dell'Aria aveva ancora intorno. I rami sopra di loro si mossero. I due erano entrati nel rifugio. Li sentirono frugare tra le foglie.

«Te l'ho detto che era una perdita di tempo.»

«Ve bene, va bene...»

L'altro imprecò, poi le voci pian piano si allontanarono.

Talitha e Saiph aspettarono col fiato sospeso, quindi risalirono fino al ricovero. Le mani di Saiph lasciavano scie rosse sui rami, e Talitha notò preoccupata che peggioravano sempre più.

Dopo che furono rientrati nel rifugio, Talitha prese i polsi di Saiph, si concentrò e pronunciò la formula. Poche parole che fecero brillare la Pietra dell'Aria sul suo petto. Una luce rosata avvolse le mani di Saiph. Talitha rimase concentrata finché non ebbero un fremito. Poi la luce si spense, e lei si abbandonò con la schiena contro il legno.

«Ho purificato la ferita e accelerato la guarigione, non dovrebbe più fare infezione.»

«Grazie» disse lui.

Trasse due mele e un tozzo di pane dalla bisaccia. Talitha fece per mangiare, ma appena diede il primo morso le parve che tutto avesse un disgustoso sapore di sangue.

«Lo so» disse lui «è stato difficile anche per me, ma dobbiamo rimetterci in forze. Poi sarà ancora peggio.»

«Adesso non ci voglio pensare» lo bloccò lei. «Ora siamo liberi, solo questo conta. Liberi, Saiph, e vivi.»

Si addormentarono quasi subito, e caddero preda di un sonno denso e privo di sogni.

Si svegliarono poco prima dell'alba. Saiph fu il primo a rimettersi in piedi, sforzandosi di tornare presente a se stesso. Quando anche Talitha fu sveglia, gli ricontrollò le ferite. La carne era ancora rossa e irritata, ma non sembrava esserci segno d'infezione.

Saiph prese dal tascapane la mappa di Lanti. Se l'era quasi dimenticata, nei giorni di prigionia. La srotolò e studiò il percorso.

«Non ci siamo allontanati molto dalla strada giusta. La fortezza di Danyria è al confine col Regno dell'Autunno, per cui, se ci muoviamo sui camminamenti secondari... Nei pressi del lago Relio c'è Cresa, una cittadina che ospita l'allevamento di draghi più grande di Talaria. Mi è venuta un'idea.»

«E quale sarebbe? Non vorrai rubare un drago.»

«La fortezza si trova in un territorio impervio, e noi non siamo nelle condizioni di affrontare un viaggio così faticoso. Nel Regno dell'Inverno i camminamenti sono spesso ghiacciati e in salita; so di viandanti che sono morti nel tentativo di percorrerli a piedi senza il giusto equipaggiamento. Un drago ci farebbe arrivare più velocemente.»

«Ma è una follia, Saiph. Senza considerare che dovremmo volare lontano dalla protezione dei Talareth. Non potremmo respirare.»

«Abbiamo la tua Pietra.»

«Non sono sicura che ci garantirà aria a sufficienza.»

«Forse c'è una possibilità» disse Saiph, pensoso. «La tua Pietra è troppo piccola per trattenere aria a lungo lontano dai Talareth. Ma se non possiamo muoverci vicino agli alberi, potremmo avvicinare gli alberi a noi.»

«Che intendi dire?» fece Talitha.

Saiph strappò un rametto dall'intrico che costituiva il camminamento. «Quanto può vivere un ramo di Talareth staccato dalla pianta?»

«Continua a produrre aria per uno o due giorni, a quanto mi hanno insegnato al monastero.»

«Bene. Saranno sufficienti per la nostra traversata.»

«Ma pensi davvero che l'aria prodotta da un ramo ci basterà per respirare?» chiese Talitha, perplessa.

«Non ci resta che provare.»

# 33

L'Arteria scorreva davanti a loro in un fluire caotico di persone, animali e merci. C'erano Guardiani a dorso di drago, nobili in viaggio, mercanti di schiavi con le loro carovane di disperati. E c'erano i mendicanti, a frotte, divorati dalla fame. Era esattamente come Talitha la ricordava, ma non le era mai parsa così pericolosa.

Dopo quel lungo vagabondare si era disabituata alla folla, e mescolarsi alla gente comune le risultava innaturale. Lei e Saiph non avevano più nulla a che fare con il mondo normale, e in ogni passante ormai vedeva solo un possibile delatore. Lì erano terribilmente esposti, ma dovevano correre il rischio per raggiungere Cresa.

Saiph le appoggiò una mano su una spalla e strinse forte. «Camminiamo tranquilli e a testa bassa, e nessuno baderà a noi.»

Fu lui a muovere il primo passo nell'Arteria, e Talitha fece appena in tempo ad afferrare un lembo del suo mantello prima che venisse inghiottito dalla folla.

In un istante divennero parte del flusso della grande via di comunicazione e del suo indistinto brusio. Passi, risa, pianti, il trascinare lento delle catene degli schiavi, il ruggito di un drago, il clangore delle ruote dei carri sulle pedane: tutto si confondeva in un brulicante rumore di sottofondo. Era un rumore che parlava di quotidianità, di vita.

Una vita che sembrava ora distante, irraggiungibile, pensò Talitha. E quel che sarebbe accaduto di lì a poco avrebbe tracciato il solco definitivo. Le mani le sudavano e la spada, sulla schiena, pesava più che mai.

Arrivarono a Cresa prima del previsto e infilarono con noncuranza una piccola deviazione laterale che conduceva all'allevamento dei draghi.

Giunsero in vista della meta a sera inoltrata. Sotto un Talareth di medie dimensioni, le foglie di un giallo acceso, si snodava un recinto alto una ventina di braccia, con un gigantesco portone di metallo al centro. Saiph e Talitha si nascosero in un piccolo cespuglio, studiando la situazione. Dall'interno dell'allevamento si udivano potenti ruggiti.

Sgusciata dal cespuglio, Talitha prese la corda che aveva conservato nel tascapane e formò un cappio. La fece roteare tre volte, poi la lanciò pronunciando la formula di Levitazione. Il cappio si adagiò obbediente a uno dei pali del recinto. Talitha tirò la fune per saggiarne la resistenza e cominciò ad arrampicarsi per prima puntando i piedi sulla palizzata. Saiph la seguì, e quando entrambi furono in cima, rimasero a osservare l'interno dell'allevamento che si apriva sotto di loro. C'erano un basso edificio centrale e due enormi arene in cui con tutta probabilità avveniva l'addestramento dei draghi. Gli stalli erano almeno una decina, molto più grandi di quelli in cui avevano sostato con Melkise, ed erano coperti da tettoie di legno. Dall'interno provenivano rumori gorgoglianti, schioccare di zanne, artigli che grattavano il terreno, sbuffi. Talitha ebbe un brivido immaginando quali zampe poderose potessero fare un rumore così forte da giungere fin lassù, e quali enormi froge potessero soffiare con tanta impazienza.

«Dove andiamo?» chiese con un filo di voce.

«A te la scelta.»

Talitha indicò lo stallo più vicino al punto in cui si trovavano, quindi strinse le braccia intorno ai fianchi di Saiph e con un incantesimo di Levitazione planò di sotto. Ormai era diventata più esperta in quel tipo di magia e atterrarono quasi morbidamente.

Si diressero guardinghi allo stallo. Era chiuso da un enorme chiavistello di legno. Talitha provò a far leva per alzarlo, ma quello non si spostò neppure di mezzo pollice. Saiph le venne in soccorso, e solo grazie allo sforzo di entrambi riuscirono a tirarlo su quel tanto che bastava ad aprire e intrufolarsi dentro.

Il drago dormiva, le ali ripiegate ai lati del corpo e la testa appoggiata a terra. Era rosso, quasi viola sul dorso e lungo l'orlo delle ali, tese tra i lunghi artigli delle zampe anteriori. La cassa toracica si sollevava ritmicamente, e l'aria sibilava entrando e uscendo dalle narici. La lunga coda era avvolta intorno al corpo, quasi a proteggerlo. Talitha ne ebbe al tempo stesso un'impressione di potenza e di tenerezza. Non era tra i più grandi esemplari che avesse visto, e in lunghezza avrebbe riempito al massimo la sua cella al monastero, ma le sembrò l'ideale per muoversi rapidi.

Osservò attentamente la Pietra dell'Aria che portava al collo, a cui aveva legato un rametto di Talareth. Sperava che fosse in grado di rilasciare aria a sufficienza. L'idea di Saiph, che le era parsa buona fino a pochi minuti prima, ora le sembrava ridicola.

*Moriremo soffocati*, pensò. L'incubo di tutti i Talariti.

Il drago sbuffò appena, spostando una zampa.

Talitha notò i due ampi tagli che presentava sulla parte superiore del collo. Secondo i suoi studi al monastero, era grazie a quelli che i draghi potevano respirare anche dove l'aria era più rarefatta.

Piano, si misero ai lati della bestia. Saiph appoggiò le mani sulle squame. Erano fredde, quasi viscide. Guardò Talitha, poi annuì.

Con uno slancio gli montò in groppa, e il drago si riscosse di colpo. Si alzò sulle zampe posteriori e lanciò un urlo che fece tremare le pareti dello stallo. A dispetto di quando era accovacciato, a Talitha in quell'istante parve immenso. Un terrore cieco la paralizzò. Di fronte a quelle zampe, a quelle zanne affilate e al petto possente, lei era nulla. Sarebbe bastato un soffio, un battito d'ali, e sarebbe stata spazzata via.

Saiph si aggrappò al collo dell'animale con tutte le sue forze, mentre quello sgroppava furibondo.

«Le catene!» urlò.

Il drago scese sulle zampe anteriori, e Talitha dovette fare una capriola per non finire schiacciata.

«Spezza le catene!» insistette Saiph.

Talitha sguainò la spada e vibrò il colpo. Dovette calare la lama due volte, ma alla fine la catena saltò. L'afferrò con una mano, quindi prese la rincorsa e spiccò un salto, atterrando sul dorso dell'animale e stringendosi a Saiph.

All'improvviso la porta si aprì e irruppe un giovane Femtita. I suoi occhi si colmarono di paura e stupore, ma si riprese subito e gridò con tutto il fiato che aveva in gola: «Al ladro! Al ladro!»

Talitha strattonò con violenza la catena. «Corri, dannazione, corri!» strillò.

Il drago emise un grugnito profondo e si lanciò contro la porta, travolgendo il Femtita e spalancando le due pesanti ante di legno.

Nel piazzale stavano già accorrendo altre sentinelle, allarmate dal rumore: pochi istanti, e Talitha e Saiph sarebbero stati circondati.

«Vola, bello, vola!» gridò Talitha disperata, tirando più forte le catene.

Il drago levò al cielo un ruggito possente. Poi prese lo slancio, aprì le ali e spiccò il volo.

Talitha percepì una vertiginosa sensazione di vuoto allo stomaco, mentre l'aria fredda le sferzava il viso e la schiacciava contro le squame dell'animale. Ma tenne a freno la paura, strinse la catena e tirò ancora. Sentì i muscoli della bestia tendersi sotto le sue cosce, le ali pompare e la terra allontanarsi sempre di più. Il drago prese a muoversi in circolo sopra l'allevamento. I rami del Talareth erano a un nulla dalle loro teste, mentre di sotto l'edificio cominciava a illuminarsi di fiaccole e sembrava un piccolo quadrato di luce immerso nell'oscurità.

«Dobbiamo andarcene da qui!» urlò Talitha. Il piazzale era ormai pieno di guardie, addestratori e sentinelle, e una prese a correre verso uno degli stalli.

«Ci inseguono!» gridò Saiph.

Talitha afferrò la catena con entrambe le mani e tirò con forza: «Via, via!» urlò.

L'animale virò stretto, e quasi li sbalzò dalla groppa. Poi lanciò un altro ruggito, sfrecciò sotto le fronde del Talareth e si infilò in uno spazio aperto nell'intreccio dei rami. Due colpi d'ala decisi, e furono in cielo, lontano dalla protezione degli alberi.

L'aria frustò loro i volti, sottile e rarefatta. Talitha trattenne istintivamente il fiato e strinse gli occhi.

«Funziona, padrona, prova a respirare!» urlò Saiph.

Lei prese una prima esitante boccata. L'aria sapeva di frescura, lo stesso odore che aveva al monastero. Respirava. Respirava!

Abbassò gli occhi al ciondolo che le pendeva dal collo: il cristallo di Pietra dell'Aria brillava gagliardo accanto al rametto di Talareth.

Inspirò a lungo, e fu così felice che le venne da ridere. «Funziona!» esclamò stringendosi più forte a Saiph.

Notò che i tagli che il drago aveva lungo il collo vibravano, si aprivano e si chiudevano. Capì che funzionavano come le branchie di un pesce. Non servivano a respirare nell'acqua, ma a prendere l'aria dove un essere umano sarebbe morto.

«Avevi ragione» urlò per superare il rumore delle ali, ma Saiph non rispose. Aveva il volto girato per guardare alle proprie spalle. Talitha ne seguì lo sguardo, e un misto di paura ed eccitazione la travolse.

Dietro di loro, sopra il Talareth dell'allevamento che piano piano si allontanava, si stendeva una vastità scura e sconfinata. L'avevano già vista, la notte che erano scappati dal monastero, ma non così grande e profonda.

Il cielo.

Punteggiato da miriadi di stelle, era illuminato da due sottili falci, una lattescente e l'altra rossastra. Le lune. Talitha sapeva come erano fatte, naturalmente: le aveva viste raffigurate in antiche pergamene e affreschi, realizzati prima che le sacerdotesse vietassero la pratica come blasfema. Ma dal vivo erano uno spettacolo che toglieva il fiato, che faceva tremare il cuore.

*Per questo è proibito, per questo nessuno deve vederlo, perché è troppo bello e troppo terribile.*

Si chiese come fosse poter guardare da vicino Miraval e

Cetus, come facevano le sacerdotesse con i loro strumenti. E si chiese come sarebbe stato quando Cetus avrebbe bruciato Nashira, secondo quanto dicevano i documenti segreti custoditi nel Nucleo. Un cielo di fiamme e fuoco, che avrebbe divorato tutto. Uomini, animali, alberi. Anche i draghi sarebbero morti, consumati, nonostante la loro pelle spessa e la loro potenza.

Talitha chiuse gli occhi e girò la testa, costringendo Saiph a fare lo stesso.

«Non è uno spettacolo per noi» disse con la voce che le tremava.

«Forse ci abitueremo, un po' alla volta» rispose lui, ma anche la sua voce era incrinata.

Talitha guardò in basso. Da lassù Talaria sembrava completamente diversa. Il nero dell'erba era tagliato dai nastri brillanti dei fiumi. A sovrapporsi a quella rete liquida, l'intreccio dei camminamenti, tirati come fili di una ragnatela tra Talareth e Talareth. Le parve strano che, nonostante tutto quello spazio libero, la loro vita si consumasse entro le regioni anguste coperte dagli alberi. Il mondo aveva infinite vie, mille strade da esplorare, e loro, a causa della natura di quel posto, potevano percorrerne solo alcune, quelle già tracciate. La dipendenza della sua gente dalla Pietra dell'Aria, e le leggi che vietavano di possedere il prezioso minerale a chi non facesse parte della casta sacerdotale, limitavano molto le possibilità di esplorare l'ignoto, le strade non ancora battute.

*Noi stiamo infrangendo questa regola... Noi stiamo aprendo percorsi nuovi*, pensò con un misto di orgoglio e paura.

Il lago Relio apparve in lontananza, una vastissima distesa che brillava alla luce delle due lune.

«Quanto è lontana Danyria?» chiese Talitha.

«Secondo la mappa, un paio di giornate di cammino. Ma a dorso di drago... molto meno» disse Saiph con un sorriso.

Sorvolarono il Relio in un'unica tornata. Il drago batteva ritmicamente le ali, instancabile, e loro si godevano un meritato riposo. Certo, restare tutto il tempo aggrappati alla bestia era stancante, ma meno di quanto non fosse camminare con la costante minaccia della cattura. Lì, dove erano certi che nessuno potesse arrivare, si sentivano al sicuro. Non fosse stato per il sottile disagio che provavano all'idea di essere allo scoperto, senza la confortante chioma di un Talareth tra loro e il cielo, sarebbe stato un viaggio perfetto.

All'alba li salutò un cielo grigio compatto, come se qualcuno avesse steso una coperta protettiva tra loro e i soli. Talitha non poté che sentirsene rincuorata.

«Non ti ha spaventato il cielo, ieri notte?» chiese a Saiph.

Lui scrollò le spalle. «Sì, ma è solo perché non siamo abituati a vederlo. Da quando eravamo bambini non hanno fatto che ripeterci che guardarlo è peccato. Invece è solo tanto buio tutto assieme costellato di piccole luci.»

«Non è solo questo, e lo sai. È che sotto un Talareth possiamo credere di essere unici e speciali, raccontarci di essere i prediletti dagli dei e che Talaria è tutto il nostro orizzonte. Ma quando esci e alzi gli occhi, ti accorgi che sei solo un punto in mezzo al niente.»

«Probabilmente è proprio per questo che non vogliono che guardiamo» disse Saiph.

Talitha rimase stupita da quella frase. Non ci aveva mai pensato. Per qualche ragione, le lasciò addosso un retrogusto piacevole, un sentore di libertà. Stavano violando molte regole e molti tabù, e la cosa certo la spaventava, ma la riempiva anche di una strana euforia. Come se per la prima volta in vita sua, e per un attimo appena, fosse libera davvero. Sorrise nel buio.

Il passaggio del confine con il Regno dell'Inverno fu quasi impercettibile. Talitha si era attesa neve in abbondanza, e un freddo da ghiacciare le ossa, e invece avvertì solo un lieve abbassamento della temperatura.

«Non dovrebbe esserci la neve?» chiese.

«Uno schiavo che veniva da queste terre, a palazzo, diceva che ha iniziato a sciogliersi. Prima arrivava fino al confine col Regno dell'Autunno e oltre, adesso retrocede di anno in anno.»

Anche qui gli effetti di Cetus si facevano sentire, si disse Talitha. Ovunque andassero, non facevano che imbattersi nei segni della fine. Inesorabile, Nashira stava cambiando volto. Dall'alto, distinsero una miriade di fiumi che sulla mappa di Lanti non erano segnati.

«Il ghiaccio che si scioglie dovrà pur finire da qualche parte...» osservò Saiph.

Ben presto giunsero in vista delle prime città. I Talareth apparivano ancora diversi da quelli degli altri regni: i tronchi, lunghi e contorti, erano coperti da una corteccia spessa e scura. Le foglie aghiformi erano lunghe e verdi, raggruppate in ciuffi di varie dimensioni sparsi lungo i rami.

Sulle sponde del Relio sorgevano due grosse città. Una era stata del tutto sommersa dalle acque, mentre l'altra si era salvata solo perché si trovava su una scogliera. Saiph le individuò sulla mappa. «Kavissa e Kamta. Non manca molto a Danyria.»

Il cristallo di Pietra dell'Aria cominciava però a brillare di una luce più tenue, ed entrambi respiravano un po' a fatica. Anche il drago aveva diminuito l'andatura, e i tagli sul collo si dilatavano e restringevano a un ritmo frenetico.

«Non dovrebbe durare più a lungo l'effetto del ramo sulla Pietra?» chiese Saiph.

«In condizioni normali, sì. Ma noi abbiamo respirato troppo in fretta l'aria che produceva» rispose Talitha preoccupata.

«Per fortuna non ne avremo bisogno ancora per molto» disse Saiph indicando davanti a sé. «Il nostro volo sta per finire.»

Furono costretti ad atterrare sotto un camminamento largo solo poche braccia. Il drago, stremato, si accasciò sull'erba non appena ebbero posato piede a terra. I tagli sul collo pulsavano frenetici.

«Secondo te ce la farà a sopravvivere?» chiese Talitha, affannata.

«È solo stanco. Andrà verso un camminamento e se la caverà, vedrai. Guarda, ce n'è uno laggiù.»

Talitha guardò a lungo l'animale. Non avevano trascorso molto tempo assieme, ma in qualche modo si era affezionata a lui. Aveva salvato loro la vita.

Lo accarezzò sul muso, appoggiò la fronte alle sue squame.

«Non fare lo stupido. Vedi di salvarti» gli sussurrò staccandosi da lui.

Si avvolse nel mantello mentre si arrampicava verso il camminamento, qualche braccio sopra le loro teste: adesso sì che aveva freddo, un freddo terribile come non aveva mai sentito in vita sua. Il mantello era del tutto insufficiente a riscaldarla, e il gelo penetrava attraverso gli stivali. L'aria, però, aumentava a mano a mano che salivano. Si fermarono dopo una decina di minuti di arrampicata, a cavalcioni di una forcella. Respirarono a pieni polmoni, il fiato che coagulava in dense nuvolette bianche.

Si ritrovarono presto con mani e piedi ghiacciati, e ogni passo diventò una tortura. Il camminamento si fece impervio. Come nel tratto che avevano percorso nel Regno dell'Autunno, si trasformò in una malandata passerella sospesa sull'abisso e appoggiata per un lato a una parete rocciosa. Talitha quasi non se ne accorse, tanto la sua mente era proiettata alla meta. Una volta che avessero trovato l'eretico, tutto avrebbe avuto un senso: la morte di sorella Pelei, il Guardiano che aveva ucciso, i furti, ogni singolo atto compiuto lungo il viaggio.

*E poi?*

Poi non lo sapeva. Il suo piano terminava con quell'incontro. L'eretico avrebbe fermato la siccità e la carestia? Avrebbe riportato Cetus al suo sonno? E come? Era una domanda che cercava di eludere il più possibile. Adesso contava solo raggiungere quell'individuo, sperando fosse ancora vivo. Tutto quel che veniva dopo si perdeva in una nebbia indistinta.

La neve scese verso sera. Le tavole di legno sulle quali si muovevano d'improvviso iniziarono a macchiarsi di un velo biancastro. Sembrava farina sparsa da un setaccio invisibile.

L'aveva sognata durante tutta la sua infanzia, e per molto tempo aveva disperato di poterla mai vedere. La sfiorò con le dita, e alcuni fiocchi le rimasero appiccicati ai polpastrelli. Erano minuscoli ma perfetti, e le diedero l'impressione di qualcosa di bellissimo e infinitamente fragile, proprio come Nashira. Bastò unire le dita un istante per farli dissolvere.

Ripresero a camminare, mentre la temperatura scendeva con la sera. Il vento, fuori, teso e gelido, faceva gemere il camminamento, che qua e là sembrava contorcersi sotto le raffiche.

«Speriamo che manchi poco, o ci congeleremo» osservò Talitha, cercando di controllare il battito dei denti.

«Un dio deve averti ascoltata» disse Saiph, dietro l'ultimo tornante della galleria. Un paio di passi, e Talitha lo raggiunse. La fortezza era davanti a loro.

Si ergeva su un picco roccioso, completamente spoglio fatta eccezione per l'imponente Talareth che spuntava sulla cima. La costruzione si inerpicava di lato, i contrafforti più alti che sfioravano i rami inferiori dell'albero con i loro orli merlati. Era un unico, immenso torrione a base pentagonale, più largo verso la base e più stretto verso l'alto. La sua tozza figura era traforata da rade e minuscole aperture, feritoie più che vere e proprie finestre. L'accesso era consentito da un piccolo ponte sospeso sul nulla. Alla luce del tramonto, la roccia appariva minacciosa e austera; un luogo di tenebra e sofferenza, una fortezza inespugnabile. Talitha sentì un moto di sconforto riempirle il cuore.

«Un altro posto con un'unica via di accesso» osservò Saiph.

Talitha strinse i pugni sotto il mantello. «Non sarà certo questo a fermarmi.»

# 34

Talitha e Saiph si nascosero dove il camminamento si biforcava e conduceva alla passerella sospesa, dietro un piccolo slargo coperto da rami e foglie. Attesero che i soli tramontassero completamente, stringendosi nei mantelli per combattere il freddo.

Alla fioca luce delle lune, il panorama divenne spettrale: i rami del Talareth sembravano tesi verso il cielo come vecchie dita deformi. La fortezza non era altro che un'enorme lastra di buio, tranne alcune feritoie poste più in alto, dietro le quali brillava la luce di una candela.

«Dev'esserci poca gente, dentro» osservò Saiph.

«E nessuno all'ingresso» disse Talitha, scrutando il camminamento sospeso che giungeva sino al portone della fortezza.

«Però basta che ci siano un paio di Guardiani dietro la porta, e siamo spacciati» aggiunse Saiph.

Un minimo errore, e tutti gli sforzi che avevano fatto per giungere fin lì sarebbero stati inutili.

Nel frattempo aveva preso a nevicare più fitto. Era uno spettacolo così insolito per chi veniva da un regno perennemente caldo che entrambi rimasero a naso in su, ad ammirare i fiocchi che volteggiavano nel cielo. Il paesaggio sembrava catturato in una specie di incantesimo, il tempo si era come fermato e ogni cosa appariva trasfigurata. La neve si depositava lenta sui rami più alti del Talareth, imbiancandoli a poco a poco e gelandoli in un sonno di quiete. Nel suo candore, sembrava portare promesse di pace, e Talitha si sentì rasserenata. Forse potevano ancora farcela.

«Andiamo» disse sguainando la spada. Attraversò di corsa tutto il camminamento, le tavole che gemevano e ondeggiavano sotto i suoi passi. Si fermò sotto il portone. Nessun rumore proveniva da oltre le mura, niente che si muovesse nei dintorni. Poi notò accanto ai suoi piedi delle tracce scure, che la neve stava coprendo. Le indicò a Saiph quando la raggiunse.

«Sangue» disse lui chinandosi a toccarlo. «Qui è successo qualcosa.»

Esaminò l'ingresso della fortezza. Era una massiccia porta ricoperta di borchie in bronzo, alta almeno dieci braccia e socchiusa verso l'esterno. Il legno era scheggiato in più punti, e la barra di ferro che fungeva da chiavistello pendeva divelta dai cardini. Qualcosa doveva averla colpita così forte che anche alcune delle borchie erano saltate.

«Non mi piace» sussurrò Talitha.

«Neanche a me.» Saiph estrasse il pugnale dalla cintura.

L'interno era caldo, ma di un tepore malsano. L'odore che riempiva l'aria ormai Talitha lo conosceva bene: il sentore metallico del sangue, assieme alla nota dolciastra della putrefazione. Al buio completo, avvertì un terrore cieco stringerle la gola.

«Saiph, dove sei?»

I pochi istanti che lui impiegò a risponderle le parvero un'eternità.

«Qui... da qualche parte. Riesci a fare un po' di luce?»

Talitha frugò alla cieca nel tascapane, ne trasse il globo. Vi infuse il suo Es e il vetro si accese di una dolce luce azzurrina, rischiarando lo spazio. Erano in uno stretto corridoio. Sul fondo, due cadaveri appoggiati alle pareti. Indossavano una cotta in maglia metallica, coperta da una casacca nera con ricamato un fiore di ghiaccio, il simbolo della Guardia del Regno dell'Inverno.

Saiph si avvicinò ai corpi. «Ho bisogno di luce» disse.

Talitha sollevò il globo. La pelle dei due Guardiani aveva l'aspetto della cera sciolta e poi solidificata. Uno aveva gli occhi aperti, e le sue pupille splendevano a quel tenue lucore.

«Non credo siano morti da più di un paio di giorni» disse Saiph.

«Da cosa lo intuisci?»

«Sono uno schiavo, padrona. Gli schiavi muoiono spesso, e io... ho avuto a che fare con svariati cadaveri. Anche se non ne ho mai visti ridotti così.»

Talitha ricordò lo schiavo ucciso a bastonate da suo padre la sera della loro partenza per Larea. Chissà quante volte era successo, chissà quante volte Saiph aveva dovuto assistere a quello scempio, o forse addirittura occuparsi del corpo.

Avanzarono piano lungo il corridoio. Fuori il vento aveva ripreso a soffiare forte, e il suo ululato faceva gemere l'intera costruzione di un lamento lento e sinistro. Talitha fu scossa dai brividi, ma volle credere che fosse colpa del freddo.

Sbucarono in una stanza quadrata, larga una decina di braccia, ma col soffitto altissimo, sotto il quale si incanalava il vento producendo un rumore sibilante. Era il corpo centrale della prigione. Lungo una scala che si avvolgeva fino al soffitto si aprivano le porte metalliche delle celle, quasi tutte spalancate e in apparenza vuote. A terra, lo spazio era ingombro di corpi. C'erano Guardiani, ma anche prigionieri coperti da lacere casacche di tela.

Talitha avanzò tra i cadaveri. Erano tutti Talariti.

«Cosa pensi che sia successo?» urlò per sovrastare il fragore del vento. Le girava la testa, e aveva la nausea.

«È scoppiata una rivolta. La mia gente ha assalito le guardie ed è scappata.»

«Dobbiamo guardare nelle celle.»

«Se è vivo, l'eretico sarà scappato anche lui.»

«Non importa! Dobbiamo controllare» insistette Talitha. «Siamo venuti fin qui, non dobbiamo lasciare nulla di intentato.»

Iniziarono a salire la scala. Sebbene da sotto sembrasse integra, era pericolante e bruciata in più punti. La ribellione doveva essere stata molto cruenta.

Talitha entrò nella prima cella. Era nulla più di un cubicolo quadrato, le pareti lunghe un paio di braccia. Dentro non c'era alcuna mobilia: solo un po' di paglia lercia ammucchiata in un canto e un vaso di coccio sul pavimento. Il soffitto era estremamente basso, tanto che fu costretta a piegarsi per entrare. Non c'era neppure una finestra. Pensò a come dovesse essere vivere in un posto del genere, e subito fu assalita da un senso di oppressione. Appoggiò una mano sulla porta, spaventata all'idea che potesse richiudersi e bloccarla lì dentro.

«Qui non c'è niente, passiamo oltre» disse.

Salirono di piano in piano, perlustrando ogni stanza, con il fiato della morte sul collo. Furono costretti a scavalcare qualche cadavere mezzo mangiato dal fuoco o riverso sul pavimento in una pozza di sangue ormai rappreso. Le celle ancora chiuse erano vuote come le altre, ma senza traccia che qualcuno le avesse abitate. Probabilmente erano libere al momento della rivolta.

Quando mancò solo un piano, i loro passi si fecero cauti e lentissimi. Era da quelle finestre che avevano intravisto la debole luce.

L'ultimo piano, subito sotto il tetto, era un ballatoio di legno sul quale si aprivano sei porte, due per lato. Erano tutte chiuse.

Talitha si accorse di un esile bagliore che traspariva dalla fessura sotto una delle porte. Una luce tremolante, che pareva quella di una candela. Non potevano essere rimaste accese per giorni, dopo la rivolta. C'era sicuramente qualcuno.

Sentì il cuore riempirsi di speranza. Forse era l'eretico, forse il viaggio non era stato vano... Il suo primo impulso fu quello di aprire la porta, ma si trattenne. Lui non sapeva che lo stavano cercando, e non poteva immaginare le loro intenzioni. Forse si stava nascondendo spaventato, o forse li aspettava con un'arma in mano. Si dispose con la spada pronta e fece un cenno a Saiph.

Ma la porta si spalancò dall'interno prima che avessero il tempo di fare qualunque cosa. Non c'era l'eretico lì dietro, ma un'orda di Femtiti che proruppero come sangue da una ferita, armati di spade e pugnali, avventandosi contro di loro urlando.

Talitha iniziò a menare fendenti in ogni direzione, e ovunque colpisse la sua spada incontrava acciaio nemico e lo spezzava. L'aria si riempì di scintille e grida.

Un Femtita armato di spada le venne incontro e lei arretrò verso la sponda del ballatoio, scostandosi all'ultimo e lasciando che l'aggressore cadesse oltre il parapetto, trascinato dal proprio slancio. Poi si avventò contro un secondo avversario, mulinando la lama con tutte le sue forze e costringendo un terzo ad arretrare per non ferire il compagno. Ma erano troppi, troppi! Anche se non erano bravi spadaccini, la sovrastavano in numero. Già altri due le si avvicinavano cauti, cercando di stringerla nel mezzo, mentre un altro si preparava a prendere la mira con un pugnale. Talitha gli infilzò con rabbia la coscia e si voltò con la schiena al muro per parare l'attacco di quelli che la stavano circondando.

In quell'istante, un urlo sovrastò il fragore delle armi. «È Saiph! Fermi tutti, è Saiph!»

Le spade che stavano colpendo quella di Talitha si arrestarono. Lei alzò la guardia e volse lo sguardo in direzione del grido. Saiph era a terra, e un Femtita era inginocchiato accanto a lui. Sembravano essersi bloccati a metà di una lotta mortale.

«È Saiph!» ripeté quello, e lo aiutò a rialzarsi.

Il suo nome passò di bocca in bocca tra i Femtiti, che gli si affollarono intorno, battendogli pacche sulle spalle e aiutandolo a mettersi in sesto. Saiph era confuso, vagava da un volto all'altro senza capire. Poi intravide Talitha circondata dai suoi aggressori.

«Lasciatela stare!» gridò.

Tutti lo guardarono stupiti.

«È la Talarita che hai rapito?»

«È una lunga storia» disse lui. «Ma lei è con me, non fatele del male.»

Uno dei Femtiti gli si fece sotto. Era piuttosto anziano, il volto smunto ombreggiato da una barba ispida. Doveva essere il capo.

«Garantisci tu per la ragazza?» chiese con durezza.

«Sì, sì, garantisco io per lei» si affrettò a rispondere Saiph.

Il Femtita che la teneva sotto tiro abbassò la spada, e Talitha fece lo stesso.

«Cosa siete venuti a fare qui?» lo interrogò il capo.

«A cercare una persona» rispose Saiph. «Pensavamo fosse rinchiusa qui dentro. Volevamo… liberarla.»

«Da soli? Contro tutte le guardie?»

«Speravamo di avere fortuna. Trovare quella persona è di vitale importanza.»

«La persona che cerchiamo viene dal deserto, e non è né un Talarita né un Femtita» intervenne Talitha.

«Nessuno ti ha autorizzato a parlare» disse il capo con disprezzo.

Talitha guardò Saiph e lui le fece cenno di tacere. «Allora, lo conoscete?» chiese.

«Certo. Lo conosciamo molto bene» rispose il capo con un sorriso. «È stato lui che ci ha liberati.»

Un'ora dopo erano tutti riuniti attorno alla fiamma di un camino in pietra nell'ampia stanza che era stata un alloggio dei Guardiani. Il capo si era presentato come Gerdal, e aveva detto di essere stato condannato al carcere a vita per avere assalito una Talarita. In genere i Femtiti venivano giustiziati immediatamente quando si macchiavano di un crimine, ma il caso di Gerdal era stato considerato talmente grave che la morte era stata giudicata troppo pietosa. Avrebbe dovuto passare il resto della sua vita chiuso nel buco di una cella, una sorte che condivideva con gli altri prigionieri femtiti che si erano resi colpevoli di reati simili.

«Ma la mia accusa era falsa» disse con disprezzo l'anziano Femtita. «Anche se nessuno mi ha creduto.»

«Diteci dell'eretico» lo incalzò Talitha.

«È arrivato di notte» raccontò Gerdal «coperto da una specie di saio di lana e un cappuccio in testa. Era evidente che non volevano far vedere la sua faccia. Pensammo addirittura che si trattasse di te» disse rivolto a Saiph. «Il Femtita più ricercato dei quattro regni.»

«Vai avanti» lo esortò lui, a disagio. Non riusciva ad abituarsi al trattamento da eroe che tutti gli riservavano, anche se sapeva che era stata proprio la fama che lo precedeva a salvare la vita a lui e a Talitha.

«Quel disgraziato lo torturavano di continuo. Si occupava di lui Ganemea, il boia.»

A quel nome Saiph rabbrividì.

«Lo conosci?» gli chiese Talitha.

«Ogni Femtita lo conosce» rispose lui. «È un ex sacerdote, l'unica persona al mondo che riesce a torturare per davvero un Femtita. È capace di infliggere più di cento bastonate senza uccidere la vittima.»

Gerdal sputò a terra. «*Era*. La sua testa è infilata su una picca, nel lato ovest della torre. È stato l'eretico, quando si è stancato di farsi maltrattare.» Fece una pausa. «Quando lo torturavano non gridava mai, per quanti sforzi facesse Ganemea. Lo portavano fuori dalla sua cella con il buio e lo riportavano prima dell'alba. Poi, una notte, abbiamo sentito le urla delle guardie e rumori di lotta. L'eretico si era liberato. Ed è riuscito a liberare anche noi, perché le porte delle celle si sono spalancate di colpo. E finalmente lo abbiamo visto.»

«Com'era?» chiese Talitha, fremente.

«Era... strano. Aveva i capelli completamente bianchi, lunghi fino alle spalle; era magrissimo, ma dotato di una forza incredibile. Gli ho visto prendere una guardia con una mano sola e gettarla contro il muro come una bambola. E sulle scapole, qui...» indicò toccandosi la schiena «aveva come due ossa insanguinate che sporgevano. La cosa più incredibile di tutte, però, era la furia con cui si batteva. La sua arma era un bastone, un semplicissimo bastone, eppure con quello era in grado di tener testa a otto uomini armati fino ai denti. Si muoveva come non ho mai visto muoversi nessuno, così veloce che faticavi a vederlo. Lui si è accorto che lo spiavo dalla cella aperta, e sai cosa mi ha detto? "Vieni a darmi una mano, o no?" Aveva un accento strano, che non avevo mai sentito. Io l'ho aiutato con le guardie, e poi anche gli altri. Tre ore dopo, la prigione era presa.»

«Gli avete chiesto chi era?» domandò Saiph.

Gerdal annuì. «Certo che sì. Lui mi ha riso in faccia. "Nessuno che potete conoscere" mi ha risposto. Gli ho chiesto se voleva unirsi a noi, che pensavamo di unirci ai ribelli. Lui ha riso ancora più forte e ha detto che stava cercando qualcosa, che aveva il suo destino da seguire. Ha preso una spada, un po' di cibo e se n'è andato.»

Talitha era esterrefatta. «L'avete lasciato andar via?»

Gerdal la guardò contrariato. «E che dovevamo fare? Ci aveva salvato la vita.»

«E non vi ha detto dove andava?» chiese Saiph, cercando di mantenere la calma.

Gerdal scrollò le spalle. «A nord, credo.»

«Ai Monti di Ghiaccio» intervenne uno. Saiph lo guardò interrogativo. «Be', sì» continuò quello, un po' confuso per l'attenzione che gli veniva riservata «ha detto che andava lì, mentre saccheggiava la dispensa.»

«Se fossi in voi, lo lascerei perdere» disse Gerdal. «Non sembrava un tipo che ama la compagnia.»

«Non abbiamo scelta» replicò Talitha, nervosa. Se solo fosse arrivata un paio di giorni prima, si disse.

«Anche tu lo vuoi seguire?» chiese Gerdal a Saiph.

«Sì.»

«Potresti rimanere qui» gli propose l'altro «e lasciare la Talarita alla sua caccia. Non c'è posto più sicuro di questo, ora. La fortezza è nostra, e abbiamo mandato dei messaggeri ai ribelli perché ci raggiungano. Da qui partirà qualcosa di grosso, Saiph, qualcosa che cambierà la faccia di Talaria per sempre.» I volti intorno al fuoco si erano fatti all'improvviso vigili, accesi. «La schiavitù femtita sta per finire, siamo stanchi di aspettare che l'Ultimo venga a salvarci. Ci dobbiamo salvare da soli. E, comunque, molti pensano che sia *tu* l'Ultimo.»

Un silenzio denso seguì quelle parole. Tutti gli sguardi erano fissi su Saiph.

Lui sentì i peli sulla nuca drizzarsi. «Io sono un semplice Femtita come voi.»

Gerdal gli mise una mano sulla spalla. «Nessuno aveva mai fatto quel che hai fatto tu: hai incendiato un monastero! Hai rapito una contessa talarita e sei ancora libero! Il conte Megassa ti cerca con la bava alla bocca, sperando solo di farti la pelle.»

Talitha si riscosse appena al sentir pronunciare il nome di suo padre. Una sensazione insolita, quasi di estraneità, l'avvolse, come non fosse l'uomo che le aveva dato la vita quello di cui si stava parlando.

«Saiph, la tua presenza in mezzo a noi è l'arma che ci serve. I Femtiti che adesso non si ribellano per paura ti obbedirebbero in un lampo.»

Lui ponderò a lungo cosa dire, ma si rese conto ben presto che c'era una sola risposta possibile.

Chinò il capo e sorrise. «Ci penserò. Ma adesso ho bisogno di dormire.»

Prepararono due letti nella stanza attigua, del tutto identica a quella in cui si trovavano. Accesero il camino, diedero loro da mangiare, poi finalmente li lasciarono soli.

Talitha attese che la porta venisse chiusa.

«Che cosa vuol dire che ci penserai?» sbottò. «Vuoi davvero lasciarmi da sola adesso? Lo sai che...»

«Prepara la tua roba» la interruppe brusco Saiph. «Ce ne andiamo. Non ho la stoffa del ribelle né del capo, e non mi piace come questa gente mi guarda.»

Il volto di Talitha si addolcì all'istante. «Adesso sì che riconosco il mio stupido schiavo.»

# 35

Sgattaiolarono fuori dalla fortezza in assoluto silenzio. Talitha propose di prendere del cibo e qualcosa per difendersi dal freddo, ma Saiph fu irremovibile.

«Non me la sento di rubare niente: questa gente sta lottando per il mio popolo» disse. «E se non mi unirò alla loro rivolta, almeno non voglio ostacolarla.»

Talitha, suo malgrado, fu d'accordo. «Cercheremo di farci bastare i pochi frutti che ci sono rimasti.»

Marciarono verso nord, sotto un freddo tagliente e la neve che continuava a cadere. Di tanto in tanto qualche fiocco penetrava attraverso la coltre di rami e andava a morire sui loro mantelli.

Quando la fortezza fu molte leghe dietro di loro, sufficienti perché si sentissero tranquilli, si fermarono per prendere fiato in un ricovero a lato del sentiero. Lì faceva un po' meno freddo.

«I Monti di Ghiaccio sono una catena immensa, piena di miniere» disse Saiph guardando la mappa di Lanti.

«E l'eretico potrebbe essersi nascosto ovunque... Sempre che sia andato davvero tra quelle montagne» osservò Talitha.

«Non abbiamo alternative che cercarlo lì. Ma non possiamo andare alla cieca.»

Talitha lo guardò: «E quale sarebbe la tua proposta?»

Saiph indicò un punto sulla mappa di Lanti. «Qui c'è Orea, un villaggio di minatori proprio sul primo dei Monti di Ghiaccio. Ci vivono solo schiavi femtiti, fra cui anche dei miei parenti. Forse loro potranno aiutarci, dirci se è successo qualcosa di strano in questi ultimi giorni. Se è arrivato *qualcuno* di strano.»

«Hai paura dei tuoi simili che ti vedono come una specie di messia, e ti vai a nascondere da loro?»

«Sono i miei nonni, non mi tradirebbero mai. Ed è gente che conosce le montagne come le proprie tasche.»

Talitha tacque, sfregandosi i piedi doloranti per il freddo. «Ricordi, all'inizio, quando ero salita da poco al monastero e sognavo la fuga?» disse dopo qualche istante. «Allora pensavo di rifugiarci a Beata. Non mi preoccupavo di come avremmo fatto ad andarci, pensavo solo a come saremmo stati liberi, *liberi*, mi capisci?»

Saiph si sentì invadere dalla tristezza. Quanto avrebbe voluto che esistesse un posto in cui a separarli non ci fosse quell'abisso che gli impediva anche solo di pensare il suo nome. Ma non aveva mai creduto davvero nell'esistenza di Beata, Talitha lo sapeva.

«Se anche ci arrivassimo» continuò Talitha dopo un breve silenzio «quando Cetus impazzirà moriremmo ugualmente. Quindi, se non troviamo l'eretico, è inutile pensarci. Che strada prendiamo?»

Saiph indicò un sentiero sulla mappa. Iniziava ad albeggiare, e la luce era sufficiente per leggerla senza usare il globo luminoso.

«C'è un camminamento appena più grande di questo, a ovest, ma c'è un problema.»

«Quale?»

«Da questo punto in poi, il sentiero comincerà a essere frequentato. Carovane, viandanti. Abbiamo rischiato troppo finora, prima o poi qualcuno ci riconoscerà. Una Talarita e un Femtita che viaggiano assieme... siamo troppo riconoscibili. E non è detto che le persone in cui ci imbatteremo saranno ben disposte come quelle che abbiamo lasciato alla fortezza.»

«Che cosa potremmo fare?»

«C'è un'unica soluzione: io devo cambiare faccia. E tu devi smettere di essere una Talarita.»

Fu Saiph a procurarsi quello che serviva, recandosi in un piccolo villaggio lungo la strada. Da solo, nessuno lo riconobbe. Talitha lo aspettò nascosta nel rifugio lungo il sentiero; mille volte pensò che lo avessero catturato e si diede dell'idiota per non averlo accompagnato. Ma era l'unica possibilità, per quanto rischiosa.

Saiph tornò con una bisaccia sulle spalle, per il cui contenuto aveva speso i pochi nephem che era riuscito a nascondere evitando che finissero nelle mani di Melkise.

Nella bisaccia c'erano abiti femtiti di pessima qualità, ma caldi, e un assortimento di erbe con cui prepararono creme e tinture.

Due ore dopo Saiph passò sul volto di Talitha l'ultimo colpo di straccio imbevuto di colore.

«Fatto» disse.

Talitha aprì gli occhi. «Come sono?»

«Una perfetta mezzosangue.»

Lei sospirò e si passò una mano tra i capelli. Le fece una strana sensazione vederli così slavati, senza il loro splendido rosso. C'erano volute tre applicazioni di tintura per stingerli fino a quel verde pallido.

«Non funzionerà mai» disse.

«Funzionerà, invece. Cercano una testa rossa e una pelle color mattone. Non si aspettano una ragazzina pallida con i capelli quasi verdi. Saremo due Femtiti al lavoro per qualche padrone, nessuno controllerà.»

«Adesso è il mio turno, preparati» disse Talitha affondando le dita in una mistura violacea.

Quando ebbe finito, si allontanò per ammirare il suo lavoro. Soffocò una risata.

«A suo modo, ti dona» disse cercando di trattenersi.

Adesso il volto di Saiph era deturpato da un'enorme voglia, una macchia scura che risaltava sul candore della sua pelle e alterava i lineamenti.

«Sì, sì, molto divertente» tagliò corto lui radunando le loro cose.

Talitha si rimirò specchiandosi sul piatto della spada e si toccò lo strato di crema bianchiccia che aveva sulla faccia. «E se si scioglie?»

«Con questo freddo? Impossibile» la rassicurò Saiph.

«Però potrebbero riconoscermi dal mio modo di parlare: non ho l'accento femtita, si capirebbe che non sono una di voi.»

Saiph tacque qualche istante. «Ti fingerai muta» disse infine. «In queste zone non è raro incontrare schiavi a cui hanno tagliato la lingua.»

«Mmmm» mugugnò Talitha.

«Bravissima, vedo che sei già entrata nella parte. Vieni, è ora di andare.»

Uscirono dal ricovero e si misero subito in marcia.

Dopo mezza giornata arrivarono a Oltero. Era un villaggio infreddolito, stretto attorno a un Talareth malaticcio. Si erano spostati un po' a nord, ma al contempo erano scesi di altitudine, per cui la neve non imbiancava più il paesaggio. Le case erano umili costruzioni in pietra, di forma conica. In giro non c'era anima viva.

Si aggirarono adagio per le vie, gli stivali che scricchiolavano sul terreno screpolato dal freddo. I pochi viandanti che incontrarono non li degnarono di uno sguardo, e quando qualche Femtita sembrava osservare con più attenzione Saiph, lui si limitava a tirare il cappuccio sulla testa, come si vergognasse della grossa macchia che gli guastava la pelle.

Per Talitha la cosa peggiore era doversi muovere senza la spada al fianco. I Femtiti non possedevano armi, e averne una avrebbe attirato l'attenzione. Perciò l'aveva avvolta negli stracci e nascosta sotto il mantello, in una posizione in cui sarebbe stato molto difficile sguainarla rapidamente.

Entrarono in una locanda, dove mendicarono degli avanzi di cibo. Mentre aspettavano che l'oste prendesse qualcosa dalla cucina, rimasero ad ascoltare i discorsi degli avventori, nella speranza di poter cogliere qualche accenno che li conducesse all'eretico. Niente. Nessun fatto eclatante era successo negli ultimi giorni, nessun avvenimento di cui discutere nel caldo fumoso del locale.

Se ne andarono delusi e si avviarono verso l'uscita del villaggio. Proseguirono lungo il sentiero che s'inerpicava verso i Monti di Ghiaccio. Li vedevano ingrandirsi all'orizzonte, ma sembravano sempre troppo distanti, irraggiungibili.

Talitha si chiedeva spesso cosa stesse facendo in quel momento l'eretico. Forse si era nascosto in una miniera, o forse aveva continuato a camminare, allontanandosi sempre più da loro. Aveva detto ai Femtiti della fortezza che stava cercando qualcosa. Ma cosa? Che cosa voleva quell'essere di cui le sacerdotesse avevano paura? E se poteva fermare l'avanzata di Cetus, perché non lo stava già facendo?

Ma erano domande destinate a non avere risposta, finché non lo avesse incontrato.

Al calare delle tenebre, non riuscirono a individuare un nuovo rifugio sul sentiero. Le forcelle dei Talareth erano strette in quel punto, troppo per ospitare un ricovero, e l'unico che trovarono era mezzo crollato e inagibile. Si avvolsero nei mantelli e Talitha si addormentò di colpo, troppo distrutta dalla fatica. Saiph si predispose alla veglia, ma anche lui era stremato e dopo un'ora crollò miseramente.

Quello che li svegliò, poche ore dopo, fu la lama di una spada puntata alla gola. Il camminamento era pieno di Talariti armati fino ai denti, dall'aspetto rozzo. Per un attimo Talitha pensò che i Guardiani li avessero catturati, ma poi si accorse che quegli uomini non indossavano alcuna divisa, e che non avevano idea di chi fossero i loro prigionieri. Quello che sembrava il capo, un tizio tarchiato dalla bocca piena di denti spaccati, la punzecchiò con la spada.

«Chi è il tuo padrone, eh? Rispondi, mezzosangue.»

Talitha guardò Saiph, smarrita.

Lui la trasse d'impaccio. «Il nostro padrone è della casata del Vallo Infuocato, nel Regno dell'Autunno. Ci sta mandando alle miniere per… comprare del ghiaccio.»

L'uomo si grattò la folta barba. «Davvero? E hai una lettera che lo prova? Un lasciapassare?»

«L'abbiamo perduto durante il viaggio» si giustificò Saiph. «Non potete fermarci. Il nostro padrone ci punirà se ci mettiamo troppo tempo.»

Talitha con orrore vide uno di quegli uomini prendere la sua spada.

«E questa? Ve l'ha data il vostro padrone per difendervi?»

Risero tutti sguaiatamente. Talitha fece per scattare in avanti, ma Saiph le afferrò il braccio.

La spada passò al capo, che se la rigirò tra le mani. Era ancora camuffata, come quando avevano lasciato la casa di Lanti.

«Un bel rudere, complimenti» disse l'uomo guardandoli «ma un rudere che non è fatto per degli schiavi.» Si infilò l'arma alla cintola e fece un cenno a uno dei suoi. Questi fece schioccare una frusta, sulla cui estremità brillava una tenue luce azzurra, e la calò due volte, prima sulla schiena di Saiph, poi su quella di Talitha.

L'uomo si grattò di nuovo la barba. «Adesso ti dico come la penso, schiavo. Voi due non appartenete proprio a nessuno, e siete scappati per unirvi ai ribelli.»

«No, signore, vi assicuro...» cercò di blandirlo Saiph, ma l'uomo lo gettò a terra con una pedata.

«Taci! Dalle nostre parti quelli come te non parlano se non sono interrogati. E comunque, siete troppo lontani da casa. Sai quanti Femtiti si perdono camminando in queste zone, se sono abbastanza fortunati da non lasciarci la pelle?» L'uomo fece un cenno a quelli dietro di lui, che si precipitarono ad afferrare Saiph e Talitha. «Il vostro padrone vi rimpiazzerà facilmente.»

«Che cosa volete farci?» disse Saiph.

«Niente. Avete detto che volevate andare alle miniere? E ci andrete. Insieme agli altri.»

«Quali altri?» chiese Saiph, tremante.

«Gli altri schiavi. Dovevamo portarne cento alle miniere, ma due ci sono morti durante il viaggio. E voi li sostituirete.»

# 36

Li condussero in un'ampia costruzione circolare, al centro di un piccolo villaggio. I cacciatori di schiavi li gettarono dentro e richiusero la porta con un tonfo. Talitha si sentì soffocare per la puzza e il senso di oppressione. La gente era ammassata in ogni dove, i bambini in braccio alle madri, i corpi abbandonati su altri corpi. Non si riusciva a vedere neppure un angolo di pavimento libero. La maggior parte degli schiavi dormiva, stremata dalle fatiche della giornata, ma alcuni alzarono la testa verso l'ingresso.

«Chi è là?» sussurrò uno.

«Amici» disse piano Saiph.

Il tizio si mosse nel fondo della stanza. Talitha e Saiph andarono verso di lui e alla fioca luce che penetrava dalla finestra videro che era un uomo di mezza età, gli occhi chiari che scintillavano nel buio.

«Chi siete?» domandò.

Saiph si accovacciò accanto a lui. «Veniamo... dal Regno dell'Autunno. Ci hanno catturati lungo la strada.»

«Sono stati Yarl e i suoi uomini. Hanno preso molti di noi con la scusa che volevamo scappare e unirci ai ribelli. Non era vero, ma che importanza ha ora? Moriremo nelle cave di ghiaccio.» Gli indirizzò un ultimo sguardo, poi scrollò le spalle e si rimise giù, in silenzio.

«Non possiamo stare qui» sussurrò Talitha.

«Non abbiamo altra scelta, per ora. Hai visto quante sentinelle ci sono? E poi non abbiamo più la spada.»

Talitha sentì un'ondata di rabbia invaderle il petto: con il tempo, la Spada di Verba era diventata come un prolungamento del suo corpo, qualcosa di cui non poteva fare a meno. Le sembrava che le mani di quello schiavista la stessero profanando.

«È impossibile scappare ora» continuò Saiph. «Quelli sono abituati ai ribelli, ci prenderebbero subito. E poi stanno andando ai Monti di Ghiaccio, dove siamo diretti noi. Dovremo per forza attraversare Orea, e lì chiederemo aiuto ai miei nonni. Per ora possiamo approfittare del cibo che ci daranno e muoverci più sicuri, confondendoci con gli altri schiavi.»

Talitha si guardò intorno, e per un istante pensò che stavolta era troppo, che non sarebbe riuscita a sopportare quel luogo. Ma durò un attimo. Si era lasciata alle spalle quella Talitha. Avrebbe fatto quanto doveva, per arrivare fino in fondo.

Si sistemò come meglio poté. Non soltanto l'aria aveva un odore insopportabile, ma era densa di rumori: corpi che si muovevano, respiri affannosi, un russare pesante, il pianto sommesso di un bambino. Non si era mai trovata in un luogo così malsano e affollato. Si costrinse a calmarsi e chiuse gli occhi. L'immagine di Lebitha la accompagnò lentamente in un sonno profondo.

Si svegliò di soprassalto allo schiocco di una frusta. Un urlo, poi un secondo schiocco, e la massa umana stesa a terra si agitò come un mare in tempesta. Il panico montò, e Talitha temette di restare schiacciata, ma Saiph le strinse con forza una mano.

«Stai tranquilla, ci sono io qui con te.»

Talitha ricordò all'improvviso dov'era. Si sforzò di scacciare la paura. I Femtiti erano cento e gli schiavisti solo dieci, ma sembravano perfettamente in grado di mantenere l'ordine con le loro fruste, munite di un piccolo frammento di Pietra dell'Aria.

Passarono tra la folla e strinsero alle caviglie di ogni schiavo degli anelli di metallo collegati a una lunga catena. Nemmeno i bambini furono risparmiati.

Talitha si irrigidì istintivamente non appena uno le si avvicinò, un Talarita magro dai capelli giallo sporco e i lineamenti marcati. Ma lui non le lasciò il tempo nemmeno di fiatare e le strinse rudemente gli anelli intorno alle caviglie. Poi si occupò di Saiph. Non un fremito attraversò il suo corpo quando il primo anello si chiuse, e lasciò che lo schiavista facesse quel che doveva. Talitha ricordò che a trattamenti del genere lui doveva essere abituato.

Li fecero alzare con un altro schiocco di frusta e li costrinsero a uscire dal capanno in una fila ordinata. Fuori l'aria era gelida, e il respiro si addensava in vaporose nuvole bianche. Erano legati a coppie, e Talitha si sentì scaldare il cuore quando fu affiancata a Saiph. Da sola non ce l'avrebbe mai fatta. Gli ultimi due della fila furono incaricati di trascinare un carretto che trasportava orci d'acqua, verdure e del cibo più sostanzioso per gli schiavisti.

Quando furono tutti sistemati, le fruste schioccarono ancora e la marcia ebbe inizio. Si avviarono per un camminamento pericolante, con le pedane divelte in più punti e rese scivolose dalle macchie di muschio che crescevano negli interstizi tra le assi. Le fruste infierivano di continuo sulla loro testa, facendo gemere i Femtiti colpiti dalla Pietra, ma anche Talitha, che invece sentiva le sferzate del cuoio sulla pelle.

Camminarono per tutto il giorno senza neppure una sosta. Quando fu chiaro che nemmeno il più robusto di loro avrebbe potuto proseguire, gli schiavisti ordinarono una pausa e distribuirono verdure crude tra i Femtiti. A Talitha toccò un cespo di erba di campo avvizzita e fredda come il ghiaccio. Tolte le foglie marce restò ben poco da mangiare, ma in quel momento le parve il più prelibato dei cibi. Lo consumò piano, assaporando ogni boccone, e quando ebbe finito si sentì più affamata di prima.

A notte fonda si fermarono in una misera locanda, che offriva ben poco riparo dal freddo. Nei muri si aprivano spifferi che lasciavano entrare l'aria gelida, e al piano di sopra non c'erano neppure vere e proprie camere, ma mucchi di paglia buttati a terra sui quali ciascuno si coricava con la propria coperta. Gli schiavisti dormirono lì, mentre gli schiavi furono chiusi nelle stalle.

Di nuovo Talitha e Saiph si trovarono pigiati tra altri corpi, con appena lo spazio sufficiente a tenere le gambe piegate contro il petto.

Per cena ebbero una minestra, che consumarono in silenzio. Talitha avrebbe pagato mille nephem per un pezzo di carne, ma in quella brodaglia galleggiavano solo vegetali insipidi e qualche sparuta bacca di fiume.

Con loro c'era lo stesso uomo della sera prima. Adesso che lo vedevano meglio, alla luce delle torce che gli schiavisti reggevano per distribuire i pasti, si accorsero che era più vecchio di quel che avevano creduto, e la pelle del volto sembrava cuoio.

«Vengo da una famiglia talarita del Regno dell'Inverno» raccontò. «La mia padrona è morta e sua figlia ha deciso che ero troppo malandato per seguire le faccende di casa. Così mi ha venduto e mi ha mandato a morire quassù.» Sorbì una cucchiaiata di minestra. «Gli ultimi mesi senza la padrona sono stati un inferno. Sua figlia è una donna crudele e capricciosa. Eppure, giuro che sarei rimasto volentieri là, piuttosto che finire sepolto nei Monti di Ghiaccio.»

«La vita di uno schiavo è difficile ovunque, non c'è posto in cui trovare un po' di pace» disse Saiph.

Il vecchio lo guardò con più attenzione. «Il tuo viso non mi è nuovo... Non fosse per quella brutta macchia che ti deturpa la faccia, direi che ci siamo già conosciuti.»

Saiph mise giù il cucchiaio, cercando di non far trapelare il disagio. «No, non credo. Forse mi confondi con qualcun altro.»

«Mmm.... Eppure giurerei di averti visto da qualche parte.»

Il vecchio riprese a mangiare, poi guardò Talitha.

«E lei?»

Talitha trasalì. Se quell'uomo si fosse accorto che non si esprimeva con il tipico accento sibilante dei Femtiti, praticamente impossibile da riprodurre per chi non lo parlasse dalla nascita, avrebbe capito che non era una schiava. Così affondò la testa nella ciotola con la minestra e tacque.

«Lei è una mezzosangue, l'hai vista. Figlia bastarda di un Talarita e di una schiava.»

Il vecchio annuì grave. Evidentemente non era raro che accadessero fatti del genere. «Perché non parla?»

«È muta.»

Il vecchio si soffermò a lungo sul suo volto, e Saiph non riuscì a capire se gli credesse o meno.

«Be', conserverai il fiato per le miniere» aggiunse con un sorriso, e tornò a sorbire la sua minestra.

Talitha e Saiph si appartarono con una scusa.

«Dobbiamo andare al più presto dai miei nonni» sussurrò Saiph. «Quell'uomo stava per riconoscermi. Deve aver visto la taglia da qualche parte.»

Talitha era sul punto di parlare, ma Saiph le mise un dito davanti alla bocca.

«Dobbiamo resistere ancora un po', Orea è lontana.»

Talitha sospirò rassegnata, quindi annuì.

Marciarono sei giorni senza fermarsi, se non per poche ore di sonno, sotto la costante minaccia delle frustate. A Talitha parve un unico, interminabile incubo. Intorno a lei, schiavi moribondi che a stento trascinavano i piedi sulla strada gelata, e i loro aguzzini che colpivano per un qualsiasi pretesto. Se la presero con un bambino perché camminava troppo piano, e gli inflissero cinque frustate, tanto che la madre fu poi costretta a portarlo a spalla. Talitha si accorse di non aver mai provato un odio così profondo per qualcuno, nemmeno per le sacerdotesse, che pure gliene avevano dato motivo. Con gli schiavisti era diverso. Con i loro sguardi laidi, i sorrisi sprezzanti, le fruste sempre pronte, le sembravano bestie senz'anima, e nei loro occhi vacui scorgeva un'aridità infinita. La vista, poi, di quello che le aveva rubato la spada, e che ancora la portava baldanzoso al fianco, le faceva davvero salire il sangue alla testa.

All'alba del settimo giorno, finalmente Orea apparve all'orizzonte. Talitha non aveva mai visto un Talareth così sofferente. I rami inferiori erano completamente spogli, e solo in quelli più alti resistevano sparuti ciuffi di aghi. Molti rami erano secchi, e penzolavano verso terra, sul punto di cadere.

Le case erano tutte baracche di legno tirate su alla bell'e

meglio. C'era un'unica costruzione in pietra, probabilmente quella occupata dagli schiavisti, che si sviluppava non troppo lontano dal tronco del Talareth.

Un torrente mezzo gelato tagliava in due il villaggio, lambendo le radici dell'albero. Nonostante tutto, l'abitato era vasto, e doveva ospitare diverse centinaia di persone, ammassate in uno spazio angusto. Sullo sfondo, si ergevano imponenti i Monti di Ghiaccio, una catena estesa e frastagliata formata esclusivamente da lastroni di ghiaccio, interrotta qua e là da profondi crepacci. Sotto i Talareth che ne ricoprivano l'intera superficie, si indovinavano cime aguzze e irregolari, e tra i ripidi camminamenti si scorgevano una serie di cavità scure che punteggiavano la superficie come colpi di punteruolo. Il colore, poi, era straordinario: il verde dei Talareth si alternava a un bianco tendente al celeste, che diventava un intenso blu nei punti in ombra, e quasi nero in corrispondenza dei crepacci. La luce era poca, ma ugualmente i monti brillavano, e quando Talitha distolse lo sguardo miriadi di schegge luminose le riempirono gli occhi.

*La nostra casa, per chissà quanto tempo*, pensò con un brivido.

A forza di spinte e frustate vennero condotti davanti all'edificio in pietra. Lì, i prigionieri venivano liberati a gruppi di dieci per volta e condotti alle rispettive capanne.

«Verrà il vostro capogruppo a chiamarvi» disse lo schiavista spingendo Talitha e Saiph nella loro baracca, poi chiuse la porta.

Dentro c'erano una ventina di persone, uomini, donne e bambini. Tutti erano divorati dalla fame e dal freddo, dal quale si riparavano come potevano con i pochi stracci. Alcuni di loro non avevano neppure le scarpe, ma solo delle bende strette attorno ai piedi.

Saiph andò verso quello che sembrava meno provato. «Sto cercando Hergat» disse.

L'uomo lo guardò interrogativo. «Qui nessuno viene a cercare nessuno. Qui si viene solo a morire.»

«Dove posso trovarlo?» insistette Saiph.

L'uomo ridacchiò tristemente. «È in una delle ultime capanne in fondo, non lontano dal margine ovest del villaggio. La sua è l'unica capanna rossa. Ma cosa credi di fare? Qui non sei libero di andare dove vuoi.»

Saiph non lo stette nemmeno a sentire. Prese Talitha per un braccio e uscì.

Recuperò un paio di sacchi che giacevano a lato della strada e ne diede uno a Talitha. «Seguimi» disse.

Proseguirono finché non si ritrovarono sotto la costruzione in pietra.

Orientarsi non fu facile. Orea era un dedalo di vicoletti sbilenchi, uno identico all'altro. Ai lati della strada i liquami scorrevano in ruscelletti puzzolenti, e c'era neve, neve ovunque. Tutto sembrava identico a se stesso: il legno delle case, gli incroci delle vie, persino i Femtiti o gli schiavisti che incontravano per strada.

Per fortuna nessuno badò a loro. I sacchi che portavano sulla schiena li qualificavano come schiavi con un compito da svolgere, e dunque nessuno aveva ragione di fermarli. Solo dopo aver girato in tondo un bel po', trovarono una baracca che sembrava corrispondere alla descrizione.

Saiph bussò alla porta. Venne ad aprire un anziano Femtita basso e corpulento.

«Chi siete?» disse.

«Hergat?» chiese Saiph.

«In persona. Ma voi chi siete?»

«Sono il figlio di Anyas, Saiph!»

Al sentire quel nome, anche un'anziana donna si era

fatta sulla soglia, e si portò le mani alla bocca dallo stupore. Ma il vecchio si fece avanti e lo squadrò.

Poi prese una pergamena da una cassapanca e la svolse piano. Ne emerse un disegno che era ben noto a Talitha e Saiph: "vivo" diceva la taglia.

Il vecchio passò con lo sguardo dal disegno a Saiph, senza riuscire a convincersi.

«Mia madre mi disse che foste voi a mandarla a Messe, perché non le tagliassero la lingua.»

Il vecchio strinse tra le mani la pergamena, e una lacrima gli brillò all'angolo degli occhi. Mise una mano sulla spalla di Saiph, abbassò il capo.

«Saiph, Saiph!» disse, e lo abbracciò.

Lui presentò ai nonni Talitha e raccontò loro la situazione.

«Stanno per venire a chiamarvi?» chiese a Hergat.

«Sì, tutte le mattine il caposquadra arriva e ci porta alle cave, dove lavoriamo fino a sera.»

«E allora dovete nascondermi, subito.»

«È troppo rischioso. Sai cosa succede se trovano uno schiavo che si è nascosto per non lavorare?» disse Hergat. «La pena è la morte immediata.»

«Io non ho altra scelta. La notizia della taglia sulla mia testa è arrivata anche qui, potrebbero riconoscermi. Tu invece» disse rivolto a Talitha «puoi muoverti più liberamente. Io non ho potuto camuffarmi a sufficienza, e la mia faccia è ovunque. Se vado nelle cave, prima o poi qualcuno mi riconoscerà.»

Hergat si guardò attorno, poi fissò Saiph; il suo sguardo era acceso da una luce di comprensione. «Ci sarebbe lo scantinato dove teniamo le erbe» disse.

Saiph annuì. «Portamici subito.»

«E io? Che faccio? Dove vado?» chiese Talitha.

«Tu sei più al sicuro tra gli schiavi. Se mi scoprono mentre sei con me , mi uccideranno e ti riporteranno subito da tuo padre. Confusa tra gli altri Femtiti, invece, almeno tu potrai salvarti.»

«Mi si legge in faccia che non sono una Femtita! Mi troveranno e finirà male, malissimo.»

Saiph andò verso di lei, le mise le mani sulle spalle. «Ci cercano insieme, e l'ultimo posto dove immaginano di trovare una come te è una cava di ghiaccio. Sei la figlia di un conte, padrona, chi mai riuscirebbe a immaginarti qui, in mezzo agli schiavi? E anche se non ci credi, il tuo travestimento funziona.»

Talitha scosse la testa. «Non mi lasciare sola...»

Saiph la guardò intensamente. «Non sarai sola.» Si volse verso suo nonno: «Puoi fare in modo di tenerla con te?»

Hergat parve confuso. «Posso dire che è mia parente... Il caposquadra è una brava persona, proverò a farla assegnare al lavoro di tua nonna: loro preparano il ghiaccio per il viaggio, dopo che gli è stata imposto l'incantesimo per la conservazione, non è un lavoro pesante.»

Saiph la guardò di nuovo. «Starai con mia nonna, non ti perderà di vista un momento.»

«Arrivano!» li interruppe Hergat.

«Ci vediamo stasera!» disse Saiph e scomparve con il nonno oltre una tenda, in fondo alla stanza. Poco dopo il vecchio ne riemerse da solo.

«Tutto a posto» disse.

La porta si aprì, e la vecchia istintivamente abbracciò Talitha. Sulla soglia c'era un Femtita. Indossava pesanti guanti e grossi stivali di cuoio. Aveva una casacca rossa, con una rozza stella verde disegnata sopra.

«Pronti?» disse. Poi si soffermò su Talitha, impietrita sotto quello sguardo che pure non dimostrava ostilità, ma solo un vago stupore. «E lei?» chiese il caposquadra.

«È nostra nipote Adina, è arrivata oggi.»

L'uomo tirò fuori una lista, la scorse. «Adina... non vedo nessuna Adina.»

«L'abbiamo presa da un altro gruppo, per farla stare con noi. Ha sofferto per il viaggio, e...»

Il caposquadra alzò le mani. «D'accordo, d'accordo, non c'è problema. Basta che lavori.»

Talitha si indicò la bocca serrata, scuotendo la testa.

«È muta» disse la vecchia.

«È proprio capitata nel posto giusto, allora.»

«Vorrei tenerla con me, al lavoro, almeno i primi giorni» continuò la donna.

Il caposquadra li guardò entrambi severo, poi si avvicinò. «Mi darete un po' di verdura, stasera?»

«Certamente!» si affrettò a dire Hergat.

Il caposquadra sorrise alla vecchia. «È tutto a posto, tua nipote sarà al banco con te. Usciamo adesso, o mi metterete nei guai.»

Fuori era già schierata una decina di schiavi infreddoliti, che battevano i piedi e si tenevano le spalle con le mani. Il caposquadra li contò, aggiunse qualcosa alla sua lista, quindi procedette.

Avanzarono verso i Monti di Ghiaccio. Talitha rimase incollata alla nonna di Saiph. Si sentiva terribilmente sola: da quando erano fuggiti dal monastero, non si era mai separata dal suo schiavo, e la cosa la riempiva d'angoscia. La vecchia la teneva saldamente sotto braccio, ma questo non bastava a calmare la sua ansia. Non conosceva neppure il nome di quella donna, non sapeva nulla di lei. Poteva fidarsi?

Ai margini del villaggio, all'imboccatura di un camminamento, si fermarono di nuovo. Hergat salutò la moglie, quindi assieme a tutti gli altri uomini proseguì lungo il tunnel che conduceva agli ingressi delle cave.

Le donne invece camminarono finché non raggiunsero una bassa costruzione di legno. Dall'esterno ricordò a Talitha il capannone che avevano scalato quando avevano abbandonato Messe. Prese a tremare.

«Non temere» le sussurrò la vecchia «il lavoro non è pesante. Andrà tutto bene. Così conciata sembri proprio una bella mezzosangue.» E si sforzò di sorriderle.

Entrarono attraverso un ampio ingresso. L'esterno non ingannava: dentro, la fabbrica era identica a quella che avevano visto a Messe. Era un unico, grande casermone sostenuto da grosse colonne di legno. In fondo, un camino riscaldava l'ambiente quel tanto che bastava perché gli schiavi non morissero assiderati.

C'erano lunghe rotaie, che collegavano una grande apertura sui Monti di Ghiaccio a un'altra, che dava invece verso Orea. I blocchi di ghiaccio venivano portati giù, attraverso l'ingresso rivolto alle montagne, da schiere di schiavi costretti a raggiungere anche le vette più alte. Una volta arrivati a terra, altri schiavi li trasportavano su carrelli che facevano scorrere sulle rotaie. Venivano poi frammentati in blocchi più piccoli ed era a quel punto che venivano consegnati ai sacerdoti, che vi imponevano il loro incantesimo per conservarli. Infine venivano impilati su grossi carri, che alcuni draghi di terra portavano via.

La vecchia andò verso il suo posto, un lungo bancone di pietra su cui venivano fatti passare i blocchi di ghiaccio già tagliati. Ci si fermò davanti, e invitò Talitha a fare altrettanto.

Il caposquadra si avvicinò e legò attorno alle loro caviglie un anello di ferro, collegato a una lunga catena che vincolava i piedi di tutta la fila. Quando si tirò su, si rivolse alla vecchia. «Le spieghi tu come funziona?»

Lei annuì. Il caposquadra si allontanò, e loro due rimasero sole. Erano le ultime della fila. «È semplice» disse la nonna di Saiph, dandole un paio di guanti. «Prendi tre blocchi, li impili uno sopra l'altro e li leghi con quelle funi, poi li appoggi sul carrello» e le diede una dimostrazione pratica. I blocchi di ghiaccio sfilarono lentamente verso l'uscita. «Non è un lavoro molto pesante, perché questi blocchi sono piccoli. Le loro dimensioni variano secondo gli usi cui sono destinati. Hai capito tutto?»

Talitha annuì. I primi blocchi di ghiaccio erano arrivati davanti a lei. Li afferrò, prese la fune, fece quanto aveva visto fare alla vecchia e li mise infine sul carrello.

«Bravissima» disse la donna. «Presto le mani ti faranno male, nonostante i guanti, ma abbiamo questo» e le mostrò un piccolo braciere di metallo. «Ogni dieci gruppi di blocchi puoi appoggiarci le mani per qualche minuto.»

Poi si mise a lavorare, e Talitha fece altrettanto. Eccola là, dunque, dove mai avrebbe creduto di arrivare. Dal monastero di Messe, dal palazzo del conte, alle cave di ghiaccio, in mezzo agli schiavi. Dalle vette agli abissi più profondi.

La vecchia le sorrise. «A proposito, non ci siamo ancora presentate: mi chiamo Dynaer.»

# 37

La giornata di lavoro parve a Talitha interminabile. Nonostante i guanti le mani al contatto con il ghiaccio le dolevano, e soltanto il calore del braciere le dava un po' di sollievo.

Ben presto la successione dei gesti divenne automatica. Le sue braccia iniziarono ad andare da sole, mentre i pensieri si confondevano. Provò ad alzare la testa dal banco, ma uno schiocco di frusta la fece trasalire.

«Qui non si perde tempo, bellezza» disse un sorvegliante con una cicatrice sul volto.

Lei abbassò subito lo sguardo e riprese a lavorare.

A pranzo diedero loro una scodella di zuppa calda che dovettero consumare in piedi, davanti ai banchi. Ebbero poco più di dieci minuti, poi il lavoro riprese.

Dopo un po' anche le gambe cominciarono a farle male. Talitha non era mai stata in piedi così a lungo: la schiena le infliggeva fitte continue e i piedi le formicolavano per il freddo e l'immobilità cui era costretta.

Quando finalmente la campana suonò e il caposquadra venne a liberarle, appena provò a fare il primo passo cadde a terra.

Dynaer accorse a sorreggerla. «È normale, non ti preoccupare.»

Talitha si tastò le gambe, spaventata. Quasi non le sentiva più.

La vecchia dovette sostenerla per tutto il tragitto fino a casa. Lungo la strada incontrarono Hergat. Sembrava quasi invecchiato dal mattino: aveva le mani gonfie, il volto stremato, e camminava anche lui a stento.

Quando entrarono nella capanna, Talitha cadde seduta a terra, esausta.

«Voglio vedere Saiph» mormorò non appena ebbe ripreso fiato.

Dynaer scostò una tenda e la condusse in una stanza angusta, il cui unico arredamento erano due letti e una cassapanca. Hergat si guardò intorno circospetto, poi sollevò un largo tappeto e rivelò una botola. Quando l'aprì, un odore denso e speziato si levò dall'interno.

«Bentornata» le sorrise Saiph.

La stanza aveva il soffitto così basso che ci si poteva muovere solo carponi, ed era talmente stretta che ci si stava a malapena in due. L'odore inebriante di cui era impregnata proveniva da una strana erba raccolta in piccole balle addossate alla parete. Saiph, che aveva passato tutta la giornata là sotto, aveva gli occhi un po' lucidi.

Hergat prese una manciata di quell'erba e la mise in un involto di cuoio.

«Ci vediamo dopo, il caposquadra sta per passare» e si portò dietro anche la moglie. Talitha e Saiph rimasero soli, alla luce di una debole fiammella.

«Com'è andata?» chiese Saiph.

Talitha gli mostrò le mani; erano rosse e gonfie. Lui gliele toccò delicatamente.

«Perdonami. Ti ho pensato tutto il giorno, avrei tanto voluto essere al posto tuo. Ma era troppo rischioso.»

«Ero sola, in mezzo a tutti quei Femtiti e quei dannati schiavisti. Questo brucia più delle mani. Dobbiamo andarcene al più presto da qui. L'eretico è là fuori e noi stiamo perdendo tempo.»

Saiph sospirò. «Sto pensando a un modo, ma è difficile.»

«Tu sei uno schiavo, sei nato e cresciuto schiavo! Sai tutto quel che c'è da sapere su un posto come questo. E poi rivoglio indietro la mia spada. Oggi l'ho visto, lo schiavista che me l'ha presa. Gira per il villaggio, la porta come se fosse un maledetto trofeo.»

Prima che lui potesse rispondere, la botola si aprì.

«Potete salire» disse Hergat sporgendosi attraverso l'apertura.

Saiph e Talitha si issarono fuori dal nascondiglio. Le finestre della casupola erano tutte chiuse, e l'aria aveva un buon odore. Sulla tavola erano disposte quattro ciotole, da una delle quali proveniva un inconfondibile odore di carne.

«Come avete fatto?» chiese Talitha, già pregustando quella delizia.

«Vendo l'erba di Thurgan a un Femtita che lavora alla mensa dei padroni» spiegò il vecchio, scostando la sedia e invitando gli ospiti ad accomodarsi.

Talitha non si fece pregare, e lasciò che il calore della zuppa di legumi le riempisse lo stomaco.

Quando ebbe finito, Hergat cominciò a raccontare.

«Tua nonna» disse rivolto a Saiph «era la schiava personale di uno dei padroni: lo serviva e riveriva in ogni modo, era ai suoi completi comandi, e ovviamente del tutto soggetta alla sua volontà. Ogni sera, quando la vedevo tornare stremata dalla fatica e dalle bastonate, dovevo trattenermi, perché la voglia di andare dal padrone e ucciderlo era irrefrenabile.» Dynaer gli sfiorò una mano, e lui prese una breve pausa stringendo le dita della moglie. «Ma così riuscimmo a salvare Anyas. La spedimmo lontano, nel Regno dell'Estate, dove sapevamo che la vita era meno grama e si potevano incontrare anche padroni benevoli.»

«Lei non ci voleva lasciare. Pianse molto il giorno in cui la mettemmo sul carro» intervenne Dynaer «ma per nulla al mondo avrei permesso che le tagliassero la lingua e fosse costretta alla vita che facevamo noi.» Si alzò, andò verso il focolare e prese una scatola di legno. La pose sul tavolo e l'aprì. Dentro, erano piegati piccoli fogli di pergamena vergati fittamente da una calligrafia infantile e disordinata. «Ci mandava una lettera all'anno, in cui ci raccontava tutto. Così sapemmo di te» disse guardando Saiph con tenerezza. «Noi non siamo capaci di leggere, ma le portavamo da uno dei pochi Femtiti del villaggio in grado di farlo. Lo ascoltavamo e ci sembrava che Alya fosse lì, accanto a noi.»

Saiph prese i fogli sollevandoli per i lembi, piano, come fossero reliquie preziose, e ne scorse il contenuto con lo sguardo.

Sollevò un bigliettino, poi lesse ad alta voce: «La figlia della padrona è straordinaria. Pur essendo molto giovane, mi sta aiutando tanto in questi giorni difficili. Sto per avere il bambino.»

Talitha rimase immobile, i pugni contratti. «Lebitha...» sussurrò. Il suono stesso della parola la fece sussultare. Non la pronunciava da giorni. Eppure, lungo tutto il viaggio era stata sempre accompagnata dalla sua presenza. E ora la ritrovava lì, ai confini di Talaria.

Saiph ripose la pergamena. «Mia madre non mi ha mai

detto chi fosse mio padre. Si è rifiutato di crescermi, e non ha voluto più sapere niente di lei.»

Era la prima volta che parlava delle sue origini. Era sempre stato così riservato in proposito che Talitha non si era neppure mai chiesta cosa fosse successo: semplicemente un padre non c'era mai stato, e tanto bastava.

«Nonostante tutti i suoi tentativi, non le riuscì di farci venire a palazzo. È pressoché impossibile sottrarre uno schiavo alle cave di ghiaccio» disse Hergat. «Ci mancava, certo, ma eravamo contenti che stesse bene. Ci sembrava felice, soprattutto dopo la tua nascita.»

Guardò dritto negli occhi Saiph, e lui arrossì.

«Ci parlava tanto di te, è come se ti avessimo sempre conosciuto. E dopo la sua morte, continuò a scriverci padrona Lebitha» aggiunse Dynaer.

Talitha trasalì. «Avete anche le sue lettere?»

La vecchia annuì. Talitha chiese il permesso di prendere la scatola e cercò tra le pergamene. Non le ci volle molto per individuare la calligrafia di sua sorella. Era inconfondibile, precisa, minuta. Strinse la lettera tra le mani, la avvicinò alle labbra. «Posso tenerla?» chiese in un soffio.

Dynaer sorrise. «Certo.»

Hergat guardò Saiph. «Tu invece sei diventato famoso… Il tuo nome è il più pronunciato tra i Femtiti. Chiunque venga sorpreso a parlare di te si becca almeno una frustata. Ma di sera tutti si raccontano le tue vicende.»

«Sono solo fuggito dalla morte, e grazie alla mia padrona» si schermì lui.

«Non è così» disse Hergat. «Nessuno aveva mai osato tanto. Per la gente che vive e muore qui, senza alcuna speranza, tu sei un eroe, la promessa di un futuro diverso. Ci sono ribellioni che nascono in tuo nome, gente che trova il coraggio di farsi bastonare a morte pur di non chinare la testa.»

Saiph sospirò con rabbia. «Non mi piace questo ruolo.»

«Dovresti esserne orgoglioso, invece. Per molti tu sei l'Ultimo.»

Saiph scattò in piedi. «Sciocchezze. L'Ultimo è solo una stupida favola.»

«Una speranza non è mai stupida» affermò Dynaer seria. «È tutto quel che resta alla gente come noi. La speranza cambia la vita, dà forza a chi non ha nient'altro.»

Saiph si sedette di nuovo. «In ogni caso, è fondamentale che nessuno sappia che sono qui, neppure gli amici.»

«Come desideri» disse Hergat. «Ma nessuno sfugge al proprio destino.»

Saiph si concesse una risata ironica. «Io e la padrona non stiamo facendo altro da quando siamo scappati.»

«Purtroppo non ho un posto migliore del ripostiglio delle erbe di Thurgan. Cercherò di praticare qualche foro nella botola, in modo che le esalazioni non ti facciano male.»

«Cos'è quella roba?» chiese Talitha.

«La ragione per cui ancora non siamo morti, e possiamo concederci il lusso di farti lavorare assieme a me» rispose Dynaer.

«Il lavoro qui è durissimo, soprattutto nelle cave, e il cibo insufficiente» spiegò Hergat. «Per tirarsi su, molti minatori hanno l'abitudine di masticare l'erba di Thurgan: riempie la pancia e dà resistenza. Io la vendo a chi ne vuole. Ha anche effetti curativi, e provoca una leggera euforia. Fa sentire più forti, e per questo anche i padroni ne vogliono. A loro la fornisco in cambio di qualche favore.»

«E tu dove la prendi?»

«Cresce in alcuni posti sui Monti di Ghiaccio, posti segreti. In genere ci va Dynaer a raccoglierla.»

«È un'erba miracolosa, ma anche estremamente pericolosa» aggiunse lei. «Chi ne assume troppa, ne vuole sempre di più, e finisce per cadere in una specie di follia, uno stupore perenne. Non riesce più a distinguere il vero dal falso.»

«C'è gente in queste condizioni, qui a Orea» disse Hergat. «In ogni caso, è un'erba unica al mondo, la sola oltre ai Talareth che riesca a crescere sul ghiaccio, senza terra.» Talitha lo guardò interrogativa, e lui sorrise. «Come sapete, i Monti sono fatti interamente di ghiaccio. Un tempo si estendevano in un'area vastissima, occupavano quasi tutto il Regno dell'Inverno, ed erano i più alti di Nashira. Più passano gli anni, però, più si abbassano e si ritirano.»

«Si sciolgono perché fa sempre più caldo» intervenne Dynaer.

Talitha pensò con un brivido a Cetus, ma scelse di non gravare ancora di più i due vecchi con altre preoccupazioni.

«È ora di riposare» disse Dynaer. «Domattina la sveglia è all'alba. Purtroppo, come vedete, la nostra capanna non è molto grande. Ho pensato che la padrona potrebbe dividere con me il letto, e tu, Saiph, puoi dormire per terra su una coperta.»

«Mi chiamo Talitha» disse lei con dolcezza. «Chiamatemi pure per nome.»

Dynaer parve quasi in imbarazzo. «Va bene, Talitha» mormorò, e andò a preparare il giaciglio per Saiph.

Talitha chiese di rimanere un po' sola, prima di andare a letto, per curarsi le mani ferite dal gelo.

Seduta al tavolo, si perse a guardare la fiammella che danzava languida sulla candela, fino a spegnersi. Poi il buio della stanza fu rischiarato solo dalla luce della Pietra dell'Aria che brillava sul suo petto, al contatto con le dita. Curare se stessi non era facile, in ogni caso già solo sfiorare la Pietra le diede una sensazione di benessere. Ma non riusciva a concentrarsi abbastanza, distratta dalle parole scritte sulla pergamena da Lebitha.

*Vostro nipote e mia sorella stanno imparando a conoscersi, e non dubito che presto diverranno amici. Non avete di che preoccuparvi, con lei Saiph è in buone mani. Talitha può sembrare viziata e arrogante, ma ha la capacità di guardare oltre le apparenze, ed è generosa, più di quanto non appaia. Sono stata io a volerli affidare l'uno all'altra; sento che ne hanno bisogno, e che solo assieme potranno affrontare questo nostro mondo, così bello e pure così crudele.*

Appoggiò piano la fronte al pezzo di pergamena, sul tavolo, poi strinse gli occhi più che poteva. Per un attimo, le parve di sentire il tocco delicato della mano di sua sorella sulla testa.

# 38

Per i primi giorni Talitha si concentrò sulla fuga, cercando disperatamente una via d'uscita e un modo per recuperare la Spada di Verba. Poi però il pensiero si fece a poco a poco meno pressante. Cominciò a raccontarsi che era stanca di scappare, stanca di inseguire l'eretico per tutta Talaria. Aveva bisogno di nascondersi nella folla, di prendersi una pausa dalla missione. Ma la verità era un'altra: il ritmo della fabbrica del ghiaccio la stava inghiottendo. Sapeva che quello non era il suo posto, ma non trovava né il modo né la forza per reagire. A sera era così sfinita che a malapena riusciva a scambiare qualche parola con Saiph, e la mattina doveva svegliarsi così presto che era troppo intontita per pensare a un qualsiasi piano. Il lavoro alle cave presto divenne tutto, l'inizio e la fine delle sue giornate, un mostro che fagocitava carne e sangue, mentre le ore si susseguivano identiche. Come identici erano i pezzi di ghiaccio che impilava ogni giorno, identico il silenzio col quale svolgeva le sue mansioni, il capo chino sul banco.

Presto l'urgenza di ribellarsi svanì, e tutto cominciò ad apparirle ineluttabile. Le punizioni facevano parte della giornata, come il freddo e il dolore alla schiena e alle gambe.

Persino quando la punizione toccò a lei, chinò il capo senza fiatare. Le era semplicemente caduto un blocco di ghiaccio. Nonostante i guanti, le mani le si gelavano ugualmente, e il piccolo braciere non poteva fare molto contro l'indolenzimento delle dita. Così, uno dei blocchi le scivolò tra i piedi. Lo vide frantumarsi a terra e rimase attonita. Poi, uno schiocco di frusta la riportò alla realtà. Lo schiavista era davanti a lei, un ragazzo che doveva avere al massimo una ventina d'anni, lo sguardo spietato.

«Piccola stupida, lo sai quanto valeva quello?»

Talitha rimase immobile, terrorizzata. E se l'avesse smascherata? Se si fosse accorto che il colore del suo viso non era naturale, che lo camuffava tutte le mattine?

Il ragazzo l'afferrò per i capelli e la costrinse a quattro zampe, il volto a un nulla dai frammenti di ghiaccio. «Lo sai quanto valeva?» urlò. «Tre nephem d'argento! E lo sai quanto fanno tre nephem d'argento in frustate?»

Abbassò la frusta sulla sua schiena cinque volte. Talitha si morse le labbra a sangue: neppure un lamento doveva sfuggire dalla sua bocca. Se avesse perso la copertura, tutto sarebbe finito. E quello fu il suo pensiero fisso fino all'ultima frustata, quando, non riuscendo a trattenere una lacrima di dolore, sperò che non le rigasse il colore sul viso.

Quella sera, quando entrò nella cucina di Hergat, non riuscì nemmeno ad aprire bocca, la mente sempre rivolta a quanto le era accaduto. Le sembrava impossibile. L'avevano trattata peggio di un animale, e lei non si era ribellata, non ci era riuscita.

Era persa in questi pensieri, quando bussarono alla porta con violenza.

Hergat aprì e sulla soglia apparve un giovane schiavo

mezzo nudo, che si grattava furiosamente braccia e gambe. Il volto era stravolto: gli occhi fuori dalle orbite e cerchiati di viola, la bocca deformata in una smorfia grottesca.

«Lyran...» mormorò Hergat.

«Ne ho bisogno» disse quello tremando.

«Prenderai una polmonite, così, va' a metterti qualcosa addosso.»

«Non è di vestiti che ho bisogno» urlò lui. «Dammela.»

«Ne hai presa troppa!»

«Non è un tuo problema! Ti darò del cibo! Farò i tuoi turni per tutta la settimana, posso pagarti come vuoi!»

Le sue grida avevano attirato l'attenzione di uno schiavista, che ora si stava avvicinando. Talitha si nascose rapidamente.

«Che diavolo vuoi, si può sapere?» sbraitò lo schiavista.

Lyran tacque. Vendere erba di Thurgan era vietato dalle leggi del Regno dell'Inverno, ma tutti chiudevano un occhio. Del resto, Hergat poteva continuare con i suoi traffici solo perché di tanto in tanto riforniva anche gli schiavisti.

«Non sta bene» disse il vecchio. «Ha lavorato troppo.»

«Me la pagherai!» gridò Lyran mentre lo trascinavano via.

«Ma guarirà davvero se non ne prende altra?» chiese Talitha.

Hergat scosse le spalle. «Morirà di sicuro se ne prende ancora. Ad alte dosi l'erba di Thurgan è tossica. Se Lyran supera la crisi, piano piano starà meglio.»

L'avvenimento lasciò addosso a Talitha un'altra ombra, una sensazione di disagio. Pensò che ogni volta che vedeva Saiph, la sera, i suoi occhi erano un po' più lucidi, il suo aspetto più emaciato.

Così decise di parlargli. Lui la aspettava come sempre,

e non appena lo chiamò uscì dal nascondiglio per prendere un po' d'aria.

«Hai masticato l'erba?» gli chiese lei diretta, dopo che si furono seduti al tavolo.

«Non lo farei mai. Quella roba è pericolosa.»

«È che c'è qualcosa di strano nei tuoi occhi da quando siamo qui.»

«Stare là sotto non mi fa bene. Quella roba ha un odore forte, e quando alla sera esco sono sempre intontito.»

Per tutta risposta Talitha si girò, si scoprì piano la schiena e gli mostrò i segni rossi delle frustate. Saiph allungò le dita tremante, ma fermò i polpastrelli a un nulla dalla schiena di lei.

«Cosa ti hanno fatto quei maledetti...»

«Non è tanto il dolore, né l'umiliazione. È che sono stata lì ferma a farmi frustare senza reagire, soprattutto senza sentire neppure una punta di indignazione. L'ho trovata una cosa normale: avevo sbagliato, ed era giusto che venissi punita. È da quando lavoro là dentro che vedo gente bastonata tutto il giorno per ogni sciocchezza: perché ha alzato lo sguardo dal lavoro, perché ha scambiato una parola con il vicino o perché semplicemente la sua faccia quella mattina non piaceva al sorvegliante. E sai qual è la cosa più strana? Che non ci trovo più niente di male.»

«Perché non resti qui, domani? Possiamo provare a nascondere anche te in qualche modo.»

Talitha si sporse verso di lui. «Tu non capisci. Ce ne dobbiamo andare, e subito» disse.

Saiph sospirò. «Hai ragione. Doveva essere una soluzione temporanea, e invece è passato troppo tempo.»

Talitha scosse la testa. «Non è colpa tua. In tutti questi giorni non ho colto nemmeno una notizia sull'eretico: questo significa che non ha senso fermarci oltre. Invece di pensare a come fuggire, ho chinato la testa e ho obbedito. Esattamente quello che non volevo più fare.» Saiph la guardò, e lei trovò in quello sguardo la sua stessa ignavia, lo stesso grigiore. «Questo posto mi sta togliendo quel che avevo quando abbiamo lasciato il monastero: la forza di prendermela contro le ingiustizie, di reagire. Siamo scappati per scoprire la verità su Cetus e salvare Nashira. Ma tutto è finito inghiottito dalla paura, tutto è scomparso appena abbiamo messo piede qui. Oggi ho visto di nuovo il tizio che mi ha rubato la spada, e non ho provato niente. Niente, capisci?»

Saiph distolse lo sguardo. «Stiamo solo cercando di sopravvivere.»

«No, non è così. Perché io là fuori sono sola, e non ho fatto altro che impilare blocchi di ghiaccio, giorno dopo giorno. Questo» e tamburellò con l'indice sul legno del tavolo «questo è peggio del monastero.»

«E allora ce ne andremo» disse infine Saiph.

«Sì, ma non voglio fare cose di cui potremmo pentirci. Hai qualche idea su come muoverci?»

Saiph si passò nervosamente le mani tra i capelli. «Nessuna! Ho il cervello annebbiato, non riesco più a ragionare come prima... Sono stanco. Stanco di scappare. E stanco di questa situazione.»

Talitha lo guardò a lungo.

«Io li sento, Saiph, vivo con loro tutto il giorno, e ora capisco perché sussurrano il tuo nome anche se è proibito, perché tutti ti guardavano con gli occhi che brillavano, quel giorno nel ricovero. Tu sei la loro unica speranza.»

Saiph fece un gesto d'impazienza. «Tu credi che la rivoluzione sia qualcosa di bello ed eroico, tu pensi che questa gente, solo perché è sfruttata, sia sempre dalla parte della ragione. Be', non è vero. La rivoluzione è sangue e morte, e innocenti che vengono ammazzati. Ogni rivolta si basa sulla guerra, e in guerra ci sono solo perdenti. Certo, i Femtiti sono sfruttati, e i Talariti si comportano come bestie nei nostri riguardi, ma anche noi sappiamo essere meschini e crudeli. Se fossimo al vostro posto, ci comporteremmo esattamente come voi, anzi, non sogniamo altro che stare al vostro posto.»

«Hai solo paura» ribatté Talitha indignata.

«Sono solo realista. Capisco quanto male ti senti e, credimi, provo lo stesso anch'io, perché immaginavo un'esistenza diversa. Ma non chiedermi di guidare questa gente nella rivolta, perché io non sono capace di mettere un'idea davanti a tutto, alla vita degli innocenti, a quel che è vero e giusto. Io, semplicemente, non sono così. Comunque, ora non ha importanza. Ce ne andremo.»

Talitha gli augurò la buonanotte e se ne andò nell'altra stanza. Saiph rimase per un po' fermo al tavolo, le mani tra i capelli.

Appena fuori dalla capanna di Hergat, qualcuno staccava l'occhio dalla fessura tra due assi sconnesse e si allontanava rapido.

All'alba Talitha si alzò insonnolita. La discussione della sera prima le aveva lasciato addosso qualcosa che le aveva impedito di riposare bene. D'improvviso, tutto le sembrava intollerabile, anche la stanzetta nella quale dormivano tutti assieme, anche il corpo pesante di Dynaer accanto al suo, nel letto.

Si strofinò la faccia più volte prima di stendere l'impiastro bianco. Non ne aveva ancora per molto, la quantità che avevano preparato si stava consumando rapidamente.

*E dove trovo le erbe, in questo posto?* pensò con rabbia.

In quell'istante la porta si aprì con un botto sordo. Talitha trasalì e il contenitore del colore le cadde di mano. Un Femtita era davanti a lei, gli occhi sbarrati, inquadrato nel rettangolo della porta. La fioca luce dell'alba dava alla sua figura contorni spettrali.

«Allora è vero...» mormorò.

Talitha rimase impietrita.

Hergat afferrò l'uomo per la sciarpa e lo tirò dentro, poi chiuse con malagrazia la porta alle sue spalle. «Ti darò qualsiasi cosa tu voglia» sibilò.

L'uomo scosse la testa. «Non capisci...» disse. «Lo sanno.»

Talitha sentì il sangue defluire da braccia e gambe.

«Stanotte Lyran è tornato a casa in uno stato pietoso, era la mancanza d'erba di Thurgan, lo so, ma non solo quello... Era stato dai sorveglianti.»

Dynaer comparve accanto a Talitha e le strinse le mani sulle spalle.

«Ti ha venduto, Hergat. Ha detto che qui si nascondono Saiph e la Talarita.»

La botola si spalancò all'istante e Saiph ne uscì. L'uomo ebbe un sussulto. Fece per andargli vicino, gli occhi che luccicavano per l'eccitazione, ma Saiph lo bloccò con uno sguardo gelido.

«Sai quando arriveranno?» chiese Hergat.

L'uomo lo ignorò. «Noi siamo pronti a seguirti, ovunque tu vorrai!» disse senza staccare gli occhi da Saiph. «Di' solo una parola e ti proteggeremo, combatteremo, moriremo per te!»

Lui fece un passo avanti, gli si mise di fronte. «Quando arriveranno?» ripeté scandendo le parole.

«Ho visto un drago volteggiare a sud.»

Saiph si girò verso Talitha, le porse una mano. Lei lo

guardò sperduta, ma quando incrociò lo sguardo deciso dei suoi occhi, seppe cosa fare.

«Grazie di tutto» disse a Hergat e Dynaer. Avvolse la sciarpa intorno alla testa e scappò fuori, Saiph dietro di lei.

Una piccola folla si era già radunata intorno alla capanna.

«È lui, è lui! È vero!» urlò qualcuno. Poi, un ruggito altissimo, che riecheggiò sotto le volte del Talareth, assordante. Ali immense volarono radenti al villaggio. Era un drago da battaglia: nero, gigantesco, terribile. Spalancò le fauci e un'unica, densa fiamma avvolse una lunga striscia di Orea. Un grido proruppe dalle gole dei Femtiti. La folla impazzì, molti fuggirono, altri si strinsero a Saiph.

«Salvaci, salvaci!» Qualcun altro imbracciò assi di legno, pezzi di ferro, armi improvvisate, e si predispose alla lotta.

Saiph e Talitha erano stretti nel mezzo. Spinti dalla calca di disperati che si davano alla fuga, erano trattenuti da quelli che si apprestavano alla lotta, o volevano solo essere salvati.

«Una spada! Datemi una spada!» urlò Saiph. Si udì lo stridio delle prime lame, il clangore dell'acciaio. L'attacco era iniziato.

«Combatte, ha detto che combatte! Una spada!»

Le fruste iniziarono a schioccare, mentre nuove urla di terrore riempivano l'aria. Grida di donne, bambini, vecchi. Talitha non vedeva nulla, se non la folla che premeva. Arrivò la spada. Saiph la brandì davanti a sé e costrinse la massa a indietreggiare.

«Via, andatevi a nascondere, dannazione, fuggite! Hanno un drago, non c'è speranza, e io non sono un guerriero!» urlò con disperazione.

La gente sembrava non capire, lo guardava come fosse un messia, in attesa che li salvasse come solo lui poteva fare, alzando le braccia e invocando chissà quale prodigio.

Di nuovo un potente ruggito, di nuovo il drago volò sopra di loro. Talitha lo vide planare lento e inesorabile, vide le sue fauci spalancarsi e vomitare ancora fuoco. Soprattutto, vide le insegne sui suoi fianchi: una gualdrappa blu, al centro un drago rampante nero che sputava fiamme iscritto in uno scudo. Il simbolo della sua famiglia, il simbolo di suo padre. Alzò di poco lo sguardo e lo riconobbe. La sua sagoma era inconfondibile. Il suo cuore si riempì di odio purissimo. In groppa al drago c'era Megassa.

*È lui. Viene a prendermi.*

Le fiamme divamparono a poche braccia da lei. Nel rosso vorace del fuoco, vide le figure immobili e attonite dei Femtiti. Si guardavano le membra, assistendo increduli alla dissoluzione della loro stessa carne. Perché, certo, potevano sentire l'immenso calore della fiamma, ma non il lancinante dolore. Uno guardò Talitha fino all'ultimo, mentre lentamente la sua figura si disfaceva nella fiamma e le sue ossa iniziavano a biancheggiare tra il rosso della carne. Si accasciò infine come un mucchio di stracci, negli occhi una domanda senza risposta.

Talitha urlò a squarciagola, disperata. Saiph la afferrò per le spalle, la scosse.

«Tuo padre è impazzito, ha dato ordine ai suoi Guardiani di distruggere tutto. Sta' calma, dannazione, sta' calma!»

Talitha tirò un profondissimo respiro e riuscì a recuperare in parte il controllo. Impugnò la spada che Saiph le porgeva.

Si misero a correre verso le montagne. Intorno a loro, il calore del fuoco fondeva la neve all'istante, e tutto era avvolto in una densa cortina di fumo. A terra si accumulavano i primi cadaveri. Chi fuggiva li calpestava quasi senza accorgersene, pensando solo alla propria salvezza. I soldati avevano cominciato a riversarsi su tutta Orea e passavano di casa in casa. Entravano, tiravano fuori chiunque vi fosse rinchiuso, uccidevano senza ragione. Un bambino separato dalla madre. Una donna passata a fil di spada. Due Femtiti che facevano a pezzi uno schiavista cui avevano sottratto la frusta. Poi, nella confusione, Talitha intravide qualcosa. Una sagoma nota, un luccichio che era un richiamo. Si staccò da Saiph.

«Talitha!» gridò lui, ma lei era già lontana.

L'uomo era a terra, supino, lo sguardo spento. Le sue dita la stringevano ancora. La Spada di Verba, la *sua* spada. Talitha la prese per la lama e la sfilò dalla presa del cadavere.

«Sei impazzita?» le urlò Saiph.

Lei gli porse l'altra spada, quella che aveva preso dalle sue mani pochi minuti prima. «Non ne ho più bisogno» disse, poi si infilò alla cintola la Spada di Verba. Intorno a loro era fuoco e morte.

Un Guardiano le si parò di fronte brandendo un'ascia. Talitha lo abbatté di slancio, con un lungo affondo. La sensazione di quell'elsa stretta di nuovo in pugno cancellò ogni altra emozione.

«Sta' dietro di me e tieni la spada pronta!» urlò a Saiph, poi riprese a correre.

Il drago ruggiva sulle loro teste, l'aria era un'unica sinfonia di grida. La battaglia infuriava, e loro avanzavano abbattendo nemici, facendosi largo tra i cadaveri.

«Via, verso le cave!» gridò Saiph.

Un Guardiano corpulento si parò davanti a loro. Talitha si mise in posizione d'attacco e iniziò a menare rapidi fendenti. Il nemico era forte, molto più forte di lei, ma la Spada di Verba mulinava potente fra le sue mani. Parò un assalto, ne schivò un altro, diede un colpo con tutte le forze, e la sua lama durissima tranciò di netto l'acciaio dell'avversario. L'uomo guardò incredulo il mozzicone di spada che stringeva in mano, e Talitha ne approfittò per infilzarlo al torace. Subito una larga macchia di sangue si allargò all'altezza del cuore. Il Guardiano cadde a terra, e Saiph si affrettò a prenderlo per le braccia e trascinarlo dentro una capanna. Lo spogliò rapidamente delle sue insegne, se le mise indosso; gli stavano larghe, e gli davano l'aspetto di un burattino.

«Esco e ne cerco uno per te.»

La lasciò sola nella capanna e corse fuori a perdifiato. Rientrò tirando per i piedi un giovane Guardiano. Si mise a spogliarlo, e Talitha, dopo un attimo di esitazione, si unì a lui.

Si infilò i vestiti senza un'ombra di disgusto, ed entrambi si calarono sulla testa gli elmi.

«Sei pronta?» disse Saiph.

Talitha annuì con convinzione, e furono fuori.

Appena oltre l'uscio, c'era solo distruzione. Era bastato poco per ridurre in macerie Orea; le sue casupole avevano preso fuoco come fiaccole, e la popolazione, sebbene avesse cercato di opporre resistenza, era debole e disarmata. Era una lotta senza speranza. Eppure qualcuno insisteva, accanendosi sui nemici con armi di fortuna. C'era un vecchio che stava affrontando un soldato con un secchio di legno. Il Talarita finì col naso rotto, prima di riuscire a staccargli la testa dal collo. Talitha sentì un'ondata di odio attraversarla da capo a piedi. Tutto questo per prendere lei e Saiph, due ragazzi che avevano avuto l'unica colpa di non voler piegare la testa alle leggi di Talaria.

*Che razza di mondo è questo, che razza di gente siamo noi Talariti?*

Continuarono a correre pressoché indisturbati. Le cave erano sempre più vicine, assieme ai sobborghi di Orea. Non c'era più nessuno, lì. I soldati dovevano avere circondato il villaggio, e probabilmente lo stavano rastrellando procedendo per cerchi concentrici.

La passerella che conduceva alle cave era ormai a pochi passi.

«Ehi, voi, state sbagliando strada!»

Saiph rallentò. Era un soldato che li stava chiamando, un uomo alto con la spada grondante sangue.

«Andiamo a cercare qualcuno nelle cave.»

«Non c'è nessuno, là. Erano vuote quando siamo arrivati.»

«Ma magari qualcuno si è andato a rifugiare da quelle parti.»

Il soldato si avvicinò ad ampie falcate. «Allora ve lo spiego meglio: dirigetevi al centro del villaggio, è un ordine» sibilò.

Talitha non ci vide più. Con un urlo partì in affondo, ma non fu abbastanza rapida, perché l'altro riuscì a parare.

«Sei impazzito?» urlò, ricambiando il colpo. La spada si abbatté sull'elmo di Talitha, spazzandolo via.

Lei cadde a terra, e sentì il mondo esplodere in migliaia di scintille luminose.

«Che io sia maledetto... la figlia del conte!» esclamò il soldato.

Fece per girarsi, prese fiato, ma Saiph si scagliò su di lui prima che potesse dare l'allarme.

Cercò di riportare alla memoria gli scontri che aveva combattuto con Talitha, e tutti gli insegnamenti che lei aveva provato a inculcargli. Inutilmente. Non gli era mai interessato nulla dell'arte della spada, e il soldato riuscì ad avere presto la meglio.

Saiph tentò di resistere, ma l'ultimo colpo superò la debole difesa della sua spada e affondò ai lati del costato.

Avvertì la sensazione del metallo che lacerava pelle e carne, e intaccava l'osso. Cadde a terra senza fiato.

Il Guardiano lo sovrastò. «Non ti preoccupare, non ti ammazzo. Il conte Megassa vuole farlo con le sue mani, e prima ancora ti farà pentire di essere nato. Cosa credevi, di poterti mettere contro i padroni? Sei uno sporco schiavo, sei nulla, e al nulla ritornerai.»

Saiph chiuse gli occhi. Era finita, per davvero.

«Mostragliela tu, la strada» sibilò Talitha.

Scattò in piedi, la spada tesa, e affondò. La lama penetrò fino all'elsa. Il soldato aprì la bocca in un grido muto, e Talitha urlò, girando la spada nella ferita. La estrasse, e il nemico cadde a terra.

Lei rimase immobile un istante, poi si voltò. «Andiamo.»

Tese la mano a Saiph, che a fatica si mise in piedi e subito barcollò.

Talitha lo prese sotto braccio. «Forza.»

Ripresero a scappare, ma la loro andatura era stentata. Saiph di tanto in tanto inciampava. Talitha strinse i denti. Tra loro e l'ingresso delle cave non c'era nessuno.

«Lasciami» sussurrò Saiph.

«Scordatelo.»

«È una ferita profonda, ti sto solo rallentando.»

«Piantala! Sei il mio stupido schiavo, mi seguirai fino alla tomba.»

Arrancarono lungo la passerella. La cava era lì, duecento braccia ancora. Saiph respirava con difficoltà.

«Nelle cave saremo al sicuro. E poi ce ne andremo nel Bosco del Divieto. Alla malora tutta questa gente, alla malora anche la missione. Vedrai, staremo benissimo io e te» disse Talitha solo per non sentire il suono sibilante del respiro di Saiph. La parte della sua casacca a contatto con la ferita era zuppa.

«Mi lasci lì dentro, d'accordo?» disse ancora lui, la voce rotta.

Talitha neppure rallentò il passo. «Piantala di dire assurdità.»

«Padrona, non ci arriverò vivo al Bosco del Divieto.»

«Taci!» urlò Talitha. «Tu sei il mio stupido schiavo, la tua vita mi appartiene e decido io quando e dove morirai! E non sarà qui, te lo giuro, non sarà qui!»

E mentre urlava le lacrime le rigavano il volto, senza che potesse fermarle. L'ingresso delle cave, davanti a lei, era come un miraggio.

«Poche braccia ancora» disse per darsi forza «poche braccia ancora!»

Ma Saiph non poteva più sentirla.

# 39

Talitha trascinò Saiph tenendolo per le braccia. Pesava terribilmente, ed era pallidissimo.

«Resisti, ti prego» ripeteva, mentre i singhiozzi le tagliavano le parole in gola. Attraverso il velo delle lacrime quasi non riusciva a distinguere il profilo di quel corpo inerte, che lasciava a terra una sottile scia rosso cupo. Si fermò sfinita a pochi passi dall'ingresso della cava.

Pianse, e in quel pianto le parve di riversare tutte le lacrime che aveva ingoiato nella sua vita, quelle che aveva trattenuto per orgoglio a palazzo, e poi al monastero. Se allora resistere aveva ancora un senso, ora non c'era più ragione di essere forti.

*No, Saiph, no!* urlò una voce nella sua testa. Talitha si asciugò le lacrime e si costrinse a guardare Saiph, supino, il volto terreo. Ingoiò un singhiozzo e, radunando tutto il coraggio che le era rimasto, gli mise due dita sul collo, sopra la clavicola. Il battito era lievissimo.

«Saiph, non ti azzardare a morire!» disse tra i denti. «Non ci provare nemmeno!»

Girò intorno al corpo, analizzò la ferita. Era un taglio irregolare e slabbrato, in fondo al quale si vedeva biancheggiare una costola. Il sangue continuava a sgorgare, ma la lama non sembrava aver intaccato alcun organo vitale.

*Sta morendo dissanguato. Devo fermare l'emorragia...*

Chiuse gli occhi, si concentrò più che poté, e sentì la Pietra dell'Aria brillare sul suo petto. Ripeté i gesti che aveva già compiuto con Grif: strinse le mani sulla lama della spada, cercò di infondervi tutto l'Es che sentiva scorrere dentro di sé e la rese incandescente. Poi la appoggiò alla carne sanguinante, e la vide sfrigolare finché un odore dolciastro e pungente non riempì l'aria. Quando la sollevò, la ferita aveva un aspetto ributtante, l'emorragia però si era fermata.

Talitha tirò un sospiro di sollievo, ma si accorse che il volto di Saiph continuava a essere cereo. Aveva perso troppo sangue, troppo. Un'ondata di panico la travolse.

«Non morire, Saiph, non morire» gli ripeté tra i singhiozzi, fuori di sé dal dolore. «Non lasciarmi.»

Ma Saiph non rispondeva.

«Non puoi arrenderti così, non puoi» mugolò cercando di riportare alla memoria le lezioni di sorella Pelei. Ne avevano fatte alcune sugli incantesimi di Guarigione, e lei le aveva descritto molte formule: ma era solo teoria, non le avevano mai messe in pratica. Per qualche secondo le parve di non ricordare nulla, tutto ciò cui riusciva a pensare era il suono irregolare del respiro di Saiph, sempre più debole. Poi i ricordi emersero alla coscienza, sconnessi e confusi. Una formula per aiutare la guarigione delle fratture, una per infliggere ferite ai nemici, un'altra da imporre sulle armi. Infine, quelle parole: "Sotto certe condizioni è possibile salvare la vita a un moribondo, ma a costo della vita del sacerdote."

Una stretta di paura le gelò le tempie. Quanto era grave la situazione di Saiph? Era oltre ogni possibilità di aiuto?

E se così fosse stato, lei era pronta all'estremo sacrificio?

Lo guardò. Il suo petto si alzava e si abbassava impercettibilmente in un ritmo spezzato. Non c'era più tempo.

Estrasse il ciondolo di Pietra dell'Aria, lo guardò alla luce fioca che penetrava dalla bocca della cava. Quindi si concentrò. Fece come aveva sempre fatto durante gli esercizi con sorella Pelei, quando le chiedeva di trasferire l'Es in qualche oggetto. Come allora, immaginò che un fluido caldo e benefico le scorresse nelle vene. Il cristallo di Pietra dell'Aria prese a brillare più fulgido, e lei sentì le forze abbandonarla per confluire in quel frammento pulsante appeso al collo. Non si fermò fino a quando non si sentì quasi svenire, la testa che le girava senza sosta. Quando aprì gli occhi, il mondo le vorticava attorno, e dovette fare uno sforzo supremo per non lasciarsi cadere a terra. Con le mani che le tremavano, si tolse il ciondolo e lo mise al collo di Saiph. La Pietra dell'Aria brillò, poi di colpo si spense. La fronte di Saiph si aggrottò per un istante, ma quando si spianò il suo respiro era più calmo e regolare. Le sue gote lentamente presero colore.

Solo allora Talitha si lasciò scivolare a terra, supina. La volta rocciosa della cava fu l'ultima cosa che vide prima che un sonno profondo la portasse via.

Quando si risvegliò, Saiph era ancora debolissimo e non riusciva nemmeno a tenere gli occhi aperti, ma sembrava non essere più in pericolo di vita.

«Padrona...» mormorò con un filo di voce.

Talitha non riusciva a credere di avercela fatta.

«Mi hai fatto morire dallo spavento, stupido schiavo» gli disse piangendo. Lo vegliò fino a sera, parlandogli e accarezzandogli i capelli. Solo allora si allontanò per prendere una boccata d'aria, e si sedette sul bordo dell'ingresso della cava.

Si portò le ginocchia al petto e contemplò Orea che bruciava. Pennacchi di fumo si alzavano dalle case, e le fiamme divoravano le macerie. Chissà che ne era stato di Dynaer e di Hergat, e di Lyran, che li aveva traditi, e di tutto il popolo. Che ne era stato delle sue compagne di lavoro, alla fabbrica, della gente che aveva incrociato durante quei giorni?

*Tanti, troppi a quest'ora saranno già morti.*

Un'ira cieca le riempì il cuore. Sapeva che suo padre la stava cercando, sapeva che avrebbe fatto di tutto per riportarla a sé, ma questo superava ogni limite.

Si morse le labbra, sentì il sapore del sangue ed ebbe un moto di disgusto. Avrebbe voluto svuotare le proprie vene da ciò che più l'accomunava all'uomo che era stato capace di radere al suolo un villaggio di innocenti.

Estrasse piano il pugnale dallo stivale, ne appoggiò la lama sulla spalla sinistra, là dov'era il tatuaggio del casato cui apparteneva. Incise con rabbia, e accolse il dolore con piacere. Fece un taglio, poi un altro, e un altro ancora. Coprì il simbolo della propria appartenenza con un reticolo di tagli sanguinolenti, finché le parve che non ci fosse più nulla di visibile dello scudo e del drago nero che vi era iscritto. Scagliò la lama a terra, strinse la ferita con la mano e soffocò un urlo. Giurò su quel sangue infetto che da quel giorno non sarebbe mai più stata un membro della sua famiglia, che da quel giorno avrebbe rinunciato al suo sangue talarita, e che la gente di Orea, e Saiph, avrebbero avuto la loro vendetta.

# Epilogo

*Si affacciò dalla piccola fessura nella roccia. Un vento gelido gli frustò il volto. Ai suoi piedi, il villaggio bruciava lento. Un sorriso amaro increspò il suo volto martoriato. Dunque la storia si ripeteva. Ricordava ancora il fumo che si alzava lento, ai tempi della guerra. Era stato allora che se n'era andato, che aveva deciso di ritirarsi in esilio.*

*Guardò istintivamente in alto, verso i due soli. Gli sembravano ancora più abbaglianti dell'ultima volta che aveva alzato gli occhi al cielo. Scosse la testa. Da secoli era ben al di là di quel che accadeva a Nashira.*

*Poi lo sentì. Un pianto soffocato.*

*Chiunque fosse, non lo riguardava. Riprese la strada che l'avrebbe condotto al suo rifugio. Il pianto era sempre più fioco. Poi, però, le sue orecchie colsero un suono. Un rumore metallico, di qualcosa che toccava la roccia. Un suono inconfondibile, che sapeva di passato e di dolore.*

*Quel rumore gettò un seme di dubbio e riportò a galla ricordi laceranti.*

*Rimase fermo, una mano stretta sulla roccia, il vento che sibilava dietro di lui.*

*Imprecò con rabbia, e invertì il proprio cammino. Conosceva quei cunicoli come le proprie tasche e li percorse con agilità. La mente andava riempiendosi di centinaia di ricordi, così tanti che quasi gli sembrava di sentire le tempie pulsare. Aveva sempre creduto che a un certo punto avrebbe iniziato a dimenticare. Invece no. Ricordava ogni singolo giorno, ogni singolo istante.*

*Il pianto si spense in un singhiozzio strozzato, vicino.*

*Si appiattì contro il muro, sporse il volto quanto bastava per vedere chi fosse.*

*Nel piccolo spazio della cava c'era una ragazza inginocchiata a terra. Il volto era bianco, ma segnato da strisce più scure. A terra, il petto che a malapena si alzava e abbassava, un ragazzo appartenente alla razza degli schiavi. Ma soprattutto, stretta tra le dita della ragazza, c'era lei. La spada. La sua spada. Si sporse troppo e un frammento di ghiaccio si staccò dalla parete tintinnando a terra. La ragazza scattò.*

*«Chi è là!» gridò, la spada tesa in avanti.*

*Lui l'afferrò per un pugno, glielo torse, le fece cadere la spada di mano. Tutto in un unico, fluido movimento. La ragazza sgranò gli occhi e spalancò la bocca, ma lui gliela tappò.*

*«Zitta. Se urli vi troveranno.»*

*«Sei tu...» mormorò.*

*«Mi conosci?»*

*La ragazza annuì. «Sei l'eretico che viene dal deserto.»*

*«Allora saprai anche dirmi dove hai preso la spada.»*

*«Quale spada?»*

*L'eretico fece un mezzo sorriso e la scrutò. I suoi occhi erano di un verde abbagliante. «La mia spada, quella con cui volevi ferirmi.»*

*Talitha lo guardò incredula. «Verba...» disse in un soffio.*

# Indice dei nomi

**Alepha:** capitale del Regno dell'Autunno.

**Antica guerra:** conflitto durante il quale i Talariti hanno ridotto in schiavitù i Femtiti.

**Anyas:** madre di Saiph, morta in seguito a un incidente mentre lavorava.

**Arnika:** curatrice del monastero di Messe.

**Arteria:** il principale camminamento di Talaria, che collega tutte le capitali dei quattro regni.

**Aruna:** regina del Regno dell'Estate.

**Bastone:** arma munita di un frammento di Pietra dell'Aria, usata dai Talariti per infliggere dolore ai Femtiti.

**Beata:** città mitica presente nei racconti sia dei Talariti che dei Femtiti. I secondi, in particolare, credono sia un luogo benedetto nel mezzo del deserto, in cui i Femtiti sono ancora liberi.

**Beris:** schiava del monastero di Messe.

**Bleri:** contrabbandiere di Pietra dell'Aria.

**Bosco del Divieto:** foresta che circonda Talaria e il cui accesso è proibito.

**Camminamenti:** vie sospese costituite da rami di Talareth intrecciati, che rappresentano le uniche vie di comunicazione percorribili tra le città di Talaria.

**Ceryan:** anziano schiavo del monastero di Messe.

**Cetus:** uno dei due soli di Nashira. Nella mitologia, è una divinità malvagia, principio di ogni male.

**Combattenti:** sacerdotesse versate nelle arti del combattimento a mani nude.

**Curatrice:** sacerdotessa specializzata negli incantesimi di Guarigione.

**Danyria:** prigione-fortezza situata nel Regno dell'Inverno.

**Dorothea:** Educatrice del monastero di Messe addetta all'insegnamento del culto.

**Dynaer:** nonna di Saiph.

**Educatrice:** sacerdotessa che si occupa dell'istruzione delle novizie.

**Erba di Thurgan:** erba dalle proprietà eccitanti e allucinogene usata nelle miniere di ghiaccio per sopportare la fatica.

**Es:** potere interno ai maghi che permette di praticare la magia.

**Essenze:** divinità minori, serve di Talia, Kerya, Man e Van.

**Femtiti:** razza subalterna di Nashira. Hanno carnagione chiara, occhi allungati e capelli di varie sfumature di verde. Non sono in grado di compiere magie e non provano dolore fisico. Solo il contatto con la Pietra dell'Aria sul Bastone è in grado di infliggere loro dolore.

**Fonia:** Educatrice del monastero di Messe addetta alla biblioteca.

**Galata:** capitale del Regno dell'Inverno.

**Giudicante:** sacerdotessa che si occupa dell'amministrazione della giustizia.

**Grande Madre:** capo supremo del culto, rappresentante di Mira in terra.

**Grele:** figlia del re del Regno dell'Autunno, novizia al monastero di Messe.

**Grif:** ragazzino femtita, schiavo di Melkise.

**Guardia:** corpo di guerrieri di Talaria, si occupano principalmente di questioni di ordine pubblico.

**Hergat:** nonno di Saiph.

**Imorio:** lago lungo le cui sponde si sviluppa Larea.

**Jandala:** fattoria nel Regno dell'Estate.

**Kalyma:** nipote di secondo grado di Megassa, promessa sposa a un aspirante al trono del Regno della Primavera.

**Kambria:** regina del Regno della Primavera.

**Kerya:** divinità protettrice del Regno della Primavera.

**Kolya:** governante personale di Talitha presso la casa paterna, a Messe.

**Kora:** novizia presso il monastero di Messe.

**Lantania:** sacerdotessa del monastero di Messe.

**Lanti:** il più abile cartografo di Talaria.

**Larea:** capitale del Regno della Primavera.

**Lebitha:** sorella di Talitha, valente sacerdotessa.

**Luogo Innominato:** il grande deserto che si trova oltre il Bosco del Divieto.

**Madre dell'Estate:** capo del culto nel Regno dell'Estate.

**Madre della Primavera:** capo del culto nel Regno della Primavera.

**Man:** divinità protettrice del Regno dell'Inverno.

**Mantela:** capitale del Regno dell'Autunno.

**Mantes:** attendente di Talitha presso il monastero di Messe.

**Megassa:** conte della città di Messe, padre di Talitha.

**Melkise:** cacciatore di taglie.

**Messe:** capitale del Regno dell'Estate.

**Mira:** madre di tutte le divinità.

**Miraval:** uno dei due soli di Nashira. Secondo la mitologia, è un simulacro posto nei cieli da Mira per contenere la malvagità di Cetus.

**Monti del Tramonto:** grande catena montuosa che si sviluppa a ovest, tra il Regno dell'Estate e quello della Primavera.

**Monti di Ghiaccio:** catena montuosa del Regno dell'Inverno, la più grande miniera di ghiaccio di Talaria.

**Nucleo:** zona riservata del monastero nella quale è custodito il grande cristallo di Pietra dell'Aria che permette la vita a Messe.

**Orante:** sacerdotessa che si occupa di riattivare la Pietra dell'Aria.

**Orea:** villaggio alle pendici dei Monti di Ghiaccio in cui è nata la madre di Saiph.

**Padre dell'Autunno:** capo del culto nel Regno dell'Autunno.

**Padre dell'Inverno:** capo del culto nel Regno dell'Inverno.

**Pelei:** Educatrice del monastero di Messe e mentore di Talitha che si occupa dell'istruzione alla magia delle novizie.

**Piccola Madre:** capo di un monastero femminile.

**Piccolo Padre:** capo di un monastero maschile.

**Pietra dell'Aria:** minerale dalle particolari caratteristiche, è in grado di trattenere l'aria ed è usata dai Talariti per compiere magie tramite la Risonanza.

**Primi:** gli abitanti di Talaria prima dell'epico scontro tra Mira e Cetus, durante il quale la loro razza si estinse.

**Regno dell'Autunno:** uno dei quattro Regni in cui Talaria è divisa; vi regna un autunno perenne.

**Regno dell'Estate:** il più meridionale dei quattro Regni in cui Talaria è divisa; vi regna un'estate perenne.

**Regno dell'Inverno:** il più settentrionale dei quattro Regni in cui Talaria è divisa; vi regna un eterno inverno.

**Regno della Primavera:** uno dei quattro Regni in cui Talaria è divisa; vi regna un'eterna primavera.

**Relio:** il lago più grande di Talaria, al confine tra il Regno dell'Autunno e quello dell'Inverno.

**Risonanza:** capacità di alcuni Talariti, e del tutto estranea ai Femtiti, di attivare le proprietà magiche della Pietra dell'Aria.

**Roye:** maestro di Talitha presso la Guardia di Messe.

**Saiph:** Femtita schiavo della famiglia di Talitha.

**Spada di Verba:** spada durissima ed estremamente tagliente forgiata in un metallo misterioso.

**Talareth:** specie di alberi abbondanti a Nashira. Producono aria respirabile e, grazie a particolari metodi di coltivazione, possono raggiungere dimensioni immense, tanto da ospitare alla loro ombra intere città.

**Talaria:** zona abitata del pianeta Nashira.

**Talariti:** razza dominante di Nashira. Hanno capelli di varie sfumature di rosso, dal castano scuro fin quasi al biondo, orecchie appuntite e carnagione color mattone.

**Talia:** divinità protettrice del Regno dell'Estate.

**Talitha:** figlia del conte di Messe. Ha ricevuto l'addestramento alle armi, ma suo padre l'ha costretta a ritirarsi in monastero.

**Tolica:** piccolo villaggio del Regno dell'Estate.

**Vaganti:** sacerdotesse che si muovono per Talaria portando i loro servigi a chi ne ha bisogno.

**Van:** divinità protettrice del Regno dell'Autunno.

**Xane:** Educatrice del monastero di Messe addetta all'istruzione musicale delle novizie.

**Yarl:** schiavista che cattura Talitha e Saiph.

ISBN: 9788852021091
codice: f09b896325c2f82c